Angusturas

Nos Confins da Solidão

Wilson Costa

Capítulo 1

Ravena era um país feliz...

Domingas Molina, sonhava, sonhava sempre, sonhos belos, outros medonhos, muitos carregados de significados e outros tão estranhos e intraduzíveis que ela permitia que passassem por si, porém, jamais se passou um único dia, até aonde as suas vagas lembranças a podiam levar, sem sonhar. Era o que ela bem fazia quando as dores das existências a tomavam. Sonhava quando dormia e sonhava acordada.

Dormir sempre se traduzia em sonhar, a ela dormir e sonhar eram sinônimos. Por mais que se pudesse estranhar, a ela, tudo era uma condição natural a um ser humano, muito mais que uma opressão ela aceitava os sonhos como um dom. Eles a possuíam, mas ela também aprendia com eles e deles recebia informações, acolhimento e forças para caminhar, para seguir a sua jornada estranha e aparentemente penosa. Sonhar era a sua realidade.

Os dezoito anos de escuridão que carregavam os seus olhos eram compensados pelo alargamento do seu campo de visão dado pelos sonhos.

Domingas Molina podia ver independente da cegueira, tinha os olhos de ver da alma.

As noites em Ravena caiam cedo, a proximidade das montanhas e o cerco feito pelas florestas imputavam ao pequeno povoado essa condição. Os pouco mais de cinquenta habitantes acordavam cedo para poder adiantar os seus afazeres, pois os dias eram curtos e poucos se arriscavam a sair após a escuridão enlaçar o povoado, porém, durante uma semana a cada mês eles se reuniam junto a uma grande fogueira. Era uma forma de eles festejarem, poderem estar pertos uns dos outros, discutirem os problemas e reforçarem a condição de ser um Ravenense, de afugentarem o frio, de se fortalecerem e de enfrentarem os seus medos juntos.

Anton Sepúlveda conversava com Olga e diante do calor da fogueira tentava vencer a sua extrema timidez ante as mulheres. Olga usava os seus cabelos vermelhos amarrados em coque, para dimensionar melhor o seu rosto pequeno, que estava corado pela proximidade de Anton Sepúlveda e devido aos reflexos do fogo. Ele não se apercebia disso porque mirava o chão enquanto falava baixinho com ela.

-O seu pai está aonde? Eu não o vi ainda.

-Ele não virá hoje, se embrenhou com Gontijo mata adentro, ficam por dias seguidos, não sabe viver sem comer carne. Não se satisfaz com as hortaliças e os rabanetes, diz que eles não lhe enchem a pança. Disse ela ocultando o sorriso pequeno.

-Eu não como, mas poderia conseguir caça para vocês? Seria uma forma de me aproximar mais de seu pai e de seu irmão Gontijo.

-Eles não percebem o bom coração que você tem, só tentam me proteger, ou me manter sobre o controle deles, não me acham suficientemente mulher, ainda, para poder viver a minha vida.

-Creio que, o seu pai e provavelmente o seu irmão, sempre acharão que você não será suficientemente adulta para se casar.

-Eu já fiz dezoito anos e sou agora capaz, ganhei maioridade e como se aqui em Ravena isso tivesse alguma importância ou afetasse as nossas vidas.

-Essa aldeia não deveria se chamar Ravena e sim Refugo.

-Não importam os nomes, aqui é onde pudemos ter acolhida e viver em segurança, longe dos olhares indiscretos e sem que pudéssemos ser considerados aberrações. Não somos refugos, somos sim, diferentes.

Ela se achegou e segurou a mão dele, e falou mais perto do seu ouvido, como se temesse que os outros pudessem ouvir o que ela diria.

-Queria retribuir o presente que você me deu.

-Como assim?

-Não quer?

-Não sei o que é?

-Não me quer?

O corpo de Anton Sepúlveda se retesou, ainda, sem saber como reagir, mas ela apertou a mão dele com mais força e disse:

-Vou para casa e você vem depois. Circunde a casa, não venha pela frente, entre pela lateral.

Capitulo 2

Domingas Molina percebeu sutilmente no ar o toque de sândalos que ela identificava como de Anton Sepúlveda e sentiu fortemente a fragrância misturada de rosas selvagens, almíscar e urtiga a se confundir ao cheiro de Aron, imaginou então, que ele e Olga estavam juntos. Ela o amava e temia por ele, sabia do ímpeto feminino de Olga que mais se assemelhava às urtigas do que às rosas, mas, aprendera que o coração é terra sagrada e que nele não se pisa sem ser convidado. Não podia impor o seu coração a um homem que só tinha olhos para outra, mas, sabia também dos riscos que os dois corriam. Ele, devido ao cerco vigilante de Gontijo e do seu pai Ramon Dolman a Olga, a preciosa joia deixada por Miriam Dolman ao morrer dando a luz à menina de cabelos de fogo.

Miriam Dolman morreu sem confessar a paternidade da criança, mas, sabiam todos, ou os que com um pouco mais de percepção e agudeza nas observações que se viam em Olga os traços bastante pronunciados de Anastásio, o Cigano, que partiu tão logo foi acusado de ser o amante da mulher de Ramon Dolman. Ele, o marido, homem de severa rudeza e atributos físicos avantajados no tamanho do corpo, do alto dos seus dois metros e dez, ao seu tempo amava de veneração extremada a frágil, mas, infiel mulher. Com a morte dela tendo amortalhado de roxo e preto o corpo da amada esposa, a ele que só tinha olhos para ela, deixou-se ficar ali com o coração ferido atirado ao acaso. Parecia que ninguém se comiserava dele, que só ele sabia das qualidades da sua pequena flor, do seu perfume doce e delicado, das suas pétalas macias e sensíveis, não havia penas, nem um gesto de condescendência, nem um olhar de piedade. Partiu ela sem sequer dar tempo de olhar para trás. Roman Dolman lambeu suas feridas como um cão sarnento, encolhido sobre o que lhe restava ser. Chorou rios de lamentos, tentando ser um homem com um pouco de amor-próprio, mas, chorou sem lágrimas, as lágrimas não vinham, não sabia chorar lágrimas, a alma dele era terra seca, seca como flor de palha.

No dia da morte de Miriam Dolman, Roman Dolman chegou com o seu corpanzil à porta da casa e gritou, um grito tão desmedido e dolorido que quebrou todos os vidros da Vila. As janelas explodiram em estilhaços, irrompendo em milhões de pequenos pedaços espalhados pelo ar como cintilantes lágrimas as quais ele não sabia chorar.

A vida passou a ser para ele um grande engano, uma suprema dor de existir. O peso do planeta nas costas o esmagava como a gravidade de mil saturnos, as noites viraram prisão de fantasmas perdidos, amigos comovidos com choraram no junto a ele lágrimas, numa grande lástima do homem que sofria o pior dos sofrimentos do universo e carpiram comovidos as dores todas, de todos os amores perdidos, impressionadas e inúteis lágrimas que consolavam, mas que não aliviavam o que ele sentia.

Com a perda de Miriam Dolman, ele passou a viver a sórdida vida de um espectro perdido entre dois mundos sem luz. Olhos encovados à face, coração arrancado ao peito, passou a caminhar como quem vaga na vastidão da escuridão tateando em busca de uma pequenina chama de ilusão e ali no mais intenso da dor foi que ele decidiu embalsamar o corpo de Miriam Dolman e mantê-lo junto a si. Depois jurara a Miriam que manteria a menina Olga intacta e virgem como uma prova do seu amor a ela, até enquanto tivesse ele vida.

O outro risco que corria Olga, pois do mesmo mal que sofria o seu pai, o da impotência, também ocorria a Anton, sendo que cada um por motivos diversos.

Aquela tão esperada noite de amor não seria a tão especialmente desejada por Olga, a rosa em botão não seria deflorada, não ao menos naquela noite, não por Anton Sepúlveda.

Domingas Molina deu um leve sorriso, depois o recolheu, a desgraça que sofreria a sua rival não lhe dava méritos de se satisfazer ante a desventurada sina de seu amor Anton Sepúlveda, mas, era ponto para ela que o amava, ainda, que devido à condição de impossibilidade dele.

Guardou suas más intenções, apesar da situação, sabia ela que nada se ganhava manipulando o mal, apenas dores maiores. Voltou às seus fundamentos, sentindo ainda os excessos de impregnados

odores, quase a superar em sofreguidão as forças dos seus deveres, quase a absorvendo também. Foi para casa então, não queria viajar na viagem de ninguém, nos sonhos de outrem.
-Ficarei eu a guarda-me a substância quase divinal do que eu sou, até quando? Perguntou-se ela.

Capitulo 3

A noite liberou a aurora para a Terra, que chegou a tons amarelo-alaranjados, mas tinha mais, sempre vinha mais e o céu mudava de cor como quem muda de roupas, carmins, violetas e por fim os tons de azuis.

A floresta que circundava Ravena mudava também, não acordava porque ela nunca dormia, ela era de imensa extensão, ocupava quase que três quintos da vila e era oriunda das terras mais baixas do norte e que em algumas centenas de anos ganhara as vertentes das montanhas e caminhado até os alagadiços campos do sul, mas, deixando algumas clareiras em chão de pedra, extensão circular de algumas centenas de metros sem vegetação alta e como a de onde Ravena se constituiu sobre uma base de turmalinas, existente em três matizes.

A floresta de Ravena surpreendia a gente, ela sempre era surpreendente, ela era parte de Ravena e Ravena retribuía.

Em Ravena a vida era amável e seus habitantes tinham uns com os outros um olhar de acolhimento, às pessoas se ajudavam e se protegiam.

A única saída disponível do local, considerando-se o tempo gasto de percurso, era ao leste, ainda assim só durante dois ou três meses de verão. As unhas de onça, arbusto trepadeira, se desenvolviam em tamanha proporção que fechavam qualquer vestígio de passagem pela estrada, constituindo-se de uma rede intricada de emaranhados ramos flexíveis e espinhos semiencurvados como as garras do felino que lhe dava o nome, assim, mais porque qualquer animal que se atrevesse a entrar por seus labirintos em uma noite na manhã seguinte ainda estaria preso, sendo que, jamais conseguiria sair devido ao crescimento acelerado dos tentáculos que se percebiam a olhos vistos se movendo.

As erva cresciam e floravam nos meses de primavera, no inverno feneciam, secavam no verão, por esse caminho de vegetação seca que o cigano Anastácio veio à primeira vez a Ravena. Estava fugindo da polícia de Angusturas. Diziam à boca pequena que deste caso ele era inocente, inclusive da segunda vez que voltara a Ravena, não foi em fuga, gostara de Miriam Dolman e do aconchego dos braços carentes e das ancas de unhas de onça, apelido que as moçoilas lhes deram em alusão à trepadeira. Não se sabe ao certo se Gontijo, também, era seu filho, embora dos cabelos de fogo. porém, ele não se aproveitava somente do colo e das ancas foguentas de Miriam Dolman, ele partira levando uma sacola cheia de esmeraldas de constituição especial, nas cores que iam do verde intenso das castanheiras ao azul mais suave do céu. Os nativos perceberam a intenção de Anastácio e prometeram que daria conta do maldito cigano se ele se atrevesse uma terceira vez a aparecer na vila deixando seus frutos cor de cobre e levando as riquezas da terra. Não que se dessem valor às pedras, mas, a divulgação de sua existência poriam todos em risco, não gostavam de estranhos, no sentido mais apropriado de estrangeiros.

Nenhum dos habitantes era, a não ser os descendentes, de origem do local.

O fundador, Honório Córregas, era um vidente de tamanha precisão que fora até consultor do Presidente de Angusturas, mas, que caiu em desgraça ao indicar a morte do primogênito do Presidente por acidente ao cavalgar um cavalo alazão, embora da assertiva na data, forma e no horário do desenlace, o jovem morreu escoiceado por uma mula enraivecida pelos maus tratos e não pela queda.

O Presidente amargurado mandou que retirassem Honório Córregas de sua presença e partiu com a família para o Sitio Presidencial para se recolher e chorar o seu luto. Um dos oficiais do Exercito de Angusturas, Coronel Mirral Bustamante, tomou a ordem ao pé da letra e defenestrou Honório Córregas por uma janela do segundo andar do Palácio Presidencial. Honório Córregas veio a cair sobre monte de feno, dentro de uma carroça puxada pela fatídica mula, a que matou o jovem filho do Presidente, quando ela passava pelo local.

Diante da possível descoberta de sua vida poupada por Deus, o demoníaco oficial poderia dela vir a dar cabo se descobrisse o resultado da ocorrência de sua benção e salvação. Pensou Honório. Poderia ele mandar executá-lo uma segunda vez, talvez dessa definitivamente e assim Honório decidiu abandonar categoricamente Angusturas. Embrenhou-se pela mata e caminhou por três meses do verão, desejando ir o mais distante que pudesse de Mirral, e queria ter um mês ainda de sol e calor para preparar alojamento, então por fim se deu por satisfeito ao encontrar a clareira aonde veio construir seu primeiro e modesto lar. Chamou-o de Ravena, em homenagem a mula que o salvou da desdita morte.

Quando ele partiu levava consigo de Angusturas um cobertor, um machado e um cão, o Água Ardente. O animal era de uma inconstância de dar dó, apenas a Honório Córregas ele se afeiçoou de verdade, ainda assim, nem sempre por tempos continuados. Ainda na tenra idade de dois anos foi de seis donos, se é que se poder usar o termo de forma literal, pois a nenhum deles destinara alguma fidelidade. A dois mordeu nas nádegas, a um inclusive partiu levando dela um naco na boca. A dois outros abandonou fugindo pela janela e a mais dois porque os deixavam dormir ao relento. O último dava a ele aguardente nas noites frias, o animal gostou e então, vagou por meses pelas ruas da cidade, tomando um gole cá e outro lá, dado pelos que compreendiam os seus ganidos quando de forçadas abstinências.

A Honório Córregas ele era agradecido, pois, quando padecia de sarna negra foi recolhido e tratado por ele, mas, Honório era avesso ao álcool e o Água Ardente não. Assim, eventualmente, ele, Água Ardente, abandonava o seu querido dono, ainda que a contragosto, ensandecido pela vontade pertinaz de um gole e partia.

A vontade o golpeou no exato dia em que Honório Córregas chegou a Ravena e assim ele bateu em retirada rumo a Angusturas. Essa foi a causa de Ravena ter a população aumentada.

Capitulo 4

Olga estava em frenesi quando retirou o vestido e anteviu o prazer que teria com Anton. Desceu a anágua deixando ficar a calçola, não queria parecer uma mulher fácil, mas seria então aquela, a última das resistências que imporia a Anton.
Sentia a pele arrepiada, riçada, mais, como em carne vivas, como se os nervos estivessem expostos ao contato com o ar, como se ele arranhasse o seu corpo, tamanha intensidade da conjugação de sentidos e hormônios a deixá-la inapelavelmente úmida. Os seios tensos, intumescidos, as coxas dura como os músculos inflexíveis feitos cordas tensas de violino prestes a iniciar o concerto. O prazer antecipado era tanto que lhe escorria pelas pernas como filetes de olho-d'água que iria saciar a sede de amor do homem por ela desejado. Ela sempre sentia aquela deleitação fluídica quando pensava em Anton Sepúlveda como homem, tão intensamente volumosas e inumeráveis que uma vez teve que pegar balde e espalhar água pelo chão e fingir ao pai que limpava o piso da cozinha, mas não podendo usar constantemente a estratégia, punha-se a pensar em outras coisas forçosamente para afastar da mente a tentação.
Deitou-se então e esperou pelo ser amado, o que viria para fazê-la mulher, amadurecê-la pela magia do amor, desvirginá-la a fazendo florir.
Ela sorria na escuridão do quarto, deitada na cama do pai, por ser mais adequada a dois corpos, maior que a sua acanhada cama de solteira. Era parte dos seus sonhos ter uma cama de casal, onde ela e Anton Sepúlveda pudessem a todas as noites se deleitarem e serem um. Sorriu e esperou.
Anton Sepúlveda do lado de fora viu a luz do lampião se apagar. Sabia que era o sinal, fechou os olhos e suspirou.
Domingas Molina sentiu no ar o cheiro de rosa impregnado de odor de liquido virginal, soube das intenções de Olga, sentiu uma dor aguda no coração, era chegada a hora, e ela impotente ali. Precisava gritar, por para fora a sua dor, criar uma força maior, expiratória, expulsatória já que na sua impossibilidade de achar uma palavra

mágica que interrompesse o que estava prestes a acontecer. Não conseguindo emitir um som apropriado o qual acusticamente manifestasse na sua amplitude de vibrações o poder de quebrar todo aquele encantamento que envolvia Olga e Anton Sepúlveda, cerrou os punhos e deixou vir de dentro da alma o que a sua mente se envergonhava de fazer, a manifesta vontade de cessar tudo, de intervir, de interferir no que não lhe cabia, parar o mundo, interromper todas as existências e passar uma borracha no presente. Fazer o dia amanhecer sabendo ao despertar que Anton Sepúlveda não foi ao encontro de Olga.

Capitulo 5

Honório Córregas era o homem que não morria, ninguém, nem mesmo ele, sabia a sua exata idade, contavam os anos de trás para adiante, mais ou menos o tempo que vivia em Ravena, mais ou menos o tempo que esteve adormecido em coma, mais ou menos o tempo que vivera em Angusturas, Melgaços, Andorras e Cotovias, mas embora, tudo somado não desse a exata idade dele, diziam cem anos, cento e vinte, alguns exageradamente cento e cinquenta a duzentos anos, porém, fosse qual fosse a sua exata idade certamente seriam muitos anos, mas, a memória e a lucidez dele pareciam se manterem intactas, saudável e jovem de pensar e ele apenas nunca se preocupou em contar os anos de vida.
Interessante poder constatar que Água Ardente, adquirira pelo convívio com o dono o mesmo dom da longevidade, mas o animal, ainda que longevo, não perderá o velho hábito da bebida. Quando Honório Córregas chegou a Ravena e Água Ardente fugiu de volta a Angusturas, fazendo o trajeto em um mês, um terço do tempo que levou com Honório na sua ida.
Ele ficou durante um mês, bebeu todos os dias até saturar a vontade, assim se repetia a jornada a cada período de três anos, a uma vez pensou-se que ele havia sucumbido a um frio intenso fora de época que atingiu a região, pois ele ficou longe por quatro meses, o que não era a média performática dele, mas, o que não se sabe é que ele passou um período na casa de um caçador, que o aprisionou e fez dele companhia de caça, ainda que Água Ardente odiasse matar outros seres, ele foi testado até a exaustão na imposição de fazê-lo, mas não o fez, primeiro pelo seu senso de humanidade altamente aguçado, depois porque, mesmo não vivendo preso, era municiado pela maldita bebida, até que, então, um dia cansou-se e com saudades de Honório Córregas voltou a Ravena. Em outro momento de fuga ele cruzou caminho com Pedro Nobre, um enteado de Honório Córregas, que cansado dos desmandos do Presidente de Angusturas, decidiu seguir o cão, e foi

dar em Ravena. Por lá ficou. Outros vieram usando o mesmo recurso, quase todos injustiçados sociais, ou os saudosos de Honório Córregas, homem amado por todos, protetor, justo e sábio.

Das chegadas e partidas frequentes de Água Ardente criou-se a ideia que ele ainda vivia com Honório Córregas, em um local distante e protegido, com a aura deixada por ele foi um passo às imaginações das pessoas a criarem um mito, de que as pessoas partiam para algum local desconhecido um local especial, onde se podia viver bem, sem impostos ou castigos infligidos pelo governante, um local ideal, uma nova Pasárgada.

Dizia-se que se havia um lugar onde se devesse viver sobre a face da Terra esse lugar era Ravena, aonde foram os que se esconderam no nada, no silêncio, aonde se foram os que conheceram o medo e ou se perderam de si, mas que ganharam uma nova vida, que escreveram um novo caminho e apagaram a volta, foram os que saíram a buscar estrelas e se perderam para sempre nelas, jamais ninguém voltou para contar, a não ser Anastásio e Água Ardente. Por esse caminho seguiram outros perseguidos, maltratados pelo governo do Presidente ou pela vida. Eles ficavam à espera do surgimento de Água Ardente e logo um bando de gente se dispunha a segui-lo esperando até que ele retornasse a Ravena. Seguiam-no pelas ruas e sentavam-se nos bares, e dormiam nas vielas. Havia a expectativa, mas, a alegria também, não pensavam no caminho penoso, não punham dúvidas entre o tudo e o nada, não tinham nada e o tudo que tinham era a esperança. Sem reclamar do estorvo padeciam longas horas a fio em desconfortos a seguir o Água Ardente. Com as dores todas, ainda não pagas, entrelaçavam os braços e se tornavam íntimos por um motivo único, de sem temerem os cansaços das idades e as cobranças da lida, os caminhos e os pisares ser o ofício da arte de criar vida nova em um novo lugar. Se a noite tardava na ocupação de estrelar respingava poesias marcando de sonhos as paginas de Angusturas, a marcar estrelas pálidas em tintas com as patas do cão. Havia uma magia a ganhar a cidade, até os mortos vinham a vigiar os sonos dos quase mortos, a ressuscitá-los, a velar o fascínio de desafiar a morte a cada suspirar.

O que dizia o povo não era de todo fantasia, muitos seguiram sim o Água Ardente, mas, a tarefa de se deslocar seguindo-o não era fácil, não para qualquer um, muitos já tinham tentado. Ninguém sabia para onde estava indo de fato, qual a infraestrutura de deslocamento, qual o preparo deveriam ter, sobre alimentação, material, vestimentas. A maioria dos candidatos era composta de desempregados, excluídos, párias sociais, pessoas sós, miseráveis que o mundo pisou, que o governo de Angusturas açodou, roubando-lhes as oportunidades de sobrevivência. Identificavam-se em súcias de delituosos ou agrupados de infelizes; ainda pessoas solitárias, almas perdidas, gente de esperanças fugidias, sem moradas, famílias, às margens das vidas. Eram os que tiveram negado o direito de viver, conquanto não sendo estimulados, sucumbiam sem alentos, como frutos podres, de arvores amaldiçoadas. Era um exercito de gente fragilizada física e moralmente, sem força ou preparo para empreender uma jornada de no mínimo um mês no ritmo veloz do cão. A maioria tombava nos primeiros dias, outra parte assustada pelo trajeto e devido ao esforço voltava atrás, muitos também morriam, deixando nas trilhas os restos mortais, atraindo feras e construindo uma vereda assombrada, onde os fantasmas aborrecidos pelas frustrações tentavam impedir os demais candidatos a conseguir o seu intento.

Poucos puderam chegar a Ravena, tantos perdiam o contato no caminho com Água Ardente, pois precisavam ser bons rastreadores, estarem imbuídos da vontade extremada de conseguir, de não desistir jamais. Carmesita Suarez foi uma destas, chegou e se estabeleceu em Ravena. Chegou junto com Ramon Dolman e Pierre Gergene, ex-oficial do Exercito de Angusturas, muito do sucesso dela foi devido à força física de Ramon e ao conhecimento de sobreviver em circunstâncias difíceis que tinha Pierre.

Aquelas peregrinações e o sumiço de Pierre Gergene, por certo, chamaram a atenção das autoridades e logo chegou aos ouvidos de Mirral Bustamante.

Capitulo 6

Valery Angel marcou sobre a mesa rústica de madeira um circulo com pequenas pedras, coloridas, assinalou os pontos cardeais e dividiu o circulo em treze partes. Para cada signo do zodíaco determinou uma pedra de cor diferente, ao signo de peixes pôs a de azul turquesa, era o signo de sua irmã. A irmã, que juntamente como o seu pai, desaparecera quando ela tinha sete anos. Arrumou as pedras distribuindo-as na formação do zodíaco. Ela gostava dessa forma de marcação porque era dinâmica, onde ela podia deslocar as pedras e visualizar os resultados, podia brincar de ser Deus, de diversificar destinos, deslocar planetas e estrelas e de dar novas definições ao mapa astral de quem quer que fosse, mas, naquele momento não estava brincando, estava se sintonizando com o astral superior, criando uma egrégora que pudesse lhe dizer algo sobre o paradeiro de seu pai e de sua irmã.
Colocou na casa da comunicação uma pedra de amarelo alaranjada, referendando uma estrela muito fraca, de uma classe incomum conhecida como "novas recorrentes", cujo brilho aumentava em intervalos irregulares, em alguns momentos em centenas de vezes em poucos dias, Ophiuchi. A Estrela de Barnard, a quinta estrela mais próxima do Sol, da mesma constelação, ela pôs uma pedra vermelha e outras de cores distintas para Hercules, Serpens Caput, Libra, Scorpius, Sagittarius, Serpens Cauda e Áquila, ela não excluía Ophiucus, com fazem os astrólogos da linha tradicional.
Fez algumas considerações, queria verificar os resultados das mexidas feitas, considerando, a data de aniversário de sua irmã, mas, ela não sabia o exato horário do nascimento. Parou, então, fechou os olhos em silêncio, de deixou vir a si as energias captadas pelo pensamento sobre as lembranças que buscava em sua infância. O tempo parecia ter parado e ela visualizou mentalmente o número 11.11. Ela fez, então, algumas mudanças nos posicionamentos das pedras e falou baixinho: Plutão na cada 3, a da comunicação, dos irmãos, parentes próximos e dos amantes, e o Sol na casa 4, a da família, da maternidade, das nossas raízes, nossa ancestralidade, de nossas bases emocionais, relacionamento

com os pais, dá uma ideia de como será o fim da vida da pessoa e como será o lar que se irá construir, nesta casa os planetas representam as pessoas da sua família e das tiveram uma grande influência em seus primeiros anos de vida e haviam dois.
Fez uma oração e pediu a Deus forças e sabedoria, estava cansada, precisava dormir, mas, antes iria chorar.

Capitulo 7

Domingas Molina sentiu um tremor percorrer todo o seu corpo, uma tristeza maior veio se associar à dela. Ela não sabia explicar o que se passava, não sentia mais Anton, era como se ele houvesse desaparecido por completo, já fazia algum tempo que não sabia dele. Fluía para longe dela, do peito o coração sangrava regato, escorrendo em possíveis veios de dor.

Honório Córregas, apoiado em seu cajado sentou-se ao lado de Domingas Molina, que sentiu o cheiro do velho, uma cheiro de madeira, de absinto e artemísia.

-Por que essa tristeza?

-Não é nada. Respondeu Domingas com os cantos dos olhos marejados.

-Sou velho e vivido, conheço uma dor de amor à distância.

-É você sabe tudo, sabe de tudo de todos nós, saberá o que dói no peito de uma mulher quando não é correspondida?

-Não é preciso ter o corpo ou coração de mulher para saber a dor de uma delas, bastante nos imaginarmos tendo a alma feminina.

-Fecho os olhos e entra a galope a arbitrária escuridão, não a da minha cegueira, mas, outra maior e inexplicável, cerro os olhos e há um mundo que não parece ser o meu, parece irreal e dolorido.

-Onde ele está agora, o Anton?

-Com Olga. Possivelmente agora, neste instante.

-Como você sabe?

-Eu senti os cheiros, o dela e o dele se reunindo.

-Sabe pequena flor, o ciúme cega mais que a própria cegueira.

-O que você quer dizer?

-Sinta.

-Preciso de um remédio Honório, uma fórmula para afastar esse estorvo de alguém tão próximo e tão ausente, esse poema que faz do meu peito um ventre que não sabe o que gera.

-Respire Domingas, apure, mas, antes acalme o coração.

Água Ardente estava deitado sobre os pés de Domingas Molina quando sentiu a primeira gota de chuva cair sobre o seu focinho, encolheu as orelhas e correu para sua casa.

Capitulo 8

Olga esperou e esperou...
Não sabia se era a demora do momento ou se era a aflição por
Anton Sepúlveda a fazia alongar o tempo, mas para afastar a
ansiedade decidiu ficar pensando nele, saborear antecipadamente
os prazeres prenunciados. A cada momento se derramavam
líquidos por todas as partes de si, eram lágrimas, suores em
excessos e fluidos vulvares, e em sequências prazerosas quase
ininterruptas, intervalados pelos momentos de gozo pleno. A
expressão de seu prazer fazia o seu corpo saltar, inicialmente com a
cabeça numa propagação que percorria o tórax, o abdômen, a
pélvis e as pernas, como uma ondulação que a fazia segurar os seios
em tempo de se desprender dela. Esperou. O lampião se apagou, a
escuridão foi quase total, apenas a fulgor fraco e bruxuleante da
fogueira lá fora dava a saber da natureza da luz, quando, então, ela
viu um vulto alto internar-se no cômodo. Ele atravessou o quarto
lentamente e deitou-se ao lado dela.
O seu corpo estremeceu ao contato do dele e ela o abraçou
puxando-o para sim.

Capitulo 9

O enteado de Honório Córregas - Pedro Nobre - era um alquimista, vivia apurando formulas e remexendo livros antigos sobre os processos químicos das mais variadas naturezas, pois tinha o sonho de alonga a vida, quiçá de fazê-la eterna, essa era a busca, era a sua verdadeira busca da pedra filosofal. Ele era afeito aos estudos da numerologia, da magia talismânica, sabia sobre o princípio fundamental para a comunicação com várias classes de inteligências transcendentais, anjos, espíritos elementares, demônios. Pensava ele, que residia no exercício de certa força oculta existente no mago que intensamente exercida geraria o estabelecimento da correspondência entre os dois planos da natureza capaz de efetuar o propósito almejado. Seria como uma tremenda válvula multiplicadora das faculdades latentes da natureza espiritual do homem, mas, ele sabia disso somente na teoria, jamais conseguira na prática o efeito comprovado.

Pedro era filho de Madalena Lescova, uma russa, vinda nos anos 40 para Angusturas, vinha fugida da guerra, trazia na barriga um filho, fruto de muitas das violações sexuais sofridas, feitas por soldados inimigos e mesmo por soldados de seu país. Ela perdeu os pais aos treze anos e o avô que a criava também a molestava. Depois conseguiu fugiu com um namorado, um soldado desertor, capturado já dentro do navio que os levaria embora da Europa no momento que se preparava para zarpar. O pobre rapaz, foi à corte militar e executado. Ela conseguiu ficar oculta e mesmo depois de descoberta seguiu no navio até o Brasil e depois a Angusturas.

No Bar do Cosme onde Água Ardente tomava os seus tragos, era onde também Madalena Lescova vivia de favores e dormia num pequeno quarto nos fundos do prédio. Foi nesse bar quando, ainda Honório Córregas bebia que ele conheceu a moça russa.

Foi amor à primeira vista, assim como fora de quaisquer propósitos desabrocham floradas nas mãos, nas ruas, nas calçadas, num bar. Algo como paraísos nascendo do nada, mundos perdidos, reais e irreais, brotando, morrendo e ressurgido a cada passo, dentro todos de um segundo mágico, que nos captura, donde se torna impossível escapar ileso daquilo que sonhamos. A aventura a tecer nossos destinos como escolha de nós mesmos. Tudo o que temos ainda para viver e ser dito sob o signo do desejo neste mundo sem fim e sem começo quer seja num segundo ou na eternidade brota o amor eterno, de antes e para sempre, mas como nem tudo é poesia Honório Córregas teve que pagar para ter o seu amor, numa negociação com Cosme que durou quase um ano e o deixou endividado por longos anos.

Como se encontra o seu grande amor e o deixá-lo partir?

Honório Córregas pensava que a chance era única, que a terrível dor da parda seria pior que a dor de não ter e então lutou e fez tudo para vivê-lo, fez tudo por ele. Não se arrependeu, teve os melhores anos de vida que alguém poderia ter.

O filho que Madalena Lescova trouxe no ventre passou a ser filho de Honório Córregas por legitimização e por sentimento de afeto, eram pai e filho unidos e amando-se, era uma família feliz.

O relacionamento deles era baseado em devoção e uma afeição apaixonada, igual, poucos têm a sorte de experimentar. Caminhava de mãos dadas sempre que podiam, roubavam beijos um do outro sempre que se cruzavam pela casa pequena. Eles conseguiam ler os pensamentos e completar as frases um do outro, antes que terminasse de serem ditas. Era um a vida do outro em complementação intensa de sintonias, amor vivo e pureza de sentimentos, até a morte prematura de Madalena Lescova, por um acaso.

Um dia quando bebiam a noite à beira do rio, numa bela noite de luar aconteceu o inesperado.

Era o dia de aniversário do sétimo anos de casamento deles e tudo transcorria bem.

Ela se achegou perto dele e falou uma frase que sempre repetia quando o via em silêncio.

-Não se maltrate homem de Deus, para tudo há um jeito. Não alimente o que não é seu.

Honório Córregas, era feliz, dizia do seu amor à sua mulher - Crescer exige calma, é como o crescer das ervas e flores, pólen, sementes, sêmens. Se quiser saber de mim, olhe-me em você, sob os seus pés broto, frutifico, vergo, talvez nem mais me reconheça. Qual o significado do que somos?

E ela ria e dizia: Somos o que somos, eu e tu, a vida. Então ela pedia que ele falasse mais, ela adora tudo o que ele falava, ouvi-lo era mágico, havia admiração, gratidão e um amor sereno, sem rusgas, sem nenhum atrito.

E ele prosseguia - Não sei se um dia teremos de fato a compreensões sobre o fato de existirmos, de estarmos juntos, se somos passageiros de nossas vontades, se nossos desejos pressupõem laços anteriores e se não seguires agora os meus passos, não desanimo, temos um trato de sermos sempre um, em qualquer tempo que for.

Ela o beijou. Falou para ele como nunca antes, de tal modo que surpreendeu a Honório Córregas.

-Apure a audição, o olfato, os sentidos quando eu te chamo se não estou na tua visão, não se desesperes, em algum lugar no tempo eu estarei a sua espera ainda que eu parta antes. A vida destila magias para amor não se perder, nada se perde, em algum momento, em algum fato, estaremos ligados.

Dito isto ela ficou calada olhando a lua, e disse - Eu quero abraçar a lua. Quero muito abraçar a lua. Levantou-se e bailou girando o seu vestido rodado, com uma bela flor desabrochando, depois gritou para a lua refletida na água - Eu vou abraçar você.

E se atirou.

Na escuridão da noite o corpo de Madalena Lescova sumiu nas águas do rio e nunca foi encontrado.

O seu amor físico partiu, morreu, mas, o seu amor de Madalena Lescova e Honório Córregas não.

O sofrimento maior de Honório Córregas foi ainda mais intenso devido ao desaparecimento do corpo dela. Foi como se não houvesse a morte. Como se houvesse uma pendência, um lapso, uma interrupção dolorosa se certezas, mas o corpo de Madalena Lescova jamais foi encontrado.

O amor continuou de certa de certa forma na presença de Pedro Nobre.

Pedro aos dezenove anos partiu para a Europa para estudar, durante uma excursão que fizeram ao interior da França, por acaso Pedro pegou os documentos de um amigo afegão, no retorno a Nice, o ônibus que os conduziam caiu numa ribanceira e todos morreram, menos Pedro. Ele com os documentos do amigo foi internado como afegão e ficou dois anos em coma. O corpo do afegão totalmente irreconhecível foi encaminhado a Angusturas, está enterrado no pequeno cemitério chamado, Vidas Idas. Pedro quando saiu do coma, ainda, ficou mais dois anos sem memória. As autoridades não conseguiram contatos com os pais afegãos e assim a dor de Honório Córregas se duplicou.

Depois a memória de Pedro voltou de estalo e quando tudo estava esclarecido ele voltou a Angusturas e ao seu pai. Antes Água Ardente já era cão de estimação da família, e por ele Pedro Nobre pode achar Honório Córregas. Pedro Nobre costumava dizer que Honório Córregas era acolhedor de corações de cães e de pessoas.

Pedro Nobre havia se formado em Química, estava trabalhando numa formula de rejuvenescimento destinado a alongar a vida, mas, cuja comprovação só se poderia saber após a vivência prolongada de quem dele fizesse uso, assim, ele teria que esperar. Além deste primeiro intento, ele tinha outro, a transmutação dos metais, não para a fabricação de ouro, ou outros boteis preciosos com intuito de enriquecimento, mas, para forjar um amuleto que conjugado à formula daria a fixação dos efeitos de prolongamento da vida. Poder-se-ia pensar que para empreender a realização do tão ambicionado programa, ou, antes, para dar armas a tão desenfreadas ambições que seria necessário revolver céus e terras inteiras em busca dos elementos necessários, mas, Pedro Nobre tinha tudo bem próximo às mãos, ou sob os pés em Ravena

Não foram necessários os exaustivos empreendimentos em buscas dos recursos precisos, nem se fatigar em desespero em face do improvável, de exaustivas tentativas, na febre do delírio para recomeçar pela enésima vez os ensaios ante intermináveis decepções, porém, não. O que ele precisava era de quem testasse a sua formula.

Capitulo 10

Depois do ato de conjunção de corpos, acontecido na cama de Ramon Dolman, uma chuva se iniciou de forma tão intensa como jamais se havia visto na região, causando estranhezas não só pelo fato da abundância, mas, devido à cor, ou seja, avermelhada, sugestiva correspondência ao fato do desvirginamento de Olga.
A preocupação de todos quanto à incidência das chuvas era evidente, as goteiras de água vermelha, os veios abertos na terra se juntavam às correntes formadas por uma série de tantas valetas e formavam um riacho que pouco a pouco aumentava de volume na rua principal da vila. Os habitantes olhavam com estampadas surpresas e nervosismos o córrego que crescia intempestivo, barulhento ia zanzando em tropeções, arrancando pedaços de terra e pedras. Já chovia a três dias seguidos e com apreensão. Honório Córregas e Pedro Nobre observavam da pequena janela da sua casa feita de pedras, os pingos grosso que avermelhavam o tempo e causavam uma angustiosa insegurança, mas, Honório sempre fazia graças para afastar os sentimentos de incerteza, quantas vezes na vida fez isso e quantas vezes se sentou e achou graça da dor. Era um homem que sempre que se pensava que estivesse no fim, ele não findava, para ele nunca havia o fim, nada era o fim, e ele pensou não será hoje o fim dos tempos é só o começo de outro dia.
A casa de Honório Córregas foi construída com o material mais abundante na região, as pedras de turmalina. Era uma boa casa com três quartos dois feitos após a chegada de Pedro Nobre, um para ele e outro que lhe servia de laboratório às suas experimentações.
Pedro e Honório discutiram sobre as possíveis causas da chuva com aquela cor, estavam ali duas mentes de alto valor pensante, argumentativas e capazes de compreender os processos que envolviam uma questão, tendo a habilidade de tomar decisões, com o poder de decidir medidas apropriadas e sensatas. Pedro Nobre era pensador analítico é uma pessoa reservada e calma. Gostava de

chegar ao fundo das coisas, sendo a sua curiosidade é uma de suas principais motivações. Queria sempre saber muito em profundidade não precisando de muita coisa para ser feliz, mas era uma pessoa modesta.

Ela queria saber de Honório o que ele pensava sobre a ocorrência da chuva.

-Há uma verdade absoluta que não pode ser concebida descrita por palavras, precisa ser sentida, eu venho tentando fazer isso Pedro, nestes três dias de chuva, venho sim tentando fazer isso.

-Está dizendo que não somos capazes de definir algo que existe?

-Sim, as Leis Universais fluem indiferentes ao tempo, e podem apenas ser realizada pela completa fusão do individuo ao seu infinito e o ser humano é um agente secundário no processo universal, quando somos personalidade ficamos restritos ao meio em que vivemos, a absorção pela consciência vai além, mas, é dependente do nível evolutivo.

-Nós construímos essa realidade e nós podemos detê-la Padrinho?

-Nós temos que tomar consciência disso, foram construídas através de nossas emoções e atividades. Nós realizamos em nós o Homem Supremo que, que embora de nossas limitações individuais, deixamos emanar nossa cota de ser integral.

-O que na prática isso significa?

-Ciência ocupa-se daquilo que não está limitado aos indivíduos, que extrapola, que envolve, o mundo humano impessoal das verdades. O sentimento que temos dessas necessidades mais profundas, apenas percebida extra consciência, são ocupados pelas religiões. Aqui, em Ravena, tudo se exacerba, o bem e o mal. As nossas consciências individuais da verdade adquirem significação universal, sentimos o carinho por Anton, por Olga, por Domingas Molina, temos a percepção do ódio exalando de Gontijo, das mágoas de Ramon Dolman, tudo isso se concretiza em nossas verdades sentidas.

-Entendi, reconhecermos essa verdade nos ajuda saber como podemos lidar com ela.

-Verdade, a compreensão da Mente Universal. Nós indivíduos nos aproximamos disso através de nossos próprios erros e desatinos, através de nossas experiências acumuladas, através de nossa consciência iluminada – de que outra forma, se não essa, podemos conhecer a verdade?

-Então podemos mudar essa realidade pela inversão do pensar.

-Sim, mas, todos reunidos em uma só sintonia. Quando Anton Sepúlveda e Olga se aproximaram aconteceu algo nesse sentido.

-O Senhor que dizer que se desejaram como homem e mulher?

-Sim. As pessoas perceberam e mentalmente definiram os acontecimentos futuros. As frequências e a quantidade de idênticos pensamentos formataram os acontecimentos, a configuração não é perfeitamente definida porque há variações no pensar. Muitos desejaram que não estivesse acontecendo o relacionamento deles, mas outros acharam que era um direito deles vivenciarem a relação, ainda que, imaginassem as consequências. Alguns choram intimamente, outro imaginaram as cenas no encontro dos dois, o defloramento, o sangue, os líquidos, a fluidez, o fluxo, as lágrimas.

-Tudo isso se converteu nas chuvas.

-Sim Pedro, exatamente assim.

Domingas Molina bateu a porta, Pedro foi abrir e a cumprimentou. Honório Córregas a abraçou e percebeu que o rosto dela mostrava abatimento.

-Domingas você ainda não saiu daquela energia negativa.

-Estou muito preocupada, eu não vejo Anton Sepúlveda desde a fatídica noite.

Pedro Nobre tentou segurar o sorriso, mas, não conseguiu.

-Estávamos falando sobre o efeito da imaginação, dos pensamentos sobre a construção da realidade. Disse Honório.

-O que você pensou sobre o fato de Anton Sepúlveda estar na cama com Olga. Perguntou Pedro.

-Eu senti ciúmes.

-Mais o que?

-Desejei que algo acontecesse, que algo o fizesse não ir ao encontro dela.

-O seu desejo pode ter sido atendido. Desde quando você não o vê?

-Desde que eles conversaram, ela saiu e ele ficou, ainda, um tempo.

-E depois?

-Não sei, ele não foi ao encontro dela, ele simplesmente estava ao meu lado e sumiu.

-Como você sabe se... Pedro iniciou a frase, mas, não continuou.

-Ela é cega sim Pedro, mas, vê mais e mais longe do que você e provavelmente eu.

-Desculpe-me Domingas. Então ele sumiu?

-Sim, pouco antes da chuva. Ele não foi à casa de Olga, eu sei que ele não foi, eu só não sei o que aconteceu com ele. Ele desapareceu.
-Creio que o fizemos desaparecer com os nossos desejos.
-Para onde?
-Eu não sei Domingas, não sei.

Capitulo 11

Olga continuou deitada após o ato de amor e ainda gozou por três dias e três noites ininterruptas, estava como que inconsciente, incapaz de algum ato que não fosse o de se deleitar. O fluido do prazer que minava do seu interior e que escorria pela cama e pelo chão do quarto era tanto que formava um pequeno córrego e ganhava caminho pela casa rumo ao exterior da casa e por sob a porta se misturava à chuva.

Já chovia há cinco dias, quando as primeiras casas começaram a desabar, algumas casas eram feitas de taipa, de pau-a-pique, de barro ou lama misturado à palha secada ao sol, e que ante ao dilúvio bíblico desmanchavam-se feito brinquedos de papel marche em banheira de criança. Alguns já cogitavam construir uma grande barca de Noé, mas a cabeça fervilhante de Pedro Nobre já expunha fumaças exigindo ação. O cheiro da fumaça chegou às narinas de Honório Córregas que veio ajudar Pedro a formar o comitê de ajuda humanitária. Era necessário socorrer os desabrigados, acolhê-los, ajudá-los com alimentos e roupas. Isso não era problema na Vila, todos partilhavam tudo, em Ravena tudo era de todos, mas, precisam imediatamente cessar o temporal.

Decidiram reunir todos numa parte mais alta da Vila. Pedro e alguns outros moradores se incumbiram de fazer a convocação. Aos poucos com dificuldades, foram surgindo os moradores, protegidos, cada um da forma que podia, até estarem todos no ponto determinado. Percebeu-se a falta de quatro moradores, os três da família Dolman, e mais Anton.

Pedro Nobre e Honório Córregas explicaram o que teriam que fazer; Determinar o cessar das chuvas, mentalmente construir pensamentos visualizando a redução gradativa do temporal.

Fizeram isso, mas passados dois dias a chuva não cedeu um milímetro sequer.

Pedro Nobre e Honório Córregas se entreolharam interrogativos caminhando em círculos na sala já fazia um dia e uma noite e insistência desmedida deles na intempestiva consecução do ato andar em círculos fazia tontear Carmesita, ela que viera se instalar na casa de Honório Córregas devido ao desabamento da sua choupana, investia em detê-los, fazê-los parar para dormir, comer, etc. Ela fez diversos pedidos amistosos, mas sem êxitos então se incorporou ao circulo rotatório e passou a questioná-los sobre o que eles desejavam.

-Não entendemos porque a chuva não cessou. Disse Pedro Nobre.

-Não seria pelo fraco poder mental aplicado?

-Pode ter sido, mas, não creio, todos estavam imbuídos do mesmo intento. Falou Honório Córregas.

-Não pode ter sido porque cada um pensou à sua maneira. Ponderou ela.

-Poderia ser sim, mas, quantas formas de parar um temporal podem existir? Perguntou Pedro Nobre.

-Bom, não sei, poucas, creio. Disse Honório Córregas.

-Temor, ansiedades enfraquecem o poder de pensar. Disse ela a si mesma. Mas, não creio.

-O que deu errado então, podemos mudar a perspectiva da abordagem.

-Já sei disse Carmesita, já sei.

-O que já sabe? Conte-nos então. Pediu Pedro Nobre.

Os três pararam e Carmesita falou.

-Não seria um caminho provável deter a chuva invertendo o processo inicial? Desfazer pelo processo mental direto os lamentos e as lamurias quanto à situação de Anton Sepúlveda e Olga.

-Sim é isso, foi por não pensarmos assim que não deu certo. Disse Pedro Nobre. Vamos então fazer o que deve ser feito.

-Calma, calma, por favor. Pensemos. Não podemos intervir e alterar o passado. Falou Honório Córregas.

-Como não, nós estamos intervindo de qualquer forma, intervimos quando tentamos deter o temporal? Precisamos intervir, as águas já ameaçam nossa Vila, nossas vidas.

-Somos agentes de criar futuro, a cada ato e pensamento, criamos futuro. Nada sabemos sobre mudar o passado, tem Olga, Anton, todos nós envolvidos nisso. Não somos só nós, é uma cadeia infinita que vamos alterar. Não somos Deus. Não quero ser. Voltemos a pensar.

Os três reiniciaram então a andança em círculos.

-Padrinho, se fizemos o que sugeriu Carmesita Anton Sepúlveda reapareceria?

-Não sei Pedro, temo que voltemos à noite em que Olga convidou Anton Sepúlveda à sua cama.

-Não estaríamos, então, solucionando o problema?

-Não Carmesita. Seria um atraso no tempo e todos os fatos anteriores se repetiriam, inclusive as chuvas.

-Entendi. Disse Pedro Nobre.

-Eu tenho outra sugestão.

-Diga Carmesita, você está me surpreendendo.

-Que tal sonhamos então.

-Como assim.

-Todos vamos dormir e sonhar com a consecução do que não podemos fazer na realidade.

-Pensemos.

Depois de longos minutos Honório Córregas falou.

-Sim, pode dar certo. Vamos instruir a todos os ravenences.

Quando chove assim tão seguidamente as águas minam por todos os lugares, pelos vãos, frestas pelos poros, e começam a pingar água nas casas e as goteiras se avolumam, crescem e tudo entope, a pia, os dutos, os canos, os vasos, os baldes, alagam os chãos, a terra, a grama, os campos nesse pinga pinga-pinga insistente, persistentemente insano, dissolvendo tudo, as casas, as ruas, as almas, os fantasmas, a gente e nessa história alagada era preciso achar um fim, alguma solidez antes que Ravena fosse levada na profusão das correntezas.

Ao deitarem-se todos os moradores de Ravena sabiam que tinham uma missão, deitar e sonhar, um mesmo sonho, e no sonho todos se dirigiram ao mesmo local.

Honório Córregas recitou, então, uma antiga passagem feita por ele aos deuses do lugar, aos deuses dos sonhos.

"Há uma cortina de fumaça diante dos meus olhos, dos nossos, caminhamos tateando neste nevoeiro intenso, no vale das chuvas, em nossos próprios pensamentos. Tentando entender onde estamos e os porquês. A vida é um teatro surreal, há um equívoco que preciso saber qual. O sol precisa reaver o seu posto, aquecer os nossos corpos flácidos cheios de sono. Esticamos os pescoços e as bocas cansada e faminta, lamentando o abandono dos tempos sem amor. De abertos olhos entre as dobra esgarçadas do desconhecido, à espreita a solidão perambula com a dor, sôfregas, alcoólicas, taciturnas, caçam incautas criaturas. A passagem aos justos está cada vez mais estreita, os corpos obstruem o caminho da alma, uma gota pura, ingênua e incólume lágrima de Deus pinga no pântano imundo dos homens, lírica maneira de limpar as sujeiras do mundo".

A essa altura tomados pela energia emanada das palavras e da voz de Honório Córregas os pensamentos se comungaram e fundiram num desejo deter as águas foram dormir.

Ao despertarem, chegavam às janelas, curiosos, alguns, ainda, com as lembranças dos sonhos. Pouco a pouco, gradativamente, percebiam as chuvas se reduzindo, levaram ainda dois dias até elas cessarem em definitivo.

Capitulo 12

Do meio da floresta surgiu a figura imponente de Ramon Dolman,
seguido do filho Gontijo, ele chegou carregando um grande saco
com carne, de um onde goteja sangue escuro e repugnante, que
lambuzava o seu corpo. Aos que o viam parecia mais um figura
diabólica, um demônio que se banhara em sangue. Ramon Dolman
parou na praça e se lavou na fonte, que sentidamente mostrava-se
em menor volume do que sempre.
Os Dolmans sempre destoaram dos demais, tanto nos sentido da
alimentação, onde nos demais era frugal, voltada às alimentos
cultivados de forma natural, cultura de cereais, leguminosas,
hortaliças, frutas, a deles era composta basicamente de carne.
Diferenciavam-se, também, nas posturas morais e na da estranha
maneira de ser.
Na Vila, mesmo sem ser formalmente escolhido, Honório Córregas,
era tido como um líder natural, liderava como uma arte. Era a arte
de conduzir as pessoas para que fizessem o que era necessário por
livre e espontânea vontade. Era um ser capaz de influenciar o outro
sem demonstrar autoritarismo. Era especial, conseguia extrair o
melhor de cada pessoa, dando-lhe autoridade para que pudessem
ter suas próprias ideias e agir de acordo com elas. Dele emanava
um brilho, uma luz que não cegava, parecia que absorvia o melhor
da vida. Dizia que dos barulhos do mundo não absorvia nada: A
mim já me bastam os meus caos, o meu processo habitual de
morrer e nascer todos os dias. Não desejo me a aprofundar no
superficial, a casualidade das relações já traz suficientes conflitos, o
profundo é raro, é o que eu quero, sinto, não minto, mas,

precisamos do faro da ovelha assustada e do instinto do lobo faminto para vivermos.

Aos Dolmans deixam habitar, existir, viverem as suas vidas, desde que não afetassem negativamente a vida dos outros.

Ramon entrou em sua casa e deu um grito imenso, um urro animalesco, um grito de tamanho pavor, que parecia o misto de um imenso felino, uivo prolongado de um imenso lobo, e de algum ser desconhecido com trovão na garganta. A todos congelou de medo e de certeza que de algum modo era algo ligado a Olga. Ninguém se atreveu a chegar na rua e buscar saber o que acontecia, mas, Honório Córregas se dirigiu à casa de Ramon Dolman.

-O que se passa Ramon?

-A minha filha está morta, foi estuprada e morta, gritou ele fechando os olhos, não querendo olhar a figura da filha na sua cama, envolta em sangue e substâncias pegajosas.

Ramon pediu licença e entrou, viu Gontijo ajoelhado e aproximou-se de Olga. Observou por alguns minutos, e aproximou o rosto à face da moça, sentiu que ela respirava, deu ele mesmo um suspiro. Ele sentou-se ao lado dela, a tez de Olga revelava na carne rosácea a luz que Ramon não percebera, que preenchia de vida os lábios e os olhos semiabertos perdidos na espera.

-Ramon. Chamou Honório Córregas, a sua filha está viva e bem, não houve abuso, houve entrega.

-Não. Gritou novamente Ramon, um novo grito mais alto e retumbante do que o anterior que regelou de novo os habitantes já assustados.

-Quem quebrou os votos que eu fiz? Quem ousou? Eu vou matar, esfolar vivo, retirar as entranhas e dar de comer aos lobos. Não haverá de sobrar um só fio de vida de cabelo sobre a face da terra. Quem foi o autor? Quem foi? Eu vou buscá-los nem que seja nos confins dos infernos e triturar a sua alma entre as fezes dos demônios. Quem ousou?

Honório Córregas deixou o homem, que mais se parecia a um iete, desafogar os seus desesperos. Depois falou.

-Chore sim suas dores, chore quantos dias precisar, um, dois, por três dias e três noites, três dias, três meses, chore os seus desesperos, é a expressão dos sentimentos se esvaindo em águas. Haverá depois um abismo ao seu lado e é preciso prosseguir, mas antes, será preciso compreender algo. As promessas que fazemos são nossas, jamais deveríamos colocar nelas outras pessoas, outros seres que não têm que pagar por nossos erros. Olga é sua filha, mas, não é de sua posse. Ela tem sonhos, desejos, perspectivas diferentes da sua.

-Eu fiz uma promessa à mãe dela e vou cumprir, custe o que custar. Vociferou irritado Ramon, Dolman. Por que ela não desperta?

-Ela está em catarse. A catarse refere-se à purificação das almas por meio de uma descarga emocional provocada por um trauma. Ela sofreu um trauma, não sabemos qual, mas, ela sabe. Devemos dar um tempo a ela. Ela sabe qual será o necessário, deixemo-la em paz.

Gontijo mexeu-se inquieto e de um salto levantou-se, empunhou uma adaga e saiu a gritar.

-Anton, onde você está? Eu vou matá-lo.

Correu batendo às portas.

Ravena vivia a sua própria tragédia grega.

Domingas Molina chegou com Pedro Nobre a buscar a Honório Córregas, os três saíram da casa de Ramon Dolman seguiram conversando e Honório Córregas falou: Segundo o filósofo Aristóteles, para suscitar a catarse, se um homem bom passa da má para a boa fortuna, nós não sentiremos terror; se um homem bom passa da boa para a má fortuna, nós ficamos com pena, e não sentimos compaixão nem terror; se um homem mau passar da boa para a má fortuna, nós ficamos felizes da vida; e se um homem mau passar da má para a boa fortuna, nós sentimos repugnância. Eu não me regozijo e nem sinto repugnância, terror ou pena de nada, Olga, teve o que imaginou ser o seu momento de estremo de prazer, alimentou-se dele durante dias, mas, algo extraordinário a fez mudar a direção da sua felicidade, talvez, tenha caído em si do ato praticado, do pavor de lidar com o pai. Não suportando conviver com isso, saiu de si.

-Não creio Padrinho, a chuva cessou, e Anton Sepúlveda não voltou.

-Isso não seria uma confissão de culpa? – Perguntou Pedro Nobre.

-Eu entendi bem o que Domingas quis dizer. Anton Sepúlveda não se esgueirou, não fugiu, não sumiu. Ele foi sumido.

Capitulo 13

Angusturas era uma republiqueta governada por um déspota, muito bem ornamentado com pele de ovelha, que usurpara através de um golpe militar o controle do pequeno país.
Mirral Bustamante foi um jovem oficial militar sem brilhos, de terceira linha dentro do sistema de progressão de patentes, obscuros nas matérias curriculares acadêmicas e técnicas, mas, compensava isso com uma fleuma que tramava se distinguir pela personalidade forte, intensa e ardilosa de conseguir os seus desejos a quaisquer custos. Sonhava ser um líder, de qualquer natureza. Tentou, antes de ser militar, ser religioso, mas, foi denunciado por uma beata que o descobriu distribuído hóstias entre as crianças de um bairro pobre, roubadas à sacristia e por outra de tomar confissões de jovens locais, usando uma batina do padre sem roupas intimas por baixo. Tomou uma surra de alguns pais revoltados e desistiu do ofício. Pensou em ser dirigente sindical, mas, não havia sindicatos no país. Ele então criou um, mas, não havia indústrias, ele então criou uma, mas, a mão de obra não era organizada, ele então inscreveu três dos seus quatro empregados no sindicato, mas, a ideia não vingou. Os empregados eram artesãos e Mirral como dono da empresa não entrava com nada, mas, usufruía dos rendimentos auferidos, depois, o baixo índice de adesão sindical não justificaria o seu sonho de ter uma multidão fiel o seguindo, então pôs de lado a empreitada. Ele criou então uma radio para divulgar as suas ideias de popularização dos bens diversos, ou seja, tudo que existisse no país seria do povo, dado ao povo e pelo povo, mas, o povo não pareceu reagir às suas convocações sistemáticas, ainda, assim o equipamento que ele conseguiu com os parcos rendimentos não tinha longo alcance, também desistiu da radio.
Na pequenez de Angusturas não se entendia qual a função do Exército distribuídos em quatro quartéis, em cada ponto cardeal do território, estavam espalhados os trezentos e cinquenta e três

soldados, onde havia apenas cinco policiais, pois não havia crime de morte e roubos, os pequenos furtos cabiam em números em uma folha de cadernos desde a fundação do país há cento e vinte e nove anos.

Mirral matou todos os altos graduados na linha sucessória de patente acima dele, das mais diversas formas possíveis e imagináveis, por envenenamentos afogamento, picado por serpente, empurrado de despenhadeiro, por aparentes acidentes em exercícios militares, com granadas explodidas como ao acaso, armadilhas e até por uma torta feita com palmitos e vidro moído. O ultimo mais importante e o mais velho, o General Barata, ele matou com uma injeção de inseticida na veia.

O país não possuía grandes propriedades, a agricultura era de subsistência, fazia, durante o ano seis meses de sol e seis de frio, com chuvas medias, tudo o que se plantava dava e tudo o que se produzia era o que bastava ao povo, não havia ganância, não havia roubos, corrupção, ou o desejo de ter o que não lhes pertencesse, mas, o coração de Mirral Bustamante não compreendia isso.

Capitulo 14

A chuva vermelha cessou. A possibilidade de se ver de novo o azul do céu era desejada, esperava-se que acontecesse, mas não. Para surpresa de todos, ao secarem as águas excedentes, as poças e os ribeirões transitivos, o sol e os ventos passaram a executar juntos um trabalho de envolver a Vila em uma nuvem de poeira vermelha, que cobriu tudo inclusive cerrou aos olhos a vista do céu. Por consequência, várias mazelas vieram a acontecer. Os olhos de todos os habitantes, exceto os de Olga, vieram a ter inflamações severas, as águas límpidas dos rios regulares se poluíram, os alimentos sujaram-se e a respiração de todos era dificultosa. Viver em Ravena tornou-se de uma condição caótica.

Honório Córregas veio a ser convocado, porque os habitantes não sabendo o que fazer, como reagir para se livrarem da situação, como sempre recorreram a ele.

Ele compareceu ao centro da praça e levou Pedro Nobre, mas, desta vez, ia com mais alguém, alguém que tinha se tornado importante e valorizado ao dar uma solução para deter a chuva vermelha, Carmesita.

-Senhores, estamos diante de outra dificuldade, parece-me que andamos sendo alvos dos deuses e que por alguma razão eles nos testam.

Eu estou velho, o que eu sei sobre a vida trago acumulado no cérebro, mas, a idade me deixa vulnerável, mais próximo da morte do que da prolongação da vida. Ao ousar mirar os céus sinto os olhos de Deus sobre mim, as penas do inferno se mostrando enquanto a minha viagem se faz em direção ao fim, os reforços de julgamento se esvaem, a transcendência já fala por mim, traduzindo como uma nova língua cada sentimento que eu tenho.

Precisamos pensar sobre o futuro, imaginar a evolução, a plenitude da vida, ao que fizermos juntos nessa jornada de sempre será contínua, ainda que sem mim. Sinto que existem outras paragens e outros homens, ou outras mulheres, eu não quero ser a causa da estagnação de nossa marcha.

Ante as palavras ditas por Honório Córregas, tão sinceras e poéticas, para dizer dos seus medos, de suas intenções tão carregadas de honestidades, verdades e desejo de fazer outro líder, foram todos tomados de intensa comoção e todos choraram. Um choro sem limites, lágrimas tantas que pareciam regadores, esguichos em torrentes que começaram a lavar a poeira vermelha, a limpar o piso da praça, a substituir a água rubra da fonte por água cristalina dos prantos. Percebendo então o acontecido, mais choraram. Todos chorando esguichando de lágrimas e saíram lavando as calçadas, as fachadas das casas, as áreas externas e internas. Depois foram lavar as plantas, as hortaliças e os jardins, despoluíram as lagoas e os rios. Todos emocionados choraram três dias seguidos, mas, depois se deram conta que se assim seguissem voltariam a viver a situação anterior dos excessos de águas, a mesma situação das chuvas que causaram tantos transtornos. Pararam então, enxugaram os olhos límpidos e, agora saudáveis, e voltaram às suas casas.

Pedro Nobre sentiu a necessidade de abraçar Honório Córregas, o que a ele ocorria como desejos natos, eram sentimentos vindos do nada, sem causas de inspirações ou motivações. Vinha ele sentia e aplicava.

Pedro abraçou o velho Padrinho quando Carmesita entrou e se emocionou, e mais uma vez entrou no circulo dos dois.

-Padrinho parece ter escolhido o seu sucessor. Falou Pedro Nobre sorrindo para Carmesita.

Ela corou e baixou os olhos.

-Sim, eu percebo em Carmesita um talento, ou melhor, um dom, uma energia e uma inteligência não construídos, mas autênticos e naturais. Eu creio ter sentido mais profundamente o que está adiante. Seja eu, agora, quem for, precisarei aceitar os fatos, trilhando realidades tão minhas e atravessar o caos, mas, não sinto a dor da transformação, há muito o que vir e precisaremos estar preparados, é preciso sangue novo, juventude, inteligência e força. Eu não quero impor nada à comunidade, não se impõe um líder, espero fazer você, Carmesita, um. Eu a levarei, você me acompanhará a todos os eventos para que eles percebam a sua natureza, a sua aura, o seu valor. Temos tempo ainda e apesar de tudo, eu gosto da vida forjando o que sou e o que você haverá de ser.

Será preciso que haja conexões suas com eles, intenção no querer ser, envolvimento. Ore ao seu anjo. O que eu quero dizer é, abra o seu canal ou que for, deixe vir a você as respostas. Se você age com essas proposições as respostas que virão serão sempre de boas fontes. Daqui para frente qualquer que seja o evento, você terá participação, efetiva, afetiva, interação, cada ato, cada gesto seu deverá ser carregado de envolvimento, toda atitude deverá ser uma doação de si, impregnada de amor, como os nossos ancestrais faziam há séculos. As oferendas serão imagens projetadas para o futuro, assim, daremos o melhor de nós em cada ato de nossas vidas. Oferecer o melhor de si ao mundo é chamar Deus para perto. Serão nossos ofertórios ao futuro, as nossas programações de fazer acontecer. As dádivas virão, a sua doação é a sua tarefa, uma simbólica oferenda, mas, prepare-se, você será testada, muitas vezes. A vida deseja saber o que vira de você como retorno, se o ser carregado de sabedoria ou um ser abjeto, o iluminado ou o sabotador, o falso ídolo, o ídolo podre, enganador ou o que dará a sua luz.

Capitulo 15

Domingas Molina dormia sentada na cadeira da cozinha, os cabelos negros tão longos, soltos, tocando o chão. Os seus sonhos eram carregados de imagens irreais. Onde se quedava a noite perdidas pessoas chegavam com lembranças nem sempre queridas. Havia a crença que a noite nos elabora os fantasmas em tons mais cinzas, mas, os céus retrucam. Cortam o ar uma magia em estrela cadente e os antes ausentes se sentam a apreciar o céu.

-Não sei por que deitas ao meu ombro com uma sentida casualidade? Perguntou ela a Anton no sonho.

-Não foram apenas os fantasmas que já me oprimiram, a casa e os cômodos, o cheiro dos incensos, os vidros de perfumes, a necessidade de inebriar-me deles me deram uma sobrevida, de onde eu venho moram lembranças descabidas, fora de propósitos, ressentidas.

-A consentida companhia é provocadora, instiga-se querer saber os porquês, mas, o teu cheiro existe na minha boca, no meu sexo, no meu suor, na minha vida, a atmosfera quase me sufoca de ti. Responde Anton.

Subo aos picos mais altos, penetro as florestas mais densas, mergulho nos profundos do mar, dispo-me e queimo as vestes e esse perfume insiste em me dizer que pouco mudou. A seda, a sede, a sebe, o vermelho do sangue, a alma descolorida, o viço, o grito, o verniz, o matiz, tudo tem um nome próprio. E eu como me chamo?

Anton. Tentou gritar Domingas, mas o nome dele não saiu, ficou aprisionado na garganta.

Um corvo grasnou irônico: Está sufocada? E os ecos ressonaram, os murmúrios fizeram troças dela, amor lançou raízes longas, mais longas que os seus cabelos negros, trançadas num desafio de atravessar a vida, o fio fraco, a lua morna, a armadilha que sempre nos pega. A dança da luz e a sombra dando o ultimato. A vida ama nos dois, há gozo na solidão. O que pode parecer mais saudável do que o amor?

Ela acordou assustada, sentou-se ainda com a voz do corvo gritado, o eco na cabeça. Ela se ergueu da cadeira e sentou-se no batente da porta da sala. Sentiu o vento frio, o cheiro de Anton. Perdeu o sono, na sua escuridão viu o corvo rindo dela. Uma voz falou: Procure como o sol no dia que chega, o dia.

Um cometa correu e atingiu o corvo em cheio, as penas queimaram e o cheiro acre de carne tosquiada chegou a ela.

E ela pensou: O problema é que não há saídas possíveis para quem ama.

Capitulo 16

Mirral Bustamante forjava os caminhos de sua carreira ambiciosa com audácias jamais imaginadas pelos mais sórdidos dos homens de Angusturas, não que não tivessem homens sórdidos em Angusturas, mas, os homens sórdidos de Angusturas eram românticos, agiam de acordo com as oportunidades e não por estratégias, não agiam com a malícia de Mirral Bustamante. Ele era astuto, ambicioso e engendrará não só um plano audacioso, mas um plano talentoso, perspicaz, engenhoso, para ser aplicado passo a passo, cada etapa no momento certo, sem deixar rastros, eliminando cada impedimento quer fossem de natureza material ou humana. Os homens sórdidos de Angusturas eram aprendizes se comparados a Mirral Bustamante.

Uma das táticas de Mirral Bustamante era falar do povo com afeição, de valorizar a sua ascensão de menino pobre das vilas afastadas, dos pais ignorantes, da família sem nome nobre. Contava isso sempre que podia, se detinha nos contextos moralistas da vida, dos esforços de crescer pelas suas qualidades ilibadas, pelo denodo, pelo respeito às leis e a Deus. Contava com garbo que desejava um dia ser um líder, um presidente, um homem que elevasse a condição inferior de cada habitante de Angusturas a níveis de qualidade de vida de alta escala nos padrões mundiais. Angusturas teria o povo mais feliz e próspero de todo o mundo, quiçá de todo Universo. Dizia odiar a malandragem configurada no sujeito que abdica ou escarnece de suas funções e obrigações sociais, tais como obediência às autoridades, respeito aos pais, patriotismo, altruísmo. Dizia detestar quem fosse ateu, teísta, ateísta, agnósticos, um homem precisava amar e temer a Deus. Trazia em seus ideais, um ímpeto revolucionário, convicção ideológica, não baseada conclusão intelectual, mas, pelo desejo pessoal de ser. No íntimo as suas atitudes eram desencadeada por ressentimento social. O propósito de mudar o status quo do país era um discurso meramente aparente, a discussão dessa ordem simplesmente não faria diferença para ele. A verdade era outra mais profunda e dolorida, calada, silenciosa que o carcomia feito um câncer. As diligências ao trabalho de fazer funcionar no dia a dia o seu plano de poder possuía a aplicação prática em sua vida como um anestésico à sua secreta dor. A aplicação desta droga qual alucinógena o embebia e a realização destas doses diárias trazia-lhe pequenos deleites furtivos e independentes lhes produziam a vívida impressão de sucesso, causando-lhe sensação de satisfação e superioridade.

O General Barata foi um ultimo empecilho dentro da carreira sucessória de militar que bloqueava o caminho de Mirral Bustamante, morto feito um inseto, nada restava mais nada entre Mirral Bustamante e o comando das forças militares de Angusturas. Ao general Barata restavam as honras fúnebres e uma cova bem funda. As homenagens póstumas foram prestadas diretamente pela tropa aos despojos mortais da alta autoridade, que ele ocupava, de acordo com a posição hierárquica que ocupava. Era um soldado de carreira, amava o Exército, tinha como fé nobre defender a Pátria, os poderes constitucionais, a lei e a ordem; o braço forte da soberania.

Havia uma sincera manifestação de tristeza da tropa e um reconhecimento ao velho general pelos serviços prestados ao país, mas, no coração de Mirral, havia ansiedade e júbilo, na cabeça o próximo passo a ser dado.

Capitulo 17

A festa mensal da fogueira que havia sido interrompida com as chuvas e divido a doença de Antonio Dolman, foi reiniciada. A grande pira foi acesa, a alegria mudou a energia na pequena Vila de Ravena. Uma antiga canção que dizia sobre a noite e os seus mistérios, era cantada.

"A noite é uma é superação, um véu estendido sobre nós, que se desfaz ao contato com o dia, é uma vã fração de partilha do tempo".

Domingas Molina pensou em Olga, o tempo que deu espaço à alegria e ao momentâneo esquecimento dos problemas não afastou da mente de Domingas Molina a situação de Olga. Ela decidiu visitá-la, haviam sido criadas juntas, e eram amigas e o amor ao mesmo homem que as dividia não poderia ser motivo para criarem ódios entre elas.

O povo seguia a cantar:

A noite é um abraço de leniência, suave acaso de amor dos deuses com a vida,

A amada, que mal chegada já se faz saber perdida,

Que ganha asas nascidas no ocaso, fonte abafada de águas escondidas

Cuja sede jamais consegue matar,
Nós somos à noite: tu e eu,

Que caminhamos cegos em busca da madrugada
Íntimos desassossegos não revelados

Uma prece sem sol, tímida clarividência que floresce
De algum pressentimento meu...

Olga não despertou e o seu sono preocupava a Domingas Molina, então ela foi à casa dos Dolmans, bateu na porta e ninguém atendeu, ela repetiu as batidas por três vezes. Empurrou a porta que se abriu, tateou no escuro e sentiu o perfume de rosa selvagem de Olga e outro que ela não soube identificar, era um olor ruim, fétido. Não era o mau cheiro exalado pelo cadáver de Miriam Dolman embalsamado, não, esse ela já tinha sentidos outras vezes, muitas vezes. Era um cheiro que ela achava que conhecia, mas misturado de uma energia rancorosa, de malignidade, como que se disfarçando para não ser reconhecido, mas ela estancou ao percebeu que o dono do mau cheiro se levantara da cama onde se achava Olga e saiu pela outra porta da casa.

Domingas Molina respirou fundo, o sentimento de medo passou, o mal havia saído. Ela sentou-se ao lado de Olga e falou a ela baixinho.

-Não queria nada a mais além de lhe doar vida, mas é um momento, o mais que eu posso fazer é lamentar, não sei de fato o que eu possa fazer. Quais jardins floriram rosas-selvagens no ambiente mágico de compor a substância do amor?

O desafio de entender o que virá ainda, que nem sempre se acredite no amanhã, persiste. As incertezas não me definem nada, o sentindo do caos é consequência do descaso, primo-irmão do acaso, mas, há essa canção que não me sai dos lábios. Quem a fez? Uma boca que como eu precisava dizer algo ao mundo, coisas belas, novas eras, descolar os pés do chão, sair da cama, viver de novo. A música recolhe erva daninhas, o fogo queima o que não nos serve. Liga dois polos ausentes, os que adoram o agora ou o amanhã. Dobro-me para ouvir esse som que me apazigua a alma trocando versos com os imprevistos, pedindo aos deuses que deem aos mudos palavras e ouvir aos surdos, que deem aos corações transpassados pela dor algo para crer, que nos abra algum caminho neste embaraçado de espinhos Neste dilúvio de percepções desencontradas deem algum gesto de condescendência às alma cansadas de si.

A mão de Olga saiu da inércia e tocou a de Domingas Molina.

A porta principal da casa dos Dolmans se abriu e as duas mulheres surgiram abraçadas.

Capitulo 18

Por regra geral o general mais antigo sempre era indicado a assessor direto do Presidente de Angusturas, com a morte do General Barata, criava-se a vacância, mas havia uma cláusula pétrea, que era: só poderia assumir a assessoria quem fosse casado e Mirral Bustamante não era e mais, tinha um ódio mortal às mulheres.

A bandeira nacional de Angusturas estava ainda hasteada a meio pau, quando Mirral Bustamante foi alçado ao posto de General. Era agora um general, o único general de Angusturas, estava vencendo, mas, era pouco, queria mais. Agora precisava agir rápido em relação ao casamento e depois, na oportunidade certa, seria hora dele cuidar da família do Presidente, o Comendador Rubio Ramos.

Rubio Ramos tinha oitenta e nove anos, casado com Maria Parentes, neta do presidente que o antecedera. Tinha três filhos, um homem, Sodré Rubio, o varão, com cinquenta e dois anos e duas filhas Mara Rubia de trinta e oito anos, e Mirtes Rubia, de trinta e dois, todos formados nas Universidades da Europa. Um dos filhos chamado Artur Rubio, que morava no Palácio com os pais, morreu, aos vinte e dois anos escoiceado por uma mula. Os filhos estavam em Angusturas, pela primeira vez juntos, depois de vinte anos fora, para comemorarem o aniversario de noventa anos do pai. Mirtes Rubia havia chegado à noite anterior e trouxera uma amiga chamada Vallery Angel.

Capitulo 19

Mirral Bustamante caminhava preocupado pelo jardim de sua nova residência. Uma bela e confortável casa de vinte e dois quartos, circundada por varandas com arcos marroquinos e pisos em mármores de Carrara. Pelos extensos e bem cuidados jardins circulavam riachos de águas minerais límpidas vindas das montanhas e ele sentou-se num banco em frente a um lago ornado por nenúfares e pedras de tamanhos e formas diversas. Estava preocupado com a necessidade de casar-se para poder ocupar o posto de assessor do Presidente, embora, de momento não houvesse outro general, nunca se sabia em política o que poderia acontecer. Os políticos eram volúveis, interesseiros e agnósticos. Ser um assessor presidencial era de suma importância aos seus planos de poder, precisava casar, mas, isso o angustiava.

O sol estava forte, mas, agradável e se refletia sobre o espelho d'água, quando o General Mirral Bustamante ouviu um canto, era um cantar divinal, sublime, ouvi-lo era prazer sem igual. A paz, um dom de Deus, pensou ele, paz, dom precioso dos céus, excelsa e dulcíssima canção.

-Ele pensou ver um vulto sob o manto das águas e esfregou os olhos, mas, logo achou ser uma impressão. As águas se moveram e os círculos concêntricos percorreram o espelho fluídico até as margens. Sobre a pedra maior, sentada estava um sereia, uma mulher de beleza alucinante, que o obrigava a manter o olhar fixo na assoberbada face, e ela perguntou.

-Por que te preocupas quando a vida é feita de soluções?

Ele estava aprisionado pela beleza da moça desnuda na parte superior do tronco, cabelos longos, caídos em cascata, seios exposto, firmes e bem formados, rosados e impetuosos, atrevidos, com cauda de peixe da cintura para baixo, que faiscava de reflexos multicoloridos, causando, ainda, mais perplexidade os olhos do General Mirral Bustamante.

-Venho a ti trazer um presente, uma maneira de ajudá-lo a resolver os seus dilemas, não só o de agora, o do casamento, mas, os mais antigos e profundos.
Mirral Bustamante pareceu não gostar do que ouviu, mas ainda se mantinha preso àquela forte magia, que o impedia de reagir, de se mover de falar, mas mentalmente ele formulou uma pergunta. Por que eu?
E o ser místico respondeu.
-A passagem dos justos está cada vez mais estreita, as almas cegas obstruem o caminho mais reto. Uma gota pura, ingênua e incólume lágrima de Deus pinga no pântano imundo dos homens, uma lírica maneira de limpar as sujeiras do mundo, você pode recolhê-la e usá-la para a construção de algo melhor. Há dois caminhos à sua frente. Duas escolhas, sempre duas apenas, você pode ser a diferença para a sua vida ou para a vida de todos. Você está sobre a ponte dos limites, entre o que foi e o que pretende ser.
Mirral Bustamante viu a sua vida pregressa passar como numa tela, rapidamente, mas, incrivelmente possível de discernir tudo e de tudo tomar consciência como se revivesse cada ato, no tempo cronológico normal.
-Filho venha jantar, hoje fiz o que você mais gosta, chamou o pai de Mirral Bustamante. O menino veio correndo de dentes alvos e sorriso doce, Mirral se reconheceu e se emocionou. Era ele, menino, vivendo em Mira Flores, sua infância sem medos, aparentemente sem apreensões e de forma integral.
-O que temos hoje Papai?
O pai de Mirral Bustamante o acolheu num gesto largo dos braços dentro de um abraço.
-Hoje temos torta de legumes, arroz salpicado e omelete adoçado com mel e morangos.
-Que delicia paizinho e o cheiro está tão bom que nem sei se devo comer.
-Coma sim querido Mirral, coma bem, coma para ser um dia um grande homem. Alto, forte e inteligente. Para ser um médico, um juiz, ou um general.
-Eu quero ser um padre, um professor, um radialista ou um líder.
Os dois riram.
-E a mamãe Divina?
-Saiu filho, saiu para trabalhar.

-E você pai porque não vai com ela.
-Não posso filho, ela foi para outro país. Não creio que ela me
queira por perto. Preciso lhe explicar uma coisa, quando alguém se
casa deveria sempre ser por amor, para que tudo dure para sempre.
-E vocês não casaram por amor?
-Eu achei que sim, mas nunca se deve casar quando apenas um
ama.
Mirral percebeu os olhos marejados do pai e resolveu não fazê-lo
sofrer mais. E na sua tentativa de selar o assunto, perguntou – Pai
sabe o que eu desejo ser de verdade?
-Não sei filho.
-Médico, o melhor de todos. O que dará ajuda aos pobres e
necessitados.
O pai o abraçou.
A sereia voltou a falar: Quando tu te perdeste de ti?
-Não me perdi, sou o que eu sou, sempre fui.
-Terás dois instrumentos para construção dos teus caminhos, um já
vistes, dou-te outro. Vê.
Logo a tela na mente de Mirral Bustamante voltou a mostrar as
imagens.
-Presidente uma multidão segue para cá. Um assessor loiro, de
olhos azuis profundos, mas, com um olhar triste e carregado de
preocupações falava a um presidente de cabelos brancos como
neve, que com dificuldades caminhava entre escombros, por sobre
corpos. Um homem excessivamente vermelho que se desmilinguia
feito sorvete de cerejas num deserto se dirigia ao Presidente e dizia:
Sabemos que a cada pensamento ressuscita a saudade, no silêncio
da calma chama-te a razão. Eu não entendo como não te importas
caminhar assim, não falo de medos, todos os temos, mas de
traições e covardias. Os lobos uivam e os homens maus escrevem
com sangue dos inocentes a miséria. Riem dos puros, esmagando
as flores que lutam para ganhar viço por entre as pedras. Eu sei que
o outro de ti tem um sorriso.
Quem sou eu mesmo? Pergunta-te Mirral Bustamante.
Uma besta, uma volúpia, um conflito, às vezes, as feras devoram os
poetas, mas os poemas ficam como flores nos barrancos, à espera
que as colham. Entre os dentes do animal as pétalas florescem
sorrisos, os poetas escrevem, dentro de ti há um filho de ti, nascido
de gestações infinitas, de buscas, atritos com a vida, de escolhas

erradas, que foi morto, sufocado de disfarçadas emoções, de armadilhas plantadas pelo coração, mas, na escuridão aguçamos a vista e vemos que eterno são os poetas que incendiaram de luz a escuridão, criaram amor do nada, alimentaram de chamas as paixões, e se me perguntam sobre os meus medos, eu digo: Eu tenho medos, mas, cresci, ainda assim, morrendo a cada dia.

Capitulo 20

Todos aplaudiram e vieram cumprimentar Olga e Domingas Molina. Os abraços e os beijos eram efusivos e sinceramente felizes. Domingas Molina e Olga Dolman sentaram juntas afastadas da grande fogueira. O céu estava límpido e as estrelas brilhantes. O coração de Olga suspirou e ela perguntou a Domingas Molina.

-Eu navegava por um mundo distante, estranho e sofrido. Eu não me lembro de muitas coisas, era como se eu estivesse retida em uma substância pegajosa, gelatinosa.

A noite parecia zombava dos fracos, quase tudo era parado, mas, de repente surgiram centenas de pessoas confusas, a procurar uma saída.

Os olhos de Olga choraram e ela pediu desculpas a Domingas Molina por amar Anton.

Domingas Molina ficou em silêncio, donde Olga entendeu como aceitação de desculpas.

-Você viu Anton Sepúlveda por lá?

-Eu o vi, ele estava por trás de uma espécie de parede de vidro. O frio me fazia tremer e eu queria gritar por ele, mas, ele estava ao lado de homens dementes, com roupas rasgadas, fantasmas desnudos, olhos perdidos, sorrisos alucinados. Ruas sujas, mariposas voavam nas luzes amareladas dos postes, um cão sem olhos mordia o tornozelo de bêbado que lhe servia de guia. O sangue escorria nas vielas, parecia um reino dos mortos.

—Não é o reino dos mortos Olga, é um simbolismo do mal. Alguém vem agindo em Ravena, enfraquecendo as nossas correntes de pensamentos bons, nossa forma de viver em harmonia.

-Quem será, Domingas?

-Alguém que vive bem perto de nós. Quem sabe alguém que nem imaginamos.

-Eu estou com frio Domingas, me ajuda a chegar mais perto da fogueira.
-Sim, venha. Você, ainda, está muito fraca, precisa de um caldo.
Domingas foi e pegou um caldo para Olga, e ficaram sentadas perto do fogo. O calor emanado lhes proporcionava um bem estar, acolhimento e Olga parecia relaxada quando deixou a tigela com caldo cai. Pedro Nobre e Carmesita correram procurando saber o que acontecia.
-Não sei, sinto a minha barriga crescendo.
-Como pode ser isso?
-Não sei.
No entanto era visível que a barriga de Olga crescia, fazendo o vestido esticar e depois se esgarçar.
Pedro a pegou no colo e carregou para sua casa, e percebeu que o crescimento cedia a medida que ele se aproximava da casa.
-Está cessando Pedro, não a sinto mais crescer. Pode me por no chão Pedro.
-Sim, posso. Pedro a colocou não chão.
-Estou bem. Não quero ir para casa.
-Acho melhor você repousar.
-Eu estou bem Carmesita.
-Vamos voltar, eu quero ficar na festa.
-Está bem, vamos.
Os três voltaram seguindo a direção de Domingas Molina, e contornaram próximo à fogueira, quando as dores voltaram e a barriga de Olga voltou a crescer visivelmente.
Roman Dolman chegou e urgentemente pegou a moça e levou para casa. Pedro nobre, Domingas Molina e Carmesita os acompanharam. Roman Dolman pôs água quente numa bacia e colocou panos sobre o ventre de Olga, e ele pôs-se a cresce. A confusão foi grande, todos falavam e gritavam e não sabiam o que fazer. Apenas Carmesita ficou calada.
-Pare Roman. Pare. Retire os panos quentes.
Roman recolheu os panos.
-Ponha água fria.
Roman trocou os panos e os colocou sobre a barriga de Olga, que sentiu extremo alivio.
É isso o calor está acelerando o processo de gravidez de Olga.
-Não é possível. Disse Pedro.

-É sim, vejam. Carmesita pegou os panos e fez a troca pelos quentes. Vejam, é o calor a causa.

Capítulo 21

O General Mirral Bustamante lutava na sua imobilidade para se livrar daquele feitiço, considerou inicialmente que fosse um sonho, um malefício lançado por quem queria prejudicá-lo nas suas conquistas. O menino mostrado nas visões havia ficado no passado, já o havia esquecido, enterrado. Não o queria ressuscitado. O homem maduro e decidido, era quem agora vivia e buscava o que merecia ter, não havia mais volta. As visões mostradas por aquela mulher bruxa não eram dele, não seriam dele.
-Quem é você? Perguntou ele.
-Sou quem preciso ser. O ser que você abomina e assim me conecta. Por que você me chama?
-Eu não te chamo. Disse se exasperando o General Mirral Bustamante.
-Você sonha comigo, se excita, sintoniza, me deseja.
-Eu sou o General Mirral Bustamante, Chefe Maior das Forças Militares de Angusturas.
Eu sei o que eu quero e o planejo para mim e não será uma corvina desnuda que irá me mudar.
-Você não passa de menino assustado querendo mostrar o que não pode. Um ditador de si mesmo, um tirano, um homens assustado desejando ser o assustador, mas, é um bufões. Um atormentado, brutal e violento. Quem açodará o seu país e os seus pares. Que trará a destruição e ansiedade intolerável através da desonestidade, despejando sua amargura e poluirá com a tristeza vida de todos. Um homem, um único com o poder de arrastar para a morte e a desgraça uma multidão de almas.
Ainda há tempo. Pare.
Aquele ser o desesperava, o irritava propositadamente, rindo-se e debochando dele. Se havia algo que o General abominava era o deboche. Num esforço desesperado ele se libertou, pegou a arma e atirou.

Capitulo 22

A gravidez de Olga se adiantou em três meses em função do aquecimento da barriga, e ele deveria se cuidar, para que não se acelerasse de novo em consequência de outro qualquer acontecimento.

Viver em Ravena era bom, havia reciprocidade entre os habitantes, não havia excessos, leis, regras, exigências ou determinações, tudo era tácito, mas, a sintonia do lugar por si só impunha a ordem, e os recursos estruturais da vila eram todos os naturais. Não havia órgãos públicos, governo, mas não havia também acesso a saúde publica, não havia remédios elaborados, médicos, hospitais. Ao que se dizia mais próximo a um médico era Sofia Soraia, A Velha Curandeira, ela viveu antes de ir parar em Ravena na cidade de Curupita, num país no extremo Continente Sul, depois, de enfrentar várias vezes as autoridades e a sociedade local ela saiu fugida para Angusturas e depois veio para Ravena. Não se sabe ao certo o nome dela, se é Sofia Soraia ou Soraia Sofia, ela mesma diz que não sabe, então cada um a chama como achar melhor. Ela em Curupita era uma xamã local, mexia com ossos fazendo previsões, catava piolho, fazia partos, curava os olhos, trazia vida e enterrava os mortos, fazia mandingas e rezações, curava feridas com um sopro e fazia voltar a alegria ao coração.

Amava o povo e com um toque, com uma oração fechava feridas sem deixar cicatrizes.

Onde o desânimo e a melancolia brotavam eram por ela arrancadas pelas raízes.

Em Curupita ela morava numa caverna, andava devagar, curvada, apoiada num cajado, puxava da perna. Tinha o seu nome cunhado em uma lápide de madeira, para ser colocada ao lado de um nome amado, o do único homem que amou de verdade, coisa que não pudera fazer, vinda às pressas, fugida de Curupita.

O povo dizia que a cada tarde a cada noite Sofia morria e renascia pela manhã.

Em Curupita um dia surgiu um impasse em relação a ela, um desengano. Os médicos da cidade entraram em confronto com ela, eles queriam que as autoridades a impedissem de medicar. Se que não era uma diplomada não podia fazer curas.

E ela perguntou. Quem cuidaria dos necessitados? O governo? A Cura? Se os médicos só atendiam a quem pagasse, como fariam os desprovidos, os pobre-coitados que só tinham a ela?

Ela então decidiu, resistiria. Sentou-se no centro da praça principal, acedeu as suas velas e entoou por dois dias um cântico que sua avó lhe ensinou, que falava dos abutres que arrancavam sem piedade os corações dos peitos dos pobres. O povo entendeu a mensagem e foi pouco a pouco se aglomerando ajoelhado em volta dela e o cântico ganhou vozes e falava das almas das crianças perdidas, cujas aves de rapinas comiam-lhes os olhos, então num gesto brusco, dramático, ela arrancou um dos seus olhos e o pendurou num dos galhos mais alto da aroeira da praça.

Ele ficou a olhar a multidão perplexa, abobalhada, acusatório às autoridades, culpando os médicos.

O burburinho correu pela cidade – Ela dera um olho seu por eles, essa era Sofia Soraia.

E a multidão se enfureceu e enfurecida quebrou todas as clínicas particulares que havia na cidade, e tudo o mais o que houvesse à sua frente.

O fogo ardeu e a noite gemeu suas dores, mas essas dores Sofia não poderia curar.

Depois de volta à sua casa, ela colocou uma compressa emplastada de ervas sobre o buraco ocular, tomou uma beberagem e deitou-se.

Esperou que quando amanhã despertasse o seus pobres de novo voltassem, voltaram sim, mas ela sofreu depois sete tentativas de morte, até que um dos seus filhos a levou forçadamente para Angusturas e depois para Ravena.

Gontijo passou todo o tempo da gravidez tentando convencer ao pai que um filho de Anton não deveria vir ao mundo, ao menos não pela barriga da irmã e aos poucos ele foi minando a resistência do

pai com essa ladainha. Depois decidido, Roman Dolman, avaliou erroneamente que Sofia Soraia pudesse ser a agente de morte que precisavam.
Então Sofia Soraia foi procurada por Ramon Dolman, ele queria que ela fizesse Olga abortar.

Capitulo 23

Os tiros dados pelo General Mirral Bustamante foram em direção à sereia, ela se atirou ao lago e despareceu sob a saraivada de balas desferida por ele. Ele viu uma macha verde brilhante nas águas e teve certeza que a acertou, mas ele queria eliminá-la definitivamente e percorreu as margens do lago e logo viu dois pés de um corpo escondido por entre os nenúfares, lírios selvagens, papiros e vitórias-régias. Ele os cutucou com a ponta da bota, mas eles permaneceram imóveis, possivelmente seriam os da maldita sereia, mulher peixe, e ele a odiou, como odiou sua mãe um dia, como odiaria todas as mulheres do mundo.
Ele puxou o corpo pelos pés e se espantou. Surpreso e boquiaberto ele vislumbrou um homem nu. De uma beleza estonteantemente divinal. Um verdadeiro deus grego, uma excepcionalidade do espécime, ali quedo, como morto. Ele pasmou boquiaberto, a interjeição postada nos olhos gulosos, e recitou Ariano Suassuna.
"Venha sexta musa mensageira, do reino de Eloim, me traga a pena de Apolo e escreve aqui por mim: O Assassino da Honra ou a Louca do Jardim".
Respirou fundo admirado e admirando o superdotado. E falou - polo dá até calor. É o deus-sol.
Não conhecendo o corpo inaudito, sobre onde as suas pupilas vorazes amadureciam desejos, ele ficou querendo entender o mistério, mas desejoso de que um dia, ele Mirral Bustamante, pudesse ser assim como aquele homem, admirado. Deteve-se e suspirou. Vasculhava-o com os olhos de cima a baixo o desdito assassinado, mas, não havia buracos de bala no corpo, a não ser os naturais, dele mesmo por Deus criados, mas estava sim morto, do contrário respiraria. Perda lamentável, vontade teve de guardar o corpo morto e admirá-lo a cada tempo disponível. Como era cabível existir alguém com beleza tamanha onde nada nele era desprezível?

Os mamilos intumescidos, as suaves curvas da face, o vigor dos ombros. Até o que de mais feio havia num corpo de alguém, que era o umbigo, nele era belo. Deveria ser todo belo, por certo, também por dentro, os rins, o fígado, o baço, os intestinos. Da boca morta vinha um sorriso angelical, filhos dos deuses haveria de ser. Desceu os olhos até aquele centro, donde o sexo pendia.

Estremeceu.

Como poderia ser assim aquela estrutura, firme, rija, se morto estava? Seria a frieza da morte tumeficando todas as partes? Que de outro modo erigir-se-ia aquela pedra potente e monumental estátua?

-É preciso um certo grau de cegueira para enxergarmos. Disse o pseudo cadáver.

O General Mirral Bustamante, recuo e tropeçou caído de costas nos lago e gritou se afogando que não sabia nadar.

O deus grego mergulhou, ressurgindo por de trás do esbaforido General e o abraçou colando o seu másculo corpo ao dele e depois o ergueu pela cintura sem demonstrar nenhum esforço.

- Está bem o senhor?

O General ainda cuspindo águas não respondeu de pronto - Não creio tenhamos sido apresentados.

-Bem, desculpe-me, meu nome é Adônis Esculápio, ao seu serviço.

-Melhor assim. De onde você surgiu?

-Eu sou a razão de sua existência, sempre fomos amigos, creio que se empreender um esforço se lembrara. É o que eu por hora posso dizer, mas, não creio que seja bom que fiquemos nessa situação, um General ao lado de um homem desnudo.

-Sim, sim, mandarei trazer roupas apropriadas, não creio que as tenhamos devido às suas proporções, mas daremos um jeito. Darei mandos ao meu ajudante de ordens.

Capitulo 24

A velha Sofia Soraia calou-se e ficou de cabeça baixa por longos minutos causando enorme desconforto aos dois homens parados diante dela, Roman e Gontijo Dolman, eles não entendiam porque do silêncio da mulher.
Até que ela se levantou e agarrou Gontijo pelos cabelos e disse: - Tudo é muita ilusão.
Como a vida pode desmoronar por nada e nos pôr diante de um vazio quase absoluto? Mas, sempre há pequena migalha que sobram e nos mantêm a viver, uma partícula que escapa e ganha sobrevida.
Há o desafio de nos mantermos íntegros. Eu jamais tiraria uma vida, seja ela qual for, mas olho para vocês, os dois e me enojo. Eu não me deixarei soterrar nos entulhos do que poderia ter sido. Eu sinto pena de quem maquia os sentimentos, falseando atitudes.
Pouca coisa me serve aqui, um pai que sai como quem sai a passeio, cruza a floresta e as montanhas e vai a outro país trabalhar como carrasco, corta cabeças e volta como um ser normal, ou que pega uma história de amor acabada e transforma funestamente numa história prosseguida, obrigando os filhos a conviverem com uma excrescência sem alma, cadáver, algo sem vida dentro de casa, como se a casa fosse um tumulo exposto. Se você quer fazer homenagens a sua mulher faça algo que caiba somente a você.
Ramon Dolman se preparou para gritar, mas, a velha com uma pancada da bengala o fez calar-se.
-Não ouse.
Eles tinham escolhido a pessoa errada para os seus propósitos, Sofia Soraia não tinha papas na língua, era uma mulher independente e direta, áspera e precisa.
Então ela prosseguiu.
-Um pai que tem uma profissão oculta, de carrasco em Punta Rosa, que decapita e volta para casa como se a vida não fosse divina.

-Eram homicidas, que presos gastariam o dinheiro dos impostos. Homens sem conserto, persistentes nos erros. Retrucou ele. Todos nós erramos.
-Pare. Disse ela. Você matou também alguns inocentes.
-Se eu os matei foi sem saber, eram todos bandidos renitentes, a escória, assaltantes, estupradores.
-Ramon, chegamos agora ao ponto. Eu duvido do seu poder de avaliação, suas concepção de julgamentos, mas chegou a hora de você fazer o maior e o mais importante deles. Eu ponho diante de ti uma vida.
-A de quem?
-A do seu filho Gontijo.
-Por quê?

Capitulo 25

Carmesita, Pedro Nobre e Honório Córregas tinham uma mútua afeição, eram um universo dentro do universo de Ravena. O que mais os contagiava era aquela percepção, e atava os nos para aproximá-los mais e tornar mais forte a união.

-Sinto que tens uma extrema afeição por Honório Córregas.

-Sim tenho, mas a tenho por ti também Pedro.

-Sim Carmesita, eu não tenho o dom que vocês dois dispõem, o de acesso ao que não sabemos dizer, mas sei e isso me basta.

-Honório tem afeição também por nós dois. Somos amigos, eu e ele, cujos abraços devem constar débitos passados. Temos o cansaço das idades e as cobranças da vida, mas os caminhos e os pisares são ofício da arte amarga de viver.

-Mas temos os bons momentos nos intervalos. Chegou dizendo Honório Córregas. Quando a noite tarda na ocupação de estrelar nos cabe fazer poesia, quem sabe amar.

Todos riram e Honório Córregas disse, insinuando alcoviteiramente - Aos velhos, como eu, só cabe vigiar os seus mortos, aos jovens eu deixo a tarefa de amar.

-Deixe disso Honório, não me parece que caia bem em você esse papel de cupido desorientado. Disse Pedro, mas ao olhar nos olhos de Carmesita, Pedro percebeu um brilho mais intenso, mas, não direcionado a ele. Pedro que dissera em instantes que não saiba ler as coisas não ditas havia percebido algo que no silêncio do olhar se transmitia. Algo novo que não sabia, que nunca antes percebera. Estaria certo? Carmesita tinha um olhar de carinho por seu velho pai, mas seria de amor. Seria?

Carmesita era jovem e bonita, pele muito clara e cabelos cor de cobre. Deveria ter em torno de trinta e cinco anos, o seu velho pai ninguém saberia definir sua idade. Como sempre diziam eram muitos de uma vida infinita.

Pedro, depois daquele brilhar de olhos de Carmesita ficou meditativo e desejou não mais prolongar a vida por suas formulas, mas sim, desejou mais, desafiar o fascínio da morte, rejuvenescer, dotar de vida as fibras ressequidas do corpo, injetar juventude onde a morte carcomia como abutre a seiva da existência humana. Lembrou-se, então, de sua mãe.

Capitulo 26

Olga ainda enfraquecida se mentinha deitada, sentia a vida não de forma absoluta, percebia as movimentações, ouvia os sons e as conversas como se estivem longínquas, sem identificar de onde ou de quem.

Percebeu que algo fora das rotinas acontecia, ouvia as conversas não amistosas, irritadiças e vez ou outra ritos e gemidos.

Roman Dolman estava contido como uma bomba pronta a explodir quando questionou A Velha Sofia Soraia.

-O que você quer dizer Velha?

-Você foi me chamar para tirar uma vida e eu te digo que não, mas você tira vidas, diga-me então me diz que são somente vidas de criminosos, assassinos, de uma escória, de cretinos estupradores, então eu te ofereço a vida de um deles. Disse ela, ainda, com Gontijo agarrando Gontijo pelos cabelos.

-Quem é ele?

-Ele está aqui, Gontijo. O seu filho estuprou Olga. O filho na barriga dela é dele e não de Anton.

Ramon Dolman desta feita não urrou como era de seu costume, ajoelhou-se e chorou como um menino abandonado, como em apelo a conclamar ajuda, a pedir apegos, perdido sem amor. Depois, porém, ergue-se na sua montanhosa estrutura e pegou a maça, e partiu em direção ao filho. Gontijo livrou-se das mãos da Velha Sofia Soraia e tentou correr. Roman Dolman lhe barrou a saída pela porta principal e lançou a maça com um giro de corpo. Gontijo abaixou-se a maça passou zunindo e Roman volteou e a maça atingiu a mesa lançando longe tudo que estava sobre ela. Gontijo abaixado a um canto como uma suçuarana acuada buscava saídas e correu pulando sobre um banco em direção à porta lateral, a crava de novo ganhou movimento e acertou o caldeirão onde fervia água o panelão voou.

Num segundo sepulcral o silêncio era quase concreto e aconteceu como em câmera lenta. O caldeirão voando, voando e a angústia nos olhos de todos por perceberem a direção que ele tomou.

Capitulo 27

Mirral Bustamante suspirou ao ver Adônis Esculápio experimentando as roupas em seu quarto, ele era um deus, não era o deus da guerra, mas poderia muito bem ser. Um general precisava de uma guerra, e ele Mirral jamais participara de uma. Os entreveros que participou foram algumas rusgas com um país vizinho chamado Soledade, devido a definições de fronteira. Onde nem um tiro sequer foi dado. As terras reinvidicadas não pertenciam de fato a Angusturas, eram terras dentro de densas florestas e de difícil definição de fronteira, não eram muitas terras, mas, para um país minúsculo qualquer palmo de chão era muito.
-Onde você ganhou esse corpo?
-É um corpo sonhado.
-Basta sonhar?
-Não, sonhar é só o começo, mas poucos saber executar a arte prática de sonhar.
-Então, você sabe como fazer?
-Sim, eu sei.
-Você vai me ajudar então.
- Que você deseja.
-Quero fazer uma guerra com Soledade, quero reaver as terras tomadas de nós em 1822.
-As terras eram deles o tribunal mundial ajuizou isso.
-Tenho dúvidas.
-Dúvidas são o bastante para promover uma guerra, por alguns poucos quilômetros de terras alagadas em meio a uma floresta densa e selvagem?
-Não se trata de se vale a pena ou não, desejo reaver o que pertence a Angusturas, isso daria um motivo ao povo para me seguir.
-O seus planos para dar ao povo uma vida melhor não é exatamente um projeto de sucesso.

-Quero governar para os pobres, "investir nos pobres" e, por isso, conseguiu muitas vitórias, darei atenção à população terei a chance de melhorar as coisas ainda mais, porque neste país existem todas as condições de melhorar. Distribuirei terras, assentamentos, confiscando terras improdutivas de ricos proprietários. Construirei usinas hidroelétricas, termoelétricas e usinas atômicas.
Não existe investimento mais sagrado que cuidar dos pobres, pois, o pobre custa muito pouco, ele não quer mais que o essencial.
-Você não tem recursos, e as propriedades dos que você diz ser dos ricos são as do Presidente, dos antigos generais mortos e as de mais dois fazendeiros.
-Confiscarei tudo e aplicarei uma vascularização para identificar recursos minerais, precisos, gemas e petróleo.
-Nada do que você citou será benéfico aos pobres.
-Tudo será revertido a eles. Você está contra mim?
-Não a minha função é de mostrar todos os pontos, os pró e os contras.
-Você é um gênio?
-Posso ser. Por quê?
-Eu preciso casar, mas não quero uma mulher para ter relacionamento.
-De nenhum tipo?
-De nenhum tipo.
-Você não quer uma mulher para ter relações físicas.
-Não.
-Então só posso atendê-lo parcialmente.
-Como?
-Eu casarei com você.

Capitulo 28

Pedro Nobre preparou uma fórmula especial que agia sobre a estrutura das sequências genéticas restaurando os danos produzidos pelas proteínas ao DNA.
-O envelhecimento é multifatorial, não se trata de um componente único a ser corrigido, por isso é difícil de atingir todos os fatores, não sei se ele poderá agir nas células já danificadas.
-Pode ser perigoso Pedro, não foram feitos testes.
-Eu já usei uma versão oftalmológica do preparado, gotas para olhos. Olhe os meus olhos.
-Estão límpidos, brilhosos, a mancha branca sumiu.
-Era a minha catarata de estimação. Sumiu. Agora vou testá-lo com o meu Padrinho.
-Está louco, ainda é prematuro e imprudente isso.
-Preocupada com ele de novo.
Carmesita corou. – Sim, estou, gosto de cuidar dele.
-Eu sei gosta mais do que de cuidar.
Carmesita virou o rosto e não respondeu.
-Pensa que eu não percebo? De fato, nem precisa responder. É tão evidente. Fala com ele numa linguagem coloquial, mas carinhosa. Está como a viver uma devoção, um encantamento, uma magia. Aos olhos de quem se transforma?
-Eu não quero que ele perceba, é como se eu fosse duas, uma Carmesita e outra que não sei o nome. Quando eu sonho ele me vem e me fala, sei que eu o conheço de antes, mas eu não me recordo quando acordo. Aos que eu amo e a mim devo o amor que tenho. Só não sei explicar isso e ninguém entenderia.
-Por isso acho que me veio o aviso mental de criar o elixir da juventude. Apesar que a mim isso jamais causaria perturbação. Simplesmente porque eu creio no amor e não creio que nada, nem idade sejam limitações. Só quem cuida de olhar o corpo, o físico, pode achar estranho. O amor é da alma, a alma é infinita, imaterial,

não tem idade, ela é só sintonia e sintonia não vê o corpo, apenas se afina, é pura reciprocidade.

-Não quero sofrer Pedro, não sei quanto anos faltam a Honório, sei que são poucos, sei que ele também não entenderia isso.

-Eu sei, entendo isso.

-Sofrer é uma prisão cruel, um inimigo que o consome sem que saibamos de saber de onde veem os golpes, é óleo quente, a lâmina ativa, penetrante, lasciva.

-Não pense nisso Carmesita, na sua exposição, nem nas suas dores. Pense que tudo dará certo, veja você dominando-as, traduzindo a elas o que elas podem o que não podem ser. Que convivam harmonicamente consigo. É isso, Carmesita. Nós precisamos de dores, mas no mínimo que se viva harmonicamente com elas. Aquele brilho nos seus olhos que se alastre nas faces, na saliva, no peito, no coração. Os traços rabiscados no corpo, que registrem cada nascimento de alegria, cada sentimento, cada doação. Aos que morrem de sofrimentos, lamento, a vida é uma doce droga da morte, sustente então os seus desejos Carmesita e vamos apostar no meu elixir.

Naquela noite Pedro Nobre ficou melancólico, sempre se achou um menino tímido, e ainda era um tímido homem.

No colégio mesmo quando sabia que alguém se interessava por ele não tinha coragem de se aproximar.

Pegou então a sua flauta e entoou uma canção suave de amor tão dolente e lírica que nada na natureza teve coragem de se mexer, as pessoas da Vila pararam os seus afazeres tomadas de tamanha sentimentalidade que suas almas choraram sentindo a dor daquele coração apaixonado.

Enquanto tocava ele relembrava as diversas vezes que esteve apaixonado, que não tinha coragem de falar a razão do seu amor, às vezes, as meninas mudavam-se, sumiam, ou ele as seguia apenas, de longe. Porém teve uma que arrancou o seu peito e o levou para não se sabe onde. Ela se chamava Ana Lorena Ornelas, a Zezinha. Do apelido ninguém sabe por que, mas Pedro Nobre o odiava. Ana Lorena era tão lindo de pronunciar, por que então Zezinha? Coisas sem propósitos, mas era uma causa perdida o tal apelido, era a tal história de melhor deixar quieto do que lutar contra, quanto mais se aborrecesse mais o diacho do nome grudaria, mas deixando quieto ou não o Zezinha pegou e ficou.

A menina das tranças mais negras do que o azeviche, dos olhos cor marrons, onde nada que a vida nela pusesse além poderia mais realçá-la. Ela já era toda bela por nascença. Perfeitamente acabada, musa extraordinária de qualquer poeta, esculpida nas formas mais que perfeitas. A moça morena que calava a floresta quando falava, mas que ganhava cantos do uirapuru, que brigava com o azulão, o curió e o sanhaço, quando queria presenteá-la com os seus cantos. Que as águas invejavam o regaço, que o vento vinha fazer agrados de não querer partir. Era ela que quando caminhava parecia que a alma aplainava o chão por onde ela pisaria e cada vez que ela se ia carregava sempre o coração de Pedro Nobre.

Ele falou com ela poucas vezes, no colégio eram de turnos diferentes, ele da tarde e ela do turno da manhã, mas Pedro descobriu que ela sentava na mesma carteira que ele e um dia ela esqueceu caderno sob a bancada escolar, ele o levou. E a noite, em casa, deitou sob a luz da vela e o examinou detidamente, como se examinasse uma joia rara. Havia desenhos de estrelas, de flores, mas na ultima página havia dois corações entrelaçados, com as letras P e A. O coração de Pedro Nobre quase enfartou de tão intenso rebibocar, penso que depois disso jamais o coração dele voltou a ser o mesmo, a alma ficou impregnada de Zezinha, de Ana, de Lorena. A floresta jamais foi a mesma, o agreste jamais foi o mesmo o mundo jamais seria o mesmo a eternidade foi reinventada.

No dia seguinte ele entregou o caderno a ela, que de cabeça baixa ela agradeceu sem olhá-lo nos olhos.

Um dia ele colocou sob um taco solto da sala de aula, sob a bancada um bilhete, que dizia.

À Ana Lorena - Um pequeno poema, para a mais linda moça de Angusturas,

Os mistérios da vida as tuas mãos podem desvendar,

> Em pinturas, costuras, poemas, mas quando me tocam,
> Revelam-me tudo o que a vida não sabe contar.

Ansioso ele chegou no dia seguinte e levantou o taco solto, o bilhete sumira, mas ele não tinha certeza que foi ela quem o pegou, poderia ter sido a servente da limpeza, poderia ter sido outra menina, ou até outro menino, mais seria o que era provável, se fosse algum dos meninos logo se mostrariam a zombar dele. Assim pensando ele ganhou coragem e pôs outro bilhete e no dia seguinte outro poema e todos sumiram. Assim ele o fez por uma semana inteira, sim sete dias a pôr os bilhetes, mas ela não respondia, mas numa tarde ele achou sob o taco num pequeno pedaço de papel, dois corações entrelaçados e as letras P e A.

Pedro passou a sair mais cedo para o colégio para poder vê-la sair e algumas vezes ainda a seguir até meio caminho, o tanto quanto desse para não chegar atrasado depois às aulas, mas um dia ele cabulou a aula e a seguiu. Na trilha tomada ela o percebeu e foi atrasando os passos até que ele não teve como não alcançá-la. Ele perguntou — Por que Zezinha?

Ela não respondeu, mas o puxou para trás da touceira de amor-agarradinho e o beijou.

Os dois desequilibrados caíram e ali permaneceram abraçados, esquecidos de tudo e de todos.

Capitulo 29

A água quente caiu do caldeirão sobre a barriga de Olga e a reação ocorreu de imediato. A barriga começou a crescer, gestando de quatro meses, cinco meses, seis meses, sete meses... Façam alguma coisa gritou com a voz tonitruante Roman Dolman.
-Água fria disse a Velha Sofia Soraia.
Gontijo então estava com o balde de água e o lançou sobre a irmã. Depois ele bateu em retirada. Fugiu pela janela, ganhou a floresta.
O crescimento da barriga cessou, mas a gestação já estava completada.
A Velha Sofia Soraia se achegou e verificou a situação. Traga bacia com panos e água, chegou a hora.
Roman Dolman trouxe o que a Velha Sofia Soraia pediu.
-Agora venha me ajudar.
Quando Roman Dolman viu os pequenos traços de sangue desmaiou.
As contrações começaram a vir uma em cima da outra.
-Tente ouvir o que diz o seu corpo. Falou Sofia. - A bolsa rompeu, as contrações, ficarão mais fortes.
Olga tremeu toda, sentiu frio e enjoo. A experiência era tão intensa que a ela parecia que o corpo ganhara vida própria.
-Falta pouco. Mantenha a respiração ritmada, inspire pelo nariz e expire pela boca, com os lábios relaxados e se tiver vontade de gritar, urre e gema, não se acanhe.
Domingas Molina chegou com Carmesita e ajudaram no parto.
-Pronto. O bebe saiu. Acarinha o seu filho ele está bem. Disse a Sofia Soraia.
O menino nasceu forte, vermelho, muito vermelho. Poder-se-ia dizer que ele pegava fogo.

Capitulo 30

Mirral Bustamante ficou estarrecido com a proposta, imaginou que Adônis Esculápio estivesse zombando dele. Não gostou e manifestou o seu descontentamento.

-Quero deixar claro o meu descontentamento, eu o recebi mal sabendo quem era você, por simpatia o acolhi, lhe dei boas roupas e um lugar na minha casa, mas não gosto que zombem de mim. Os poucos homens que ousaram ganharam status de morto.

-Eu não estou zombando.

-Eu sou um homem temente a Deus, sou cristão, quero casar na igreja, diante de um representante de Deus onde firmarei o meu compromisso. Não era o meu ideal de vida, mas, cumprirei essa tormentosa missão.

-Eu disse que casarei com você.

-Por favor, Adônis não me provoque, não queira provar do meu lado feio. O que eu diria os meus comandados, o que pensaria a sociedade?

-Nada tema quanto a isso, eu prometo que você não se decepcionará, não haverá manifestação alguma de desaprovação.

-Não sei não, isso é altamente estranho e me deixa arredio.

-O que você mais deseja hoje da vida Mirral?

-Ser o assessor do presidente.

-Então confie em mim cegamente, conte a eles apenas que arrumou uma noiva e em qual data se casará. Tudo o mais não precisa se preocupar, com absolutamente nada. Cuide da parte do noivo.

Mirral era fervoroso cristão e o fez jurar diante da Bíblia que ele não o faria passar por nenhum constrangimento. Adônis Esculápio jurou.

Diante do livro crivado em dourado Mirral Bustamante se ajoelhou e prometeu que sendo o assessor e depois o Presidente que seria um bom governante para o seu povo, que não decepcionaria a Deus.

Beijou a capa do livro sagrado e agradeceu a Deus o dia.

Capitulo 31

Quando Roman Dolman despertou e viu o neto se apaixonou por aquele pequeno ser vermelho, uma alegria indefinível inundou o seu coração, que então, carinhosamente pediu para segurá-lo. Todos perceberam o olhar que ele endereçou àquele pequenino, de carinho, amizade e amor. Todos inclusive Domingas Molina reparou diversas tonalidades de cores envolvendo-os vindo do alto, como se o plano da vida maior estivesse seguindo aquela cena e oferecendo a eles forças novas para o futuro.

Sofia Soraia não quis dizer logo a Roman Dolman, mas Olga tinha perdido o senso da razão e não teria como cuidar da criança, justo ela que precisaria de cuidados extremos. A Velha Sofia Soraia se apiedou daquele homem enorme com alma de criança e decidiu que ela cuidaria do menino.

-Como ele se chamará. Perguntou Carmesita.

-Cabe ao avô, escolher, ele não tem a mais ninguém.

-Ele se chamará Antonio, é o meu pedido de desculpas a Anton.

Sofia Soraia disse que o menino nasceu com um estranho malefício e seria necessário para mantê-lo sob cuidados e proteção que ele tomasse o leito do peito. A mãe deveria ser a opção primeira, mas desde a ultima vez que ela esteve com Olga Dolman que a degradação mental dela vinha acontecendo sorrateiramente, silenciosamente sem que ninguém soubesse, depois ela não tinha um pingo de leite. O leite não poderia ser de animal, somente humano, e não havia ninguém na Vila que dispusesse de leite a doar ao menino.

A velha Sofia Soraia deixou essa recomendação, mas, não sabia como encontrar uma ama de leite. Angusturas ficava distante e não havia nenhuma garantia de que lá uma fosse encontrada, e mais, custaria dinheiro e a vila vivia da praticamente do escambo, da subsistência do que se plantava, criava ou caçava.

-Que doença é essa que a criança tem? Perguntou Domingas Molina.

Antes mesmo Sofia Soraia respondesse Ramon Dolman se aproximou da lareira e Sofia gritou - Não.

-Está frio ele precisa se aquecer. Mal concluiu ele a frase formulada e a mão do bebe pegou fogo espontaneamente.
Todos gritaram e partiram simultaneamente para socorrer o bebe.
Saia de perto do fogo. Pediu Sofia Soraia.
Roman Dolman enrolou a mãozinha com o manto e apagou o fogo.
O cheiro horrível de carne queimada nauseou a todos e Roman chorou desconsolado, mas o menino não.
-Acalme-se. Pediu Sofia Soraia, ele não sente dores.

Capitulo 32

Os preparativos para o casamento levaram um mês, o anuncio foi feito e causou estranhezas e falatórios, porque ninguém conhecia a noiva, quem era e de onde viera. Nas conclamas e nos convites constava Serena Estela Tidal, a noiva, mas não os nomes dos pais dos noivos. A igreja de inicio se pôs contraria a situação, porém, não era o casamento de qualquer um cidadão, era do único general da Republica e para dirimir qualquer contrariedade e resistências aos processos religiosos, os processos civis não existiram foram dados como o dito e o percebido, todos sabia quem era quem e a palavra valeu mais que qualquer papel.
As alianças foram encomendadas fora, no melhor ourives de Santana, um país com boas reservas do mineral. A lista prévia de convidados constava os nomes dos quatro oficiais comandantes dos quatro postos avançados militares, o bispo Estevam Malacedo e esposa, o juiz, o promotor e o médico, presidentes e autoridades dos países vizinhos. Toda a família do presidente e Vallery.
Foi escolhido o cardápio, com carnes de caças, javali, corças e galinhas selvagens, peixes arco-íris, papardelle de camarão de água doce com tangerinas anãs, rosbife de filet mignon de texugos com cogumelos estrelados, para acompanhar arroz com ervas locais açafrão e manga, grãos nevados com coco vermelho, peras do rei flambadas em licores de piña de leite de vicunha, maçãs tropicais em caldas caramelizada com mel de abelhas fera.
A decoração era com flores silvestres, lírios roxos, girassóis carmesins as cores das fardas militares.
Foram escolhidas treze crianças como idade de quatro a oito anos como pajens, quinteto de violinistas e um belo bolo de sete andares.
A ansiedade consumia Mirral Bustamante porque ele tinha planos e nem tudo dependia do poder da vontade dele, mas ele tinha a intenção de eliminar esses impedimentos.

Mirral Bustamante já antevia alguns pontos ligados à crença. Tinha planos e neles estavam contidos o Bispo Estevam Malacedo a igreja a religião é a fé.

Capitulo 33

Domingas Molina se dispôs a aleitar o Menino Vermelho nos seus seios.
-Você não é mãe, nunca foi. Disse Carmesita.
-É um argumento real Carmesita, mas, tudo é possível, ao me predispor a amamentá-lo, eu e ele criaremos uma sintonia especifica e pela fé que me determina, portanto, não será a capacidade de esperar por aquilo que gostaríamos que acontecesse, mas, sobremodo poderemos ir além, nos capacitarmos a receber o que nem imaginamos. O que está naquilo que está além de nosso querer. preparemos-nos pois e veremos o que acontece.
Sofia Soraia balançou a cabeça positivamente e mascou um pedaço de fumo de rolo, o que a deixava com os dentes sempre enegrecidos.
-É moça, você é uma mulher poderosa, sabe o que diz. Quando o que desejamos é mentalizado atua no espaço e se junta à realidade do que há de vir, do projeto do divino as coisas acontecem, interagem, se fundem e acontece no plano de vida que estamos. O divino olha por esse menino, um menino com o fator raro de saúde e sem pai e mãe, mas com uma babá e uma ama de leite agora, para fazer o projeto de Deus acontecer.
Seria quase impossível encontrar alegria na tarefa de criá-lo, mas vejo que ele é abençoado. Investido de proteção. Vemos-nos aqui, cada qual com as suas dificuldades e limitações, mas todos dispostos a doar o que tem de melhor em si, para que uma vida floresça, ainda mais, uma vida absolutamente frágil e sem defesas. Aprendamos que quando sofremos alguma atribulação, não devemos dizer. Isto é ruim, é castigo. A vida não nos lança malefícios, é um momento de experimentação para que sejamos avaliados nas nossas capacidades de lidarmos com as dificuldades. Isso reforça constantemente a arte da sabedoria, a arte que nos enobrece pelas perdas e os ganhos da vida.
O leite dará a esse menino a condição de imunidade parcial para ele suportar o calor até determinado grau. Ele não sente dor, é

outro fator que temos que manter sob controle de nossas vistas. Eu mesma vi esse quadro em Punta Rosa, mas , o menino de lá não viveu muito, morreu com dois anos ao descuido da mãe que o deixou com uma irmã maior, mas sem condição de discernimentos quanto aos cuidados. A menina saiu e o levou o irmão para o pátio e o deixou à sombra, mas, devido às brincadeiras esqueceu-se dele. O sol deslocou as sombras e quando os adultos voltaram encontraram apenas um pequeno monte de cinzas.

Não posso dizer que seja a exata situação hoje de Antonio, mas as semelhanças são muitas. Cuidemos para que o Pequeno Vermelho não vire cinzas também.

-Sofia, essa imunidade será limitada até onde se possa amamentá-lo?

-Sim, eu não creio que você possa amamentá-lo por muito tempo, mas que seja até que possamos encontrar outro recurso. Do mais vamos torcer para que tudo de certo.

-Quem sabe Pedro Nobre encontre uma solução.

-Pode ser.

Capitulo 34

O dia do casamento chegou e Mirral Bustamante estava muito nervoso pela condição imposta por Adônis Esculápio. Seria vexatório se apresentar diante de todos com um homem ao lado como esposa. Seria ridículo e ele passaria da condição de General a chacota da sociedade. Ainda assim se mantinha curioso como ele faria, se cobriria de véu a esconder sua extrema masculinidade, mas até quando viveriam sob a condição oculta? Não haviam ensaiado as etapas da cerimônia e estava inseguro quando ao sucesso da empreitada, mas ele tinha um confiança enorme em Adônis e não sabia explicar por que.
Ele mesmo o acolherá sem tomar maiores explicações e sem saber a sua origem e vida anterior.
Respirou fundo e acalmou o coração, afinal era o dia do seu casamento, o que poderia dar errado?
Arrumou a roupa impecável, no peito as muitas medalhas e honrarias militares, a maioria por causar sem grandes valores, mas não importava, diante dos outros que não as tinha era dele o sucesso. Empertigou-se e saiu acompanhado do ajudante de ordens. Na igreja desceu do carro e subiu os degraus ainda suando em bicas, percorreu o corredor central da Igreja até o altar acenando com a cabeça e distribuindo sorrisos solícitos e de agradecimentos à vinda de cada um. Postou-se à direita do sacerdote e esperou. Os padrinhos entraram e se postaram em suas posições.
Mirral Bustamante viu quando a noiva adentrou a igreja acompanhada de um homem bem vestido de braços dados a ela. O homem tinha traços tão absurdamente semelhantes aos do seu pai, que ele duvidou não ser ele.
A noiva e o acompanhante pararam no átrio de entrada da igreja, estava com um vestido de noiva belíssimo de calda longa, que brilhava como um pequeno céu de múltiplos sóis. A cabeça coberta, mas que depois de alguns minutos ela descobriu, o coração de

Mirral Bustamante quase parou, o ar faltou e os olhos escureceram. Esforçou-se para se manter-se rijo e firme. Era Adônis Esculápio. O mal estava feito e o pior seria o General desmaiar. Retomou a postura quando os músicos iniciaram a música Jesus Alegria dos Homens de Bach. A noiva deu entrada no corredor e todos sem exceção demonstraram o seus espantos, interjeições, sorrisos, risinhos nervosos e as mãos levadas às bocas eram os mais comuns. As pernas de Mirral Bustamante ainda tremiam quando uma salva de palmas espontânea irrompeu dos convidados.

Os presentes estavam deslumbrados, eles não percebiam Adônis Esculápio, aos olhos deles era uma mulher de beleza divinal que não se podia definir com palavra qualquer. Quem dissesse que nada é perfeito não a conhecia. Era um conjunto de exaltações, de expressões tentando qualificá-la. Era o sorriso, a postura serena o caminhar seguro e altivo, os olhos de brilho intenso e profundo, intraduzíveis, a feminilidade expressa num tanto de sensualidade. Era uma beleza que atraia os olhares e os imantavam.

Os padrinhos mais próximos cumprimentaram Mirral Bustamante, dizendo da beleza da noiva e da escolha privilegiada que ele havia feito.

Porém, aos olhos de Mirral Bustamante era sim Adônis Esculápio. O que não tinha história, nem pátria, nem família, que não se subjugava a nada, o que não parecia pertencer à terra dos humanos.

A noiva ou o noivo se aproximou do altar e se deteve diante do ministro, beijou Mirral Bustamante nos lábios, e a sua alma queimou, e os pensamentos atribulados vieram, carne dos deuses, fartura dos instintos, alimento que o sufocava, que faminto desejava.

O sacerdote deu inicio aos ritos e as dependências da igreja silenciaram.

Capitulo 35

A fome de Antonio Dolman era tanta que os seus choros exigiram de Domingas Molina antecipar os cuidados prometidos. Ela expos os seus seios e os ofereceu ao pequeno, os choros cessaram, embora, o leite não saísse, mas o Pequeno Vermelho serenou por àquela hora, mas depois retornou com uma excessiva gula que machucava os seios de Domingas Molina. A Velha Sofia, dizia.
-Que esganação. Era fome na alma.
Já Carmesita dizia que ele tinha carências severas, que não tinha pai, que não tinha mãe.
As horas ansiavam por solução, as dores e o sangramento aumentavam e fustigavam o corpo de Domingas Molina, mas aumentavam-lhe a certeza de que teria que se entregar, e ela fechou os olhos e sonhou, saiu de si para conceder ao mundo dos sonhos uma possibilidade de atuar.
O leite jorrou forte, branco e salvador.
Todos festejaram.
Há a graça da vida em todas as partes, não se aprende nada com quem nunca se maravilhou, com quem nunca se espantou, com quem nunca ficou pasmo.
A vida jorrou em forma de leite e o pequenino se fartou. Dormiu dois dias seguidos e acordou mais esfomeado, mas normal como na vida de qualquer bebe.
O inusitado viria acontecer de novo, poucos dias depois, a mão queimada do bebe voltou ao normal após a primeira mamada, livrou-se da ferida da queimadura, mas isso não foi a única situação que se apresentou naquela primeira semana de vida do Menino Vermelho, logo, todos aprenderiam com as experiências vividas como lidar com a forma excepcional dotada ao bebe.
Uma vez Domingas Molina foi acometida de uma febre causada por uma doença tropical, tomada de febre alta temia-se que o aquecimento do leite pudesse provocar no menino a combustão espontânea no corpo todo. Cuidavam todos que nada que viesse a acalorar o menino fosse usado. As águas eram colhidas nas nascentes, embrulhavam-no em panos molhados e decidiram vedar

a lareira. Roman Dolman decidiu construir uma casa próxima ao rio, com compartimento que dava aceso direto à água e mais com uma banheira alimentada diretamente do leito fresco, recolhida por conchas alinhadas a uma roda de moinho giratória.

A comunidade havia decidido não mais acender a fogueira central, mas Roman não achava justo que todos se sacrificassem nas suas tradições pelo menino e isso também pesou na decisão de ir morar mais afastado.

Roman Dolman afeiçoou-se de verdade, com todo amor e alma ao menino. O grau dessa medida dava-se, se é possível medir sentimento, ao grau de fragilidade do pequeno. Ele o acalentava e mimava, cantava canções e o acarinhava como todos os cuidados possíveis àquelas manzorras. O gigante se amolecia, cedia as firmezas dos músculos e os seus pelos para se transformavam em amaciado colchão confortável onde o menino dormia feliz.

A nossa capacidade de encontrar sentido e de dar significado aos nossos atos não são bastante para explicar a transformação tão significativa de Roman Dolman, era comovente ver o gigante enternecido, olhando embevecido o seu neto a lhe dar mais do que qualquer prazer derivável deste mundo.

Capitulo 36

Água Ardente como era do seu costume abandonou a Honório Córregas tomado que estava pela excitabilidade de beber. A boca seca não se contentava com a água, a água que saciava a sede da boca, não saciava o desejo e ele se lançou à perigosa e longa jornada de ida a Angusturas. Era como se ele fosse dois, um que amava a companhia do Velho Pai outro que expunha o peito à dor da partida, abdicando do mundo quase perfeito para descobrir outra realidade além de si. Lançou um olhar triste e sentido por estar traindo o seu amigo e partiu.
A sua chegada à Angusturas, cidade-capital e única cidade do país com o mesmo nome deu-se ao mesmo tempo em que ocorria o casamento.
A cerimônia de casamento seguia e o Ministro Religioso Estevam Malcedo fez a clássica pergunta.
-Há alguém que saiba algo que venha a causar impedimento a este casamento? Se for sim que se manifeste já, ou cale-se para sempre.
-De inicio silêncio absoluto, mas da entrada da igreja vieram som, como que em resposta.
Latidos, seguidos e insistentes. Água Ardente dava o seu manifesto de desagrado àquele casamento. Reconhecia ao disfarce de Serena Estela. Alguns riram, mas à persistência dele causou incômodos e o burburinho se fez. Um soldado chegou e chutou Água Ardente no traseiro, o bichano grunhiu e correu.
O Ministro Religioso Estevam Malcedo, prosseguiu fazendo um discurso dedicado aos noivos.
-Estimados noivos, vós estais a preparar-vos para crescer juntos, para construir esta casa, para viver juntos para sempre. E não desejais alicerçá-la sobre a areia dos sentimentos que vão e voltam, mas sobre a rocha do amor autêntico, do amor que provém de Deus.
Descerra-se infinito o ver além. Ver o nunca visto, ouvir o nunca escutado, tocar a musica da vida. Pois, é um novo olhar, um ver diferente, por não olhamos mais a sós, o novo olhar é o que toma a

atitude, evitando tudo que seja incompatível a si. A nova vida só fala o essencial, jamais falará o que é dispensável, um exercício sempre renovado de tornar a vida a dois uma benção, apoiando um ao outro, abrindo mão do que corroí, destrói ou é inútil.

Se vocês souberem do que eu falo perceberão diante de si a presença do amor, um vendo no outro o que estava sendo a aguardado. Nada será fácil, há as diferenças, mas envolvidos pelo amor, jamais haverá distância entre vocês.

O sacerdote pediu as alianças e pediu aos noivos que as colocassem e que repetissem.

-Eu, Mirral Bustamante a recebo a ti serena Estela como minha esposa e prometo estar contigo na alegria e na tristeza, na saúde e na doença, na riqueza e na pobreza, amando-te, respeitando-te, sendo-te fiel, todos os dias de minha vida, até que a morte nos separe. Serena Estela, ou, seja Adônis Esculápio repetiu as mesmas palavras. Agora pode beijar a noiva disse o sacerdote.

O beijo primeiro foi rápido, depois um segundo. Tomado de um incontrolável desejo Mirral Bustamante tomou a noiva nos braços e a beijou desta vez, mais profunda e intensamente.

Logo que foi dado início aos cumprimentos os presentes desrespeitando as regras de boa conduta, abandonaram a fila e cercaram Mirral Bustamante e sua vela noiva. Era uma infinidade das mais diversas perguntas, cada um querendo chegar bem perto e desfazer qualquer dúvida que porventura, ainda, houvesse quanto a venustidade da noiva.

Mirral Bustamante desfilava ufanado, de peito ensobercido, quase explodindo de tanta soberba. Era o casamento mais rico, mais falado, com as melhores comidas e bebidas e música.

Mirral Bustamante exigiu que fosse colocada no cerimonial uma encenação como as bodas de Caná?

Disse ele à Senhora Gaultier - Fazei com que se trate de uma festa verdadeira, porque o matrimonio é uma festa, uma festa cristã, e não uma festa mundana! O motivo mais profundo da alegria do dia do casamento nos é indicado pelo Evangelho de João: recordai-vos do milagre.

Numa certa altura veio a faltar o vinho e a festa parecia que seria estragada. Quero que em determinado momento da festa diga-se acabaram as bebidas e me que chamem a dar solução.

E assim durante a cerimônia da festa aconteceu.

Uma serviçal chega e anunciou a Mirral Bustamante fingindo falar baixo, mas num tom suficientemente alto que pudesse ser ouvida.

-Terminaram as bebidas.

Mirral então num gesto teatral fala em voz alta.

-Imaginai se tivessem que terminar a festa a beber chá! Não, não pode ser! Sem vinho não há festa! Nas bodas de Caná na Galiléia por sugestão de Maria, Jesus revela-se pela primeira vez e realiza um sinal - Transforma a água em vinho e, agindo assim, salva a festa nupcial. O que aconteceu em Caná há dois mil anos acontecerá aqui, na realidade, em nossa festa de casamento. Aquilo que tornará completo e profundamente verdadeiro o nosso matrimonio será a presença do Senhor, que se revela e concede a sua graça. É a sua presença que oferece o vinho bom. Ele é o segredo da alegria completa, do júbilo que aquece verdadeiramente o nosso coração. Disto se vê a presença de Jesus naquela festa. Que seja uma festa bonita, mas com Jesus! Não com o espírito do mundo, não! Senhor está presente! Tragam a água.

Trouxeram um tonel de onde Mirral retirou um copo d'água que despejou de novo no recipiente e recitou.

-Enchei as talhas de água, em abundância de água e em breve será o tempo da abundância do vinho. O noivo está presente, por isso, a festa deve continuar.

É a multiplicação do vinho novo logo se dá, devido a um aparato que divida o recipiente em dois.

Mergulhando o copo de novo no tonel ele recolhe o vinho e o bebe e diz.

-Venham logo elogiar os noivos por ter vinho de primeira qualidade até o fim da festa, percebam que é de uma qualidade, ainda muito melhor. Um vinho sem igual. O vinho não é para ficar guardado, mas para ser partilhado com todos os que estão na festa. É tempo de partilha.

A festa de comemoração seguiu, a cerimônia corria entre risos e músicas, destacava-se a alegria de Mirral Bustamante bailando, tendo nos braços a bela noiva, admirada por todos. Aos olhos de quem via Adônis Esculápio como Serena Estela Tidal, nome inventado por Mirral Bustamante, na hora, ante a urgência de encontrar uma saída para as tantas perguntas formuladas pelo

Ministro Religioso Estevam Malcedo. Porém o inusitado estava por vir.

Água Ardente saiu escorraçado e magoado com a hostilidade, rondou o centro da cidade, mas não encontrou nenhum estabelecimento comercial aberto, todos estavam na praça em frente a Igreja onde se celebrava o casório. Assim ele voltou ao casório, passou pelo meio do povo, por muitos coturnos pretos. Esgueirou-se pela cozinha em busca de um gole, mas o cheiro mais forte vinha do salão, uma cascata de taças erguia-se há mais de um metro acima da mesa, a bebida escorria das mais altas até a base, deixando indócil o animal.

No momento insuportável, ele se lançou sobre a mesa caminhou sobre os pratos elaborados e objetos decorativos valiosos, quebrando uns, espalhando outros e entre os gritos histéricos e horrorizados, ele seguiu rumo a sua meta. A mulher do Presidente tinha aversão a animais, desmaiou. O Capitão Labarca puxou o seu sabre e golpeou, numa esquiva de Água Ardente ele atingiu o ar. O papardelle de camarão de água doce com tangerinas anãs espirrou sobre a peruca de Madame Lili e o rosbife de filet mignon de texugo com cogumelos estrela bateu no rosto do comendador Jacinto.

Enquanto Madame Chaves discorria sobre os benefícios dos ácidos fenólicos compostos aromáticos encontrados naturalmente em muitas plantas, incluindo nas peles das uvas utilizadas para a fabricação de champanhe e vinho branco, parecidos com flavonoides, pigmentos vegetais naturais que servem como antioxidantes no corpo humano, sendo considerados responsáveis por alguns dos benefícios do vinho tinto. Água Ardente pegou a taça ao alcance de sua boca, puxou da base e logo lhe pareceu que o mundo era feito de uma imensa cachoeira de champanhe e taças, ele foi submerso do delicioso e adocicado liquido, flutuou sobre a camada liquida, revirando-se de boca aberta para não perder nenhuma oportunidade de sorver o tão precioso liquido que corria pela comprida mesa como um rio. Ele estava quase feliz, mas, uma mão pesada e violenta o agarrou pelo pescoço e saiu com ele em direção à copa.

Capitulo 37

Os cabelos negros brilhavam sedosos soltos enquanto Domingas Molina os penteava, assim deles era que ela gostava, mas eram tão longos que ela os mantinha em tranças, pois eram passiveis de causar acidentes. Quando muitas crianças ela já os tinham compridos e lembrava bem de dois incidentes com eles. Uma vez quando ela se enfiou sob a máquina de costura da avó e eles se embaraçaram na roda de giro, e outra quando uma fagulha do fogão saltou sobre eles e aos gritos pode sua mãe acudi-la sem maiores danos que não alguns fios chamuscados. Ela lembrava bem do cheiro dos cabelos queimados, mas, não do rosto da mãe, não se lembrava do pai que morreu quando ela era muito menina, nem da irmã mais velha. Sabia que após a morte da mãe e da avó que elas foram separadas. A irmã mandada para viver com os padrinhos fora, não sabia onde, porque ela que ficou com a avó a viu perder gradativamente a memória do antes nada mais se lembrava.
Sabia que enxergava bem antes destes fatos, não sabia quando a cegueira a tomou a visão.
Agora que ela tinha uma ocupação com o Pequeno Vermelho a quantidade de sonhos foi reduzida. Ela não sabia explicar o fato, nem Sofia Soraia e nem Honório Córregas sabiam.
Domingas Molina, sonhava tanto que por vezes sonhava acordada, não pelo fato de permitir a mente elaborar cenários, ganhar voos ou divagarem por onde desejasse, mas os sonhos dos que dormem como cargas emocionais armazenadas no inconsciente, que projetam imagens e sons. A capacidade de sonhar tão intensa e quantitativamente, por vezes, deixava Domingas Molina preocupada, as realidades trazidas deixavam-na sempre a se perguntar se os fatos que ela vivia seriam os reais ou os sonhados. Se os seus sonhos destorceriam ou assumiriam o lugar da sua realidade.

Ela sonhava constantemente com a sua irmã e eram sonhos tão nítidos e tão aparentemente reais que ela acorda sentindo o perfume da irmã, saiam juntas, riam e contavam coisas sobre as suas vidas, dividiam lembranças, até aqueles que ela não lembrava, mas na noite anterior ela sonhou que Água Ardente estava caído sobre uma bancada de metal, um cutelo cortando o ar para atingi-lo e ela acordou antes de saber o termino da cena.

-Por que você está chorando Domingas? Perguntou Honório Córregas.

-Você tem o costume de me surpreender chorando.

-Eu a sinto, esqueceu?

-Não Honório.

-Por que chorava?

-Sonho sempre como a minha irmã e também sonhei que Água Ardente corria perigo de perder a vida.

-Criamos mecanismo de grande eficácia que são os sonhos, servem-nos quando a realidade pesa, quando nos ocupa demais, para nos proteger do que nos é desagradável. Portanto, uma das soluções mais ordinárias para nossos desesperos rotineiros são os sonhos de escapadas, de manipulação de realidades, em geralmente uma boa maneira de se evitar as dificuldades de nossas vidas. Desde aqueles que deslocam o tempo, misturam temperos, faces e esculpem em massas de modelar o objeto de nossos medos e os camuflam através deles o que tememos ou ainda são como esvaziar realidades, são como abriu um saco pesado de grãos que carregamos nas costas e que vai esvaziando à medida que sonhamos. Cada vez que Água Ardente foge, você teme por ele, sonha, descarrega os seus medos quanto a ele, mas ele sabe muito bem se cuidar, mais do que eu e você.

Somos um tanto de carne, corpo físico, a dura realidade de viver condensado e a alma desejando leveza e voos livres, a dualidade entre o corpo e a alma, nessa condição de estarmos presos desejamos ardentemente unir matéria ao espírito sem sabermos como, no entanto, malogra-nos essa consciência quando nos percebemos incapazes, mas, isso é do aprendizado, longo sim, muito longo.

-O que nos pesa mais Honório?

-As mágoas, os rancores.

-E você tem algum?

-Não guardo rancores, lavo as mágoas e as águas as levam, higienizo o meu coração, levo a vida com a leveza que posso, quase leve. Rancores pesam, agrilhoam e o que eu não possuo é o pouco de ainda carnal, algo que possa estar muito embutido na alma, tão profundo que nem vejo, nem sinto.
-Nem do oficial do Presidente que tentou matá-lo?
-Não. Antes de agir você tem liberdade de escolher o que fará, mas, depois que age o efeito da ação o abraçará, quer queira ou não, essa é a lei da vida. Ele foi o agente dele, um agente com direito a escolha e escolheu, o ato foi realizado e ele deverá colher os resultados desse ato. A partir dele toda uma vida ou diversas vidas, ou todo o Universo foi mudado e ele será o responsável pelo bem ou pelo mal.
-Eu sinto Honório que isso ainda não está encerrado, não sei explicar, mas, o sonho com Água Ardente tem muito a ver com esse sentimento. Com política, com desafios, com confrontações. Por que você não fala de política?
-Eu não falo de política, mas o que eu aprendi foi que eu faço política todos os dias da minha vida, mais pelos meus atos. Tive até cedo ligações com organizações partidárias e descobri, também bem cedo que não precisamos delas. Se nos filiamos nunca saímos íntegros, você acaba se imiscuindo, ou fazendo concessões na sua forma de ser ou de pensar, de ver a vida. Passamos a ser uma célula univitelina, passamos a ser o que pensa o partido, o órgão e por mais que eu tivesse afinidades de pensar eu jamais seria o todo que eles queriam que eu fosse. Se nos ligamos formamos uma amalgama, passávamos a ser um ser padrão, fazendo e dizendo coisas que me faziam para dizer, que queria que eu dissesse, eu não era isso, nunca fui e nunca seria. Fazer política eu fazia, fazia quando combatia corrupção, quando acolhia os desvalidos, os rejeitados pela sociedade, que sofriam injustiças, ao meu modo, na minha forma mansa de falar, quando eu me manifestava contra a situação.
-Mas, a guerra sempre acontece em algum momento.
-Eu sei, mas não usarei de violência jamais, jamais abrirei mão do meu pensar sobre ser violento ou usar de violência, não me equipararei a quem dela usa. Além do mais, eu e Mirral Bustamante somos muito um do outro, eu me afastei para meditar, para me preparar com as armas que eu disponho para uma luta que

se dará. Não somos dissociados de nada o que acontece, fugimos do mundo de diversas formas, tentando forjar uma vida privada só nossa, uma vida em que possamos ser felizes e pacíficos, e, ainda assim, viver com as coisas do mundo. Pensamos que não tendo culpas sobre o que acontece, nada temos a ver com mundo, mas o mundo e nós somos uma coisa só. Que lutas, conflitos, dores e sofrimentos são algo separado de nós. Parecemos pensar que o indivíduo que somos é à parte, distante do mundo, mas estamos nele sobre ele, com todas as suas atrocidades, guerras e motins, desigualdade e injustiça. Se nada fizermos nada mudará, seremos engolidos pelo mundo estragado, corrompido, podre. Não podemos fugir dele Domingas Molina.

Capitulo 38

Mirral Bustamante jogou o pequeno animal assustado sobre uma bancada de metal pediu a um dos cozinheiros um cutelo.

-Quem deixou esse cão entrar?

Alguém respondeu. Esse cão é de Honório Córregas. Ninguém o viu entrar.

-Vou mostrar a esse misero intruso o que lhe cabe por estragar o dia mais importante da minha vida.

Ele pegou o cutelo e deu o golpe. Água Ardente se encolheu todo e esperou a morte eminente, o braço de Mirral Bustamante foi detido por Adônis Esculápio a poucos centímetros do pescoço do cão.

-Pare Mirral. Pediu Adônis.

Mirral o olhou e estranhou, não o pedido, mas a intrigante fisionomia de Adônis Esculápio. A sua tez perfeita estava enrugada, nos cantos dos olhos, ao lado da boca, rugas bastante visíveis se mostravam, como se estivesse envelhecido.

-O que está acontecendo?

-Estou enfraquecido, as forças me fogem. Preciso descansar.

O General chamou o médico, carregou a noiva e a levou ao carro. Foram para casa e ela cuidou de Adônis durante toda a noite, assim não aconteceu a lua de mel, mas, não era isso que preocupava Mirral Bustamante, naquela hora saber o que se passava era o mais importante.

-O que ela tem Doutor Américo Calcanhoto?

-Sinceramente eu nunca vi isso antes, mas lembro-me de ter lido algo sobre isso na faculdade de medicina, a síndrome de Werner, é uma doença autossômica recessiva.

-O que significa isso? Deixe de tecnolês e fale em Angusturês.

-É um defeito nas células, na qual as alterações só começam a aparecer na idade adulta, de modo geral após os quarenta anos, acelerado o envelhecimento da pele e embranquecimento dos cabelos, além de retardo mental, atrofia ótica e outras malformações, mas, nunca soube que a velocidade fosse tão grande, há poucas horas a sua noiva estava bela e jovem. Vou procurar saber mais, consultar alguns amigos na Europa, enquanto isso aguardemos, vocês tiveram um dia cheio de atribulações, precisam de descanso.

-Doutor o que o Senhor sabe sobre Honório Córregas?

-Era um místico, um homem estranho e misterioso.

-Disso eu sei, eu o conhecia do Palácio Presidencial. Quero saber de onde ele veio, o que fazia da vida antes de ser o vidente do Presidente.

-Dizem que ele nasceu em 1855.

-Como assim, ele teria mais de cento e cinquenta anos então.

-É o que dizem, e que ele nasceu numa aldeia perto de Baal, ele cresceu só, nas montanhas, uma infância solitária que o fez desenvolver dons místicos. Veio para Angusturas depois de ser resgatado por uma patrulha militar. Dizem que ele foi uma criança brilhante e extraordinária, que lidava com os animais e eles os obedeciam, inclusive os mais ferozes e selvagens. Descobriu o dom de visão também ainda muito jovem, poderes de ver o futuro. Era menino absorto, vivia observando o que se passava nos continentes distantes. Era voz em curso que quando ele olhava determinada pessoa, conseguia identificar quantas vezes a alma da fulano tinha encarnado – como, quando e onde.

Em sua presença, a pessoa se sentia abalada e transformada. O que mais impressionava eram seus olhos penetrantes que assumiam uma inquietante imobilidade quando ele se fixava em alguém. Que quando fitava alguém, estava buscando o mais profundo de sua alma.

Além de ser vidente, ele era um guia, um amigo, um confidente e fazia milagres. As pessoas vinham pedir-lhe bênçãos, milagres e não saíam de mãos vazias. Inúmeras lendas falam de seus poderes. Os pobres, os doentes e os desesperados o procuravam, implorando que ele intercedesse aos céus em seu favor.

-E como ele veio a ser o Vidente do Presidente?

-Ele era antes, já do pai do Presidente. Depois que perdeu a esposa ele ficou muito melancólico, até que um dia ele sonhou com ela, que pedia que ele não ficasse assim, que aquela tristeza a atingia de uma maneira direta, intensa e dolorida. Que ele vivesse para esperar por ela, porque ela voltaria.

-Mas ele morreu, eu mesmo o atirei do segundo andar do Palácio Presidencial.

-Eu não creio, numa cidade pequena a morte de Honório Córregas correria como rastilho de pólvora e certamente eu viria a saber. Do mais seria uma comoção nacional.

-O que teria então acontecido?

-Eu não sei, mas conversarei com Benicio Boa Morte, o agente funerário, se ele não souber devido ao falecimento saberá devido às maledicências. Não conheço pessoa mais intrigenta e fuxiqueira.

Assim fez então o Doutor ao sair da casa de Mirral Bustamante, tomou rumo para casa de Benicio Boa Morte.

-Diga-me Benicio, você fez o enterro de Honório Córregas?

-Não, ele não morreu.

-O que houve? Diz o general Mirral que o atirou da janela do segundo andar do Palácio Presidencial, se ele não morresse desta forma, teria sequelas graves e um de nós dois fatalmente viria a saber.

-E foi assim, ele foi atirado sim da sacada do Palácio, mas não morreu. Caiu sobre a carroça de feno de Heitor Veras, dono da mula Ravena, a que matou o filho do Presidente com um coice. Disse Benicio cofiando os longos bigodes.

-E qual fim ele teve?

-Dizem na surdina que ele foi embora da cidade e fundou um comunidade de gente excluída e diferente.

-Como assim diferente.

-Gente com poderes, dons especiais, gente estranha, de má formação, não digo de caráter, se bem que as possam haver, mas digo de formação física, espiritual.

-E por que em surdina?

-Porque não quer o povo que o Presidente ou Mirral Bustamante saibam e mande matar de novo Honório Córregas. O povo o ama e o protege.

-Entendi e para onde ele foi?

-Não sei, isso é outro segredo que o povo não divulga, mas o que sei é que está há milhares de léguas daqui, quase nas fronteiras com Albárras. Um lugar inacessível, poucos conseguiram chegar, muitos morreram a caminho e poucos voltaram para contar algo. Dizem que um desse poucos foi um cigano chamado Anastásio, que passavam regularmente por aqui, mas que deu sumiço faz algum tempo e ninguém sabe ao certo por que.

-Histórias fascinantes Benicio, mas já me vou, estou vindo do casamento do General, coisas estranhas e interessantes, também, por lá. O cão que dizem ser de Honório Córregas causou sérios estragos na festa. Há essa hora deve ter virado cadáver.

-Eu o conheço se chama Água Ardente, eu mesmo já tomei uns tragos com ele. Ele tem um circulo preto em torno de um dos olhos.

-É isso mesmo, foi exatamente esse cão.

-Bem, eu não fui convidado, dizem as más línguas que não cabe convidar um agente funerário para um casamento que leva a separação em curto tempo, mas, se assim fosse eu não poderia ter ido ao meu. Disse o esquálido homem vestido de preto, dando uma boa gargalhada – tanto que estou casado há quarenta anos com a minha amada Victoria.

Corre às caladas, que o general casou-se com uma sereia.

Agora foi a vez do Doutor Américo Calcanhoto soltar uma gargalhada.

-Não ria Doutor.

-Ora Benicio, faça-me o favor.

-Um dos soldados do General o observou da janela de um dos quartos, às escondidas, que ele conversava com uma sereia, em um dos lagos dos seus jardins que dão ao mar. Outro disse que ele ordenou que um homem que estava nu nos jardins fosse vestido, mas, ao chegar com as roupas, o ajudante ficou aturdido, petrificado, não literalmente, mas não também no sentido semântico. Ficou assim, tomado de encantamentos, boquiaberto, sem ação diante de tamanha beleza. Dizem que foi ela que tomou a iniciativa de vestir-se devido à inércia do sujeito.

-Que história mais inverossímil.

-Doutor não se ria, as nossas profissões são distintas, a sua de salvar os mortos a minha é de fazê-lo sossegar no seu finamento, mas eu posso dizer com certezas, que o nobre amigo jamais se deparou com as coisas que já vi. Sei eu de um caso sobre sereias. Se dá-me o tempo para que eu lhe conte. Venha cá. Sente-se. Victoria, por favor, passe um cafezinho para o Doutor Américo.

Os dois sentaram-se.

Américo Calcanhoto dirigiu-se à sua estante de volumosa biblioteca e escolheu um livro antigo de capa dura em detalhes em dourado.

-Pois não sabe Doutor, o desenvolvimento das grandes navegações vieram comprovar o que se dizia no passado longínquo, as sereias existem, os marinheiros de Hendrik Hudson viram uma sereia em 15 de junho de 1608 e disseram sobre ela: do umbigo para cima, suas costas e seios eram como os de uma mulher. A sua pele era muito branca e o longo cabelo, de cor negra, caía para trás. Ao mergulhar, viram sua cauda, que era como a cauda de um golfinho, mas pintada como a de uma cavala.

Em 1620, o capitão Richard Whitbourne viu uma sereia quando estava à beira da baía de St. John, na Terra Nova. Seu rosto era belo, mas, tinha listras azuis na pele no lugar de cabelo. As proporções de sua cauda eram "como uma flecha de farpas largas".

Em 1614, o capitão John Smith, navegando nas Índias Ocidentais, viu uma sereia "nadando com toda a graça possível perto da costa". Observou que as orelhas eram muito longas, mas que de resto ela era bela. Seu cabelo era verde e ela era um peixe da cintura para baixo.

Até mesmo Cristóvão Colombo escreveu que viu três sereias perto do Haiti. Ele achou suas sereias menos bonitas e mais masculinas do que esperava, mas veja que interessante, alguns relatos dão conta que uma sereia pode desintegrar sua cauda de peixe e converter-se em uma mulher de aspecto completamente humano As sereias, dentro de suas múltiplas habilidades, podem trocar de forma.

-Até agora você não me disse nada que se possa provar, ou seja, apenas ditos, lendas ou apreensões do imaginário.

-Calma, calma caro amigo. Valho-me dos contornos para chegar ao ponto. Não era assim que faziam os antigos, com suas parábolas e mitologias?

O simbolismo, da sereia é a da sedução mortal. Certamente, ela é tentadora: Pierre de Beauvais escreveu: "As asas da sereia são amor de mulher, que ela está pronta a dar e a retomar". Para preservar-se das ilusões da paixão é necessário, como Ulisses, agarrar-se à dura realidade do mastro.

-Sim claro, perdoe-me a impaciência, mas, as sereias são devoradoras de homens e como tal elas os levam às profundezas do mar, e isso não deve ser nada bom aos seus negócios.

-Faz-me ri Doutor, mas isso também era a parte dos mitos, a realidade é outra, de outras esferas.

-E qual seria?

-A de Freud.

-A de Freud? O senhor também é dado aos meandros da psicologia?

-Sim, eu construí uma teoria como os elementos do que ouvi falar. Tenho me dedicado extenuadamente a entender a morte e o que de melhor temos para isso se não a vida? Os entendimentos sobre viver e morrer, sobre a vida e o além-morte são nossas eternas perguntas. Assim entre idas e vindas acheguei-me a Freud. As sereias são o arquétipo que representam a união mãe, a que todos nós temos, e com a água, e esse elemento simboliza os sentimentos, as emoções, a intuição, etc, por isso é frequente nas histórias onde elas apareçam que haja paixão, amor desenfreado e haja um mortal que acaba morrendo afogado nas águas ou seja nos seus sentimentos.

Na fase criança que temos ai começa a se formar uma identidade discreta sexual - menino, menina - que altera a condição do relacionamento entre pais e filhos. A mãe vem a ser o parente que gratifica principalmente os desejos da criança, em especial dos meninos, os pais tornam-se objetos de energia sexual infantil, inconscientemente. O menino dirige seu sexual para a sua mãe e direciona o ciúme e a rivalidade emocional contra seu pai - porque é o que dorme com a mãe. Para facilitar a união com a mãe, a mente do menino quer eliminar o pai, como fez Édipo, mas a realidade é outras Doutor, o pai é o mais forte entre os dois homens que competem pela posse da mulher. No entanto, o menino permanece ambivalente sobre o lugar do pai na família, o que se manifesta como o medo da castração pelo pai fisicamente maior; o medo é uma manifestação irracional e inconsciente.

-Bonita explanação Benicio, mas, aonde você quer chegar?

-Bom, meu caro Doutor, ainda não sei, não tenho de fato todos os elementos necessário a compor essa tese, mas eu acabei por me enredar nos novelinhos da questão e não lhe contei o episódio em si que me levou a puxar o fio dessa meada.

-Conte-me pois, estava eu desejando ir para casa, mas está interessante o assunto e gosto de confabulações, ainda mais com o delicioso café de Dona Victoria.

-Foi assim, eu estava a preparar um morto para o trajeto de ida ao outro mundo quando me chegou um senhor idoso, vergado pelos anos e que me disse ser parente do homem falecido, mas ele não me deu explicações sobre o parentesco e eu também não me dei conta de que deveria saber. Pusemos a conversar e soube eu que ele foi um marinheiro acostumado às viagens pelo mundo através das águas, dos mares, dos oceanos. Ele se chamava Ulisses Marino e viveu ele isolado do mundo por mais de trinta anos numa ilha entre a Turquia e a Grécia, como único sobrevivente de um naufrágio que carregou ao fundo do Mar Mediterrâneo o seu navio e toda a tripulação. Região assolada de sereias, acostumaram-se elas a ele, e vice-versa, assim ele a passava o seu tempo isolado de tudo a conversar com deidades. Ele me contou que era um tenor e que ganhou a vida por um bom tempo como cantor, que nem sempre a vida entre as sereias foi fácil, que algumas delas tentaram com os seus cantos arrastá-lo pela sedução às profundezas do mar, por vezes, ele quase sucumbiu, mas livrou-se de início tampando os ouvidos com cera de abelhas, depois se lembrou que uma das formas de impedi-las de provocar encantamentos era cantar também e ele cantava bem e elas pararam para escutá-lo. Depois, talvez, o tendo tomado com um deles, elas pararam com os tormentos de sedução, quando então, ele soube de muitos dos seus segredos.

Capitulo 39

A vida em Ravena transcorria na normalidade e sempre pelas manhãs um grupo de homens e mulheres, adultos, jovens e algumas crianças, caminhavam algumas léguas até fora do circulo dos cristais que era a base da aldeia para lá cuidarem de uma horta comunitária donde retiravam as principais fontes de alimentos. Ninguém era obrigado a nada, iam de livre e espontânea vontade, ia quem podia e quando podiam, mas todos que iam, iam de boa vontade. A horta vicejava do verde das hortaliças e do colorido das frutas e dos legumes. Dava prazer ver os alaranjados das tangerinas anãs e das laranjas gigantes que vergavam os galhos de tanto peso. O vermelho dos tomates de gomos, dos caquis-melões, dos morangos de bico, das pimentas pingos de sangue, do amarelo dos pimentões-corujas e das cebolas-manteigas, os verdes de tons diversos das couves escuras e das alfaces de luz, cheiros-verdes, coentros, cardamomo em contrastes com as arvores canela e os pés de cravos. As favas de grãos grandes e os feijões roxinhos, rabanetes, cenouras, as batatas doces. Tudo se plantava e tudo se colhia forte e saudável. A terra era boa, nutrida e generosa. Poucos mantinham o hábito de comer carne, embora Honório Córregas sempre desestimulasse essa prática. Antes da chegada de Pedro Nobre se mantinham vigias na horta, para afastar os roedores e pequenos herbívoros que causavam danos aos vegetais plantados. Esses eram mortos e depois viravam alimentos, principalmente para os Dolmans, mas Pedro criou um sistema de roldanas giradas pelas águas do riacho ligadas a latas e panelas velhas que provocavam barulhos assustando os animais. Havia ainda, uma cerca de bambus banhados em catinga morena, uma erva de fétida, de insuportável odor, que afastava até mesmo os mais renitentes dos roedores e um casal de espantalhos para animais maiores chamados de Onofre e Efigênia, muito queridos das crianças, pois tinham nos olhos pedras de luzir que se acendiam à chegada da noite.

Honório temia que os seus conhecimentos se perdessem com a sua morte, então no grupo escolar adicionou uma matéria chamada Saber do Invisível, onde se ministrava conhecimentos de ocultismos, misticismos, esoterismos e inserções de astrologia, ciências do céu, ministradas por ele mesmo. Pedro dava aulas de química, física e matemática, Carmesita de história, geografia e artes e Domingas Molina de literatura e linguagem. A velha Sofia Soraia contribuía algumas vezes com seus conhecimentos sobre feitiços e proteções contra malefícios.

Carmesita gostava de cuidar de Honório Córregas, tinha uma afeição mais que especial por ele, de quem estava sempre procurando saber dos seus gostos e necessidades. Aos olhos de ver de Pedro havia mais que apenas cuidado, e os olhos de não ver de Domingas Molina o cheiro de Carmesita tinha o odor de excessivos carinhos misto de escabiosa, a flor de viúva, bogarim, a flor do amor puro e adelfa, flor da sedução. Domingas Molina falava com prazer e excessivas inflexões na voz de modo a caçoar de Carmesita, sabia ela por intuição que a ruiva de cabelos acobreados deveria estar de olhos ao chão envergonhada com as traquinagens dela e de Pedro que faziam alusões ao que eles poderiam constituir o inicio de um namoro, mas logo Domingas percebeu que não era de bom alvitre mexer com essa questão tão sensível ao coração da moça dos olhos perdidos.

À Domingas Molina qualquer menção Às coisas do amor levavam-na aos pensamentos de Anton e trazia aos seus olhos negros lágrimas sentidas de saudade e pesar.

Ao pensar de Carmesita vinham considerações sobre os porque de Honório Córregas com o seu saber nunca ter tocado no assunto de Anton.

Era hora do jantar e os três dispuseram os pratos e talheres sobre a toalha feita de sacos de algodão, límpida, alvejada com erva sabão e bordada por Domingas Molina, que mesmo sem poder ver dispunha de uma habilidade que fazia frente a qualquer outro morador de Ravena.

Carmesita foi buscar Honório Córregas e o assentou à mesa, ainda permaneceu algum tempo abraçada a ele, com uma mão sobre o seu ombro e outra a ameigar os seus cabelos de neve, só interrompendo o gesto de acarinhar quando se deu conta do sorriso de Pedro a observá-la.

Sentaram-se e serviram-se da sopa de legumes e dos pasteis de grãos moídos, mas, na mente de Carmesita ainda se revolviam os pensamentos sobre a questão de Honório Córregas e Anton, a tal ponto dela precisa se conter e não perguntar na presença de Domingas Molina, mas disse a si que o faria tão logo tivesse a privacidade necessária.

Capitulo 40

Por favor, Victoria, sente-se aqui perto do seu amado marido, convidou Benicio Boa Morte.

Victoria era uma bonita mulher, mas, algo nela nunca parecia estar no lugar, não se podia precisar, mas por vezes, eram os seus grandes olhos de pupilas negras rodeadas por uma pequena íris brilhante que por vezes, parecia, emitir uma luz verde e se transformas em uma fenda ou em uma pequena linha escura ou dependendo da luz para uma arregalada forma de ovo. Outras vezes quando os cabelos estavam presos viam-se as orelhas dela se moverem para frente como fazem os elefantes. Havia ainda, outras duas coisas estranhas pelo menos, Dona Victoria depois de certo tempo sumida reapareceu e não mais foi vista à rua durante o dia, donde Benicio e ela diziam ser devido a sua pele excessivamente branca de que o sol a incomodava, contudo o fato era que ela não era apenas branca, mas de uma palidez demasiada, que lhe dominava o rosto e as olheiras pareciam covas escavadas em torno dos olhos. Estranhou-se, também, o fato que ela antes era gorda quase beirando a morbidez e nas raríssimas aparições pode-se constatar que com o passar do tempo que foi emagrecendo a olhos vistos, a ponto de estar esquálida como restos mortais exposto, não enterrados.

Dona Victoria tinha um estoque de perfumes que ocupava boa parte do quarto dela, distribuídos sobre as cômodas, penteadeiras e outras prateleiras espalhadas pelo quarto, banheiros. Diziam que havia outros tantos ainda embalados. Era um fato conhecido que Benicio Boa Morte comprava todos os perfumes que via à venda na cidade, justificando que como mantinha a capela anexa à sua casa que procurava mantê-la sempre, preventivamente aromatizada.

O que ao Doutor Américo Calcanhoto tinha de vivência nos seus longos anos na militância da medicina, Dona Victoria parecia de fato um cadáver, como dos muitos que vira na faculdade e nos necrotérios, havia também percebido que ela perderá a agudeza de raciocínio e hiperatividade que possuía antes, ficando monossilábica, sem criatividade e por vez alheia quando o assunto pendia para a subjetividade, exigindo a capacidade de abstração mais profunda, intuitividade ou coisas assim; ele observava atentamente as reações e a via ficar no vácuo nestas situações. Desconfiava ele de algo errado, mas se mantinha na sua descrição, como não era ele médico de família e em apreço a ética que pautava os seus modos escusou-se de expor qualquer comentário sobre os fatos que presenciava.

Na casa não se usava energia elétrica, era iluminada por velas o que deixava o cheiro característico forte misturado, muitas vezes, ao odor de formol.

Dona Victoria sempre foi uma excelente conhecedora dos segredos da boa cozinha e sempre fora uma boa anfitriã, mas que não perdeu a mão nos dotes culinários, desde as recentes estranhezas, ao menos ela manteve o bom sabor do café, embora ela jamais tenha revelado ao Doutor a forma de prepará-lo.

Américo Calcanhoto apesar de ter um perfil de personalidade e posturas distintas das do agente funerário prezava a amizade de ambos já que Benicio era um homem culto e com quem podia desenvolver longos e produtivos assuntos e era por isso que ainda permanecia a espera que ele terminasse a narrativa sobre as sereias.

Ele não só contou como ainda foi buscar uma prova material.

-Eis aqui uma prova do que eu lhe conto, os óculos de ver sereia.

Era de fato uns óculos, montado em armação antiga feita de bronze e com lente esverdeada.

-A armação é minha, mas, as lentes foram dadas a Ulisses Marino por uma sereia. O material era ainda bruto, embora, com alguma transparência e foi recolhido próximo ao vulcão Stromboli que fica ao norte da Sicília, da Ilha de Stromboli, no Mediterrâneo e um dos vulcões mais ativos do Planeta, onde o fogo e a água se encontram. Creio eu que da mistura de areia, algas ou corais esverdeados em contato com as lavas em altíssima temperatura tenha criado essa liga da lente. Eu descobri que poderia ser polida exatamente como o vidro, só não acredito que ela tenha o poder de descobrir quem seja uma sereia disfarçada.

-Como assim disfarçada?

-Um dos segredos das sereias e que foi revelado a Ulisses Marino foi esse. Elas têm o poder de iludir, de se mostrar como outra aparência. Muitas vezes, elas possuem missões determinada pelo deus dos oceanos, as de resolver, ou dar soluções às dúvidas e incertezas de determinados seres. Não sei especificar quais as condições necessárias a essas escolhas, mas elas são seres compulsivos, que tomadas de amores por alguém o seguem em sua trajetória de vida e muitas vezes de morte. Quando se perdem do amado procuram em alguém os traços do ser em outros, mais possivelmente nos de suas descendências.

O assunto, porém, me causou muito interesse, andei pesquisando e travei contato com ilustres cientistas especializados nesses assuntos de estudo sobre lendas e mitologias. Deles consegui descobrir que algumas dessas missões estão ligadas a quem elas se afeiçoam e que há registros que essas ligações seguem de fato, por vezes, aos descendentes desses humanos.

-E isso tem a ver com Mirral Bustamante.

-Penso que sim e só, ainda não conseguir concluir a minha tese. Um dos enunciados é:

Aquele homem Ulisses Marino, ainda hoje, me intriga, eu nunca entendi o aparecimento dele e qual o parentesco com o homem que eu dei enterro.

-Ainda, não entendi os pontos e aonde você quer chegar.

-Eu também ainda não sei, é uma intuição, um maneira minha de perceber algo especial, fora do comum. Algo que me fica na mente pulsando, algo que não quer ir embora, como um sinal a me chamar a atenção. Essa questão da sereia, me parece ter ligação com Ulisses e a mulher com quem Mirral se casou, isso devido as informações dos dois soldados.

-Você pensa que a noiva de Mirral Bustamante é uma sereia?

-Sim. Penso.

-Depois dessa acho que eu me vou. Agradeço Dona Victoria o café. Espero que um dia a senhora possa me contar o segredo de tão delicioso preparo.

Ela balançou a cabeça como quem tivesse ouvido, mas ao Doutor pareceu que fora, apenas, um ato mecânico.

-Espere Doutor, tome esses óculos. Leve-o.

-Por que está a mim?

-Eu não tenho acessos ao General. Creio que de alguma forma a minha intuição me diz que eu o devo dar ao Senhor.

Capitulo 41

Pedro Nobre sentado na sua bancada de trabalho entre destiladores, bicos de Bunsen, cadinhos, cápsula de porcelana e tubos de ensaio estava chateado com o desempenho de suas fórmulas, principalmente no que dizia respeito às duas que foram desenvolvidas para prolongar a vida e a de rejuvenescimento. Passados meses ele não vira qualquer resultado substancial, qualquer evidência que pudesse lhe dar alguma certeza de que ele estivesse no caminho certo.

Todos os dias ele observava com cuidado a pele de Honório Córregas, interpretando se as alterações visíveis provenientes do próprio processo de envelhecimento cutâneo apresentavam mudanças retroativas, quaisquer sinais que denotasse que as suas formulas estivessem surtindo algum efeito revertendo os traços de senilidade cutânea principalmente dos níveis de flacidez, elasticidades secura, aspereza, rugas.

Repensou os seus conceitos e os dados esquemáticos da fórmula, a inserção de elementos estimuladores do colágeno, elastina, meios indutores ao aumento do processamento das proteínas e açúcares, do ácido hialurônico que influenciariam no estado normal de turgidez e tensão interna das células vivas da pele. A adição nos parâmetros certos de estimulador bioelétrico transcutâneo, que ele mesmo criara, com materiais químicos conseguidos nos minerais da região injetados em micro-organismos vivos que provocaria nos músculos e tecidos orgânicos o poder de reagir à caducidade da matéria, fazendo-as compreender que precisavam lutar contra o sentido da natureza de decadência física e mental ao passar dos anos. Ele acreditava sim que tudo estava certo. O que faltaria então?

E a voz de Domingas Molina respondeu: Falta o amor Pedro Nobre, falta o amor.

Pedro Nobre pensou sobre o que disse Domingas e à sua mente vieram as lembranças de Zezinha, das tarde de aulas cabuladas e dos amores atrás das touceiras de amor-agarradinho.

Eles se amaram por muitas tarde e algumas noites em que quando todos dormiam eles pulavam suas respectivas janelas e se encontravam nas noites de verão, de céu limpo e vidas estreladas.
-Como há estrelas no céu. Disse ela uma noite. Pedro Nobre eu quero ser sua mulher, quero casar com você, ser sua para sempre.
-Quero estar ao seu lado a cada dia contados a cada estrela que haja nesse céu, minha Zezinha.
-Como vamos fazer?
-Sabe Pedro, eu quero te contar uma coisa.
-Está aflita, sinto que está.
-Estou sim Pedro é algo grave.
-Diga-me então.
-O meu pai, ele me prometeu a um fazendeiro rico. Estão preparando tudo para o casamento. Será em dezembro, faltam apenas quatro meses. É pelo dote que ele propôs ao meu pai, é pelo dinheiro, você entende isso? É pelo dinheiro. Sou uma mercadoria, não tenho sentimentos, ninguém pensa que eu serei tomada a força, usada, que eu o odeio o verme asqueroso e bruto. Ninguém pensa nisso Pedro. Salva-me Pedro por favor, eu só tenho a você.
Pedro Nobre chorou com Ana Lorena Ornelas.
Chorou pela impotência, pela incapacidade de dizer algo que pudesse ser levado a sério, que pudesse fazê-la confiar nele. Que pudesse ser uma solução. Ele não passava de um menino, de um rapaz mal formado, sem profissão, sem experiência de vida, sem saber o que dizer, sem chão sob os pés.

Capitulo 42

O Doutor Américo Calcanhoto saiu para atender ao chamado do General Mirral Bustamante. Entrou no jipe militar que fora buscá-lo e ao passarem na rua do Benicio Boa Morte ele lembrou-se da conversa tida na noite anterior e apalpou o bolso do casaco dando conta que o óculos de ver sereias estavam ainda ali.
Pensou na figura longilínea do Benicio Boa Morte e sorriu. Era sem dúvida uma figura impar, dotada de um senso de humor único, de uma cultura beligerante, inquieta, talvez, fossem essas as causas de sua intromissão em tudo, a busca de respostas de saberes e assim formulara aquelas teses incríveis. Ou não seriam? Estamos tão condicionados pelo comportamento atávico da lógica que só um salto no universo do invisível pode causar uma a ruptura nas cadeias do costume. Quem sabe se as nossas construções morais e a condução repetida dos procedimentos padrões não sejam a cadeia que só nos permite ver o que a pequena janela gradeada nos possibilita. Que esses entraves mentais não sejam a causa de nossas descrenças em possibilidades do que não podemos apalpar. O que seja o normal é o que nos foi ensinado e a história como nos foi doutrinada. Ele deu fuga à sua alma e ela ganhou os espaços fora, liberto da vergonha de pensar e de expor suas teses. Quem sabe ele seja o certo e todos os demais os errados, ainda que seja, na confiança de poder exercitar essa sua liberdade.
A verdade não é exclusividade de quem pensa ser o certo, o dono dela, as coisas de energia, as que não podemos ver mas sabemos que existem, a eletricidade, o vento, essas questões da espiritualidade. Não existirão outras verdades além de tudo que conhecemos? Não existirão outras histórias, outro conhecimento de ciência um nível supremo inimaginável do que é a magia? Do que seja sagrado, das forças da natureza, que podem aliar-se conosco, assim como também podemos nos unir a ela, sentindo-a parte nossa, voltando a recordar que somos parte sua?
-Chegamos Doutor Américo. Anunciou o condutor.
-Obrigado. E ele seguiu o soldado e lhe falou.

-Infelizmente, não existe uma resposta geral que satisfaça a todas as pessoas e que abranja todas as possibilidades da verdade. Disse o Doutor ao jovem soldado, que se despediu dele sem saber do que ele falava.

-Mas já é bom pensar que eu tenho essa companhia carinhosa, a da abertura mental de não querer ser o dono da verdade. Tenho a certeza que muito poucos na minha idade têm a possibilidade de viver essa nova experiência afetiva. Disse ele rindo sozinho ao subir as escadas da Casa do General Mirral Bustamante.

O General estava de roupão vermelho e fumava um charuto cubano Vega Robaina. O gosto de fumar era menos pelo prazer e mais pelo status que auferia.

-Vai um Vega Robaina Doutor?

-Sim, aceito, mas vou guardá-lo para logo, não é conveniente fumar no trabalho.

-Bem, se é assim tome um caixa.

O Doutor aceitou.

-O Vega Robaina é uma opção que eu tinha disponível na falta do Bustamante, ao qual tenho mais apreço por ser uma homenagem longínqua a um dos meus antepassados, o grande navegante Ulisses Marino.

O Doutor Américo Calcanhoto quase teve uma sincope. Tossiu e se engasgou.

-O que se passa Doutor, tossindo sem ao menos ter fumado o Vega Robaina?

-Desculpe-me General, é da idade, mas onde se encontra a sua esposa. Disse o Doutor disfarçando a surpresa, refazendo-se, preferindo respirar e deixar a questão de Ulisses Marino à espera.

-Nas termas, acordou cedo e veio banhar-se, adora águas. Se a deixo passa todo o dia assim, mas está melhor. Chamei-o por desencargos. Ainda nem tivemos a nossa merecida lua de mel.

-Vamos vê-la.

Os dois foram caminhando pelos jardins frondosos com os seus sinuosos lagos e fontes intermitentes.

Ao chegar a um deles numa das tantas piscinas num ponto mais discreto envolvido por azáleas e bungavileas o Doutor teve outra crise de tosse. Ao sol completamente nua a mulher do General se aquecia ao sol.

-Acalme-se Doutor. Disse Mirral entregando uma toalha à moça –
Não se acanhe com a liberalidade excessiva de minha jovem e linda
esposa. Eu mesmo não tive o poder de convencê-la a ser uma pouco
mais recatada. Enfim, a juventude e a beleza moram na alma e
assim torno-me jovem ao partilhar dessa forma de ser.
-Bem Senhora, permita-me vê-la mais de perto. As rugas precoces
desapareceram, coisa muito estranha, de fato eu mesmo não sei
explicar isso. Todos os traços inusitados aparentados ontem já não
são mais visíveis. Deixe-me tomar o pulso.
Os braços frios e sem pulsação aparente causaram estranheza e
preocupações ao médico, a moça exalava uma energia opressora
que o tomava e o deixava entontecido. Um medo sem razão o
dominava e a muito custo ele pediu para ver a língua dela. Ela
recusou, disse que estava bem que não desejava prosseguir nos
exames.
O Doutor afastou-se, tocou o bolso do casaco e lembrou-se dos
óculos e os retirou e os pôs no rosto olhando diretamente para a
mulher. E ele pode vê-la em toda sua efetiva condição de mulher-
peixe. A metade mulher e a outra parte peixe, enorme cauda que
saia do roupão, de cores diversas e luzidias que cintilavam a cada
movimento dela. Os cabelos que pareciam águas fluindo sem parar
era de encanto quase dolorido de se olhar, mas o deslumbramento
do Doutor se encerou no momento que ela se deu conta que fora
descoberta e a ira que se apoderou dela causando-lhe uma
mudança como se o mar sem ventos de Ulisses, o mitológico, se
tornasse tempestade. Enfurecida pela quebra do seu disfarce,
entoou um grito agudo e fatal direcionado apenas ao Doutor. A
emanação emitida em tão alta frequência ainda que não ouvida fez
dele a carne se soltar dos ossos, os músculos de esticarem até o
ponto de se romperam como cordas de instrumentos retesadas ao
extremo, os nervos trincaram-se como vidros e o sangue saltou dos
olhos e escorreu pelo nariz como cachoeira escarlate. Dos ouvidos
desceu a massa encefálica liquidificada e os ossos esfarelaram. O
corpo tombou como um saco vazio.

Capitulo 43

O Pequeno Vermelho vivia enrolado em toalhas e cobertas molhadas como uso preventivo de combustão provocada, quanto à ignificação espontânea ainda não se sabia se havia o risco. A amamentação, segundo a profetização de Sofia Soraia, o mantinha sobre controle. A mão queimada do Pequeno Vermelho em menos de uma semana estava restabelecida, viu-se logo que o menino tinha um evidente poder de ave fênix, mas que sofria de um fenômeno raro. Um dia deu sinal de que havia algo errado, foi quando ele completou sete meses de idade e seus dentes de leite começaram a nascer. Um belo dia, de tarde, Ramon Dolman aproximou-se para pegá-lo e soltou um urro com uma cena apavorante, o bebê tinha machucado a própria língua de tanto mordê-la e por pouco não morreu engasgado com o sangue. Aos cuidados iniciais com a combustão da pele adicionou-se o de vigia-lo, pois a ausência de dor, em vez de tornar tudo mais fácil e agradável, transformou a vida de todos numa vigília constante.
Antonio Dolman crescia rápido e com sete meses de vida já parecia com um bebe de dois anos e a sua fome era agressiva aos seios de Domingas Molina, os sangramentos eram frequentes e ela estava abatida com a assiduidade com que o menino era aleitado, ainda assim, ela se mantinha firme na sua opção de ajudar, porém, a situação ganhava contornos de desconfortos ao quantos a assistia e Soraia Sofia pediu que Domingas Molina sonhasse uma solução.
O amor de Ramon Dolman pelo neto crescia a cada dia e a correspondência era recíproca, os dois eram carne e unha, quando Ramon não estava a caçar ou a ajudar em alguma tarefa da casa estava com o neto no colo, e o menino lhe sorria.
Ele abandonou a profissão de carrasco e fazia pequenos serviços. Com a altura e a força que tinha estava sempre com ocupação, também foi tomado por uma devoção cristã e isso causou uma dissensão entre ele e a velha Sofia Soraia, como em tempo de fé se

faz necessário não só ser cristão, mas parecer cristão, assim, o gigante cristão novo foi procurar o João Tranqueirinha.

João era um cigano, pequenino, falante e elétrico, parecia ser um buscapé, que cansado de fazer a longa viagem de Angusturas a Ravena desistiu de fazer o trajeto custoso, não só no sentido do desgaste, mas difícil, danado, árduo, abrolhoso, mas também no sentido financeiro. A viagem era longa e quando chegava à comunidade, já havia perdido muito em despesas com alimentação e manutenção da carroça. Quebras, perdas, danos, e os moradores reclamavam dos preços altos. Será que não compreendiam as leis da procura e da oferta? Já não estava com idade para aventuras deste porte, um dia chegou A Ravena já ao fechar da passagem da floresta e não pode voltar de pronto. Foi ficando e acabou ficando de vez. Depois se estabeleceu e criou uma espécie de brechó, ferro velho e antiquário. Tinha de quase tudo, desde cuecas, botas, vestidos, anáguas, combinações e soutiens de renda, ceroulas, roupas de banho, tecidos. Grampos, pentes. Terços, defumadores e água benta. Rolo de fumo e rapé. Aviamentos, linhas, agulhas, dedais. Ferramentas, alimentos, livros e remédios, o estoque em sua maioria foi constituído à base do escambo.

-Diga-me o que deseja grande Ramon Dolman? Perguntou Tranqueirinha.

-Quero uma bíblia.

-Uma bíblia? Desde quando você é cristão?

-Desde agora. Disse o gigante com certa dose de ansiedade na voz.

-Vamos ao setor de livros, vejamos o que temos. Ela, a Feiticeira é de 1887, do escritor inglês Henry Haggard, não quer levar um?

A resposta foi o ar carrancudo de Ramon Dolman.

-Acho que não, mas que tal Dom Quixote, de Miguel de Cervantes y Saavedra? Não, não, não, Um Conto de Duas Cidades é do romancista inglês do século XIX, Charles Dickens. Não, também não. O Pequeno Príncipe. Antoine de Saint-Exupéry. Bom, achei um exemplar da Bíblia. Disse o irrequieto homem, depois pegou uma toalha e a enrolou em torno de si e subiu sobre uma pilha de sacos, abrindo uma página como um se fosse um Charlton Heston falou em alto e bom som: Disse o Senhor a Moisés: "Diga a Arão que tome a sua vara e estenda a mão sobre as águas do Egito, dos rios, dos canais, dos açudes e de todos os reservatórios e elas se transformarão em sangue. Haverá sangue por toda a terra do Egito, até nas vasilhas de madeira e nas vasilhas de pedra". Êxodo 7:19.

Pegou uma vassoura e a arremessou ao chão, e num gesto cenográfico abaixou a cabeça e esperou os aplausos, mas, a única coisa que ele ouviu foi um rosnar de Ramon Dolman.

Ramon Dolman pôs a Bíblia sobre o braço e atravessou a Vila, entrou em casa e sentou-se. Abriu a bíblia.

A velha Sofia Soraia falou. Comprou um bíblia para que, se você não sabe ler?

Capitulo 44

O General Mirral Bustamante ficou parado olhando os restos mortais do Doutor Américo Calcanhoto, ou fosse, um monte de pele sob um chapéu Panamá e sem ação, só conseguiu balbuciar – O que foi isso Adônis Esculápio?
Adônis Esculápio mergulhou no lago e desapareceu. Deixando Mirral surpreendido.
Mirral chamou dois serviçais e mandou que eles recolhessem os detritos do médico. Quase simultaneamente outro soldado chega com o documento oficial informando da sua indicação como Assessor Direto do Presidente.
Aquela altura ele já não tinha nada a esconder, a ultima barreira que o impedia de por em prática o seu plano de poder. Ele se sentou e olhou os homens com vassouras e pás recolhendo o Doutor Américo Calcanhoto e pensou:
Gosto da forma como a morte destrói todos os conceitos, os que nos precede. A descontinuidade é um relógio quebrado, uma simplicidade essencial. Às vezes, a morte não emite aviso, apenas acontece, em segundos. Tudo transformado após a sua silenciosa passagem. Você está vivo. Você está morto e os demais continuam. Somos uma pluma ao vento, existimos temporariamente, o bom e o mau da vida, o melhor e o pior do ser, o fator temporal. E não há nada que se possa fazer sobre isso. Eu posso sentar-me aqui por quinhentos anos e pensar sobre isso e isso não mudará nada, viver é o que resta, o que sobra, você pode dizer que isso é aceitável, mudar a si mesmo para ser aceitável, mas, talvez isso também não sirva de nada, não mude nada. Talvez eu esteja pensando demais, melhor agir. Desculpe-me Mirral. Falou Adônis Esculápio, apoiando o queixo sobre o beiral da borda da lagoa. Você não entenderia se eu explicasse, não explico, mas eu tenho uma missão e a cumpro e cumprirei até que eu receba novas ordens.

Eu sou parte do que você é. Isso é o tanto que posso dizer. Confie em mim Mirral, eu e você somos um.

Os serviçais saíram levando os restos mortais do Doutor Américo Calcanhoto.

Um deles não se conformando com a situação, embora do medo, pegou os despojos e o levou ao Agente Funerário Benicio Boa Morte.

-O que aconteceu. Perguntou ele?

-Não sei Senhor. O General nos chamou e pediu que retirássemos esse corpo murcho, viemos saber que era o do Doutor devido às vestes e porque o vimos chegar, mas não o vimos sair. Eu não poderia jogar o Doutor Américo aos urubus, era um homem bom, caridoso, cuidou da minha finada mãe, antes, quando ela teve uma erisipela, não tínhamos dinheiro, ele não nos cobrou nada, mas eu fiz questão que ele levasse uma galinha, a Perola, mas no caminho ele a deu à Matilde, uma mulher sem recursos, ao visitá-la a serviço para que ela fizesse uma canja para reforçar a sua imunidade.

-Eu sei do bom coração do Doutor, mas uma morte assim, é uma coisa incomum, não é possível que ninguém tenha visto nada. Quem estava com o Doutor.

-O General e a esposa dele.

-Fale-me mais.

-O Doutor foi chamado para avaliar a saúde dela. Estavam juntos à beira do lago, depois quando o General nos chamou, estava apenas ele. Ela não estava mais lá e não a vimos entrando. Apenas a Cremilda disse ter ouvido algo estranho. Disse ela um grito uma forma de apito intenso feito os dos golfinhos. Ela correu para outra ala da casa, mas ainda assim passou mal, desfaleceu.

-Obrigado Delfino. Vou tentar fazer o melhor para ele, um enterro descente. Só não sei o que faço, se anuncio o falecimento ou não. Delfino, por favor, não conte nada sobre essa forma abjeta como morreu o Doutor, peça aos outros que respeitem essa situação.

-Sim Sr. Benicio, faremos isso, mas, tome esses óculos nos o achamos caído perto do Doutor, creio que seja dele.

-Sim é dele sim.

Benicio falou com Victoria, ela ficou parada na porta da sala, calada.

- Estou mal Victoria. Penso que sou eu o responsável por morte inesperada e ignóbil do meu amigo. Certamente ao assunto conversado entre nos dois seja a causa, teria a ver com a inusitada situação. O Doutor deve ter usado os óculos para desvendar o mistério da esposa do General. Os grunhidos ouvidos pela Cremilda podem ser o silvo enraivecido de uma sereia. Vamos cuidar do velório do Doutor Américo, ele merece o melhor, diremos que ele enfartou a noite. Depois eu precisarei da sua ajuda Victoria.

Capitulo 45

O General Mirral Bustamante tinha ordenado a prisão de Água Ardente e os soldados o levaram aos calabouços, ficando numa cela com uma cama de feno. O soldado Morales Maduro, ficou encarregado da vigilância, o General afirmou que tinha planos para o cão, tão logo resolvesse algumas pendências diria o que fazer com o animal.

O General ainda tinha uma semana antes de assumir o seu novo posto junto ao presidente. Seria o homem de confiança, o responsável pelas defesas do país, Chefe do Exercito de Angusturas e chanceler para assuntos estratégicos não definidos, ou seja, quaisquer que fossem, que surgissem.

A cada dia havia um novidade, primeiro a morte do Doutor Américo Calcanhoto, depois a doença de Adônis, no dia seguinte o desaparecimento dele, Adônis não dormira em casa e Mirral não sabia em que diabos ele se metera. Parecia que ele tinha o dom de atrair novidades, precisava cuidar dele e cuidar-se, não eram tempos de dar nada errado, não podia ter uma esposa que saia sem dar satisfações.

O General Mirral Bustamante ainda tinha na cabeça a frase de Adônis falando: "Eu sou parte do que você é. Isso é o tanto que posso dizer. Confie em mim Mirral, eu e você somos um".

Mirral reuniu os seus oficiais, queria saber mais sobre cada um deles, tinha missões explicitas para cada um e precisava saber da confiança que poderia depositar neles.

E ele começou o seu discurso caminhando no centro da sua sala principal, um salão onde estava dezesseis oficiais, quatro de cada um dos postos avançados, dos quatros pontos cardeais. Eram quatro coronéis, quatro majores, quatro capitães e quatro tenentes.

-Porque vocês são carne da nossa carne, sangue do nosso sangue, oficiais de Angusturas eu os estou reunindo a lhes dar as boas vindas, achei melhor que assim fosse, ao invés de me deslocar aos quatro pontos dos seus postos. Isso levaria tempo, demandaria infraestrutura, e com poucos resultados práticos. Tenho novidades e em breve termos mudanças nas fileiras de nossas forças, no comando e na forma de sermos considerados.

Aqueles que estão aqui serão uma extensão do que será o povo, um pequeno seguimento da massa que esta lá fora por toda a Angusturas. Desejo que vocês rapazes absorvam tudo o que nós esperamos da nação para estes novos tempos. Queremos ser uma nação unida em torno de um ideal comum. Precisamos nos reeducar para isso. Quero que estas pessoas sejam obedientes e vocês devem praticar a obediência. Desejo que as pessoas almejem a paz, mas também sejam corajosos. E vocês alcançarão a paz. Vocês precisam almejar a paz e serem corajosos ao mesmo tempo. Não queremos que esta nação seja fraca, ela deve ser forte, e vocês precisam imaginar isso, e fazer isso se materializar. Vocês precisam aprender a aceitar privações sem nunca esmorecerem. Não importa o que criemos e façamos, nós sobreviveremos, mas em vocês, Angusturas viverá. E depois quando nada restar de nós, outros virão e manterão esse pensar, e darão continuidade a um país que há algum tempo nós levantaremos do nada. E saibam que não pode ser de qualquer outro modo, senão o de estarmos juntos, unidos. Porque vocês são carne da nossa carne, sangue do nosso sangue! E as suas mentes estarão repletas do mesmo ideal que nos orientará. Unidos. E nós sabemos que a Angusturas está diante, dentro e atrás de nós. A Angusturas marchará dentro de nós, a Angusturas seguirá atrás de nós!

O Senhor pretende se tornar um líder militarizando Angusturas? Perguntou o Coronel Oto Kamel, chefe dos Postos do Sul. Será que o que eu entendi está correto?

-Corretíssimo.

Os oficiais se entreolharam e um burburinho ressonou.

-Senhor acha isso necessário? Perguntou o Coronel Cristóvão Cabral - Somos um povo ordeiro e da paz, vivemos em consonância com a vida que levamos, respeitando o espaço de cada um.

-Eu quero subverter a organização políticas, as sociais, hoje não temos eleições livres, vive-se uma republica onde a família do Presidente Andrade Peres está no poder há quatro gerações, uma aristocracia genética hereditária, numa evidente acinte a democracia. Não há hospitais, médicos, ensino escolar obrigatório,

sistemas de esgotos, água tratada, casas decentes, não há sistema judiciário, nem legislativo.
Qual de você pode me negar esses fatos?
-Eu não nego, mas, sou fiel ao Presidente. Não partilharei de nenhuma forma de reconstrução, rebelião, revolução, ou golpe.
-Pois meu Caro Coronel, eu desejo para o bem de todos que o Senhor mude de opinião.
-Com todo respeito, mas, isso é uma ameaça General?
-Não, absolutamente, eu respeito a opinião de todos e a dignidade humana acima de todas as outras coisas, apenas estou argumentando. Penso que perante a lei divina, já que não temos leis formais aqui em Angusturas, que todos devem ter direito a liberdade e igualdade, direito de resistência à opressão política, política aqui no sentido de sermos governado, já que não temos partidos políticos. Direito de expressar opiniões, liberdade de pensamento, assim como eu dei o direito de se manifestar e o escutei, até então.
-Por que deveríamos mudar, se estamos satisfeitos com o que temos. O que se ganharia? Perguntou um jovem capitão chamado Heitor Masquiavo.
-Bela e santa pergunta. O que temos a ganhar eu diria, sendo mais exato. Hoje só quem ganha?
-O Presidente.
-Exato meu jovem e ilustre Capitão Masquiavo. Metade das terras de Angusturas pertence à família do Presidente.
-Mas não cabe ao povo decidir se deve manter ou não o Presidente? Perguntou o Coronel Morales.
-Perdoe-me dizer, mas é uma santa ingenuidade achar que o povo de nosso país conseguiria sozinho derrubar um ditador, sem tecnologias, armamentos e organização. É francamente impossível. Alguma ajuda é necessária.
Daremos mais ao povo, nos preocuparemos com ele, deixaremos alguma oposição vigiada e controlada, nunca esmagá-los a tal ponto que ela entre em desespero e nos transformem na atual figura do Presidente. Depois disso jamais precisaremos nos preocupar com o povo. Daremos o que ele precisa: casa, comida e diversão.
E o que ganharemos com as mudanças? Repetiu a pergunta o Capitão Masquiavo.

-Eu deixei propositalmente a sua pergunta sem respostas, queria ver se a repetiria, qual o grau de ambição que tem, mas respondo agora. Eu disponho de um poder externo. Mentiu ele - Um poder imenso de esmagar a nossa nação com o aperto de um botão, mas eu não quero usá-lo, não precisarei, não desejo. Teria um custo, não quero arriscar, prefiro fazer uma justa partilha com todos, entre nós. Vejam. Disse ele puxando um mapa de Angusturas – Divido o mapa de Angusturas em cinco partes. Três ao povo, uma a mim, e uma a vocês.

-É pouco disse um. Somos dezesseis. Deveríamos dar duas ao povo e duas a nós.

-O povo já tem duas. Precisa ganhar algo mais. Disse outro.

-O povo ganhará, casa, hospitais, saúde, educação, diversão, shows, futebol e alguns feriados festivos. Criaremos um capital social, superaremos a estagnação econômica, que ocorre nos últimos quinhentos anos, porque todo mundo produz somente para si, produzirão todos para todos e parte para nós, um capital empreendedor para construímos planos mais ambiciosos anexar outros países, aumentarmos nossas fronteiras.

O bate boca se generalizou. Cada urubu puxando a carniça para si. Então, o Coronel Pedro Cabral, bateu na mesa e silenciou a todos.

O que temos aqui? Perguntou ele – Um golpe em curso, uma traição aberta, uma aventura maluca e sem a dimensão dos danos. O senhor General não tem força externa nenhuma, se houvesse saberíamos.

Um grito estridente atirou a todos sobre os móveis. E tudo rolou, saíram rolando, moveis, objetos e pessoas se amontoando ao fundo da sala como folhas secas ao canto de um muro.

Todos, ainda, aturdidos e estarrecidos, sem saber o que provocará aquela situação dantesca inesperada, tentavam se levantarem, se recomporem, o Coronel Cristóvão Cabral, à frente ajeitando as vestimentas e os cabelos quando Adônis Esculápio surgiu pegou uma espécie de escama gigante e a atirou em direção ao militar. O objeto voou girando e atingiu em cheio a testa do infeliz opositor do General Mirral Bustamante.

Capitulo 46

Pedro Nobre pegou uma folha de papel e escreveu, escreveu e escreveu, pegou outra folha e mais outra e escreveu por cinco dias e cinco noites sem parar, todos bateram à sua porta, mas ele pedia que esperassem, que precisava de concentração absoluta.

Esperaram, mas cansaram-se e preocupados com o silêncio absoluto, na noite do quinto dia arrombaram a porta e o encontraram com a cabeça caída sobre a bancada de trabalho, imóvel, exausto.

Todas as paredes e móveis tinham fórmulas matemáticas, conceitos de física, química, astrologia, arte mística e símbolos religiosos escritos, em um intricado de números, sinais e hieróglifos. Ninguém sabia lê-los, nem sabiam por que estavam ali.

Honório Córregas chamou dois homens que carregaram Pedro Nobre para cama, depois voltou a ter com Carmesita e Domingas Molina.

-Sem as mulheres nós homens somos apenas a metade, sem forças místicas, metades espirituais, sem construções contíguas, isso vale também, para as mulheres que desejam se realizarem sem os homens, os homens e as mulheres são uma conjuração, um acordo divino harmônico para uma consonância uníssona do sagrado. O sagrado jamais o ser humano o experimentará sem de uma forma mais profunda que nessa instância, porque ela é elaborada no ser, nas mais profundas essências da alma.

-Por que está nos dizendo isso Honório?

-Desculpem, mas pus as explicações antes do preâmbulo. A intuição precede a tudo e você, Domingas Molina, na sua intuição deu a Pedro uma premissa, mesmo sem saber por quê. Pedro achou que tinha entendido, mas fez uma análise pragmática e tentou elaborar uma fórmula.

-Sobre colocar amor nas pílulas de rejuvenescimento?

-Sim Domingas.

-Ele entendeu que seria preciso construir uma nova fórmula acrescendo a substância amor e entendido da maneira dele, pôs-se, como lhe é peculiar em ânsia de fazer de imediato, mas a sabedoria vem do coração, não do intelecto. A sabedoria vem do âmago de seu ser, não da cabeça.

-Ele escreveu até dentro do banheiro - Disse Carmesita rindo - Será que o amor é isso?

Os três riram muito. Melhor deixá-lo responder quando acordar.

-Pedro dormiu três dias seguidos e acordou com sede e fome. Sentou-se à mesa e Carmesita lhe serviu água e ele tomou dois litros. Depois pôs pão de milho, lentilhas ambrosina com cajus e paçoca de amendoins vermelhos. Ele comeu tudo e pediu mais, ela serviu pasteis de claras e palmitos, omeletes de ervilhas, couve dos pântanos e batatas fossilizadas e ele não ficou satisfeitos, então ela serviu café de Ravena, angu duro, panquecas de espinafres e sopa de vermes de coqueiro.

Ele lambeu os beiços, deitou a cabeça sobre a mesa e dormiu mais dois dias, dormiu sem ao menos ouvir Domingas perguntar se amor dava fome daquela maneira.

Capitulo 47

A escama giratória de Adônis Esculápio voou em alta velocidade e rotação em direção ao Coronel Cristóvão Cabral que tentou se arrepender de sua língua comprida, de fato falara para ser diferente, mas já era tarde para voltar atrás, a escama assassina como uma navalha gigante deu fim aos seus pensamentos, decepando-lhe o tampo da cabeça como uma faca quente cortando um tablete de manteiga. O seu cérebro se esparramou pelo salão e Mirral se aproximou para olhar o conteúdo.
-Nada de importante se perdeu, uma mente comum e que não fará falta ao mundo, um a menos para partilhar de nossa divisão. Alguém ainda duvida da minha força externa?
Venha cá minha querida esposa, seja bem vinda.
Capitão Masquiavo, o Senhor foi promovido a general e a meu ajudante de ordens. Reúna as forças militares e as postem-se diante do Palácio, amanhã pela manhã. Comunique ao Presidente que ele foi destituído. Prenda todos. Feche todas as fronteiras e saídas do país. Estamos em estado de alerta até segunda ordem. Determine toque de recolher das dezenove até às seis horas, durante uma semana até organizarmos a Nova Angusturas.
Depois convoque todos ao pátio em frente ao palácio para a minha leitura de posse.
O Presidente Mirral abraçou a sua amada esposa e se retirou. Ao subir as escadas parou e falou a ela – Será que hoje teremos, enfim, a nossa lua de mel?
Adônis Esculápio respondeu: - Você tem consciência do que está fazendo? Não, não responda ainda, Mirral, você precisa olha para si, e quando se vir perceba através dos sentidos o que somos, o que nos fraciona, nos divide, pois aí é possível encontrar a personalidade e também aquilo que a pessoa não revela sobre si mesma, ou seja, seu eu oculto, a persona alternativa ou o alterego.
Todos devem, portanto, a cada momento, tentar se construir novamente, unir suas várias faces, e edificar um todo. Quem sou eu? Eu sou o mais profundo do seu ser, você quer fazer amor comigo, façamos então, eu sou aquele em quem você mais confia.

Porém, eu quero que você se veja como você de fato é, que não se perca de si, eu não poderei estar sempre, eternamente me refletindo fora de você, assim vou te dar um presente de se ver.
Venha ao quarto.
Assim diante de Mirral Bustamante, Adônis Esculápio fez surgir na parede do quarto um belo espelho de cristal.
-Aqui você verá as verdades.
-Eu sou a minha verdade.
-Vejamos. Adônis Esculápio se postou diante do espelho e a figura de Serena Estela se mostrou, mas, Mirral não a viu.
Ele então se aproximou e viu-se no passado, ouvindo sua avó conversando com o se pai. Os dois falavam de sua mãe.
-Ela se foi você sabe bem, não tem volta, você precisa contar a Mirral.
-Não posso, como vou dizer a ele que a mãe é uma sereia, uma mulher da vida, uma prostituta?
Mirral caiu de joelhos diante daqueles fatos conhecidos, mas ocultados no mais intimo do seu ser. Fatos que ele julgava apagados e mortos.

Capitulo 48

Carmesita penteava os longos cabelos brancos de Honório Córregas, tocava-os com carinho e cantava uma melodia suave, quando interrompeu o canto e disse.

-Hoje sonhei com a lua, num mundo qualquer, às vezes tenho medo da vida Honório. Medo de sonhar, de envelhecer, não de morrer, mas de morrer cedo. Um medo insano, morro de medo de morrer sem te falar uma coisa Honório. Não vou falar agora, mas eu deixei pronta uma carta, debaixo do meu travesseiro. Tem um tratado inteiro sobre tu e eu.

-A morte já me segue de perto Carmesita, mas quero fazer um pedido. Que me enterrem de olhos abertos, preciso ver a morte frente a frente.

Carmesita suspirou – O meu coração jaz vivo deitado a olhar por uma fresta no teto, uma parte de algum lugar, um canto mais escuro do passado, um amor mal acabado, um gesto parado no tempo, sinto essas lembranças a me incomodarem. Um processo de morrer sem se ir, sem saber em qual dia eu parti. É como estar de joelhos a pagar, num chão de pedras, uma penitência, uma penitência interminável para qual nunca fizemos promessa. Uma desdita. Será que um dia isso será explicado?

Pedro Nobre entrou e interrompeu o diálogo.

-Até que enfim despertou. Por que tanta ansiedade em fazer algo? Por que todas aquelas fórmulas?Perguntou Carmesita.

-É uma fórmula para o amor, enquanto eu a estabelecia fundamentalmente como um projeto idealizado nas ciências exatas, enquanto eu me ocupava somente do objeto e conhecimentos que podiam ser representados não me dava por satisfeito, eu sabia que ela estava incompleta, mas, foi então que a circunstância que eu experimentava foi substituída pela intuição. Uma transcendentalidade que foi me tomando independente da experiência e das impressões dos sentidos. Eu fui tomado pelo amor, um percurso para o mais além do meu eu humano, uma obsessão de viajar por outras realidades que nunca tinha passado pela minha mente e senti que deveria escrever o que ela me dizia. Fiz a pílula do amor, do rejuvenescimento. Aqui está pai. Tome uma. Honório Córregas tomou e sentiu uma boa sensação, embora não acreditasse que fosse possível que ela o fizesse rejuvenescer.

A manhã estava amena, era outono, Carmesita sentiu vontade de sair, deixar tudo de lado e simplesmente caminhar, sentar-se sobre uma arvore frondosa e esquecer a vida. Havia em si uma carência de amar e ser amada, a vida diante de seus olhos só tinha completude se fosse preenchida pelo amor.

É possível alguém amar para sempre?

Sempre se interrogara quanto a isso e esse assunto na sua cabeça era recorrente. A importância atribuída ao amor era para muitos de uma banalidade que a surpreendia. Não poder viver ou experimentar isso era como uma vida sem vida, uma morte em vida, era como ser Dona Victoria. Riu sem querer da maledicência do povo e que por alguns minutos a tomou sobre a esposa do Agente Funerário.

Seria possível amar para sempre? Um amor que atravesse séculos, vidas e pós-vida e que fosse mais forte do que a morte, infinito? Precisaria ser uma certeza? Não.

Era mais, algo que suplantaria a razão. A razão nada tinha a ver com isso. Ela pressupõe escolhas e escolhas quase sempre mexem com medos, certezas e erros. O que é definitivo pode vir de uma escolha, mas a alma humana, na sua imprecisão e inquietude, deseja constantemente o novo. Não era a questão da escolha era algo maior.

Honório não acreditava no sucesso da fórmula criada por Pedro Nobre com o nome de pílula do amor e da juventude, não que duvidasse da competência do enteado, mas porque o seu corpo já estava excessivamente velho. Sentia que a sua longa vida acontecia devido à promessa que fizera a sua esposa morta de esperá-la, mas do que valeria encontrá-la novamente com um corpo imprestável.

Honório Córregas sacudiu a cabeça tentando expulsar os pensamentos que não se coadunavam com sua forma de ser e pensar a vida. Era uma exceção em si aquele momento, mas o ser humano não é cem por cento coerente. Vivemos sonhando em encontrar o verdadeiro amor, aquela pessoa especial, amar e ser amado. Parece simples, mas é talvez, um dos sonhos mais difíceis de realizarmos. Não que seja difícil amar ou encontrar o objeto de amor, mas muitas coisas podem acontecer que dificultam, adiam ou até impedem os nossos desejos de se realizarem. Podemos nos lembrar das inúmeras paixões que tivemos ao longo de nossas vidas e como tudo que parecia tão perfeito se desfaz ou virá uma grande saudade. Fica-se triste e frustrado. Precisamos esquecer, então criamos artifícios, ou pensamos em nunca mais voltar a amar.

E cá estou eu, construído minhas defesas, ainda que nas circunstâncias de minha vida elas sejam reais. Seria o prático o não ilusório, estou velho e em final de vida, mas cá estou eu a debelar pensamentos preconceituosos sobre eu mesmo.

Honório Córregas respirou fundo e pensou - A minha Madalena Lescova jamais me mentiu, mas ela voltando agora como viria? Renascida, pequenina criança? Uma mulher idosa já renascida há tempos, que longe de mim viveu a nos encontramos agora? Se jovem, o que aconteceria a nós? Preconceito em relação ao amor entre um idoso ou e um moça, mas nada disso me abala, a não ser o saber quando, quanto tempo teríamos juntos.

Carmesita então chegou interrompendo os pensamentos de Honório Córregas e o tomou pelo braço e saíram tomando a trilha do Riacho Cristal.

-Honório Córregas o que o acabrunha? Perguntou ela de supetão.

-Pensando sobre o amor, o que nos cabe quando a velhice nos toma.

-Não se maltrate homem de Deus, para tudo há um jeito. Não alimente o que não é seu.

Honório Córregas, tomado de espanto ante a frase. Disse pausadamente: Crescer exige calma é como o crescer das ervas e flores, pólen, sementes, sêmens. Se quiseres saber de mim, olhem-

me em você, sob os seus pés broto, frutifico, vergo, talvez, nem mais me reconheça. Qual o significado do que somos?
Carmesita riu e chorou ao mesmo tempo e disse: Somos o que somos, eu, você, a vida.

Capitulo 49

Olga vivia fora da realidade do mundo, alheia aos fatos, ao filho, o brilho nos olhos apenas lhe concebia a vida, mas que vida. Havia quem dissesse que os seus olhos buscavam Anton, outros que a alma dela estava ao lado dele, mas, somente ela sabia por onde andava sua alma.
Sem dúvida, se era assim, não seria possível concluir algo sustentável, mas, nem a tudo ela era desatenta, havia alguém com quem ela trocava assunto, Miriam Dolman.
-Este menino é nosso, por que você não amamenta o seu filho?
-A senhora quer que eu amamente e crie o menino?
-Quero. Respondeu ela. Mas trago-o aos meus seios para que eu antes o amamente.
Olga pegou o bebe no berço enquanto Domingas Molina ressonava e o levou à avó.
A mulher o amamentou o Menino Vermelho no peito ressequido, muxibento, murchos como jenipapos velhos.
-Porque ele é do fogo haverá de dar vida aos mortos, ai de mim, cuja vida persiste na morte, preciso que seja o teu sangue de fogo a me fazer reviver.
Quando Miriam Dolman suspendia o Menino Vermelho à altura da boca Ramon Dolman o arrancou dos braços da múmia.
-A ele jamais algum mal haverá de ser feito. O Senhor protege o estrangeiro e sustém o órfão e a viúva, mas, frustra o propósito dos ímpios. Eu te amei e sei o que você deseja, quer reviver às custas da vida do bebe, mas não enquanto eu tiver vida para detê-la. Segure o bebe Domingas. Disse ele segurando a Bíblia.
Assim feito ele pegou o corpo morto da mulher e carregou sobre os ombros. Não se sabe o que ele fez com ela. Dizem que ele cortou a cabeça dela com um machado, mas dizem outros que a cabeça dela caiu sozinha, devido ao tempo de desgaste. O que de fato se sabe é que o amor que Ramon Dolman tinha pelo menino era maior do que o que ele tinha pela mulher. Diziam também que o espírito dela juntou-se aos outros que habitavam os pântanos e aqueles que

empreendiam jornada por aquelas paragens chegaram a afirmar terem visto a dama Dolman sem cabeça vagando e assustando os incautos.

Ramon Dolman não voltou àquela noite à sua casa. O menino chorou horrores e não se sabia por que. Domingas Molina dava de mamar, mas ele não aceitava o peito. Sofia Soraia achava que algo dentro do menino se perdera um pedaço de sua alma, talvez sangrasse. Precisavam ficar acordadas e velar, mas cansadas adormeceram, pela manhã o menino estava mastigando algo. As duas se assustaram e correram pensando ser ele comendo a própria língua, mas não, ao tirar-lhe da boca o que seria, viram repugnadas um dos bicos do seio de Miriam Dolman.

Capitulo 50

Mirral Bustamante se revirava agoniado por uma profusão de sonhos que envolviam o seu sono. Eram sonhos dentro dos sonhos, posses, sereias, homens em bacanais, mulheres sem cabeça, crianças em chamas. Queria fazer amor com Adônis e tirava as roupas, o apalpava desejando o amor que havia nele, mas ao contrário aqueles desejos apenas os afastavam, os corpos se repeliam, quando ele buscava a boca não havia boca, era um rosto sem boca, sem olhos, sem face, se o amor era uma relação construída dia a dia então era uma realidade destruída o que ele percebia. Era uma casa sem portas e sem janelas, sem entradas, não havia narinas, por onde o vento entrasse nem orifício anal por onde saísse, pois não os tinha.
-Não sofra Mirral, a vida é algo simples, delicada como uma renda quando em mão suaves. A casa constrói-se juntos, não sozinho! Aqui, construir significa favorecer e ajudar o crescimento.
Portanto, como se cura este medo do sempre? Cura-se dia após dia, confiando-se numa vida que se torna um caminho devotado quotidianamente feito de passos, de pequenos passos, de passos de crescimento comum, feito de compromisso a tornarmo-nos homens maduros na fé de ser. Ser bom, do bem, do amor, da caridade, da frutificação.
É isto que deveis fazer de ti. Deveis crescer porque recebestes uma posição de liderar, de crescer em comum, juntos, junto ao seu povo, com ele. Isto não provém do nada, é construção derivada dos teus atos, das tuas atitudes, do teu estilo de vida. Deves crescer um ao outro! Fazer com que o outro prospere sempre. Trabalhar para isto.
E assim, um dia caminharás pelas ruas de Angusturas e as pessoas dirão: Olha lá vai um grande homem.
Mirral acordou cansado, olhos pesados com se toda as areias de Maresias estivessem entrado neles, a boca seca pedia água, como se tivesse atravessado todo o deserto do Saara durante o sono, o corpo doía. Olhou o relógio eram cinco horas da manhã. As tropas já

deviam estar a caminho. Precisava se arrumar, olhou o corpo nu de Adônis Esculápio e ficou parado tentando lembrar o que acontecera durante a noite, mas, foi impossível. Entrou no banho deixou a água fria cair. O choque de realidade o trouxe de volta à vida, seria um dia cheio e intenso. Lembrou-se dos sonhos e enjoou, chegou perto da janela e cuspiu no lago.
Ficou enumerando as providências que precisava tomar, caminhava em círculos e pegou papel e lápis e fez uma lista. Preparava um discurso quando o ajudante de ordens bateu à porta.
-Está na hora Senhor, são seis horas, o café está pronto. A Senhora Serena Estela não vem?
-Não, deixe-a dormir.
-Os coronéis estão todos já a postos.
-Ótimo.
Os oficiais expuseram a situação. O tempo fora curto para avisar toda a tropa, o Presidente Rubio reagiu à notícia de sua exoneração, baleou o emissário, um dos filhos dele foi ferido. Estão aquartelados no Palácio, os soldados que dão guarda são fieis ele, estão a postos, já houve algumas trocas de tiros. Não queremos usar o tanque, seria usar a força desnecessária. Destruiríamos o palácio e deixaríamos uma imagem negativa ao povo. Estão sobre severa vigilância, demos doze horas para que saíssem e se entregassem ou invadiremos as instalações.

Capitulo 51

O corpo do Coronel Cristóvão Cabral chegou ao agente funerário.
Duas mortes estranhas ligadas ao General Mirral Bustamante, o Coronel Cristóvão, fiel servidor do Presidente e o Doutor Américo. Precisava investigar, decidiu-se Benicio Boa Morte.
Pegou o seu kit de investigador e pôs-se com uma lupa a examinar o crânio, recolheu fragmentos e secreções, observou-os ao microscópio, viu pequenas lascas brilhantes e ampliou a imagem. Pareceu queratina uma proteína sintetizada por muitos animais para formar diversas estruturas do corpo, mas no caso especifico, escamas de peixes ou de sereias.
Benicio preencheu cavidade craniana vazia do Coronel com gesso e colou o tampão cortado, o ajeitou como quem fazia arte, pondo os seus sentidos em atenção de modo a deixar o morto melhor do que era em vida. Deu os retoques com maquiagem retirando o cinza malicento das faces, o arroxeado em volta dos olhos, ajeitou o bigode acrescendo cera de abelha para mantê-lo aramado, enfim, preparou o coronel para a jornada ao outro mundo.
Benicio ouviu alguns estampidos e não se atinou de pronto, achou ser as crianças brincando de traques, ou de estalinhos, mas o som era mais alto, um tiro de arma de fogo. Da janela do seu quarto, pode ver um tanque na praça em frente ao Palácio Presidencial, e alguns curiosos observando a movimentação militar, saiu, foi ter à rua e deles se acercou, acompanhava-o Victoria, vestida de negro e coberta com um véu e portando sombrinha. Ele tomou informações. Soube que havia um golpe em curso.
Na casa de Mirral Bustamante a sua face se avermelhou transfigurando-se como se inchada, os olhos se injetaram tentando saltar das orbitas, às orelhas fluiu sangue em excesso fazendo as dobras se unirem como uma superfície lisa, as veias do pescoço e da testa se inflaram como se estivessem saídas de dentro e vindo para fora da pele ao perceber a situação, nesse momento Adônis Esculápio surge sem que se soubesse de onde e pegando a mão de Mirral disse: Vamos.
Todos os seguiram e foram ao Palácio.

Na praça alguns desavisados dos riscos se postaram a assistirem o que se passava, dentre eles estavam Benicio Boa Morte e sua esposa Victoria.

Depois das escaramuças iniciais o grupo de Mirral Bustamante se aproximou mais do prédio palaciano. Mirral ordenou que todos os aquartelados saíssem do Palácio que se apresentassem diante dele e que assim seriam poupados.

Um tiro foi desferido e a bala acertou de raspão o rosto de Mirral, ele de novo se enfureceu, mas a esposa Estela Serena o acalmou, depois puxando um lenço branco de paz acenou pedindo acesso ao interior do palácio e subiu as escadarias entrando nas dependências. Depois o que se viu foram soldados caindo feitos milho debulhado, como formigas espargidas com inseticida, tombando se contorcendo em dores como lagarta ao sol escaldante. Alguns sem orientação caíram das janelas, do telhado, com o sangue escorrendo dos ouvidos com os tímpanos estourados, com os olhos saltados das orbitas.

Capitulo 52

O pequeno Antonio Dolmas havia pela quinta vez comido a própria língua, menos mal porque ela sempre crescia de novo rapidamente, mas ele corria o risco de se sufocar com algum pedaço maior ou com o sangue engolidos. Alguém sempre precisava ficar acordado vigiando-o, mas não era incomum que vendo tudo em paz que os vigilantes acabassem dormindo. Ramon Dolman ficava possesso, mas ao se lembrar de que era um homem de Deus, serenava, mas sempre repetia o chavão - "O diabo atenta nos detalhes" – E ele não estava errado, os problemas com o neto, na maioria das vezes, aconteciam às distrações dos adultos, mas não só. O menino precisa dormir sempre de barriga para cima para não morrer sufocado, ele também já começara a andar e os riscos que envolviam a vida dele eram muitos e sobre isso todos reunidos decidiram que era preciso retirar os dentinhos dele, até que ele pudesse entender que não deveria comer a própria língua, mas a língua dele se restabelecia e os dentes voltavam em poucos dias, assim o processo de extração era continuado. Depois era necessário mantê-lo com sapatos sempre, joelheiras, cotoveleiras e um capacete comprado no João Tranqueirinha.
Uma noite o próprio Ramon Dolman acabou adormecendo e o menino dormiu de mau jeito e com o peso do corpo ele quebrou o punho direito e isso só foi percebido quando notaram que ele não conseguia pegar os brinquedos. Compreenderam tempos depois a incapacidade dele de suar, como o menino não transpirava, seu corpo ficava superaquecido e tinha crises de febre quase todos os dias. Para tentar evitar o problema Antonio Dolmas era banhado em água gelada, o que não chegava a ser o fim do mundo, pois ele não sentia frio também, mas havia que se ter os limites, não poderia haver excessos que trouxessem problemas maiores aos pulmões dele.
Domingas Molina sonhou uma solução, contada a Sofia Soraia assim que despertou.
Ela via no sonho Roman Dolman trocando de alma com o pequeno Antonio.

Capítulo 53

É um sem porque de nada ser. Disse o ex-Tenente Pierre Gergene a Pedro Nobre.

-Primeiro me deixe entender a frase, depois falamos sobre a situação. Você que dizer que se nada acontece é sem causa alguma?

-Não, eu quero dizer que este lugar tudo acontece sem razões aparentes, sem explicações.

Pedro riu muito. Agora dado o entendido conte-me o seu problema.

-Minha mulher Selena Sensitiva está chorando há três dias seguidos e sem parar.

-O que houve, qual a causa para isso?

-Domingas Molina sonhou que o safado do Mirral Bustamante está depondo o Presidente Rubio Ramos.

-Se Domingas Molina disse é verdade, ela não sonha, ela vê, às vezes até antecipadamente.

-É, temo por isso mesmo. Ela nunca erra.

-Isso pode nos afetar?

-Claro que sim, ele pode vir a nós. É um ambicioso contumaz e o seu desejo de ter não cessará enquanto não se apossar de tudo, cada pedacinho de terra, de bens, de riqueza. Depois eu e vocês, seu pai e você Pedro, somos possíveis procurados por MIrral.

-Eu o conheci um pouco, ele falava em ajudar o povo, de melhorar a qualidade de vida de todos, de gerar e de distribuir riquezas. Sei que ele tinha ainda como Major o sonho de ser General, assessor do Presidente.

Pierre deu um longo suspiro e fechou os olhos com as mãos, depois continuou.

-Mirral não tem piedade por nada, tão pouco por alguém. Os sonhos deles nunca me enganaram, bastava eu olhar nos olhos dele, eles diziam tudo e eu percebi isso bem cedo, não havia piedade nos olhos dele, muito menos na alma, era um ser cheio de desumanidades, gostava de aplicar sofrimentos. Sempre se escudando nos argumentos justificados. Sua vida é uma sucessão de argumentos e ele queria nos fazer crer que os seus atos eram justos, que as suas crenças podiam ser as nossas.

Na academia eu fui percebendo a sua personalidade distorcida e sua índole perversa maquiada pelo argumento do bem comum, pelas ideias humanitárias.

-As nossas crenças dão forma à nossa realidade, muito provavelmente a sua realidade é totalmente diferente da minha, é também diferente da de Mirral Bustamante, das pessoas ao seu redor. Você é único e aquilo que faz de você uma pessoa diferente de tantas outras são as crenças que tem acerca de si mesmo, dos outros e do mundo em geral. Pense nisso por um momento. Falou Pedro Nobre

-Eu sei Pedro, mas o mundo está cheio de maldade, mentiras, dor e morte e você pode mascarar o que você é, o mal pode, faz isso bem, mas tudo isso em algum momento vem à tona. Você pode enfrentá-lo ou descobri métodos, meios de identificar o que não é aparente nele, aquilo que vive de subterfúgios, a podridão vestindo grife e usando perfumes sofisticados, mas a podridão infesta os olhos, o coração, é uma doença fétida, alinhada à soberba e a ganância apodrece o corpo a alma e se alastra e putrefaz o que estiver em torno, os parentes, a pátria, mata de fome, de inanição e transforma tudo em lama. É uma doença miserável que leva tudo à se tornar miserável, sem futuro.

-Essa é a questão, no que nos tornamos?

-Sim Pedro, Mirral Bustamante tem uma disfunção de identidade, tem duas personalidades, é uma condição mental. Ele demonstra características de duas ou mais personalidades ou identidades distintas. Eu percebi isso nos seus olhos, ele mudava a cor dos olhos, a íris ficava oblíqua, literalmente ele mudava a cor dos olhos, isso quando ao mudar uma personalidade para outra.

-Ele sempre falava com tamanha certeza Pierre, parece que acreditava de fato no que pregava.

-O poder das crenças é realmente avassalador. As crenças vão se enraizando na nossa mente e podem afetar a nossa forma de raciocinar, mas também podem afetar outras partes do nosso corpo, o que prova o extremo poder que elas possuem, mas o caso de Mirral Bustamante é mais extremo, ele mente para si e acaba crendo no que diz. O homem que mente para si mesmo e escuta as próprias mentiras chega a um ponto em que não pode distinguir a verdade e a mentira em de si e isso o leva a não saber a realidade das coisas, ele não tem a percepção dos limites.

Mirral Bustamante sabia que eu o havia descoberto, pressentiu-se em perigo, pensou intuitivamente que eu havia identificado nele o outro homem, a outra mente oculta por trás da mascara que ele mostrava.

Ele uma vez me disse – Eu sei que sou mais capaz de concretizar os meus desejos, sou empenhado no que desejo para mim, mais do que você, mas percebo que você não crer nos meus ideais e projetos, e percebo também, que as pessoas e os nossos superiores dão mais valor a você do que a mim. Por que razão?

A parti daí Mirral construiu formas de me prejudicar, cheguei a ser presos por falsas acusações armadas, forjada e fui condenado por traição, ia ser morto, mas, fugi. Desertei, perdi a minha vida, mas ele não conseguiu me enganar.

-É sim Gergene, eu conheço um pouco sobre a mente humana, ela e a sua capacidade de imaginar cria a possibilidade do que hoje conhecemos por realidade ilusória. Construímos realidades dentro de nossas mentes com tamanha facilidade e frequência que somos obrigados a checar constantemente em que medida estas realidades particulares distorcem ou assumem o lugar de comando. Meu amigo Pierre, eu creio em você, assim como creio em Domingas Molina, vocês são pessoas que falam com o coração, não direi somente com sentimentos, porque Mirral Bustamante também fala com sentimentos.

-Há algo em Mirral Bustamante que me assusta Pedro, ele tem algum segredo na vida, alguma coisas que o induz, que o provoca a ser como é. Há um mecanismo de que ele tenta empregar para se proteger do que lhe é desagradável criando uma realidade substituta para livrar-se da dor, uma atitude, uma personalidade má e cruel, mas eu sei que ele se camufla através de atitudes de aparente benevolência, de bondade. É uma formas sofisticadas de fuga.

Eu soube que ela matou ao menos duas prostitutas, depois vim a saber mais por Selena, de que se suspeita que foram mais, talvez muitas. Creio que você não saiba, mas Selena era uma delas e viu amigas sumirem. Uma, da qual ela era muito chegada, saiu uma noite dizendo que ia atender a Mirral Bustamante. Eu soube que ela as contratava, mas muitos sabiam que ele não gostava de mulheres, que demonstrava desinteresse e negação aos apelos femininos, então por que contratar mulheres da vida? Outros me contaram que numa festa num estância distante que ele torturou uma delas de maneira impiedosa e cruel.

Num dos eventos em que eu me encontrava ele alcoolizou propositalmente Selena de modo a deixá-la sem controle, mas não tanto que ela pudesse perder a consciência. Ele a queria naquela situação. Depois a fez desfilar nua num corredor de homens alterados e hostis, que a achincalharam e a humilharam muitos de muitas formas e por fim a deixou ao relento no frio da noite. Eu a recolhi e estamos juntos desde então. Assim a nós junta-se ela à vingança de Mirral Bustamante. O que dizem é que ele nunca esquece um inimigo ou uma ofensa.

Capitulo 54

Mirral Bustamante postado solenemente diante do Palácio
Presidencial aguardava os desenrolar dos fatos, dentro do seu
uniforme camuflado via o mundo de seus sonhos preste a ser
materializar.
O burburinho do povo cessou assim que a bela mulher de Mirral
saiu do interior do Palácio. Ela vinha numa beleza deslumbrante
emoldurada por magnífico vestido branco que não se sabe de onde
ela o conseguira, já que antes, quando entrara no Palácio estava
vestida de preto. Ela do alto da escadaria esticou o braço
convidando o marido a subir e a tomar posse da Presidência. Mirral
subiu e a abraçou, pediu a presença do fotografo. Fizeram a pose e
depois acenaram ao povo, Mirral pediu que aguardassem que logo
voltaria e faria um discurso de posse. Entraram no Palácio para
tomarem pé da situação.
 Os guardas fiéis ao Presidente Rubio Ramos estavam dominados e
havia muitos feridos e mortos. Mirral os observou e viu o
Presidente e a sua filha Mara Rubia entre os mortos. Entre os vivos
constavam o filho do Presidente, mas ferido gravemente, a filha
mais nova Mirtes Rubia e mais a moça estrangeira.
-Quem você é? Perguntou Mirral Bustamante.
Vallery assustada e machucada não sentia forças para responder, e
ficou calada.
-Levem-nos aos calabouços, depois verei o que fazer com eles.
Mirral Bustamante a deixou em paz e soube pelos guardas quem
era Valery, mas ele tinha coisas mais importantes e determinou que
limpassem as dependências, o sangue do chão e das paredes, não
gostava do vermelho. Mandou que chamassem o agente funerário
para que se organizasse os enterros, não queria celebrações
fúnebres, que tudo fosse feito de maneira rápida e sem solenidades.
Não queria nada de especial ao Presidente Rubio Ramos, enterro

de no máximo seis tábuas. Chamou o seu assistente e pediu o uniforme de gala. Vestiu-se e foi ter com o povo.

Naquele momento Mirral e sua esposa se juntaram diante do público, do alto da sacada do Palácio. O povo vaiou, uma vaia longa, insistente que irritou e magoou Mirral Bustamante. O povo insatisfeito com o que via, com as mudanças não desejadas, com a violência e pior intranquilo por não ter sido consultado com a mudança de governo e da forma de governo que possivelmente viria.

Benicio Boa Morte puxou os óculos especiais e o colocou e viu Mirral abraçado a Adônis Esculápio. Depois ele retirou os óculos e voltou a ver Mirral e a esposa.

-Ponha os óculos Victoria e me diga o que você vê.

Ela colocou os óculos e falou.

-Vejo dois Mirrais, um vestido de soldado e o outro com rabo de sereia.

Capitulo 55

Honório Córregas e Pedro Nobre cavalgavam e conversavam, riam das histórias que ambos contavam.

-Fazia tempos que eu não cavalgava, que não sentia o vento no rosto estando em cima de uma cela. Nestes momentos parece que o mundo é outro.

-Está feliz. Percebo isso Honório. Está rejuvenescendo, sentindo-se mais forte?

-Estou sim, embora lentamente, pequenos sinais aqui e ali, alguns cabelos pretos, uma ruga que se suavizou, mas nada disso é o mais importante, não rejuvenescer e sim o tempo de vida que poderei ganhar, o tempo que eu terei ao lado de Carmesita. Ou melhor, Madalena Lescova.

-Minha mãe? Perguntou altamente surpreendido Pedro Nobre.

-Sim Carmesita é Madalena Lescova sim, a sua mãe, minha esposa, minha mulher.

-O que é isso pai? Explique-me, por favor.

-A sua mãe voltou, eu confirmei ela sabia coisas que somente nos dois sabíamos.

O tempo é alguma coisa linear, que segue para a frente reto, em direção ao infinito, por onde está distribuído tudo, mas eu sei que o Universo é curvo, com alguma lógica, mas aparentemente irregular, com portais que intrinsecamente se misturam ou se sobrepõem, inclusive interagindo passado, presente e futuro, como uma casa de muitos cômodos por onde podemos entrar e sair e vivermos tantas vidas quanto quisermos, algumas simultaneamente, outras paralelamente. Assim quando imaginamos estarmos aqui agora vivendo uma realidade própria, estamos em outras dimensões, vivendo e achando o mesmo.

-Nós então podemos agora, neste momento, estarmos vivendo uma das tantas vidas que temos? Outra vida diferente da que sabíamos estar vivendo ontem?

-Exatamente isso, ou então ela retornou como Carmesita, mas com lembranças não muito claras de quem era no passado, porém, eu não tenho nenhuma dúvida que seja ela.

-Pai, por que não me contou logo?
-Eu queria ter certeza que eu estava certo, que era ela Madalena Lescova.
-Eu quero abraça-la logo, mas, acho que vou tomar também a pílula da juventude, não quero parecer mais velho do que a minha mãe. Disse rindo feliz Pedro Nobre.
De volta do passeio Pedro Nobre pergunta a Honório Córregas sobre Anton.
-Pai por que você não quer falar sobre Anton? O que aconteceu com ele? Onde ele está?
-Não sei bem onde Anton Sepúlveda está. O mundo é uma grande caneca, achamos que somos o que cabemos, mas o que extravasa é o mais que ainda temos. Parecemos menores do que somos pela ignorância, ou nos julgamos grande demais pela soberba, mas a medida exata jamais saberemos, somos a fita métrica querendo medir o infinito. Anton deve estar numa das dimensões paralelas, vivendo o que desejou. Saiu da nossa esfera de sentir, devido a alguma circunstancia extrema, algum conflito interior, por algum medo extraordinário.
-Ele consegue nos ver?
-Não creio que nos veja vivendo o que estamos vivendo aqui. A nossa realidade, a dele deve ser outra, mas deve sentir intuições, sentimentos a ausência de Olga ou de Domingas Molina.
-Domingas Molina por quê?
-Eu desconfio que houvesse entre os dois mais do que amizade, mas Olga se aproximou e com sua forma mais atrevida e atirada de ser tomou as rédeas e atraiu Anton, não por amor, mais por uma necessidade dela do que dele. Depois Anton tinha um problema, que o deixava impotente diante de Olga.
-Todos os homens acreditam que seu pênis não é suficientemente grande e gostariam que ele fosse maior.
-Não é a questão do membro masculino, ele se sentia intimidado por ela, a fogosidade dela era de tamanha proporção que causava em Anton, que ainda era virgem, uma situação de constrangimento e ele tinha impotência por isso.
-Isso é absurdamente imaturo.
-Anton é um jovem, e imaturo, inseguro devido a sua condição.
-É possível que sim pai.

-Olga era fogosa, intensa, desejava Anton como homem, não era um caso de amor. Ela deve ter se expressado a ele nestes termos. Já Domingas Molina o amava de fato, sei que a ela o problema dele seria só algo da natureza, que o seu amor é algo mais importante que as questões sexuais. A sexualidade é um caminho, não um destino. Ela sente amor e quer estar com ele, se apaixonar. Pode ser atração emocional, intelectual, mas não quer dizer que queiram fazer sexo apenas. A atração romântica sentida por ela é diferente da de Olga, a dela é antes amorosa, a de Olga é antes a atração sexual. Alguns querem compreendê-la a partir do enigmático mundo físico. Outros tentam decifrá-la a partir das complexas redes da cultura, ou simplificá-la recorrendo às determinações do instinto. A palavra amor pode definir muitas realidades diferentes. O alcance desse sentimento depende das características de quem o experimenta, a entrega de Molina envolve o corpo, a mente e o espírito.
-Eu quero encontrar uma forma de me comunicar com ele e assim poder lhe mostrar que ele pode retornar. Disse Pedro Nobre
-Nós não somos alcoviteiros, é o destino deles. Não devemos intervir, não pelo menos de forma intencional.
-Entendo pai, mas e Olga por onde ela anda? Digo a mente dela.
Ela possivelmente deve estar vivendo em dois mundos ao mesmo tempo, só que no outro mundo por onde ela anda não é o mesmo onde está Anton. Ela está perdida. Para ela o mundo que ela crê existir, existe sim, embora, apenas dentro dela.
Estar perdido pode ser ilusório, o ato de tentar encontrar um caminho de casa é ilusoriamente o que nos convence de estarmos perdidos, nós não estamos perdidos. Nem estamos sozinhos, nós, nunca, nem sequer saímos de casa.

Capitulo 56

Mirral Bustamante já tinha o discurso pronto e o pegou num dos bolsos da túnica.
-Povo de Angusturas, hoje é um dia para entrar para a história, um dia inesquecível para todos nós.
 Mudanças é a palavra chave, esta foi a grande mensagem que eu trago para nossa sociedade. A esperança finalmente vencerá o medo ao e decidirmos que estava na hora de trilhar novos caminhos. Diante do esgotamento de um modelo que em vez de gerar crescimento, produziu estagnação, diante do fracasso de uma cultura do individualismo, do egoísmo, da indiferença perante o próximo, do desrespeito aos mais velhos e do desalento dos mais jovens; diante do impasse econômico, social e moral do país, escolhemos mudar e as mudanças começaram hoje, promoveremos grandes e melhores mudanças.
E eu estou aqui, neste dia sonhado por tantas gerações de lutadores que vieram antes de nós, para reafirmar os meus compromissos mais profundos e essenciais, para que o meu povo registre cada palavra dita hoje aqui, a todo cidadão e cidadã do meu país para imprimir à mudança um caráter de intensidade prática, para dizer que chegou a hora da transformação para termos naquela nação com a qual sonhamos. Uma nação soberana, digna, consciente da própria importância, capaz de abrigar, acolher e tratar com justiça todos os seus filhos.
Vamos mudar, sim. Mudar com entusiasmo e cuidados acurado, modéstia e arrojo. Mudar tendo consciência de que a mudança é um processo gradativo e continuado, não um simples ato de vontade, não um arrebatamento voluntarista. Mudança por meio do diálogo e da negociação, sem confusões ou temeridades, para que o resultado seja consistente e duradouro.
Teremos que manter sob controle as nossas muitas e legítimas ansiedades sociais, para que elas possam ser atendidas no ritmo apropriado e no momento justo; teremos que pisar no caminho com os olhos abertos e caminhar com os passos pensados, concisos e reais, pelo simples motivo de que ninguém pode comer dos frutos ainda não nascidos.

Começaremos a mudar já, pois como diz a sabedoria popular, uma longa caminhada começa pelos primeiros passos e para tanto começamos a partir de hoje.
Prometo definir prioridade, criaremos um programa chamado "Sem Fome".
Então alguém do meio do povo gritou, era Amador Maldonado um escritor artista plástico de Angusturas: - Nós não temos fome em Angusturas.
Mirral Bustamante pigarreou e fingiu não ouvir a interrupção e seguiu.
-Se eu tiver possibilidade de fornecer café da manhã, almoço e jantar, a todos vocês então, eu terei cumprido a missão da minha vida.
Mirral Bustamante falou por seis horas seguidas, com inúmeras interrupções de clamores contrários vindos do povo e um deles mais incisivo e ferino, foi o de Diego Kalos, um jovem artista e músico.
-Fora Mirral Bustamante, fora, você será destruição de Angusturas, conheço gente da sua laia. Dá com uma mão e tirar com duas.
Dentre os presentes, alguns já cansados do longo e inexpressivo discurso, adormeciam, ou inquieto pediam aos céus que aquela agonia terminasse logo.
A praça devida à madrugada chegada se esvaziou e Mirral terminou o seu discurso para apenas meia dúzia de gatos pingados, citando uma frase de um poeta local.
"A condução dos negócios nacionais era feito por uma elite que não tolera a prosperidade dos mais pobres."
Estão todos convidados a recepção que será dada daqui a dois dias.
A festa do novo governo será a festa de todos.

Capitulo 57

Pela manhã Benicio Boa Morte foi ao Palácio Presidencial e ficou estarrecido e pela primeira vez chocado com a morte. Numa sala viu os corpos amontoados, numa total falta de respeito com os mortos.
Não era o fato de alguns serem ilustres mortos, mas para Benicio Boa Morte os mortos, quaisquer que fossem, mereciam respeito sempre. Alguns deles fizeram sim a história de Angusturas e sendo destratados, jogados ao chão como se fossem restos quaisquer, tratados com desprezo. Quem não respeita os seus mortos não pode ser alguém nobre. Pensou Benicio Boa Morte.
Benicio e os seus dois assistentes ordenaram os corpos dando uma mínima condição de consideração. Pegaram o corpo do Presidente Rubio, colocaram sobre uma mesa. Benicio limpou o rosto dele ferido a bala, e retirou o excesso de sangue. Ele sentiu um arrepio forte, os pelos se levantaram, como se fossem ser arrancados, a pele doeu, os dentes rangeram, era um frio da morte, ele a sentiu perto, bem próxima, tão próxima que percebeu o seu hálito no rosto. Virou-se e viu Serena Estela Tidal.

Capitulo 58

Domingas Molina retirou o vestido florido, despiu-se. Olhou no espelho com os olhos que não viam, mas libertou-se das coisas não suas, não temos nada deste mundo, do corpo não podia libertar-se, era ele a sua forma de comunicação, a roupa divina vestimenta de Deus. Viu-se bela, mas se fosse a vida toda vivida precisaria de um vestido mais simples.

Entrou no banho e deixou a água cair, sentiu saudade de Anton, chorou. Águas misturadas. Sentiu o peito doer, uma dor estranha não doida, mas sentida, não física, o amor nos confunde. Pensou ela. Nem sei o que digo. O amor exalta as tintas, revela o nosso lado mais dourado, abre nossas gavetas de luz saindo pelas costelas, do alto da cabeça, dos olhos, nos moí, debulha, amor extrai de nós o melhor, um sumo especial. Ficamos assim rendidos, chorando no banho.

Sentia-se agradecida por viver em Ravena, mas, a sua alma não estava totalmente feliz.

Pensava que a sua vida nem sempre fora feliz, ou fácil como desejava, mas precisava não pensar muito sobre aquilo, ou então só viriam mais sofrimentos, mas, a água estava morna e o calor aquecia o seu corpo dando a sensação de acolhimento, de abraço, trazendo sorrateiramente uma saudade profunda que a foi tomando.

-Não existe no mundo cegueira pior do que a minha Anton, as minhas certezas começam agora a oscilar. Estou exausta como se a minha alma não quisesse mais voltar ao meu corpo, desconheço os perigos deste labirinto de sentimentos, desta respiração palpitante que me assoma, essa submissão a você, mas tateio sem encontrá-lo. Domingas Molina fechou os olhos e sentiu uma onda de carinho a envolvê-la, um afago nos ombros, mãos que tocavam sua nuca e pescoço. Ouviu uma voz grave e carinhosa falando ao seu ouvido.

-Toco-te para deixares de ser realidade, trazer de volta o que é corpo e quando o teu corpo souber do meu, seremos de novo dois e eu respirarei para ti e o meu olhar será o teu, a tua lucidez a minha, e virás vestida luz e de aurora e de nuvens de estrelas a enfeitar as minhas noites.

E eu te bebo porque és a minha sede e a tua saudade a minha espera.

Entre o desejo de ser e o receio de perecer, na desordem do seu corpo e da sua alma nos entreguemos, para podermos nos restituir o que somos.

Ela se entregou então, à sensação boa, queria, precisava ser amada.

A Velha Sofia Soraia preparou a água quente e encheu a banheira e pôs alguns sais e ervas, despiu-se e olhou-se ao espelho. Incrivelmente apesar da idade ela ainda mantinha as formas com curvas nos quadris e na cintura, os seus ainda se mantinham acesos e empertigados embora a pele se mostrasse castigada, pergaminhosa, onde as manchas senis proliferavam como salpicos de ferrugem sobre a derme clara. Era como se os músculos, ossos e cartilagens que formavam a estrutura não se tivessem alterado, mas apenas a camada de cobertura tivesse sido atingida pelo tempo. Talvez viesse daí o que se dizia da idade dela. Ela se admirou por algum tempo antes de deixar o corpo cair na banheira. O espelho pareceu criar um portal de entrada à imaginação. Quando ela se viu tomada nos braços por um belo homem dominante e viril. Forte e amoroso. Depois ela fechou os olhos e deixou os sentidos funcionarem. Era bom, quase real, poder sentir as mãos dele e o seu cheiro inesquecível. Ao abrir os olhos já não mais o via. Aos seus pés um sapo. Com olhos de gente e a pele de um azulado furta cor, metálico ora rublo, oura esverdeado, ora azul turquesa. Ela o pegou e o pôs na banheira. Tudo é efêmero, antes eu escutava a tua voz, agora só o vento. Disse e depois adormeceu.

Capítulo 59

Valery foi jogada ao calabouço e ficou junto à Mirtes Rubia, filha do Presidente deposto e também de Água Ardente. O cão estava triste, pois já estava na prisão há alguns dias, queria retornar a Ravena, ao seu amigo Honório Córregas.

O animal não dormia, uivava de saudades e grunhia de frio, as duas moças se revezavam em ajudas, mas os guardas tinha o ímpeto de acabar logo com aquela agonia, mas as ordens foram expressas, deixar o bicho preso porque havia um plano determinado a ele. Um dos guardas mais atentos a dor do animal trouxe uma mantas que serviriam aos três detentos e o choro do animal se limitou à saudade, mas logo um sargento Sebastian Ornelas trouxa uma garrafa de aguardente.

-Dê ao cão ele gosta e assim se calará.

Porém, assim não funcionou. Água Ardente só bebia quando tinha o desejo de fazê-lo. Não funcionando a estratégia as duas moças tomaram a bebida. Sebastian Ornelas nas noites seguintes passou a trazer sempre uma garrafa da bebida, acabando tomando afeição por Valery. Essa afeição gerou frutos em vários aspectos. Primeiro Vallery conseguiu por ele recuperar alguns objetos pessoais, inclusive o seu tarô e o Tabuleiro Ouija.

Mirtes Rubia passou a conversar com Água Ardente o surtiu efeito, ele se calou e passou a ouvir os relatos dela. Ela docemente contou sobre sua família, sobre o seu pai, histórias de sua família. Ele deitado observava atento com olhos inteligente de quem sabia bem do que ela falava. Às vezes, ressonava, outras latia em respostas às perguntas dela.

-Sabe Água Ardente, o meu pai é um bom homem, honrado decente, honesto, sempre viveu para esse lugar, para Angusturas, ele nunca saiu daqui. Aqui está a sua família, os seus mortos, a sua missão de cuidar de dar democracia e liberdade. Ele gostava de me contar historias, assim como eu estou contando a você e eu sempre acreditei nele e ele jamais me decepcionou. É importante aprender o máximo sobre nós mesmo, através das nossas crenças, e se sentirmos que somos necessário e útil, assim aprendi com o meu pai, assim ele era.

Mirtes chorava ao falar do pai morto.

-A vida pode nos atingir de várias maneiras, como uma onda, como um vento, calmos ou e violências, sentimos a vida que nos permeia, nunca achamos que seremos atingidos pela parte violenta, portanto, no mundo dos organismos, na vida, um impulso que foi iniciado prossegue em diante. Às vezes, de forma que escapa às nossas compreensões, em outras de absolutamente transparente que nem precisamos construir definições, entendimentos. Às vezes vem à velocidade de um raio ou no vagar de uma garça cruzando o horizonte tão lentamente que parece que ficará para sempre, ou em processos complexos que nos escapam o entendimento, mas em todas as suas formas, em todas as suas etapas, sempre a energia se perpetuará ainda que o fato em si se desfaça. Eu sempre vi a vida assim e nunca me afetou o fato de eu ser rica, isso não é um poder que interesse à vida, ela atua plena, e tão somente plena de si.

Uma vez li que um único raio de luz de uma estrela distante pode cair em cima do olho de um tirano em tempos idos e ter alterado o curso da sua vida, pode ter mudado o destino do mundo, transformar o globo.

Assim Água Ardente desse jeito covarde e inesperado, o meu pai foi deposto, atingido e morto. Sei que morto ele está melhor, porque sofreria com essa esmagadora torpeza com que foi atingido.

Mas por outro lado a grandeza da vida seguirá atuando, por isso em conformidade com a lei das energias, em todo o infinito, essas forças manterão o equilíbrio perfeito e da perfeição e nada se faz sem que se tenha um retorno, portanto, a energia de um único pensamento pode determinar o movimento de um universo.

E o covarde o Mirral Bustamante sofrerá o retorno do que construiu, se você quiser entender o universo, ache a energia, frequência e vibração emanadas e saberá o resultado.

Vallery a abraçou e as duas choram juntas.

Do lado de fora Sebastian Ornelas ouviu tudo e se emocionou.

Capitulo 60

Honório Córregas e seu cair em desgraça com Deus, quem poderá me socorrer?
Perguntou Carmesita.
-Não há médicos possíveis, mas por que você cairia em desgraças? Disse ele.
-Eu pedi tanto a ele para poder voltar, para estar com você. Poder viver esse amor.
Você lembra que eu disse a você uma vez "Quando eu parti você não saberá mais de nada, perderá o vento, o sol, o meu nome, se perderá a vida, não haverá mais vida, apenas alguma coisa parecida, que você poderá dar o nome que quiser, até mesmo vida"?
-Sim lembro, mas eu não perdi tudo, a vida foi generosa comigo, eu sentia você de várias formas. Eu não olhava a vida de frente, mas olhava pelas frestas, eu ainda sabia algumas coisas, se eu não tinha o vento, eu sentia você como uma brisa no meu rosto, o sol já não me queimava, mas ainda me aquecia. O seu nome eu não chamava, não precisava, eu a sentia em tudo.
Os anjos protegem a quem ama, Deus deixa os anjos viverem assim perto de nós, dos amantes, para que aprendam mais sobre o amor. Alguns acabam até desejando viverem esta experiência. Quando alguém encontra seu caminho precisa ter coragem suficiente para dar os passos seguintes, antes de entrar numa batalha, é preciso acreditar naquilo pelo qual se está lutando. Criamos um território mágico nosso. Benditos sejam os que entendem os limites e os infinitos, nada pode deter a nossa alma. Vamos viver cada dia como se fossemos viver para sempre e como se fossemos morrer amanhã. Não vamos perder isso. O paraíso é entre nós dois.
Um ovo de passarinho caiu do ninho e Honório Córregas o pegou e o colocou sobre a palma da mão.
Carmesita falava rápido e com piedade da situação.
-Fique em silêncio Carmesita, aquele que conhece todos os segredos está presente, ele precisa do silêncio para nos falar.
O ovinho havia se rachado na queda, então Honório passou o dedo sobre a casca e ele se soldou.

Depois ele o pôs sobre a mão de Carmesita e o acariciou. Não tenha pena, deseje apenas que ele seja feliz.

-Eu não sei o que fazer!

-Coloque a sua mão em minhas mãos e observe.

De repente a casca se quebrou e o pequenino pássaro silvou. No tamanho susto Carmesita quase deixou o animalzinho cair.

-Deseje amor a ele. Feche os olhos e deseje. Basta fechar um pouco os olhos, se esvaziar do dia e deixar a mente flutuar para que a vida sussurre uma resposta.

Honório pôs de novo a mão sobre o pássaro e ele saiu a voar.

-Assim somos nós Carmesita.

Dentro de você existe um lugar feito de silêncio e um santuário ao qual você pode se retirar a qualquer momento e ser você mesma, onde há uma cama, um colo e um abraço, não importa de quem, creio mesmo que é de você para você, um sagrado presente para atenuar graves momentos, para dar um tempo a si ou para celebrar felicidades.

Capitulo 61

Vida Cervantes era uma cabocla, queimada de sol de pele tão curtida que parecia impenetrável, era ela que cuidava do pequeno cemitério em Angusturas. A ela não importava quem estava ali adormecido. Homem, mulher, menino. Pablo, Juan, Juanita, eram todos seus amigos, a quem aconselhava e tratava da alma, eram pastores e agricultores, raros bandidos.
Morte morrida, morte matada, morte sofrida cada um com uma história. Muitos amados, muitos esquecidos, poucos desconhecidos. A cada um cabia uma flor, solitária homenagem pela vida que tiveram, pelo tempo que puderam existir. Floria os campos para que os perfumes se espalhassem pelas campas. Nas tarde frias e noites esquecidas ela ouvia os lamentos, os prantos escondidos. Os gritos de dor mal sufocados, mal acostumados, ainda com a surpresa da morte.
Choravam seus prantos sem fim e tinha apenas à Vida como consolo e amiga.
Suas lágrimas regavam as flores e as tarde de calor.
Era o amparo e colo dos corpos esqueléticos, era a água que dividia e confortava seus desgostos, as águas que banhavam os olhos dos que não tinham os olhos para ver.
Vida era a vida dos mortos, era Vida a vida dos que não tinham vida.
E esperava que um dia tivesse um morto famoso, sonhava que um dia chegaria, um Presidente um General. O Doutor Américo Calcanhoto foi enterrado fora, os generais que sucumbiram, foram enterrado fora. Ela acreditava que o Presidente não lhe faria uma desfeita, ele mesmo já havia jurado, não de pés juntos, ele era cheio de supertições, mas de mãos postas sim. Disse-lhe que seria um enterro de jamais ser esquecido, com carro fúnebre, autoridades, canto coral, e orquestra especial, mas não, Mirral Bustamante tirara dela o prazer de fazer um enterro de pompa. Já não gostava dele. Homem de mau caráter. Em não sendo o Benicio Boa Morte lhe dar um caixão colorido de boa madeira e ornamento, teria o coitado sido enterrado enrolado no sisal e jogado em cova rasa.

Vida Cervantes gostava de flores, tinha muitas delas, dentro do prédio da administração e fora. Era algo inusitado, mas na família dela muitas mulheres tinha nomes de flores. Violeta, a mãe, Rosa, a Avó, Adália, a tia, Margarida e Hortênsia, as irmãs e outras mais, Petúnia, Líria, Liz. Dentre as flores que ela cultivava havia uma raríssima, chamada Lorca. Era, talvez, a única no mundo. Era uma flor que floria apenas uma vez na sua existência e dizia-se extinta, claro, exceção a Lorca de Vida.
Mas para florir ela precisa ser plantada sobre uma cova ocupada e Vida dizia a quem quisesse ouvi-la que somente plantassem Lorca sobre sua tumba.

Benicio Boa Morte sentiu o hálito da morte na sua nuca, não se atreveu a olhar de imediato para trás, mas sabia ele, quem era.
-Boa Morte espero que o Senhor seja uma pessoa que saiba obedecer as ordens.
-Sim, creio que eu sei.
-Bom que assim seja, o meu esposo determinou que não houvesse honras no enterro do Presidente Rubio Ramos.
-Não são honras, é o respeito a qualquer morto, seja ele soldado ou presidente, homem ou animal.
-Nem desejamos ofícios religiosos para nenhum deles.
-Há pessoas que podem encontrar sempre algo errado em cada situação; e tornarem-se infelizes. E há pessoas que encontram algo de bom em cada situação; e tornam-se gratas. E é isso que eu chamo de ser religioso. A sabedoria não se transmite, é preciso que nós a descubramos fazendo uma caminhada que ninguém pode fazer em nosso lugar e que ninguém nos pode evitar, porque a sabedoria é uma maneira de ver as coisas.

-Parece-me que o Senhor e a sua esposa Victoria não sabem exatamente o tamanho dos riscos a quem se expõem. Sabê-lo, sim, é ter sabedoria.
Benicio Boa Morte mais uma vez se arrepiou ante a ameaça velada de Serena Estela Tidal, não temia por si, mas por Victoria.

Depois Benicio Boa Morte foi Campo Santo, Vida Idas e com Vida Cervantes prepararam cento e trinta e duas covas e ao Presidente morto ele mandou lapidar uma lápide, com a inscrição.
"Há uma hora certa, no meio da noite, uma hora morta, em que a vida dorme".
Benicio estava exaustou, cansado, para a maioria do povo de Angusturas, viver e morrer não exigiam esforços, mas a ele viver era mais do que apenas estar ali, a sua mente era exigida a pensar sobre tudo, sobre cada fato e naquela mais sobre a morte.
Ele pegou um punhado de terra e o lançou ao ar, da poeira viu a figura da morte, mas ela era Serena Estela Tidal empunhando uma foice, olhos sumidos, encovados na face, capuz e capa pretos, pairando no ar.
Benicio a encarou sem temor, e ela riu mostrando escárnio, deboche e desprezo por ele, depois cuspiu no seu rosto e na foice, preparando um golpe mortal. Benicio Boa Morte não se intimidou, passou o braço a limpar a saliva da megera do seu rosto e ela aprontou o golpe e o lançou em direção ao pescoço de Benicio, mas o golpe foi detido no ar a alguns centímetros da desejada jugular.
Victoria segurando o cabo da foice olhava nos olhos de Serena Estela Tidal e as duas se enfrentaram, a situação contida ganhava energização à medida que as duas externavam os seus sentimentos de antagonismo e Victoria falou entre os dentes.
-Eu não a temo, até hoje ela não conseguiu me levar, o julgamento pode ser aqui, a sentença também, o tudo ou nada pode ser aqui, agora ou o tudo pode ser adiante. Se olhar dentro dos meus olhos

156

imediatamente, poderá ver o nada, mas se olhar mais profundamente poderá ver a minha decidida firmeza.

-Muito bem Dona Victoria. Gritou Vida Cervantes – Deixa-me cá dá uma lição nessa sujeitinha impertinente.

Mas Victoria a afastou.

Serena Estela Tidal não arredou pés, permaneceu decidida ante a investida destemida de Victoria.

Na paisagem sepulcral entre covas, lápides, túmulos apresentava-se um universo onde a morte e a morte travavam uma batalha que parecia numa proporção desigual, reflexivamente no entanto, basicamente a morte imita a vida, seja na literalidade ou na plasticidade do cenário, onde não se sabe o começo e o fim de cada uma. Logo adiante, além dos muros do cemitério, viam-se plantações de subsistência de milhos, mandioca e café e uma vaca adentrou o campo santo em busca de alimentos.

Victoria aborrecida então entoou um esconjuro, ensejava que Serena Estela Tidal se enfiasse no ânus da vaca. Serena sentiu a coragem do olhar de Victoria e titubeou por momento, quando Serena Estela Tidal viu a morte olhando em seus olhos, viu a sua cara, bem delineada, plausível, sem confins, negra, medonha, naquele momento nenhum faísca de luz luziu, nenhum brilho de luz riscou o funda daquela íris. Serena Estala Tidal titubeou o bastante para que a força da desdita a fizesse ser lançada literalmente no orifício final por onde são eliminadas as fezes a chamada região anal, porção do corpo onde está localizado o ânus, do dito animais mamíferos, ruminantes, artiodátilos, com par de chifres não ramificados, ocos e permanentes, do gênero Bos, em que se incluem as variedades domesticadas pelo homem, ou seja no cu da vaca.

A vaca sentiu a energia jaculada em sua direção e o impacto a fez estremecer. Gemeu agoniada e estrebuchou, caiu fulminada pela desdita abominação de ter em si pelo traseiro uma sereia enfiada.

Era só uma das batalhas de uma guerra que travariam a morte e a morta.

Vida Cervantes gostou, aplaudiu como nunca antes, se não fora o enterro mais luxento, fora o mais divertido.

Capitulo 62

-Coitadinho do Menino Vermelho, veja Honório, ele lá ele olhando pela vidraça as outras crianças brincando.
-É, ele está triste, isso não pode. Vamos lá.
-Vamos sim Honório.
Honório e Carmesita fora até a casa de Ramon Dolman. Bateram palmas e ele veio ao portão.
-Ramon, bom dia. Como estão você?
-Estou bem Honório, venham, entrem.
-E onde estão a Velha Sofia Soraia e Domingas Molina?
-Saíram, foram atender um chamado de urgência fora da Vila.
-Vim pedir-te um favor então.
-Diga Honório, qualquer coisa que você queira.
-Deixe Antonio Dolman um pouco conosco.
Ramon pensou e disse: - Sim Honório, observe apenas os cuidados, por favor.
-Claro que sim.
Carmesita pegou Antonio Dolman e o levou à praça onde as crianças, como passarinhos pipilavam em bando, emitindo sons e risadas repetidos a pequenos intervalos, como muitas vezes, se veem os pássaros falando. As tagarelices vazavam das gargantinhas e ecoavam sibilantes a vozear feito pequenas e invisíveis borboletas pelo ar. O soar trazia bem estar e a magia de contaminar envolvia qualquer um, produzindo boa sensação de bem estar e nos braços de Carmesita Antonio Dolman se agitou, queria saltar, ganhar o espaço de brincar, dar asas a sua natureza de criança de brincar.
Carmesita o pôs entre as outras crianças e elas, todas, se integraram de imediato.
-Honório eu tenho medo de nossa cidade se individualizar, é tão belo isso de sermos Ravenences. Precisamos manter viva essa nossa forma única de sermos, de estarmos, de não termos presas, de amarmos a natureza, de nos integramos às pessoas. De guardamos esse brilho de ser gente, desse suspirar contínuo, desse enlevo bendito, essa divindade que nos alceia, como a nos colocar em ordem, como cada uma das folhas de um livro, um livro que

contará uma bela história, ou a nos costurar juntos, uns aos outros como uma renda bonita.

-Você sempre me emociona Carmesita, ou devo chamá-la de Madalena Lescova?

-Carmesita é mais Ravenence é mais básico e natural.

-Você é de Angusturas.

-Não somos, somos de Ravena, sou sua.

-Há um perigo no ar. Ser Ravenence é como ser outra nação. Um país dentro de outro país.

-Capitalismo, comunismo, imperialismo, autoritarismo, Angusturas, tudo modelos extintos, acabados, exauridos. Testados e provados que não servem. Ravena sim, vale a pena. Somos livres, cada um governa a si e respeita a todos.

As pessoas querem construir um modelo de sociedade e nos encaixar dentro, quando a sociedade somos nós, e a existe porque nós existimos Ravena é o que somos.

-Veja Carmesita como Antonio está feliz livre. Olha quem chega Domingas Molina e Sofia Soraia.

-Bem vindas amigas.

-Obrigado Carmesita.

-Antonio está aqui, a brincar com os amiguinhos.

-Eu vejo. Riu Domingas Molina – São os meus alunos e alguns seus.

-Sim.

-Bom que estamos todos juntos, sinto-me feliz assim, mas, quero aproveitar para falar uma coisa.

-Um dos pais pediu quer que coloquemos aferição na escola, Honório.

-Quem foi?

- Pierre Gergene.

-Eu sou absolutamente contra.

-Eu e Carmesita também. Ninguém nasceu para fazer provas, exames de classificação e de aprovações, nascemos para sermos plenos, ser gente, ser feliz... É preciso preservar a infância, a juventude, esse viço. A escola precisa ser cantada, dançada, alegre, prazerosa, ninguém quer tristeza, ser alegre e feliz é o processo criador, brincar como a criança, quem brinca é mais feliz.

-Eu vou conversar com Pierre, ele é metódico, traz ainda os estigmas do militarismo. As pessoas que violentam, foram violentadas. Ainda guarda rancores severos.

-Precisamos brincar com o dia a dia, Honório.

Domingas Molina falou – Isso será a construção de uma armadilha, depois exigências a cada dia mais consumidora, um torniquete no pescoço a cada dia mais apertado. Depois mais, cairemos nos tentáculos dos regimes onde sonhar é perigoso, a liberdade é perigosa, depois trabalho, trabalho, trabalho, automação.

-São pessoas distintas as que mais são naturalmente sábias?

-Isso não importa Carmesita. A cada um que venha a ganhar saber, virão a ser tornam uma corrente de pequeno volume a crescer, a passar aos seus, às outras gerações essa gotinha libertadora, que se avolumará, e esse é o maior medo daqueles que continuam a governar e que vivem da manipulação, dos discursos e ato vazios, de enganarem o povo.

-Sim Honório, então que as vozes dessas pessoas comecem a ecoar e a se reforçar mutuamente em solidariedade umas às outras e a darem forças aos que ainda não reconhecem esse poder do saber, mas façamos isso com alegria.

-Então, a palavra e o remédio será a alegria, Carmesita.

-Sabe Domingas e Honório, eu tive uma ideia. Vamos pintar a vila, colorir tudo, essas casas de pedras acinzentadas, cada qual escolherá a sua cor desejada. Não quero ter saudades da minha infância, eu quero vivê-la.

Capitulo 63

Olga abandonou Ravena. Fora tomada de uma ausência de si, um desânimo do mundo e um cansaço, um cansaço de sempre esperar saber com exatidão quem era, de ter que ser sempre, sempre, o que era sem ser, assim perdida de si, deixou de saber que era.

-Eu cansei de me querer saber, de lidar com as minhas dores, e de me suportar. Depois toda a ansiedade pesa, sempre vai, mas sempre volta cobrando, exigindo, é uma droga que não cansa de agir, de querer nos dominar, é mais uma vez, difícil controlar o fluxo dos meus pensamentos sem projetar sobre mim uma necessidade de aderência de me colar em alguma pessoa que seja real, que seja de carne e osso, de ter que saber, das estradas, dos caminhos, dos alcances, das despedidas. Não quero ser mais nada, quero apenas estar.

Ainda assim sentia a ausência de Anton, já que pusera nele a sua capacidade de ser feliz. Os sentidos entornavam lágrimas e tomada de súbita nostalgia, algo impreciso, mas contaminante, que consumia não apenas o corpo, mas alma. Seguia ela, algo ligada ao fio de conexão dos impulsos dos seus sentidos que entendia ser o que a levaria a Anton Sepúlveda. Queria muito encontrá-lo. Os sons a atordoavam enquanto caminhava pelas trilhas de matas e bosques, o querer sem forma a alucinava, visões que chegavam, o prazer animal de abandonar-se a cada instante revestida dos instintos. Caminhava e cedia o corpo ao cansaço, ou entregue a cobiça a estraçalhá-la por dentro na solidão do seu percurso, os gestos que a incitava ao tocar-se no centro gerador de chamas, aquela zona onde as labaredas queimam por inteiro qualquer ser.

Os caminhos eram incertos e incertos eram os galhos tortos, era um lugar rude aonde ela chegou. Um lugar silencioso e de um frio que descarnava a pele da carne e a carne dos ossos. Sons ora graves, ora estridentes, agudos, que causavam imperceptíveis tremores mesmo à atontada Olga.

Um grito preso na garganta lhe causava ânsias de vômitos, as arvores toscas riam-se dela como esqueletos dispostos

irregularmente, encravados na lama, no lodo fétido, de onde mesmo sendo dia, ainda assim, habitavam as penumbras, como se do seio da terra minasse uma leitosa escuridão, onde nada era o que parecia, onde nada era o que era. Um lugar que desdenhava de quem se aproximasse, habitado por gente arbórea, querendo se manifestar sem palavras, querendo se corporificar, expressar-se em gestos aflitivamente aprisionados em uma languidez vegetal, resinosas, rictos solitários, em sons que produziam trejeito de contração que davam às bocas o ar de riso. A tensão nervosa intensificava nela e naturalmente, o germe da morte espargia-se de cada criatura ante o olhar desmesurado de Olga.
-Será que Anton viveria num lugar assim? Não. Ele deve estar aprisionado, refém de alguém, de alguma coisa, de alguma malignidade.
Perdida a alma ela estava preste a se transformar em azougue, trancou-se em si então, queria ser como pedra, se era incapaz de reverberar impropérios, também, não exacerbaria qualquer sentimento, um único pensamento sequer, pedra era, era absolutamente pedra seria.
Mas, não era assim...
Olga era como virgem uma virgem gulosa, mas excepcional, única, pois possuía uma energia incontida, um desejo inexaurível de sensualidade e sexo. Era mais do que uma boca, era um abismo que engoliria qualquer homem, cada um que viesse a se aventurar no seu ventre jamais teria a liberdade de voltar do seu abismo após experimentado. A noite e o vento eram um conluio maléfico, tomavam de Olga qualquer vestígio que fosse de senso de compostura ou de decoro, qualquer sinal de vivência, donde ela já nem sabia se era viva ou morta e eles empurravam às sensações vorazes por baixo da saia, das anáguas, buscando suas fendas, por qualquer orifício, greta do seu corpo.

Capitulo 64

Valery Angel preparou as cartas do tarô jungiano, escolheu uma ao acaso, saiu o arquétipo de Ares correspondente à força física, representando os instintos guiados pela vontade que não mede consequências. Correspondente também à competição e às reações intensas e apaixonadas, a violência da guerra, da força bruta e da sede de sangue.

Depois puxou uma segunda carta: Afrodite para os gregos, a deusa do amor, da beleza e da sexualidade. A mais bela e a mais irresistível das deusas gregas. O arquétipo do amor que transforma, simbolizando a importância das relações no sentido de processo criativo. Arquétipo da intimidade física não apenas no sentido sexual, mas na representação de uma necessidade psicológica e espiritual.

-O que diz as cartas Valery? Perguntou Mirtes Rubia.

-Diz que é preciso falar de amor, mesmo em um tempo de guerras.

-Mesmo tristonha eu tenho que rir de você, mesmo no meio de uma tempestade, ainda consegue dormir e sonhar.

-Isso me ajuda sobreviver, eu posso ir a qualquer lugar Mirtes, pois conheço a alegria e a tristeza, sei o sentido da dor. Ninguém precisa ser triste, mas precisa saber sobre a tristeza, saber dela - é um investimento no nosso ser, é uma forma de evoluir e valorizar a alegria, um mergulho, uma viagem no nosso interior, sabermos no silêncio de dentro quem somos nós de verdade.

-Eu preciso tanto de você Valery, tenho tanto a aprender, fui criada para ser uma boneca, uma dama de louça, empetecada e maquiada, que fala bonito, que fala aquilo a que foi determinada a dizer. Uma sentença, a cada pergunta, uma resposta padrão a cada quesito. Eu nada sei sobre a vida, menos ainda, sobre lutas, revoluções, e mortes.

Valery se levantou e abraçou a amiga que se sentia desprotegida e falou.

-Isso de me recolher, me impõe ser quem não sou.Entristece-me, mas entendo que é quase uma necessidade, um ato de preservação.

-Você sabe tanto sobre a vida sobre os outros, sobre o que eu sinto.

-É um exercício de sentir, somos canais propensos a estabelecer contatos, a maioria de nós os mantêm fechados, inutilizados, os seus pais fizeram isso com você. Criaram um ser sem contato com as suas realidades internas, não a sensibilizaram a pensar, a experimentar o ócio, o nada fazer criativo. O sentir apenas, é preciso sentir o que o outro sente para saber se expressar com ele.
-O que dizem as cartas sobre as certezas hoje?
-Não existem certezas, posso dizer que tudo é incertezas, temos medos, medo de perdermos o equilíbrio que temos, de perder o que sabemos e o que somos.
Alguns constroem essas certezas para se sentirem seguros e à custa de instrumentos, médicos, remédios, saberes distorcidos, construídos para atenderem as suas necessidades. A alegria da vida e do amor só é possível se você tiver conhecido a alegria de estar sozinho, porque só assim saberemos que temos o que compartilhar, saberemos medir a nossa potencialidade. Parecemos, sem isso, mendicantes se encontrando, catadores de migalhas, agarrando-se ao que o outro tem de doação, ainda que não sejam, essas as suas necessidades. Assim nunca saberemos o que é o êxtase. Criaremos infelicidade porque cada um irá esperar em vão, que o outro o preencha.
Construa-se Mirtes, ainda, é tempo.
-Tempo do que? Nós seremos mortos.
-Ainda não estamos.

Capitulo 65

Serena Estela Tidal chegou ao Palácio Presidencial toda suja de fezes da vaca. Os guardas torciam o nariz ou tentavam segurar os sorrisos. O dono da vaca veio atrás querendo receber o valor referente ao animal morto.
E Serena gritava eu não nasci para viver na merda.
A história se espalhou, a galhofa ganhou os corredores e as páginas do tabloide local. O jornalista e editor Pasquim Mordaz, do jornal com o mesmo nome, fez pilherias e quis saber o porquê da primeira-dama estar naquelas condições e o que a levou a se envolver na ocorrência escrementária e bizarra.
Pascoal Mordaz se aproveitava da situação e da ocasião política para tecer considerações quanto o momento pelo qual passava o país e questionava o equilíbrio emocional e o preparo de Mirral Bustamante para a ocupação do cargo maior de Angusturas.
Dizia ele: - Mirral Bustamante se mostrar um indivíduo alienado às mudanças globais, distanciados dos centros das decisões mundiais, preso a fatores de ordem tecnicistas e consumista, esta análise aponta para a necessidade do posicionar-nos, pensarmos e agirmos. Serve sim essa situação autoritária e arbitrariamente imposta aos cidadãos de Angusturas assim cabe como um alerta à compreensão de princípios imprescindíveis à conquista da participação política e a uma vida cidadã.
O homem é um ser essencialmente social e político. Quando lhe falta esta compreensão ou quando lhe negam essa condição, torna-se um ser invisível, alheio, potencialmente manipulável, um mero cidadão sem categoria, ocupador de espaços físicos ou simplesmente um anuído observador das decisões do mundo que o cerca. A compreensão da essencialidade política do homem torna-se exigência ao próprio entendimento da sociedade em que vive.
Não há como separar, dissociar o indivíduo do seu meio social, não há como deixar de reconhecê-lo na definição ou emissão das ações políticas que definem a complexidade das relações de poder na sociedade.

Assim sendo, é necessário que as relações de dominador e dominado, sejam equalizadas. Esta é uma compreensão óbvia, quando os indivíduos se deparam com dificuldades de participação política e tomada de poder dos direitos, precisamos cidadãos de Angusturas entender que nenhum sistema, por mais materialista que seja, pode excluí-los das relações sociais que o mantém.

Vejo as pessoas falando em mudança na cidade de Angusturas, incluindo sua sociedade e governo. Entretanto, há uma sublimação no povo, precisamos de aversão, de indignação ante os recentes acontecimentos registrados em nosso país. O nosso ex-presidente jamais foi um primor de governante, mas não merecia sofrer o destino cruel e a morte indigna que teve e ainda mais, não fosse a coragem do nosso agente funerário Benicio Boa morte, nem enterro decente teria ele, sendo tratado como indigente.

Sigo, ainda, falando do discurso aborrecível e abominável feito por Mirral Bustamante. Que peça execrável, cujos atos não condizem com a finalidade da justiça social que ele tenta passar na sua fala.

Precisamos ser vigilantes, no intuito de que as mudanças éticas e morais aconteçam sem a sombra da perseguição aos dissidentes e a formação de males maiores que as sempre tivemos.

Cinco dias depois um incêndio suspeito acabou com a sede do Jornal Pasquim Mordaz, mas não com a vontade de seu dono de continuar o combate, mas dez dias depois ele já tinha o necessário para dar continuidade à sua luta contra os desmandos de Mirral Bustamante e Serena Estela Tidal.

Capítulo 66

Mirral Bustamante naquela noite teve sonhos infernais, todo o seu dia fora uma sequência de acontecimentos limites, depois do discurso de posse bebeu até tarde e pode, enfim, pela madrugada deitar-se na banheira dourada presidencial.

Sob as águas perfumadas e tépidas, esqueceu um pouco de si, de suas ambições, de seus desejos de poder.

Adormeceu.

Sonhou então...

-Esta é mais uma das fases de transformação de minhas relações com o mundo. Disse ele a ele mesmo.

Um Senhor todo de branco se achegou e o abraçou. Tenha temor aos céus, Mirral Bustamante.

-Eu não temo nada, nada mesmo. Nem a Deus, nem a mim.

-Não seja belicoso Mirral e não entenda mal o que expressei. O dito não representa o medo de alguma punição, mas o temor ao mistério, ao misterioso, ao mágico, ao que os teus olhos não querem ver. Ao que te toma e você transforma em alguma compreensão apenas sua, indo numa sistemática transformação do mundo aos critérios do seu gosto. Você está construindo a sua própria punição, não Deus. Haverá, ainda, um sabor ruim a experimentar, um amargor, que deixará de ser uma sensação para ser realidade absoluta.

-Quem você é?

-Eu o Papa Leão XXIII.

-Não o ouça Mirral Bustamante, faça ao contrário, dê asas ao que inspira o seu temor, jogue de lado o saber pequeno e o respeito à sua pequena compreensão dos fatos, pense com grandiosidade, em tudo o que está diante de você à espera de ser. Seu impacto é o oposto do medo do conhecido, que nos paralisa e nos faz fugir.

O medo dos céus é algo subjetivo, algo do absurdo dos covardes, você está sendo chamado a tomar posse de sua vida, de fazer a diferença, assuma uma forma ativa. Tome, domine.

-Você eu sei quem é – É Hitler.

-Sim sou, e você sabe quem você é?

A figura de Hitler foi gradativamente perdendo os cabelos, e transformando o rosto, a aparência. Ficou careca e de óculos, bigode mais espesso e cavanhaque pontudo.

-Mirral Bustamante preste a atenção, aos fatos, principalmente para o traçado dos caminhos e meios que correspondem às circunstâncias, a fim de realizar o que te cabe, para modificar esses caminhos e meios quando as circunstâncias se modificam; esqueça as diretivas e indicações de analogias históricas e paralelos e tome pé, sim do estudo das condições do que te cercam; em sua atividade, eles os fatos não se apoiam em citações e máximas, e sim na prática revolucionária, controlando pela experiência cada um dos seus passos, aprendendo com os próprios erros e ensinando aos outros a construção da vida nova.

Assim conservarás a tua plenitude, a sua força viva, revolucionária.

O vício de vida de preencher o desconhecido com temores do conhecido é uma coisa que devemos aprender a combater.

-Lênin – Meu Senhor Lênin?

-Sim Mirral, sou Lênin.

-Todos vocês afastem-se dele, deixem-no em paz, todas as ações de Mirral são fruto em si uma manifestação exagerada de controle. Digo, deixem-no descontrolar-se. Falou Carl Gustav Jung.

O capeta chegou gozador e lançando labaredas de impropérios brincou de ser sério. Bendito Jung, é isso mesmo, jamais sairemos do vício pelo controle sem cair em outros vícios. O controle é a minha arma favorita. Se não quisermos promover apenas a permuta de um vício a outro, devemos dizer aos viciados: Controlem-se. Ferrem-se todos para promoverem certezas, a vida é chata e linear. Peguem comunistas, capitalistas, negros, amarelos e brancos, colonizadores e colonizados, escravistas e escravos, um punhado de sal, açúcar, salsa, pimenta. Alho não, alho não. Coloquem a vida num liquidificador e deixem bater bastante. Acrescentem refrigerantes e uma boa pinga de Minas Gerais. Afé, coisa boa demais.

O capeta transformando-se em mulher falou - Achegue-se mais Papa.

-Esconjuro-te Capeta.

-Cosa male, vedo il tuo punto debole, quando non si può vincere una domanda senza l'utilizzo di dissolutezza e impudenza. Chiedo poi dove sarebbe dimostrare tutte le creature e tutte le cose di questo mondo. Se non la grandezza del nostro Signore? (*)

-Por que não falas em Angusturês, estamos num sonho. Eu sei o que te cerca Santo Papa, uma mulher sabe tudo, pode tudo, te levar às alturas do divino, como a profundeza dos infernos. Cá, para mim, que seja nos profundos da minha casa.

-Ter um coração misericordioso não significa ter um coração débil. Quem deseja ser misericordioso necessita de um coração forte, firme, fechado ao tentador, mas aberto a Deus. Comove-nos a atitude de Jesus: não escutamos palavras de desprezo, não escutamos palavras de condenação, apenas palavras de amor, de misericórdia, que convidam à conversão.

-O Capeta se estrebuchou, se atirou ao chão e num misto de encenação e deboche ria.

-De qual Deus falas Santo Papa, o Deus dos cristãos? O Deus que pune com severidade extrema, ainda que os menores crimes? Que joga os seus filhos ao fogo eterno? O que pode ser arrogante de ter tudo criado, mas que abomina nos outros a arrogância? Que maiores provas querem mesmos? Se não a da minha sina, que por um só pecado de soberba fui condenado a uma pena extrema, mas o arrogante que diz que tudo criou pode ser chamado de Senhor, de Deus... Eu crio coisas todos os dias. Reverberou os grunhidos o Capeta.

-Sim, sem dúvida só há único Deus verdadeiro, que é um Deus de pureza. Rebateu o Papa.

O capeta virando o traseiro feito um grande gambá expeliu suas ventosidades mal cheirosas, impregnando a tudo e a todos.

-Vê. Eu crio coisas a toda hora, sem me jactar. Eu não sou falado abertamente, mas sou popular, eu sou o povo. Eu sou tão conhecido quanto o teu Deus, mas vocês construíram uma manufatura de me difamar, entretanto eu prometo que no dia em que o ser humano não tiver mais crenças religiosas, todos terão o mesmo ideal, e irão criar um mundo sem sofrimentos. Não temam ter vindo de minha boca o que eu digo, a crueza desta afirmação, pois ela é em si, libertadora. Eu só existo para poder justificar a dor e o sofrimento.

-Faz sentido. Disse entrando na conversa Serena Estela Tidal. Faz com que a busca de significado da vida se desvincule de uma sensação de lucro, saldo positivo ou ganho real.

O Capeta gritou.

-Mirral Bustamante você é dez?

-Você é obsceno, Coisa Ruim – mas, se considerarmos que nascer não é melhor nem pior do que morrer abriremos as portas do Paraíso, qualquer tentativa de querer nos obstruir viver a vida ao máximo é cercear nossos direitos à liberdade. Temos direito a tudo, otimizaremos prazeres e sensações, queremos tudo.

O Diabo, ainda travestido de mulher grita novamente.

-Mirral Bustamante você é mil?

-Eu não sou Mirral Bustamante, eu sou Serena Estela Tidal.

No que o diabo responde - Mulher sempre sabe tudo.

O agoniado sonho de Mirral Bustamante prossegue. Todos os personagens surgidos no sonho se confundem num só. O Capeta, Hitler, Jung, Lênin, O Papa, Serena Estela Tidal, Adônis Esculápio se fundem num só ser e depois a massa misturada penetra e se dissolve no corpo de Mirral Bustamante, entre fumaça e cheiro de enxofre.

Mirral afunda na banheira e acorda se afogando. Pega a tolha se enxuga e põe um roupão, ao chegar ao quarto vê Adônis Esculápio deitado nu, ele então se despe e tenta fazer amor com o parceiro. Adônis Esculápio se esquiva e na insistência de Mirral Bustamante ele se sente na cama e tenta dialogar.

-Você, ainda não entendeu nada Mirral.

-Do que você fala Adônis?

-Você sonhava e disse algo que eu desejo frisar imediatamente, porque não quero deixar passar. É difícil viver tentando convencer os outros e a nós mesmo de que somos o que não somos. Isso esgota nossa energia, mas ser o que somos não exige nenhum esforço. Pessoas bem resolvidas não fingem serem outras pessoas. Aceitam-se como são e através dessa aceitação, aceitam as outras pessoas. Elas também não mais se julgam nem julgam os demais. Se assim não for, se for o contrário, o mundo será tão perturbadoramente confuso que será um verdadeiro martírio viver nele, será o próprio inferno em vida.

-O que tem esse fato com o meu desejo por você?

-Tem tudo a ver Mirral Bustamante, tudo a ver. Podemos amar a nós mesmos, mas não fazer amor conosco.
Mirral Bustamante deitou-se contrariado ao lado de Adônis, adormeceu de novo e sonha vê Divina Bustamante, sua mãe, nadando com as sereias e tritões, que são o gênero masculino das sereias, numa algazarra sem fim. Depois todas as sereias desaparecem e o mar fica liso, espelhado, com luzes piscando de neon e um dos tritões se encaixa entre as pernas abertas de Divina Bustamante e os dois copulam, os demais se enfileiram esperando a sua vez. Perto o Monte Olimpo, donde Mirral vê o seu desolado pai sentado assistindo a tudo.

(*) - Coisa ruim vê tua fraqueza, não podes ganhar uma demanda sem o uso de deboche e desfaçatez. Eu te pergunto então, de onde provem todas as criaturas e todas as coisas deste mundo, se não da grandeza de nosso Senhor? (*)

Capitulo 67

A contação desta história é atemporal, a cronologia dela não se prende a sincronicidade dos fatos, ainda assim intervenho para dar rumo preciso à narrativa.
Os dois artistas, Amador Maldonado e Diego Kalos, que atacaram Mirral Bustamante quando do seu discurso de posse foram brutalmente atacados pela recém-criada policia política de Mirral Bustamante. Depois os dois foram jogados à cadeia. Amador Maldonado, mais velho e mais fragilizado na saúde e no físico, faleceu dois dias após as agressões. Devido à lotação das celas, ocupadas por presos contrários ao regime de Mirral e ou adversários de outras naturezas, Diego Kalos, que era primo do sargento Sebastian Ornelas, ficou na cela de Mirtes e Valery.
 Diego Kalos gritava impropérios e descalabros, mas de fato ele tinha razão, já que na sua precária situação tinha perdido o amigo Maldonado, e estando dentro de uma malcheirosa cela era o que ele tinha ainda de seu. A agressividade e raiva.
-Quero sair desta cela fedida, não quero um cão, e duas princesas porcelanizadas, acredito no poder das mudanças pelo povo. Tenho tanta raiva acumulada que sou capaz de fender o mundo em dois, posso esmigalhar e fazer picadinhos de Mirral e de Serena.
-Por favor silêncio, estou meditando – Disse Valery Angel – Guarde essa energia para uma situação mais proveitosa.
-Não me interessa quem seja ou o que esteja você fazendo, deixe expressar a minha raiva, já basta a censura de Mirral Bustamante.
-Tanta raiva acumulada me deixa perplexa, porque, ao final, a maioria dos raivosos só lançam faíscas para todos os lados, em todas as direções atingindo quem não tem culpas, não direcionam seus raios aos seus agressores, objetivamente.

-O poder é uma bebida que envenena, mas que precisamos deixar quem dele bebe se envenenar aos poucos, deixemos seja degustado aos poucos, viciar o embebedá-lo para que ele pense que é todo poder, bêbado, entorpecido em sua própria vaidade, escravizando. Depois a sua raiva pode ser usada para cortar a cabeça da cobra. Ao final, todos eles caíram por terra, todos, a história é testemunha, antes mesmo de eles tocarem o copo do poder, já corria em suas veias o vírus da ganância, do poder. A sua raiva demonstra a sua pureza da alma. Não bebe no mesmo copo.
Água Ardente rosnou para Diego Kalos.
Ele se atirou a um canto e chorou, depois adormeceu.
O soldado Sabastian Ornelas bateu na porta da cela. Valery se aproximou.
-Moça, Diego Kalos, é o meu primo, foi criando comigo como irmão, preciso tirá-lo, todos logo daqui. Do jeito que as prisões se sucedem em breve haverá os fuzilamentos. .Correm os boatos que a filha do presidente será a próxima.
-Jesus.
-Como pretende nos tirar daqui?
-Tomem essas roupas, vistam-se amanhã ao anoitecer e aguardem. Voltarei. O cão não virá, é arriscado. Deem um jeito nele. Sufoquem-no. Água Ardente rosnou, e fez xixi nos pés do soldado Sabastian Ornelas.
-Espere. Para onde iremos? Não temos como sair de Angusturas.
-Vamos para Ravena.
Água Ardente rodopiou de alegria.

Capitulo 68

Mirral Bustamante como todos os dirigentes de qualquer nação progressista desejou iniciar o seu governo pela educação, mas antes, ele criou um conselho popular queria pero de si cabeças pensantes, as ilustres e as de sabedoria inata, não necessariamente as cultas, mas, as vindas da vivência popular.

O Conselho Popular tinham assento para três oficiais militares, para Serena Estela Tidal, para dois anciões, um jovem, um adulto, uma criança, um padre, o médico e um escritor.

Assim o primeiro assunto a ser tratado foi sobre a educação, a ser implantada como regime institucional em Angusturas.

A primeira reunião não transcorreu a contento. O escritor ensejou suas filosofias libertadoras sobre como educar considerando o ser e a fusão do saber ao convívio com Deus, donde ele chamava de ser o pobre como ponto de partida da realidade social. Por isso, o primeiro passo seria a análise crítica da realidade social, que ele chamava de sociedade estrutural.

Os militares divergiram preocupados com a clara condição de mudar o patamar social vigente, dando poderes exagerados ao povo, não só pela educação, mas pela clara tendência do padre de conduzir a situação ao patamar de elavar o povo ao poder.

O padre divergiu, também, afirmou que o engano fatal consistia em colocar o pobre como primeiro princípio operativo da teologia, substituindo-o a Deus e a Jesus Cristo.

Disse - Deste engano de princípio só podem derivar-se efeitos funestos.

Mirral Bustamante estava irritado e inquieto como o rumo da discussão, quando Serena Estela Tidas – Silenciou a todos com o seu grito característico. Falou: Quando o pobre adquire a posição de estudo dos postulados, conclusões e métodos dos diferentes ramos do saber científico, ou das teorias e práticas em geral, avaliadas em sua validade cognitiva, ou descritas em suas trajetórias evolutivas, seus paradigmas estruturais ou suas relações com a sociedade e a história; teoria da ciência, o que acontece com a fé e sua doutrina no nível de teologia e de pastoral?

O resultado inevitável é a politização da fé, sua redução a instrumento para a libertação social.

Estamos aqui para simplesmente criarmos uma orientação à educação. Dotar o povo de saber, o saber que nunca veio que nunca chegou até eles.

Mirral Bustamante falou: - Queremos a fé e a educação, cada uma em seu lugar. Depois aos três anciãos os que eles achavam.

-Queremos a volta às tradições e a cultura perdida de nosso povo.

-E a você jovem rapaz?

-Eu quero apenas um presente, apenas um lugar onde estudar.

-E você criança, o que nos orienta?

-Eu quero um futuro.

-Então está decidido, criaremos uma escola onde haverá educação e uma escola cristã onde se estudará a fé, cada coisa no seu espaço.

Antes cada criança de Angusturas terá a cabeça raspada, e nela passaremos cera de abelha e lustraremos para que o brilho do saber comece pelo exterior.

A discussão seguinte foi sobre a saúde.

O médico falou : Que a saúde é, sim, uma via de politização da sociedade e que, para isso, é preciso tecer políticas públicas fortes, afim de garantir os direitos sociais sem retrocessos. Queremos saúde preventiva e ambulatorial nas localidades e um hospital central de alto nível de atendimento.

-Concordamos. Disseram todos os membros do comitê.

-Então poremos um xamã em cada uma das cinco vilas e de início faremos um hospital holístico. Sabem o que é holístico? Não? Então eu explico.

Tendência da natureza de usar a evolução criativa para formar um "todo" que é maior do que a soma das suas partes, então mandarei trazer cinco enciclopédias médicas do exterior e daremos inicio aos estudos especializados sobre medicina, daí teremos um "todo" maior. Disse Mirral Bustamante,

-Sofremos com os mosquitos, muitas doenças. Falou um dos anciãos.

-Importarei cinco mil sapos. Resolvido. Decretou Mirral Bustamante.

Próximo assunto. Religião. Haverá somente uma religião em Angusturas, a cristã. Os xamãs a partir de hoje se chamarão fadresmãs. Viveram e se vestirão como tal e Todas as aldeias e

cultura índias ou outras serão submetidas ao crivo analítico dos padres, daí está tomada a decisão de catequizar o povo de Angusturas. É minha está decisão e de Serena Estala Tidal, disso não abrimos mãos, se havendo resistência, haverá punições.
O padre sorriu aprovando.
-Eu não me lembro de outro governo que não fosse o de Rubio Ramos, a nossa história não fala de outros governantes, é como se Rubio fosse eterno, fala só do tataravô, do bisavô, do avô, do pai, todos Rubios, assim, perpetuação da família branca, europeia ajudou a eternizar o preconceito contra ritos ancestrais, pois, por ignorarmos seus significados, nos habituamos a vê-los como manifestação da ignorância do povo, ainda que nos os valorizassem, não faziam nada para promovê-la. Disse o escritor.
– O que você, Mirral, propõe, praticamente pode a vir ser o fim da cultura do povo de Angusturas. Um genocídio cultural. Assim, dessa maneira sem discussão, os conflitos inerentes ao processo de catequização e à escravidão não são indissociados é contemplar uma abordagem mais detalhada e dinâmica dos processos culturais, e a leitura que deles fazem os padres, bem como a população faz do mundo cristão. É preciso uma tolerância com relação às culturas diferentes e ancestrais. Falou o escritor.
- Mirral, você já olhou um homem morto nos olhos, bem diretamente nos olhos? Perguntou o dos anciãos.
Mirral não respondeu, irritou-se com o andamento daquela reunião que se prolongava alem dos limites de suas expectativas, além da sua boa vontade para com todos e para com tudo.
-Então Mirral Bustamante você não nos representa, O povo nativo, acreditava na realidade de uma substância para além do corpo físico, a que os europeus chamam de alma, mas para nós a alma diferente, ela não é, apenas, como as nuvens, como a fumaça ou como as águas, ela não sai como imaginam os estrangeiros, do corpo morto imediatamente, ela precisa ser honrada, as necessidades que tinham antes da morte, não acabam, precisam de rituais de passagem. A morte representava um processo onde corpo e a alma submete-se a intensos processos de transformação. Essa é apenas uma das crenças nossas Mirral Bustamante, para o covarde, e para os que nunca olharam um homem morto nos olhos, o destino lhes reserva viver a responsabilidade de convívio com o morto, eles carregarão aqueles que desonraram. Eles os terão entre

a vida e a morte, o apodrecidos do corpo, a existência espectral, que
não conservará nada mais de humano. Aos valorosos que dedicam
um tempo de inspiração de luto aos inimigos, ou aos amigos, com
concentração de pensamento que lhes abram as portas do outro
mundo será tomado de glorias, permitido o ingresso a uma vida
ideal coroada pelo convívio com os antepassados, deuses e heróis.
Nos não aceitamos essa imposição e nos retiramos dessa comissão
de mentirinhas, os padres alterarão o curso das relações entre os
vivos e os mortos que temos, ao trazerem um outro modelo de
sobrenatural, desfigurarão e romperão o vínculo existente entre os
vivos e os mortos.
Preferimos morrer, a morte desta maneira nos será a gloria da vida
eterna, não somos covardes, resistiremos.

Dito isso, os três anciãos se levantaram e saíram.
-Deixando todos estarrecidos.
O jovem os seguiu e o menino chorou.

Capitulo 69

O sargento Sebastian Ornelas bateu na porta da cela.

-Estão acordados? Precisamos ir, já. A sentença de morte de vocês foi decretada para daqui a dois dias, precisamos ir. Temos dois dias para ganhar frente de fuga.

-Estamos prontos.

-Alguns guardas são simpáticos a nossas causa, poucos, mas eu os pus em pontos estratégicos, mas, não podemos correr riscos.

Venham postem-se em filha e colunas de dois, eu vou à frente com Diego Kalos, as mulheres prendam os cabelos sob os quepes. O meu velho pai ficará, mas, o meu irmão mais novo irá, apesar dele ter pegado informações com quem já tentou empreender a viagem e sabermos que a época é a adequada. Temos cavalos e provisões fora dos muros do palácio, mas, o tempo é precioso, do mais nós não sabemos como chegar a Ravena.

Deixem o cão, ele poderá nos denunciar.

-Não não podemos deixá-lo. Nós não iremos sem ele.

-Pare com isso Mirtes, são as nossas vidas, podemos perdê-la por um cão bêbado. Disse Diego.

-Esperem. Disse Valery. Ele deve saber o caminho.

Água Ardente latiu em resposta.

-Ponham-no na mochila nas minhas costas e rezem para ele não latir.

-Água Ardente, escute-me precisamos ir para Ravena, mas você precisa fazer silêncio até sairmos do palácio.

Eles saíram e chegaram até os cavalos e partiram rumo a Ravena.

A viagem foi longa e cansativa, exaustivamente penosa para as mulheres, as provisões se esgotaram no segundo mês e eles passaram a sobreviver de frutos, raízes, pescados, mariscos, e ovos de aves de crocodilos e cobras, pequenos mamíferos e roedores.

Eles já punham dúvidas quanto às certezas do caminho, embora Água Ardente soubesse exatamente o que fazia, conhecedor dos caminhos, evitava o Pântanos da morte, as trilhas perigosas e tomando as mais curtas

Dos seis cavalos dois morreu e um sumiu. Eles comeram a carne de um deles, e salgaram alguns pedaços que lhe deram sobrevida.

As mulheres ganhavam as garupas e homens se revezavam e isso os atrasava.

O sargento Sebastian Ornelas se mostrava um líder, um homem valoroso e que surpreendia Valery a cada dia, e os dois se tornavam mais amigos e confidentes, assim também Mirtes tendeu a se acolher nos braços de Diego Kalos,

Valery numa noite de lua cheia sob o calor da fogueira pôs as cartas para ele.

-Ele sorteou e saíram três cartas, os enamorados, o diabo e o sol.

Valery Angel leu como os olhos fechados o que lhe veio à mente.

As coisas acontecem em segundos. Às vezes, não há nenhum aviso. Tudo muda. Você está vivo, está morto, as coisas continuam. Somos fios de uma teia de aranha estendidos sobre uma rodovia, existimos entre os acasos, temporariamente suspensos no ar.

O amor é algo de valor maior, ele faz a aranha, a estrada e o fio, No momento em que ouvi minha primeira história de amor eu comecei a procurar por você, mal sabendo quão cego estava.

Os amantes não se encontram finalmente nalgum lugar. Eles sempre estiveram um dentro do outro.

E esta é a melhor e a pior parte, o fator temporal. E não há nada que se possa fazer sobre isso. Você pode sentar no topo de uma montanha e meditar por décadas e nada vai mudar. Você pode mudar a si mesmo para ser aceitável, mas talvez isso também esteja errado. Talvez pensemos demais. Sinta mais, pense menos.

Saiba que quando você estiver passando por um trânsito planetário deve ser cúmplice dele. As pessoas têm se queixado do vazio interior, é uma grave doença deste século. De sentirem-se perdidas, em busca de algo que não sabem o que seja ou de se exilarem não sabem onde.

Então, busque o maravilhamento.

-Por quê?

-A solidão não existe, a não ser na sua imaginação, porque há sempre a presença de um ser de outra dimensão em você, em mim, em nós, em todos, no seu cérebro, no seu Eu Interior. E assim, você vai atraindo o que já está dentro do seu coração.

Dos olhos encovados e da pele escura em volta deles, pouco se distinguia da antiga Mirtes. Quem a visse com aquela aparência ossuda e de pele macilenta não haveria de saber da beleza menina, do rosto rosado, da tez suave como pétalas de rosa, e foi nos braços carinhosos de Diego Kalos que ela se acolheu e achou sustento até aquele momento, para as mazelas que a consumiam. Desde cedo o peso da jornada se mostrara qual seria, era uma decisão para os fortes e Diego logo percebeu a frágil mulher tentando ser, o seu esforço para acompanha e se manter no nível dos demais, mas, da flor ele percebia, também, que a cada dia uma pétala caia. Logo assim, ele intuiu que ela não seria o que desejava ser, que não passava de uma rosa no meio da selva, e que as flores fora de seu habitat natural têm vida breve, então tomado de amor pela suavidade de Mirtes, os seus olhos de poeta passaram a acompanhá-la a cada passo.

Valery logo se deu conta dos olhares persistente de Diego Kalos protegendo Mirtes, mas, a menina pouco afeita às coisas do amor, nada percebeu.

-Mirtes, olhe envolta enquanto fazemos a caminhada, nem tudo são espinhos e dores.

-Do que você fala Valery?

-Olhe agora mesmo e veja os olhares de Diego para você.

Mirtes o pegou em cheio, foi um encontro direto e uma dor atingiu o coração dela, não uma dor física, mas uma dor boa, como um sacolejo no peito, uma batida na porta da alma. Um baque de um encontro.

Mirtes Rubia, não precisava muito para ceder aos braços de alguém, estava fragilizada e carente, saíram de uma vida de glamour, de princesa para uma realidade chocante e áspera, que não ligava para títulos, e a todos jogava num mesmo patamar de exigências e provas.

—Quantas noites chegaram tentando com os seus atos trágicos, espantar nossos projetos? Mas também, promove encontros.

-É sim Mirtes, ela faz tudo isso e reforça a razão de que precisamos estar atentos ao que ela nos diz.

-Os pinheiros escuros parecem que me estranham, cada pedra que piso me fere, cada raio de sol me magoa. Queria estar de volta a minha cama macia de lençóis cheirosos, há alguns dias estávamos na esplanada tomando ponche. Parece que sempre há, agora, essa dica de um final infeliz?

Nuvens de aparência quase humana reunindo-se sobre o horizonte, mas o seu belo rosto continua com esse ar tão leve e despreocupado.

Mirtes já dava sinais de desespero e de entrega. Todos já temiam pela depressão e pela falta de animo dela.

Diego Kalos a abraçou para afastar o frio da noite, e achegaram-se mais para perto da fogueira, ela gemeu baixinho e pediu a Diego um poema.

Ele a acarinhou sabia que ela estava mal.

Então ele falou:

"Vem, por que a vida não espera um suspirar de amor,
Vem antes que eu morra sem saber de ti,
Antes que o sangue esqueça as minhas veias,
Antes que o coração canse de bater,
Vem que os corpos e as rosas desfolham, fenecem, espalha os perfumes às esquinas, e nos deixam
As minhas tempestades cessaram inesperadamente
Deixe a ilha, abandonei o barco ao mar sem ondas, eu quis partir,
Mas me dei conta que, ainda, havia algo a dizermos,
Fiz as malas e as deixei a um canto, fiz planos, mas parei o mundo
Não quero te esquecer, vem ver-me enquanto resisto à dor,
À luz sublimada, a agonia do rosto ao espanto do teu brilho luzidio,
Ainda vivo de que me recordes, do que podíamos ter sido,
As tuas costas com o meu nome não tatuado,
Dos desenhos que não fizemos na areia,
Da tua boca cravando os dentes na minha pele.
A vida a pulsar em cada palavra, a tensão nos músculo
O arrepio correndo sobre a pele,
Depois acordei e não estavas lá.
Vem ver-me antes que eu morra, o sol parte depressa —
Os livros fechados não cantam as histórias que imaginamos,
Da minha chora tua ausência – Que pena,
A morte alimenta-se dos sonhos dos que morrem,
Aqui, apesar das dores, há vida,
E tu sem vires.
Os vermes morreram de fome,

Os amores de todos os mortos ressuscitarão,
Então vens"
-Que coisa mais linda Diego, é para mim?
-Sim, é seu sim.
Fazia tempos o coração de Mirtes não batia assim, tão forte assim parecia que apanhava carinhosamente de sim mesmo, mas, a morte já a rondava fazia tempos.
-Sabe Diego eu nunca tive um homem?
-Não Mirtes, eu não sabia.
-Pior Diego, eu nunca tive um amor. Você é o primeiro, mas, acho que será o ultimo.
-Eu sei que serei o ultimo, sei que não amaremos a mais ninguém, seremos plenos, nos bastaremos.
-Diego prometa-me que só amará a mim, ainda, que tenha outras mulheres depois.
-Prometo Mirtes, agora durma.
Mirtes fechou os olhos a esse mundo para não mais voltar a abri-los.

Capitulo 70

O Menino Vermelho já estava com sete anos e com muitas feridas, mas sem cicatrizes, se não havia dores, não havia lições, mas as lições precisavam existir para manter a vida dele saudável, era preciso criar cicatrizes na sai experiência com a vida. Ele tinha um espírito alegre e ativo que não os permitiam sossegar, as dores que ele não sentia dava uma dimensão errada dos riscos de viver, e ele se atirava à vida com desejo redobrado de quem nada sabia sobre desgostos e amarguras e fora essa maneira de pensar que fez Domingas Molina calar sobre a troca dos espíritos entre ele e o avô. Viver ao modo Menino Vermelho não deveria ser ruim se fosse possível protegê-lo, até então haviam conseguido. Ele era forte e vistoso. Os cabelos de fogo, como os da mãe e da avó, brilhava como fogueira viva ao que ele corria e todos o amavam, assim, ainda, Domingas Molina não tinha certeza se deveria falar sobre o seu sonho, Antônio Dolman era tão feliz sem dores. Como dizia Soraia Sofia, viver era um plano de dores, doía a cabeça, os olhos, os ouvidos, os dentes, os ossos, a peles que dava feridas, inflamações e mofos, os órgãos, a bexiga, as pernas joelhos, até os dedos, nas topadas e frieiras doíam, mas, devíamos lamber os beijos a vida também era doce.
Ela nunca havia ouvido falar de dor na língua, será que a língua servia que às suas condições funcionais? Era tão maledicenta que criara uma camada de proteção?
Ela riu ao lembrar que o pequeno Antonio Dolman chamava o avô de Bicho Mau, e ele muito se divertia e replicava meu Bichinho Bom.
Seriam sempre as maledicências do mundo a puxar o tapete de tantos sem razões corretas. Esse pensamento anuviou de nuvem negra os pensamentos de Domingas, mas, ela não era mulher de

tristezas não dadas e logo sacudiu a cabeça como a espantar o pó do mal.

Depois voltou a elaborar os sentidos sobre o Velho Ramon Dolman, ao vê-lo como olhos atentos e brilhantes a admirar o neto. Não seria justo com ele dar-lhe o destino do menino na troca ao dele. Ainda precisa muito pensar sobre aquilo.

Amor só da gastura da boa.

O que estaria ele pensando agora, olhando encantadamente para o neto?

Possivelmente recordava de Mirian Dolman, ou sobre as atribulações da vida? Melhor seria que fosse sobre Mirian Dolman, o amor é algo tão escasso. O verdadeiro amor sim poucos percebem a sua natureza divina, acham que a amar é desejar o corpo, ou ter a pose. Quem sabe Miriam Dolman, foi tentada a algo que imaginava ser amor, com o cigano, talvez não tivesse percebido o amor que Ramon Dolman dedicava a ela. Mas quem sou eu para julgar alguém? Tenho eu cá, as minhas dores, meus defeitos. De bom, Miriam Dolman foi a precursora a gerar a possibilidade desse serzinho vermelho vir ter uma experiência de viver e o maior de tudo o mais é a existência, a possibilidade de sermos. Sou agradecida.

Há, agora, uma serena brisa em forma de abraço, uma lembrança em feição de perfume, uma saudades que vem e que posa em meus lábios, um nome que a noite me sopra ao ouvido. Uma certeza que tudo é precioso, que nem tudo passa e é tudo o que eu preciso sentir e saber. Um fim pode ser um começo, e que nem tudo é triste porque estamos sozinhos.

Capitulo 71

Mirral Bustamante e Adônis Esculápio conversavam sobre o incidente da vaca.

Ele fazia a barba a navalha, o rosto espumado de creme perfumado mal deixava reconhecê-lo.

-Por que você não acabou com o casal Boa Morte, Adônis?

-Alguma coisa no lugar me impediu, não funcionou nada no campo santo, eu tentei até. A mulher do papa defunto é um zumbi, mas, ela fala e sente, estranho isso, eu não sei atinar como.

-Eu odeio os mortos, eles nos atacam, abusam, nos perseguem e eu não posso matá-los. Disse Mirral Bustamante.

-A imbecil da administradora do cemitério foi quem me fez mais raiva, e essa irá me pagar, mas, tudo ao seu tempo, melhor assim que não prejudica o seu governo, as pessoas não andam satisfeitas com tantas mortes.

-Não ligo eu governo para a maioria. A minoria briguenta, birrenta e barulhenta nos as calamos.

O Tenente é o melhor de nossos caçador, um excelente guia, conhece bem boa parte de nosso país vou mandá-lo à busca dos fugitivos. Eles têm dois dias de vantagens, mas, são duas mulheres e logo perderão a vantagem.

Pelo menos as mulheres, eu as quero vivas.

-Para que?

-Para dar o exemplo aos que me traem.

-Não creio que o Tenente Moro possa alcança-los, há um território inesperado, um pântano que se move, que se desloca mais que cem quilômetros para lá e para cá, nem sereias se atrevem a se aventurarem por lá, precisa ser um hábil conhecedor do terreno e da época e que se pode ir. As evidências desaparecem devido ao tipo de terreno e ao crescimento rápido da unha de onças. Não sei, não vejo sucesso. Melhor seria esperar o cão voltar quando der vontade de beber. Ofereça uma recompensa por quem o trouxer, depois nos o soltamos e o seguimos.

-É uma boa ideia, mas, vou mandar, ainda assim, o Tenente Moro.
São só dois dias de vantagem dos fugitivos. O cão será o nosso
plano B.
O que você acha de eu deixar a barba crescer?
- O odeio a ideia de uma cara peluda.
Mirral era vaidoso ao extremo e adorava se admirar aos espelhos, e
assim em cada cômodo havia um, até o salão principal e nas salas
de reuniões eram encontrados. Em reuniões ele era visto se
observando, fazendo poses ou mudando de fisionomias para
encontrar a que mais condizia com o momento.
Mirral não fazia sexo há muito tempo, mas isso não parecia
incomodá-lo. A ele se olhar ao espelho era uma fonte inesgotável de
prazer, um prazer de gozo, de êxtase, de se fartar de si e nunca se
bastar.
Acostumado ao viver do brilho que via em si, logo se deu conta que
a cada dia mais eles e parecia com Adônis e Adônis com ele.
-Adônis temo perdê-lo, nos damos tão bem.
-És um doidivanas, no sentido de ser desatinado, perdulário e
extravagante,
mas não te vou deixar agora
-Como assim não agora?
-Todos temos que partir um dia, não somos eternos, pelo menos
não tu.
-Estás a me falar filosoficamente e eu quero que seja direto e
prático.
Adônis ria e brincava de desvendar segredos.
-Descobre a intuição dentro e ti e dás a costas para a ilusão, pegas o
martelo e o cinzel e esculpes a tua imagem original e dura, em
moldes densos e infindáveis, esquece o que drena a tuas energias,
quebra os brilhos e deixa visível apenas o que seja pura luz.
-Eu te digo Adônis se queres brincar de filosofia, então...na dança
do manifestado, quem é o dono de ti, a imagem ou o espelho?
 −Há ainda em ti alguma fonte de razão, a divagar, dá a devida
atenção
para a chance de mudança, depois transmutação, do desejo em
vontade
e da densidade em luz; Abre teu coração, deixa o dilema e a dor de
ter duas naturezas e dedica-te a dar condição para que desabroches

teu ser, através de lenta depuração, muita tranquilidade e meditação.

–A dúvida é o diabo, já não sei o que eu quero saber, lembrei, só não quero que me deixes.

–Não dividas teu ser, repito Mirral e não dês vida às imagens, nem me deseje jamais, não me deixes invadi-lo pelo desejo à matéria. A vida precisa de inspiração, de ser ditosa, do destino de volta ao divino. Digo-te apenas as verdades, quando te inspiras em ti, o seu eu primeiro, básico, o mais antigo, mas, posso ser medonho, se me dá asas, a verdade dói.

-Como devo proceder para achar meu ser mais profundo, e desvendar os enigmas do mundo?

Deixemos de lado os enigmas, se o povo, ainda tem lembranças de Rubio Ramos, vamos fazê-los esquecer. Quero dar uma grande festa, criar uma festa nacional.

De hoje a dez dias mataremos algumas rezes e daremos um churrasco a todos. Carne e bebidas, tudo grátis, será o dia Nacional da Retomada do Poder pelo Mecenas Mirral Bustamante. Será um dia de glória, promoveremos eventos culturais e artísticos, distribuirei pelo país a minha imagem em livros, telas, pinturas e esculturas.

Mirral Bustamante chamou seu assessor direto.

-Segundo chame o chef principal e o coronel chefe da Segurança Nacional, tenho algumas ordens a dar.

Os dois vieram e Mirral ordenou que eles anotassem suas determinações.

-Chefe anote, quero que mate quinze reses, cordeiros e suínos, separe as carnes nobres, faça um prato especiais, sublime aos ilustres convidados e à casta militar com elas, o que sobrar mande fazer churrascos ao povo.

Chefe da Segurança Nacional faça com que o povo participe, não quero fiascos, dê o seu jeito quero essa praça cheia, festiva. Compre, suborne, obrigue, mas determine limites entre eles e nós. Ponha distância, o povo é como moscas, são intrometidos, varejam, invadem os limites, não sabem o seu devido lugar, são inoportunos e pegajosos.

Capitulo 72

O Tenente Moro apeou o pelotão diante da massa verde e falou ao seu pelotão.

-A selva precisava ser entendida, não enfrentada, pois como se pode vencer uma selva inteira, um monstro verde, e seus elementos, feras grandes e feras pequenas, onças e formigas assassinas, cobras, jacarés e insetos, espinhos, plantas amigas e plantas venenosas, frio, chuva e lama? Como podemos? Gritou ele.

-Conhecendo cada elemento – Respondeu um dos soldados.

-Perfeito. Não tenho tempo para ensinar sobre cada um deles, mas, ao avançarmos eu vou ilustrando cada situação. Os fugitivos têm dois dias de dianteira e não posso perder mais um. O General Mirral confia cegamente em mim, e eu os trarei vivos se possível. Somos dezoito homens, e eles três homens e duas mulheres. Alguma pergunta?

-Sim.

-Diga soldado Nicodemus.

-O que se faz contra os fantasmas? Quem tenta pegar fantasma acaba no outro mundo.

-Que pergunta mais estúpida, e a afirmativa mais ainda. O que você quer dizer? Explique-se.

-Todos os que se aventuraram tentando seguir para Ravena e conseguiram voltar vivos, contam sobre o Pântano da Morte. Não tenho medo de nada do que o senhor me disse, mas, lutar contra fantasmas não sei.

-Supertições estúpidas, coisas de povo ignorante e sem preparo. O que vale é coragem e treinamento. Vamos adiante.

Não sei dizer se a floresta de Ravena era a mais selvagem do mundo, mas, posso dizer certamente que ela tinha vida, não falo da vida que pululava nela, vida isolada, vida individualizada, isso qualquer floresta tem, mas ela era um conjunto vivo, tinha identidade, olhos, boca e anus. Quando a luz clareava o dia era cheia de encanto e de poesia, quando tomada de sol, o céu azul, a cristalina luz aparecia através das ramadas e o canto dos pássaros celebrava a festa eterna de vida, nada mais impressionante antiga e profunda que a selva de Ravena, em sua grandeza misteriosa, havia as noites com seus santuários naturais, onde se consumavam ritos sagrados, indomada, seus recantos por vezes cheios de horror, quando os rumores da tempestade faziam repercutir o eco dos bosques e do seio das dos arbustos, quando subia o grito das feras ecoando no escuro, qualquer um tremia.
Era ela a guardiã de Ravena, dia a dia ela aceitou no seu seio a vila e a identificou como parte sua e Ravena retribuía a protegendo respeitando o forte cunho da floresta primitiva e o amor de seus santuários, moradas dos espíritos tutelares, venerando o verde solidão, as vozes inspiradoras que dela brotavam como as unhas de onça.
O espírito Ravenence era ávido de clareza e de espaço, apaixonado da liberdade; possuindo intuição profunda das coisas da alma que reclamavam revelação direta, comunhão pessoal com a natureza visível e invisível.
Mas a floresta tinha o seu lado dúbio, excêntrico, tinha desejos de engolir, fome de possuir, mas, não a todos, não, ela se sintonizava com o espírito de cada pessoa, digo refinando o pensamento, ela sabia sentir cada um que nela penetrasse e ia gradativamente possuído os mais arrogantes, os maus, os perversos, os prepotentes, impiedosos, qualquer ser que fosse nefasto e ia impondo a estes, um domínio de medo de pavor, mas acolhia bem os mais frágeis, sensíveis e nobres.
Os soldados acamparam ao final da tarde, ante do por do sol, precisavam de luz e preparo para enfrentar a noite.
-Soldado Nicodemus, o primeiro quarto de noite será seu na vigilância. Por que desse nome?
-Nicodemos, fariseu e membro do supremo tribunal judaico chamado Sinédrio.

-Sua família era religiosa?

-Sim meu pai era pastor e ele me ensinou que ele, Nicodemos, era muito curioso e que questionou Jesus, sobre os milagres que davam conta ele praticava, e que Jesus respondeu, Nicodemos que para alguém entrar no Reino de Deus é preciso 'nascer de novo'.

-É possível será que é possível alguém nascer de novo? Nicodemus.

- Será que alguém pode entrar no ventre da sua mãe e nascer outra vez? Pergunta então o tenente Moro.

-Não, nascer de novo não significa isso. A menos que alguém nasça da água e do espírito, não pode entrar no Reino de Deus.

-Você crê em espíritos?

-Sim creio e já os vi, respeito

-Eu não creio,

-Nicodemos não conseguia também entender o que Jesus lhe explicava, as cobras venenosas atacaram os israelitas Jesus diz a Nicodemos: "Deus não enviou seu Filho ao mundo para que ele julgasse o mundo.

-Nicodemus você me diverte.

-Por causa do medo, Nicodemos procurou Jesus na escuridão da noite. Assim, é interessante que Jesus conclua a conversa, dizendo: "Esta é a base para o julgamento: a luz", tenente.

O tenente Moro colocou sua barraca ao lado de um grande jacarandá, queria ter um lado do corpo protegido e o outro pela fogueira, não tinha medos, mas o seu preparo funcional o mantinha sempre atento, precavido. Ele era considerado o melhor oficial da tropa mal preparada de Angusturas, nascido em Angusturas, morara fora desde os cinco anos e se formou na academia americana militar, tinha treinamentos na selva, paraquedismos e sobrevivência nos piores ambientes pelo mundo.

Voltou ao país por uma promessa ao seu para general de viver com ele até a sua morte.

Moro dormiu mal, acordou algumas vezes sobressaltado, levantou-se e verificou com os vigias se tudo estava normal.

-Tudo bem Nicodemus?

-Sim Senhor, até agora sim, mas, a floresta pare que nos vigia e não nós a ela.

-Por que até agora?

-Algo está acontecendo, a terra parece tremer e se deslocar. Não sei explicar. Muitos dizem que a floresta se desloca, que caminha.

-Bom, preciso de descanso, não tenho tempo para crendices. Encerre o seu turno agora e vá dormir também.

Capitulo 73

Gontijo Dolman seguiu a irmã Olga, dela ele queria cuidar, temia que ela sofresse algum risco caminhando sozinha pelos caminhos ermos de Ravena. Ele ficava observando-a à distância, quando ela dançava sozinha, quando ela chorava de medo de algum bicho, ela sempre teve medo de aranhas e sempre gritava por ele quando via alguma...Era ele que a protegia a noite, quando no escuro ela deitava numa toca, numa ravina, entre as raízes gigantes de alguma arvore, era ele que a cobria com folhas, musgos e era ele também que deixava comidas, frutas, cogumelos secos e muitas vezes flores. Inutilmente muitos procuraram domar Gontijo, imporem-lhe a ideia de sociedade, de família, de regras, de viver sob um teto, mas, era indomável, mas possuía sim, a uma concepção lúgubre da morte e do além.
 Eis por que ele estava sempre em posição desconfiada de tudo. Da sua natureza intensa, indomesticável, exibia da sua alma instintiva a rebeldia, não tinha sede de saber, mas de viver e de agir, o espírito de ser solto, escapar ao círculo estreito da sociedade. Sempre herdeiro de uma certeza mais larga a de ser livre.
Ele renunciara a tudo, primeiro para fugir a qualquer controle sobre si, depois, se negava à submissão, à rigidez da vida imposta por seu pai, ele amava a irmã, mas, não iria jamais confessar, mas, iria sim protegê-la.
A alma de Miriam Dolman sentia falta da família, o arrependimento a consumia desde a sua morte, a traição imposta ao marido era uma carga pesada, fora sua desgraçada opção errada de viver. Tinha para si uma alma idêntica a do filho, mas com consciência de si, mas sim libertaria, com efeito, a impressão geral que ressaltava ser o mundo um sentimento de harmonia, uma noção de encadeamento, uma ideia de fim e de lei, isto é, relações eternas dos seres e das coisas disso ela sempre soube e sentiu. Que

havia em tudo uma direção, uma finalidade na evolução, e que desse esse rumo vem os encadeamentos das vidas, por gradações invisíveis e seculares, para um estado sempre melhor, mas isso de nada lhe valia, o corpo exercia sobre ela um poder maior, uma gana a qual Olga puxou a dela também, um fogo incendiário que consumia suas entranhas, que a fazia o pulsar, latejar, contrair todos os músculos de seu ventre em desesperos em aflitivas necessidades de ter um homem em si.

 Antes, ela fora criada para ser uma moça pudica, o catolicismo a afastava de pensamentos sensualizados e as ideia de relacionamentos sexuais eram abortados na nascente, com novenas, catecismo, missas e leituras concisas, para espiritualizar a matéria, reduzindo os centros de força ao pensamento do Cristo sacrificado, e nos manter o sistema nervoso comprimindo como uma represa para pode deter as águas rebeldes afastando cada vez mais na escala dos seres o instinto animal. A cada olhar dado pela menina e percebido pela mãe, em direção ao sexo masculino era um tapa dado. Jamais um homem a tocaria antes da hora certa, dentro da religiosidade e da moral imposta. Era imperdoável o toque masculino dos primos, do pai, dos tios, dos professores, dos médicos, ou mesmo do padre. Cabelos só eram cortados pela própria mãe, era uma ofensa grave falar em sexo, à simples menção, era pimenta posta na boca, passível de jejum imposto por dias a água apenas, quando não de alguma severa surra de varas de goiabeiras ou de marmelos. O sexo existia apenas para concepção, quando fosse chegada a hora certa e jamais para o prazer. Era conceito entre a família que as mulher que levavam uma vida devassa tendiam a desaparecer tanto mais cedo quanto fosse o volume dos seus desejos. O desenvolvimento do cérebro controlado, os esforço para se manter limpa a mente de pensamentos maliciosos era o caminho que sempre triunfava – Dizia a mãe. Fé em Deus, pensamentos puros e mente ocupada, Olga tinha professora de piano, canto, para as matérias regulares cabíveis à sua formação, mais, as de cunho morais, ética, costura e leituras do evangelho. O pensamento cristão triunfa, repetia o pai, com os olhos baixos, queimados de cobiças olhando de soslaio o traseiro protuberante da esposa, mas todas as represas um dia se rompem e a força avassaladora vem multiplicada em muitas vezes.

O que ninguém sabia era que Ramon Dolman era um jovem padre ao tempo que chegou em Chuca Bamba e às suas pregações Mirian Dolman apertava as pernas sobre o vestidinho branco rendado das missas dominicais transe de desejo sexual, de intenso frêmito vaginal. Depois passava o resto do dia indo a cada hora ao banheiro descarregar tamanha intensidade.

Dizia o padre Ramon Dolman - A consciência não se destaca às leis morais e a sua ascensão com a primazia do saber não poder suplantar pelas certezas físicas e biológicas a inspiração divina. A ordem que se manifesta nos dois domínios nos deixa entender conclusões distintas, a natureza física é plástica, bela em relação à forma, ao aspecto, os olhos, porém, mais linda do que ela é a influência que sofre do Espírito Divino.

O fervor de Miriam em relação ao padre Ramon Dolman não era religioso era físico, ele era um homem alto feito um cavalo, forte feito um leão, tórax de um touro e um olhar de lince que faiscava. O corpo dela se retesava tanto, que um dia caiu do banco em contorções, tanto mais intenso o descontrole quanto mais o tom de voz dele se elevava.

Todos gritavam louvores ao fato, mal sabendo que dentro dela o fogo dos infernos a consumia, mas, isso não escapou aos olhos do padre Ramon Dolman. E ele foi procurar família em serviço formal sacerdotal, sugerindo que a menina estava possuída pelo demônio. A mãe avessa à ideia de que um homem pudesse tocar a filha resistiu muito mais o risco dela ser tocada por homem, ainda que um padre, do que pelo Diabo, mas, acabou cedendo aos argumentos e ao magnetismo intenso do padre de cabelos vermelhos e olhar penetrante feito punhal. Aqueles olhos que queimava qualquer resistência possível de qualquer mulher a tomou. A vida é, pois, boa, útil e fecunda, diante das perspectivas infinitas que ela nos abre, todos os sentimentos de certezas, convicções e fé desaparecem ante argumentos mais poderosos, esvaecem para dar lugar às inspirações imortais, à esperança imperecível, mas também Às artimanhas das tentações e os desejos da carne.

A mãe de Miriam tomada pelos argumentosos olhares do padre e possuída pela liberdade com sabor de libertinagem agarrou o marido e o levou para cama para que a sodomizasse como ele sempre sonhou. No quarto ao lado o Padre Ramon Dolman afastava de Mirian todas as bestialidades carnais que a atacavam, usando os seus nobres e destacados argumentos físicos.

Mas a cessão à tentação teve um preço alto àquelas duas almas, o padre Ramon Dolman literalmente tirou a batina e fugiu com Miriam para Ravena ao ser descoberto por uma beata, após o terceiro dia de sumiço, na cama a executar os ritos esponsais com uma jovem menor, solteira e virgem, mas ele sofreu uma perda de apagamento mental, desde o dia da desfloração de Miriam ele jamais conseguiu lembrar sequer de uma frase sacerdotal, sequer de uma frase de suas antigas pregações, ele que fora um dia um brilhante orador, um sacerdote com uma bela carreira de dedicação exclusiva a Deus. Perdeu não só esse aspecto, perdeu a capacidade intelectual e a beleza estética, a sua perfeição física, a forma, descuidou-se, deixou os cabelos e a barba crescerem, embruteceu as feições e os modos. À Miriam Dolman, isso não era excepcionalidade, não precisava arte como objeto de apresentação de beleza para sentir desejo, em qualquer modalidade que se apresentasse era a ela harmônica as formas e proporções de quem fosse, o requisito indispensável para que o objeto que o provocava fosse a palavra, a maneira de acercá-la de cativá-la, isso realmente era o belo, se ela olhasse os lábios isso a provocava. À Miriam Dolman falando provocava o desejo da consecução do ato e nada a apaziguava até conseguir saciar os seus instintos sensualizados. Entretanto depois de meses na cama Ramon Dolman precisou trabalhar, a falta dele ao sair por dias para execução de seu trabalho, ou seja, o das execuções que fazia como carrasco, cortando cabeças, começou a deixar ansiosa a esposa insaciável. Às obrigações maritais a Mirian escasseavam e ela ardia e tentava se controlar à espera da volta dele, até que apareceu o cigano Anastácio, comerciante hábil e manipulador psicológico, dono de uma boca e de palavras bonitas. Senhor das muitas formas de manipular ele escolheu a mais difícil de ser detectada pela vítima, uma armadilha na qual se cai aos poucos, gradativamente, como a aranha cercando a mosca, até ao bote mortal, a dos argumentos sutis, porém, persistentes e gradativos, embora o estado de desejo e o fetiche pela lábia, já fossem quem sabe, o suficiente apara pegar a assanhada mosca.

A questão foi que Anastácio era o fornecedor principal de materiais a Tranqueirinha. O cigano sabia exatamente como usar os elementos da natureza para driblar as dificuldades de acesso à Ravena. Ele empregava os seus conhecimentos e fórmulas mágicas para controlar a floresta, ele empregava produtos químicos e orações para se tornar imune aos efeitos da floresta, mas, Anastácio tentou ludibriar também a Tranqueirinha e isso causou o desentendimento dos dois. Chegando ao ponto do ódio intenso de juras de morte, de ambos os lados, caso se cruzassem.

Tranqueirinha ao findar uma tarde decidiu se vingar de Anastásio e o seguiu, tentando pegá-lo desprevenido e foi nesse mesmo dia que o diabo pegou o cigano no detalhe, foi nesse dia determinado que o cigano decidiu que era o dia H, para atingir o seu fim sexual com a fogosa Miriam Dolman. Não tinha mais tempo a perder em Ravena, já dera mais dias que o necessário para atingir o seu intento. Trabalho com esse fim por dias, às noite chegava à janela de Miriam e a tentava sempre, manipulando-a em conversas e mãos abusadas, mas, mas sem chegar ao finalmente, a vontade dele era mesmo saltar aquela janela e a seduzir , mas trabalhava com prazer os seu plano de ir aos poucos até que fosse àquela noite a certa. Seria sim aquela noite, precisava partir, o marido poderia voltar a qualquer momento, ainda, tinha os riscos com Tranqueirinha. Daquela noite não passaria e não passou, mas quatro olhos os viram fornicando. Os dois de Tranqueirinha e os dois de Gontijo, porém, os de Gontijo silenciaram para sempre sobre o visto, mas, não os do comerciante vingativo.

Gontijo não se questionava sobre nada, apenas vivia, apenas observava e agia, via sua mãe Miriam Dolman vagando pela floresta e vira quando ela se aproximou de Olga querendo levá-la.

Capitulo 74

Domingas estava triste olhando pela janela mirando o céu, desde os tempo que perdeu Anton que as coisas em sua vida tomou novos rumos, não necessariamente bons, ou maus, mas novos, a sua solidão parecia ter ganhado espaço nos seus dias, a percepção de algo lhe faltava era absurdamente papável, achava que poderia medi-la com fitas métricas, ou pesa-la na balança. Anton certamente era a pessoa que se encaixava no quebra cabeça de sua existência, a peça exata, viver ganhara uma nova dificuldades, como se as que já tinha não fossem bastantes. Não culpava nada nem ninguém, cria num Deus e conversava muito com ele, ele lhe respondia sempre que podia, quando não podia responder, ou se não fosse a hora de saber algo, ele silenciava, mas, não mentia, não tentava justificar ou encontrar modos de se explicar, era simples, se podia, se não podia não podia. Ele não tinha culpas de nada, era um amigo maior, que sabia muitas coisas e a ajudava a elaborar a vida, mais até, compreender como ela funcionava, embora ainda não tivesse a resposta sobre o desaparecimento de Anton, sabia que seria uma questão de tempo descobrir, ainda não sabia tudo da vida, ainda faltava algum elemento para chegar a conclusão certa. Um aparelho que dependesse de arruelas ou de porcas e parafusos não poderia ser descoberto antes das rodas, não fazia sentido se assim não fosse, assim seria sobre Anton, precisava era estar atenta ao que a vida mostrava ou dizia, a sua roda ainda não fora descoberta. Porém, o seu amigo Deus lhe deixara um recado, que ela estaria sempre a partir daquele dia com Anton, não da forma que ela queria, mas, numa maneira de compensar a dor da falta dele, até que fosse da maneira certa, da ideal. Era assim o mundo, a vida, e ela assim aceitava.
Antonio Dolman já tinha a essa altura da vida sete anos e ainda assim precisa de cuidados especiais e vigilância.
Ele dava comidas aos pássaros o que o cercavam literalmente de cores vivas, e pousava sobre ele dando pequenas bicada de amizade, os pássaros não o feriam, sabiam das suas limitações físicas, das suas exacerbações de estar vivendo no mundo,

gostavam dele, mas quando a comida acabou Antonio Dolman ficou a observar Domingas Molina, e veio e a abraça-la.

-Você está triste por que Domingas?

-É sobre algo que você não entenderia Antonio.

-Eu sei mais coisas do que você pensa, Domingas.

Ela riu e continuou calada.

-São duas coisas, a primeira e sobre mim, eu sei, entendi isso. Está preocupada como será o meu futuro. O meu avô também fica assim pensativo me olhando e a tia Sofia também. Vocês me amam e eu não decepcionarei vocês. Serei um bom menino.

-Você já é um ótimo menino.

-Eu ouvi você e Sofia conversando sobre mudar a minha alma com a do meu avô para me salvar. Eu não quero. Vocês não podem fazer isso, o meu avô não merece sofrimentos. Eu já compreendo a dificuldade que eu tenho, eu não como mais a minha língua, não salto mais das janelas, evito tombos e sei o que fazer quando deito. Eu não vou morrer cedo não Domingas. Confie em mim.

A alma de Domingas estava num enlevado sentido de explodir de emoção, ela tentava segurar aquela onde que se dirigia aos seus olhos, não queria que o menino a visse chorando, mas uma onda não se detém no ar parada, imobilizada, faltava um sopro para que ela arrebentasse e quando Antonio Dolman disse "confie em mim", Domingas Molina não resistiu mais, deixou a onda vir como era da sua natureza e quebrantar nos seus olhos.

-Antonio você é um menino especial, é mais, é um ser especial.

Não tinha volta era muita afeição que a unia a ele, e por fim deixou o choro correr solto.

Ele esperou que ela parasse o choro e perguntou?

- Domingas, o que é a guerra?

-Ah! Antonio, guerra é a expressão da bestialidade humana, é a definição que nos deixa, os homens, mais próximos dos animais, da irracionalidade.

-Como assim?

-É quando os homens lutam entre si, quando nações tentam destruir outras nações. Pode ser por diferenças de religião, política ou economia ou pelo simples fato de considerarem-se superiores aos outros, de grupos que consideram as características pessoais que possuem como sendo perfeitas, considerando todas as outras obsoletas.

-Domingas existem guerras de pessoas boas e más, de gente que quer apenas ser como é, levar a sua vida sem mudanças?
-Sim Antonio, sim, existem quem queira mudar a cultura de outros, a forma de viver, de ser, impondo as suas, normalmente se atacam a cultura de determinado povo ou grupo rival, exterminando seus conhecimentos, suas ideias e opiniões sociais.
-O que é social?
-O social é aquilo que reúne um grupo em torno de algo, sociabilidade, relacionamentos, sentimentos, modos de ser, de estar, de agir e de se manifestar.
-Nós de Ravena somos um grupo social?
-Sim, somos.
-Sabe Domingas, haverá uma guerra social então.
-Você sente?
-Eu vejo quando fecho os olhos.
-Você é mesmo um Ravenence.
Domingas pegou alguns instrumentos de mexer na terra e começou a revolver o terreno, o cheiro de terra úmida subiu, ela respirou, depois suspirou. Ele plantou algumas mudas de prímulas, ajeitou carinhosamente a terra em volta dos caules e perguntou a Antonio Dolman.
-Diga-me, qual foi a segunda coisa que você achou que eu estava pensando?
-Era sobre Anton. Você está triste porque sente falta dele.
-Sim sinto.
-E não sabe por que ele foi embora.
-Sim.
-Mas ele não foi embora, ele foi mandado.
-Com assim?
-Foi você que o mandou para o mundo dos mortos, mas, ele não está morto.

Capitulo 75

A Grande Festa Popular de Angusturas iniciou-se ao entardecer de um a sexta-feira. O aparato em grandioso, cartazes e imagens projetadas de Mirral Bustamante. Por ordem de Mirral foram confiscadas trinta rezes de gado, ovelhas e porcos. Barracas espalhadas pela praça ofertavam bebidas e carnes assadas em braseiros.

Os assessores governamentais fizerem valar a máxima de manda quem pode e obedece quem tem juízo, seguindo a risca as ordens de Mirral que queria a praça cheia, e ela estava. Trouxeram as pessoas em ônibus e caravanas das vilas mais distantes, e

Próxima e efetiva pratica era de obrigar a população a beber, os soldados subalternos corriam a praça distribuindo as bebidas e coercitivamente aguardam que cada um dos servidos bebessem. Assim a altas horas da noite parecia que a festa fervilhava. Mirral Bustamante vibrava, mas, nem tudo era festa, povo é como um animal único, se imiscui e se funde, agindo como uma mente única.

Ninguém aprovava os métodos usados por Mirral para obriga-los ir aonde só iriam se quisessem, mas, eles não queriam ir à festa de Mirral Bustamante, e tão logo a severa vigilância arredou pés, como se combinado, como uma maré que vaza todos, juntos coordenadamente deixaram a festa, tão cedo que os dois ponteiros do relógio nem tinha se juntado na meia noite.

Mirral Bustamante quando ascendeu à varanda do Palácio Presidencial e se deu conta do sumiço do povo. Chamou os assessores ele que queria que a festa durasse três dias, não aceitava a desfeita.

O exercito no dia seguinte fez tudo repetidamente trouxe o povo de volta, deu bebidas, e quando deu meia noite o povo fez tudo de novo e assim também no dia seguinte.

A afronta popular ficou na garganta de Mirral Bustamante atravessada e ele resolveu acelerar as medidas de mudanças do país.

Pediu a criação de uma bandeira nacional onde constasse a sua figura, a de Serena Estela Tidal sobre um fundo vermelho e rodeados de estrelas brancas, mais a criação de um Hino Nacional onde constasse o nome dele.

 Ordenou aos seus assessores que criassem um fundo financeiro para ser aplicado única e exclusivamente na manutenção do regime de governo de Mirral indefinidamente.

Criou uma cooperativa agropastoril donde toda a produção fosse recolhida à cooperativa para ser depois redistribuída ao povo, ficando vinte e cinco por cento apara o governo a titulo de taxa de administração.

Ordem a criação da nova moeda que se Dólar Mirral com sua face em perfil nas moedas de prata e nas notas e um banco estatal.

As medidas foram desastrosas, a estrutura de armazenamento na funcionou, as verduras não suportavam mais de um dia em armazenamento, as frutas e legumes apodreceram antes q se conseguisse redistribuir, as carnes precisaram ser salgadas ou defumadas, mas, não havia funcionários suficientes para dar a necessária vazão. As carnes apodreceram e o mau cheiro dominou Angusturas.

O hino foi tocado e cantado pela banda palaciana por três dias e três noites seguidas pelas ruas.

Já cessou a servidão,
Os pobres serão livres,
Estrela propícia
Sem fome coroados
É já livre, este solo

Os covardes hão de fugir
Os bravos, o santo nome de Mirral gritarão,
Seremos filhos do sucesso!
Poderemos bradar,
Angusturas livre
Destino dessa grande nação

O jornal Pasquim Mordaz, do jornalista Pascoal Mordaz, não poupou criticas às medidas tomadas por Mirral Bustamante, mas, não fez pilherias como era da sua linha editorial e com seriedade tratou dos recentes assuntos de maneira dura e critica.
O editorial dizia :

Bem, eu sou humano, tenho algumas convicções políticas, mas escrevo sempre de forma racional, buscando analisar os fatos, dentro dos seguintes aspectos, que permitem que todos possamos conviver mais ou menos harmonicamente neste mundo sujo.
Ninguém em sã consciência pode ser tão apaixonado por uma ideologia que a ponha acima do bom senso, da ética, do respeito mútuo entre seres humanos.
Acho que assim posso me dar ao luxo de atacar ou defender governos, atacar ou defender opiniões publicadas.
Se há alguém capaz de com o seus atos denegrir a própria forma de governar, esse alguém é Mirral Bustamante.
Ele é brilhante nesta matéria, capaz de se superar a cada dia. Caminhamos céleres a destruição de um país, que se não era perfeito, era harmônico e unido, feliz.
Hoje tivemos a primeira prova da desgraça que se mostra nas vidas de todos nós Angusturenses, hoje sentimos fome, sentimos dor, sentimos o frio da morte se alastrando por nossas vidas.
Fome sim, ainda soa estranho às almas e aos ouvidos – mesmo que eu repita esse refrão muitas vezes, fome, fome, fome... não é refrão de ciranda, é a realidade que Mirral Bustamante alastrou por nosso país, uma estranha realidade à nossa querida Angusturas.
Esse cenário não é pacífico. Hoje ele, Mirral, distribuiu um valor em dinheiro aos mais atingidos, mas, para comorar alimentos

aonde? Em Andorras, Salsalitres, em Paris, Cardenas? Para atender os desejos e necessidades de alimentos imediatos daquele que carrega com sofreguidão uma sacola de compras vazia. Para atravessar as fronteiras de qual país? Mirral declarou as fronteiras fechadas aos quatros pontos cardeais, não temos países fronteiriços, temos inimigos agora.

Tem-se um impasse.

Mas não se pode negar que essa nova ordem das cidades tirou a economia da cultura dos rodapés e nos enfiou nos esgotos, vamos comer resíduos orgânicos putrefatos.

 Zonas rurais que décadas produzia para sustento domestico, familiar, foi tomado, cada tomate, cada jiló, cada semente, as sementes pertencem ao estado, cada cabeça de gado foi morta, cada bezerro morto no ventre de sua gestante ou vendidos todos sem estoques reguladores, sem reservas. .

No frigir dos ovos, ficamos com as cascas. Resta saber se os produtores rurais se contentarão com essa desgraça.

Explique-se. O campo de quase toda maioria indígena, é uma das áreas mais refratárias a aceitar essas mudanças. A briga com os padres já se alastra nos confins de Angusturas. A teimosia de Mirral de aceitar o pais dentro de sua natureza e características, agendando mudanças pontuais, suaves, e depois de avaliadas, já soa como sirene nos meios dos militares e se unem aos intelectuais, avessos a meter a mão no bolso a pagar impostos elevados desde a entrada do novo governo, a níveis jamais vistos.

Ainda não sucumbimos, não.

O ridículo da moeda, do hino, da bandeira, da gestão, da fome, ainda não nos fizeram sucumbir não.

A fome é a cereja do bolo – Mirral é que provoca fome, e com fome ninguém sossega. Eis o ponto.

Saindo da redação Pascoal Mordaz foi procurar Benicio Boa Morte.

Capitulo 76

Benicio Boa Morte deitou-se ao lado de sua mulher Victoria. Acariciou a sua pele ressequida, sentiu a aspereza de um papiro, a frieza da pele adormecida.
Ele a beijou na boca com sentimentalidade suspirou, mas ela não reagiu. Desabotoou cada um dos inúmeros botões do vestido preto, olhou devotadamente os seios murchos assentado sobre o tórax magro ossudo, aonde a visão de cada vão entre as costelas davam conta do sumiço dos músculos e carnes. Não era a primeira vez que ele a olhava assim naquele estado de extrema vicissitude. Desabotoou mais os botões até o ultimo admirou-a mais, a ele o corpo ressequido nu era um mundo de beleza, um jardim florido, mas que precisava de vida.
Pegou uma caixa de medicamentos e retirou uma seringa, um vidro de liquido azul luminescente e puxou o embolo, encheu com o produto o corpo da seringa e injetou na veia morta de Victoria. Esperou. Olhou o relógio algumas vezes, mas, sem expressar pressa, depois de quinze minutos, viu as mudanças acontecerem, os vãos entre as costelas serem preenchidos, como que uma bexiga soprada se enchendo, se avolumando, o rosto ganhando viço e o peito latejar, os seios se formatando belos juvenis, os vasos e veias se dilatarem. Ele apalpou os seios de Victoria, depois os segurou e tomou ciência de que eles estavam firmes e o orgulho dele também se dilatou ao contato.
Tomou-a depois no colo e a levou nua a um banho tépido. Ela na água abriu os olhos e sorriu. Ele sentiu um aumento de estima por ela!
E parecia-lhe que ela estava de novo de volta à existência. Ele a retirou da água e a levou à cama, e se amaram, sentindo que cada hora tinha sua beleza diferente, cada beijo o conduzia a um êxtase... E a alma se embevecia de radiosas sensações.

Capitulo 77

O tenente Moro dormiu mal, sonhava que havia um terremoto e que a terra tremia fremida, parecia o chão do sitio de onde foi criado, quando sua mãe ligava o motor gerador de eletricidade. Ela sempre pedia que ele não se aproximasse do monstro roncador, ela temia que aquela coisa velha e ultrapassada explodisse um dia a menos ou a mais. O cheiro de gasolina se espalhava por tudo. Era ruim. Parecia que as hortaliças, as frutas e as pessoas cheiravam ao combustível. Precisava lavar tudo muito bem lavado.

Diziam que no sitio havia morrido uma família toda, inclusive um bebe e que a casa seria mal-assombrada, não só por isso, mas porque diziam também, que havia uma caveira de burro enfeitiçada enterrada no quintal da casa. Que o malefício era um atrativo a todas as assombrações da região, era um marco de reunião.

A família de Moro era pobre e o pai morreu quando ele tinha apenas oito anos, a mãe lutava quase sozinha para manter o local livre de dividas e ainda dar sustento aos três. O quase sozinha fica por conta do escravo liberto Jeremias, que chegou ao sitio pedinte, oferecendo serviços em troca de comidas e nunca mais se foi. Primeiro porque ele se encantou pela beleza de Silvia, mãe de Moro, e mais porque o sitio tinha tantas coisas a serem feitas.

Jeremias era o braço servil e o contador de casos, ao entardecer sentava no banquinho de madeira e ficava olhando o longe, o nada, olho de gazela e de tigre vivido, como se esperasse alguma coisa que nunca vinha.

Ele contava histórias sobre os negros escravos, sobre o continente africano e seus deuses, sua cultura e seus fantasmas.

Silvia ralhava com ele e ele ria com os dentes alvos e ela acabava desistindo de chamar a atenção dele e isso para Moro era um misto de magia e de medo. De fato o Jeremias e Moro tinha um dom semelhante. O de ver fantasmas.

Ao entardecer iniciava-se a romaria de fantasmas ao local da enterrada cabeça de burro, era como um bar fantasmático, um local interdimensional, onde a maioria dos que vinham não tinha outro intuito que não o de se encontrar para trocar de informações, matarem saudades e ou distrações fantasmagóricas, ainda era um local de partida e chegada de seres mortos. Um local de baldeação.

Sentados os dois ali apreciavam a movimentação dos falecidos. Silvia não entendia a fascinação dos dois por ficarem ali olhando coisa nenhuma, e era difícil fazê-los entrarem para jantar. Depois ela dormia cedo e eles não gostavam de deitarem-se às sete e meia da noite. Às vezes ela ia e eles ficavam e ela não saberia dizer até quantas da noite eles iam. Num local sem atrativos outros, onde nunca ouviram falar de cinema, televisão ou outras diversões, aquilo sim era algo formidável de se ver.

Por ali passaram monstros e todos os tipos de aparições, quem dizia que penas os fantasmas locais eram atraídos o lugar mal sabia que muitos vinham de todas as partes do mundo.

Os parentes de Jeremias, recentemente mortos ou os seus ancestrais, vinham sempre. Isso, também, foi um dos motivos dele ter ficado ali. Vinham coisas feias, horripilantes, mas, vinham coisas belas, algumas Jeremias conhecia e identificava, mas nem todas, outras falavam os seus nomes, como se a se apresentassem aos dois. Com o tempo eles já sabiam distinguir muitas delas. Às vezes, as feias, nem sempre eram ruins, eram apenas a continuidade do que eram quando vivos.

Haviam os que representavam, que faziam-se personagens, tentando ocultar suas verdadeiras identidades, Bram Stoker, muitas vezes veio travestido de Drácula, Carlitos de Charles Chaplin, Mary Shelley veio, muitas vezes, acompanhada de um certo senhor de mais de dois metros e meio de altura, peculiarmente constituído fisicamente de várias parte diferentes, como se fosse montado por pedaços de diversos cadáveres.

Vieram, Carmen Miranda, uma brasileira toda cheia de balangandans e frutas ornamentando a cabeça, Bette Davis, Carole Lombard, Grouch Marx, uma cantora francesa, chamada Piaf. Camille Claudel e Rodin, esses dois perdidamente apaixonados, mas, apaixonado ficou Moro por Ingrid Bergman, os olhinhos dele faiscaram, mas ela era séria e reservada, pouco se mostrava e estava esperando Humphrey Bogart passar por ali. Depois por Merilyn. Passaram também duas moças linda trocando farpas, Pagu e Capitu e uma cantora francesa que Moro não lembrava o nome, talvez Edith ou talvez Piaf.

Não é possível relatar todos, mas, alguns ainda especialmente sim, um que chegava com uma luz infinita cercado de outros seres de luz, dali muitos deles partiram junto com ele, não sei o nome, mas, eu arriscaria dizer que era Jesus.

E os especialmente feios, ou envoltos em escuridão que faziam Moro se agarrar a Jeremias. Eram seres monstruosos, como uma goma de mascar gigante, de onde saiam membros, pernas e braços, cabeças em agonia e olhos esbugalhados de aflitivos pedidos de socorro, bocas que gritavam, choravam, babavam e gemiam, faces mortificada e grotescas, outras em desesperos atrozes. Sangue e partes internas, vísceras escapavam da pele embolhada e cinza que formavam um único ser.

Uma vez um dos fantasmas saiu do circulo mágico onde eles se concentravam, e se aproximou. Sentou-se diante dos dois e perguntou o nome do menino.

-Sabe Moro, eu queria lhe dizer uma coisa, não se aprende nada com quem nunca se maravilhou. Com quem não crer em magia, com quem não se surpreende com a vida. Podemos viver sim, sentados no nos sofás, nas nossas camas, olhando a vida passar sem se perguntar nada, se o que somos e pronto, mas, podemos levantar da mesmice e cair e quebrar a cara, alguns dentes sentir a dor de ser e crescer, cair e se arrebentar, ou voar, se levantar, ir além. É preciso abrir o nosso ser, abrir-se ao infinito, ir além. Sermos o que nunca achamos que seriamos, ver o nunca visto, ouvir o nunca ouvido, tocar o nunca tocado. É se encher de uma nova energia, a energia que sabe e que nos conduz pela força do saber, que afasta o inútil, o dispensável, o negativo, o que não nos serve. Será a nossa essência nos dizendo o essencial, cheia de benção, de amor que destrói o inútil. Um dia você se lembrará destas palavras, e compreenderá o que eu te digo e perceberá o quanto de valor há no que eu estou dizendo a você.

Domingo Silvia acordava mais cedo para ficar mais tempo sem fazer nada. Silvia dizia isso e sorria. Ela era fervorosa devotada cristã e determinantemente ninguém na casa pegava uma vassoura ou lavava um prato aos domingos, mas ela era uma trabalhadora inveterada, e os piores momentos de sua vida eram os de domingo, pois davam margem às futricas da imaginação, às tricotices desreguladas do coração saudoso, mas para todo mal há sempre um remédio e ela se livrava do desejo de trabalhar buscando na fé uma porta não de saída, mas de fuga, mas para preserva os domingos, ela cantava, cantava hinos religiosos, baixinho às vezes e bem alto quando a lembranças fustigavam muito. Nos fins de tarde destes específicos dias, eram de inquietudes. O oco dos domingos trazia as lembranças de seu marido ele sempre partia aos finais das tardes dos domingos. Ele era evasivo sobre o que fazia, como ganhava a vida. Ele morreu sem que Silvia soubesse qual de fato era a profissão dele.

Suspirava. Tinha saudade de quando era casada, embora das ausências do marido, o bom era quando ele chegava, sempre na quinta feira. Ela ficava olhando a colina e hollywoodianamente quando ele chegava parecia que tudo resplandecia a luz. A colina se iluminava e o cavalheiro romântico chegava, como um príncipe no seu cavalo branco e ela corria ao encontro do seu amor. Nunca fora tão feliz. Na verdade apesar dos pesares, ela sempre foi encantada por ele. Nunca se queixava de nada, sabia que as coisas eram como eram, que se fosse mexer perderia o que tinha.

Moro viveu aqueles anos em certa paz com vida, mas, quanto às visões não sabia se eram reais, ou sua imaginação atuando, a certeza desse fato jamais coube perfeitamente na sua maneira de entender o existir. Eram meramente coisas como amigos invisíveis que todas as crianças têm e ele também, não saberia explicar por que jamais perguntou a sobre isso Jeremias.

Jeremias era um pouco pai, um pouco amigo, um pouco irmão, um pouco menino de fazer companhia, era um pouco de tudo, para sua mãe um pouco de faz tudo, acho mesmo que ela o admirava como homem, mas, ela jamais trairia a natureza apaixonada que tinha pelo marido morto. Manteve-se a ele fiel, embora de alguns olhares de soslaio, quando Jeremias trabalhava e exibia o dorso nu, brilhosos e suado.

Silvia um dia pensou que Jeremias era como um poema rabiscado em alguma pedra feite de poucas palavras, mas de tantos sentimentos para quem o soubesse ler, não era duro, como quem o olhasse por fora, era sensível e generoso, apenas para quem o soubesse ler por dentro. Todas as pedras têm os seus segredos.

Jeremias tinha os gestos largos, o rosto largo, ombros largos e sorriso largo, tinha um grande coração, era um ser generoso, suave, doce e Moro desejou um dia que ele fosse o seu pai. Como se sua mãe não o aceitaria?

Uma vez ele a pegou se ajeitando, e pigarreou nervosa, ela tinha essa forma de se defender, Jeremias estava dentro de casa consertava a cama. Ficou no ar algum cheiro de segredos, nem todos nós somos capazes de exprimir por palavras tão eloquentes a intensidade do nosso desejo de amar e de sermos amados, mas há tantas maneiras outras que deixamos escapar.

Moro sabia que o seu pai era um canalha. Como ele sabia? Não importa o como ele sabia, apenas saibam que ele sabia. Também não fazia diferença se Jeremias fosse ser o seu pai ou não, viviam como se fossem pai e filho.

Jeremias dizia a Moro que ele deveria cultuar a imagem do pai, não pelo retrato que dele ficava na parede da sala, mas não julgando, ninguém merece ser julgado pelos nossos olhos, olhos de quem deve. Dizia Jeremias que se morávamos aqui na Terra é porque éramos devedores, que não tínhamos a capacidade moral de julgar fosse quem fosse. Que as fraquezas atingem a todos nós, que só Deus sabe o que vai dentro de nossas almas e que ainda assim ele jamais nos julga.

Jeremias não tinha religião, dizia que não gostava de ir a igreja porque os padres criaram uma imagem rude, grotesca de Deus, uma imagem calcada com as massas das matérias de nossos entendimentos, de nossa forma canhestra de ver o mundo. Que nossos olhos falseiam a realidade para ajustá-la aos nossos interesses. Deus não é fonte de negociação de nossos falsetes.

Jeremias dizia que só morreria quando Moro estivesse preparado para a vida, e ele morreu dois dias depois formatura de Moro na academia militar.

Ele foi enterrado vestindo o terno claro, de gola dura, gomada, camisa impecavelmente branca, e com um sorriso largo no rosto largo.

Ele deixou uma caixa de ferramentas para Moro, ele sempre disse que aquela caixa era mágica, que qualquer coisa que se precisasse, que ela teria. Às vezes precisavam de um parafuso especifico e ficavam revirando o conteúdo dela e se Moro dissesse: Não temos esse parafuso. Jeremias dizia, continue mexendo e logo Moro achava de fato o que precisavam.

Jeremias ainda deixou um pequeno saco, que para surpresa da família era de uma grande quantia em moedas de ouro, que fora a paga dada pelo seu patrão quando o declarou negro escravo liberto, que veio a sanar definitivamente o mal financeiro de Silvia.

De todos os fantasmas vistos por Moro um o acompanhou sempre, não na sua presença fantasmagórica, mas na essência o de Jeremias.

Capitulo 78

O tenente Moro despertou aos primeiro raios de sol, ainda trazia na mente o sonho sobre o amigo Jeremias. No exercito fora ensinado a lidar com as emoções, e sim ao contrario renegá-las, tivera todo um treinamento para não deixa-la aflorarem, mas nos sonhos elas vinham e não havia métodos para lidar com eles.
Espreguiçou-se e seus braços lançados ao lado estranharam alguma coisa, o grande carvalho ao qual se deitara a noite estava a uns cinco metros mais para a sua direita. Tudo estava mais cinco metros à direita, mas, estranhou mais, pois que, apenas o solo e as coisas da floresta pareciam ter se deslocado, sem mexer nas coisas alheias à sua natureza, ou seja, as barracas de campanha a fogueira, os suprimentos e as armas se mantiveram nos seus lugares. Os cavalos, eles estavam com as patas enterradas nas margens do rio, que na noite anterior estava a cinco metros mais a esquerda.
Os soldados estavam desnorteados, em burburinhos assustados feito baratas atingidas por inseticida. Moro pôs ordem na casa, ordenou e alinhou o pelotão.
-Ordem, alinha à direita. Silêncio. Não quero ouvir nem um pio. A coruja piou três vezes, e nem era noite, aquilo ao saber dos soldados era de péssimo mau agouro. Não deram pio, mas, os olhos de todos se moviam como independentes da cabeça, como olhos doidos de bonecos de ventríloquos, querendo se comunicar. Os corações disparados davam a orientação que deviam fugir, mas a presença forte de Moro de certa forma os intimidava mais, e ao mesmo tempo era uma garantia de segurança.
-Somos soldados, temos uma missão, aquele que titubear voltará preso, aquele que refugar levará um pontapé na bunda, aquele que desertar será sentenciado em corte militar à morte.
O grupo fugitivo está certamente apenas há um dia ou menos de nós, eu já até posso sentir o cheiro deles. Somos soldados, eles não, logo os alcançaremos e retornaremos ao nosso quartel.

O discurso intimidador e afirmativo de Moro serenou por ora o pelotão e de fato eles logo estavam perigosamente perto do grupo do sargento Sabastian Ornelas.

Apesar da ordem dada pedindo silêncio o pelotão de Moro, era grande e o deslocamento provocava inúmeros sons, ruídos de pedras deslocadas, galhos partidos, choque do cantil contra uma arvore, um espirro aqui, um roncar de barriga ali, coisas que a alguém não preparado poderiam passar despercebidos, mas não aos ouvidos trinados de Sebastian Ornelas. Ele determinou ao grupo que se ocultassem que silenciasse em absoluto, viram então, o deslocamento do pelotão agora espalhado perigosamente em leque para maior varrer na passagem os indícios de quem procuravam.

A angústia tomou conta do grupo que ele se espremia entre troncos caídos e tufos de vegetação tentando se fazer floresta, parte da natureza local, mas a eminência do encontro era tamanha que Água Ardente decidiu agir. Deslocou-se por trás do pelotão e a se ver longe do seu grupo latiu, latiu com prazer e sorriso, como que sabendo da sua importância no momento, como que sabendo que a sua artimanha daria certo. Tanto que ele subia numa parte mais alta do terreno e se fez ver. O tenente Moro, ordenou que dois dos soldados pegassem Água Ardente, e que o deslocamento do grupo tomasse a direção de onde localizaram o cão.

Água Ardente deixou que os dois soldados se aproximassem dele e depois correu. Correu de maneira controlada, induzindo os soldados a irem para onde ele queria, na direção do pântano da morte.

O povo do pântano, almas penadas, as assombrações e seres mágicos protegiam a Ravena e sua floresta. Nada mais impressionante antiga e profunda que a selva de Ravena, em sua grandeza misteriosa, com seus santuários naturais, onde se consumavam os ritos sagrados, era uma interação de sintonia e simpatias, entre e o seu povo mágico e Ravena, assim se imprimia a troca de energização que equilibrava a egrégora mantenedora de ambos. Por anos prevaleceu a vontade do povo dos pântanos e da floresta, o cunho da floresta primitiva e a preservação de seus santuários, moradas dos espíritos tutelares que aconselhavam e orientavam caminhos e vida dos que sintonizavam com eles, na verde solidão de vozes inspiradoras.

O espírito Ravenense era ávido de fulgor e de espaço, apaixonado da liberdade, possuidor de intuição profunda das coisas da alma que reclamam revelação direta, comunhão pessoal com a natureza visível e invisível.   A ideia fundamental do povo Ravenense era a evolução, a ideia da evolução e do desenvolvimento na liberdade. Essa ideia é tomada, até certa medida, à natureza e completada pelas revelações dadas pela floresta.   Com efeito, a impressão geral que ressaltava do que era um sentimento de harmonia, uma noção de encadeamento, uma ideia de lei e continuidade, isto é, relações eternas dos seres e das coisas. Havia uma direção, uma finalidade na evolução, e esse rumo trazia o conjunto da vida, por gradações invisíveis para um estado sempre melhor.

Espiritualizar a matéria é evolução, reduzindo-a a centros de força onde as espécies bravias tenderão a desaparecer diante da superioridade do amor, uma aproximação entre as leis morais e as certezas físicas e biológicas. A ordem que se manifesta na natureza advinda da energia do Divino, assim sendo cabia ao povo de Ravena cônscio da evolução pelas leis centrais do universo, o principal papel, o de facilitar essa condição, donde a vida, boa, benfeitora e fecunda, com perspectivas infinitas que ela nos abre, afastar todos os sentimentos deprimentes, pessimistas, de desconfiança, amargura, desânimo, para dar lugar às inspirações imortais, à esperança imperecível.

Assim os inadequados soldados foram mexer num vespeiro ou seja a floresta e o pântano da morte.

Capitulo 79

O que na vida é certo, quando nada é certo?
Olga estava mais magra do que nunca, quase um cadáver ambulante, comia apenas o que Gontijo deixava para ela. Fazia vinte dias que ela sumira de Ravena, e devido a constância com que ela fazia isso, ninguém se deu conta que ela estava de fato desaparecida, quando saíram para buscá-la os indícios de rastreá-la já haviam se perdido.
Na perda da sua lucidez nem se dava conta que a comida era ofertada, apenas comia, mas a fragilidade da mente, do corpo, das caminhadas sem agasalhos, sem proteções, minaram suas defesas orgânicas. Ela acordou cedo e caminhou muito, ao entardecer se deitou na relva, entre pequeninas flores. Gontijo achou estranho a imobilidade dela, aproximou-se e a observou. Tinha algumas feridas nas pernas e braços, e pensou deve ser as feridas das tristezas. De pronto ele não soube dizer se ela dormia.
Olga era como uma flor, que nunca se sabe se ela sente dor, as flores são apreciadas, mesmo pelos tontos.
Deitada no tapete verde salpicado de roxo e azul ela mal respirava, ofegava leve, como no ritmo sonoro da uma orquestra, olhos semimortos que buscavam os sons dos violinos, o adágio continuado chamando ao sono. Um pássaro amarelo-ouro pousou perto, agora uma borboleta que veio ouvir para o concerto sem som, pousou silenciosa sobre um tronco, apiedada, sabia ela da brevidade da vida. Logo vieram outras e outras e elas foram cobrindo o corpo imóvel de Olga, formando um lençol colorido de vivas criaturas aladas. Uma nuvem veio e se desfez em lágrimas ante a misteriosa melodia.
Gontijo fechou os olhos dela e chorou.
Deus é essa pagina em branco toda escrita - Falou uma voz.
Gontijo gritou, gritou como fazia Ramon Mirral quando era atingido pela dor.
Um grupo de seres extraordinário chegou, uma mulher que lembrava Miriam disse a Gontijo.

-Ela não morreu de verdade. Quando ela travessar aquele portal ela estará viva.

Olga levantou-se e caminhou com eles em direção à porta de luz,

   Queda-se a noite, perdidas pessoas chegam com lembranças nem sempre queridas, há a crença que a noite nos elabora os fantasmas em tons mais cinzas, o céu retruca, corta o ar uma magia em estrela cadente, os antes ausentes se sentam a apreciar o céu.

Uma entidade magra feito um louva deus entoava um poema.

Não sei por que deitas ao meu ombro com uma sentida casualidade? Não foram apenas os fantasmas que já me oprimiram, a casa e os cômodos, o cheiro dos incensos, os vidros de perfumes, a necessidade de inebriar-me deles deram-me uma sobrevida,
São lembranças descabidas, fora de propósitos, ressentidas,
A consentida companhia é provocadora, instiga-me querer saber os porquês.
Mas o teu cheiro existe na minha boca, no meu sexo, no meu suor, na minha vida,
A atmosfera quase me sufoca de ti,
Subo aos picos mais altos, penetro as florestas mais densas, mergulho nos profundos do mar,
Dispo-me e queimo as vestes,
E esse perfume insiste em me dizer que pouco mudou
A seda, a sede, a sebe, o vermelho do sangue, a alma descolorida,
O viço, o grito, o verniz, o matiz, tudo tem um nome próprio. E eu como me chamo?"

Gontijo que por muitos era dado como mudo, foi limpando o chão da floresta para que Olga passasse, e depois ele mesmo continuou o poema.

-Ecos ressonam, os murmúrios fazem troças, amor sem raiz é o descaso de ti, o fio fraco, a lua morna, a armadilha que sempre me pega, a dança da luz e a sombra me dá o ultimato, há vida fora de nós dois, há vida sim do outro lado. Há gozo na solidão, o que pode parecer mais saudável?
Ergo-me da cama antes do sol a procurar algum dia no dia que chega, o problema é que não há saídas possíveis para quem ama.

Ao final o portal começou a se desfazer e Gontijo se atirou a ele e nele desapareceu também.

"E vi os mortos, grandes e pequenos, que estavam diante de Deus, e abriram-se os livros; e abriu-se outro livro, que é o da vida. E os mortos foram julgados pelas coisas que estavam escritas nos livros, segundo as suas obras. E deram o mar os mortos que nele havia; e a morte e o inferno deram os mortos que neles havia; e foram julgados cada um segundo as suas obras."

Pascoal Mordaz procurou Benicio Boa Morte para iniciar uma jornada de combates e enfrentamentos políticos ao governo Mirral Bustamante.

-Mirral é um ser louco, um desmiolado, fora de controle, alguém precisa detê-lo ou ele destruirá Angusturas de uma vez.

-Eu sei disso, está muito clara a trajetória de destruir as instituições democráticas e estabelecer um regime de exceção, ditatorial. Onde a sugestão de ser popular é apenas uma farsa para despistar as verdadeiras intenções narcisistas de Mirral, mas, creio que ele mesmo se destruirá, pois, não está agradando nem mesmo ao povo.

-O povo precisa de pouco, e temo que ele possa reverter tudo isso com a distribuição dos benefícios iniciados. Precisamos de uma oposição a ele, estamos dispersos. Ele contratou uma empresa de prospectar petróleo, gastou uma fortuna, dinheiro nosso jogado fora, do país e só achou areia, não temos petróleo, não temos minerais preciosos.

-Entendo o seu ponto de vista, mas, não funciona assim simplisticamente, ao povo não é apenas comida, ele desagradou os lideres das comunidades, indígenas, dos negros e dos imigrantes que cultuam seus deuses e defendem suas culturas, impondo uma obrigatoriedade de religião católica.

Os padres proibiram os enterros em urnas mortuárias de cerâmica, o enterro de cócoras, a veneração às múmias dos xamãs, enterros só no Campo Santo. Logo porão roupas europeizadas, terços e bíblias nas mãos dos coitados.

-De fato é absurda a imposição, aceito até que se ensinem novas práticas deixadas como opção, como escolhas a seguir. Eu sei de padres que enterram os seus mortos nas igrejas, nos subsolos das catedrais e expõem os corpos dos santos mumificados, dois pesos e duas medidas.

Mirral quer ser popular, mas não consegue ser nem populescos, as suas políticas ditas social são assistencialistas com intenção de se promover.   Isto   é   assistencialismo.
         Quem mais se reuniria a nós?
-Alguns letrados, artistas e professores, temos ainda as lideranças comunitárias insatisfeitas.
-Mirral Bustamante é forte tem o apoio dos militares e suas armas.
-Somos mais, teremos armas usadas desde sempre. Inflamou-se Pascoal Mordaz.
-Sei. Flechas contra fuzis.
-Somos mais Benicio.
-Uma quantidade desorganizada sempre perderá para uma minoria organizada, com o dinheiro e o poder armado ao seu lado. Ainda tem algo que você não sabe.
-O que?
-Serena Estela Tidal.
-A mulher de Mirral Bustamante.
-Sim ela é mais poderosa do que você imagina. Ela é uma sereia, ou um tridente disfarçado.
-Um sereio?
-Sim, um sereio – Disse Benicio em tom baixo ao canto do ouvido de Pascoal Mordaz. Uma entidade semi-humana, metade peixe metade gente, mas, com o poder de mimetização, que copia os hábitos, cores ou formas de outro organismo ou ambiente para se proteger; imitação; camuflagem. Pior, uma entidade sarcástica, debochada, que mascara sua real condição em duas outras. Uma de Serena Estela aos olhos de todos e aos olhos de Mirral Bustamante de um segundo personagem. Adônis Esculápio.
-Conte-me esse babado, Mirral Bustamante é fresco.
-Não sei se ele é homossexual, mas, ele tem admiração por ele mesmo, é um narcisista, ama a sua figura, possivelmente transferiu todo amor que não teve para si mesmo, os são frequentemente fechados, egocêntricos e solitários. De acordo com o psicanalista Sigmund Freud, o narcisismo é uma característica normal em todos os seres humanos. Está relacionado com o desenvolvimento da libido, o com o desejo sexual, Eros.
O narcisismo se transforma em patologia, ou seja, passa do estado normal para o doentio, quando entra em conflito com ideias culturais e éticas, tornando-se excessivo e dificultando as relações

normais do indivíduo no meio social. Creio que Mirral está piorando, percebo indícios de degeneração nele a cada dia.

-Onde entra a história da sereia?

-Não sei bem, creio que como na mitologia houve uma interação entre os seres místicos e os naturais, mas um dos familiares de Mirral conseguiu seduzir uma sereia e creio que a ligação se perpetuou, ou atraiu pelos genes.

-Como você pode ter certeza disso Benicio?

-Eu sou o defuntéiro ou não sou? Pois então a tal sereia tem o cheiro da morte. Eu posso mostrar a você como saber, mas, quero sigilo, o povo corre riscos, a entidade é poderosa, não se pode enfrenta-la de peito aberto, ainda não sei como enfrentá-la.

-Como é isso Benicio?

-Eu possuo uns óculos de ver sereias.

-Entre e esperemos por trás das cortinas que a primeira dama de Angusturas apareça à sacada.

Então esperaram e ocultamente Pascoal Mordaz viu o que parecia obra do capeta.

-Deus meu! Que diabos é isso?

-Eu tenho observados e analisado os passos dos dois, de Mirral e de seu companheiro ou companheira. Fiz um estudo de que ela Serena Estela Tidal é o alter ego de Mirral, mas não se surpreenda se ela se tornar uma terceira pessoa, uma multiplicação de personalidades. Um efeito secundário malicioso, maligno.

-O que isso viria a ser?

-Serena Estela parametriza as ações de Mirral, demonstrando contrariedades ou aceitação dos atos dele se modificando no aspecto ou na conduta. Ela não aprova tudo o que ele diz ou faz, ela mostra os aspectos negativos e positivos de cada ação do marido, mas o defende com unhas e dentes se ele é atacado fisicamente, melhor dizendo com um silvo mortal que rompe tímpanos e cérebros, apesar de parecer inaudível ao ouvidos humanos o som é mortal. Ela é o reflexo dele, a parte perversa ruim, ou a parte que ainda guarda um tanto de ponderação de autocrítica, podendo um dia estar estável, equilibrado e no outro está irascível, endemoniado.

-Mas por que o homem, o tal do Adônis?

-Mirral odeia as mulheres, algo na vida dele, na infância disparou essa situação, assim a sereia para ele se mostra como homem, para agrada-lo e como mulher para agradar a sociedade e a lei que exigia um assessor presidencial casado. Depois do golpe eles já tinham afeições formadas e continuaram juntos.

-Eles têm relações sexuais?

-Ninguém sabe, os meus olheiros no palácio não tem acesso a esses detalhes, mas eles dormem juntos.

-Isso não nos importa muito.

-Mas se ele quer impor um regime totalitário por que a fé religiosa dele?

-A igreja quer poder, e tem poder, mas que mais, que se manter no auge, é uma troca, Mirral por seu lado sente algum sentimento de culpa, algo que ele minimiza na religião, ele também se sente com poderes divinos, um escolhido, é parte do processo doentio dele de se amar.

Vamos conversar mais sobre isso, vou procurar os chefes de comunidades e saber o que fazer.

Capitulo 80

Em Ravena nada parecia ser desperdício, cada coisa parecia estar onde deveria estar, cada habitante era parte do todo, da natureza de ser do lugar. Parecia que Deus andará por lá arrumando a casa, mesmo se partira deixara o seu toque em cada canto, mas, havia mais, o vento era aprazível, tocava os rostos das pessoas, acarinhava, as plantas vicejavam como se a terra fosse a mãe generosa e acolhedora, que cuidava amamentando de seiva boa cada raminho verde, cada botão de flor, cada semente e cada fruto, em tudo a cor era outra, o perfume era outro, o sabor era outro, mais ativado, mais vibrante.
Honório sempre ao fim do dia dedicava um momento a agradecer, era feliz, tinha o que precisa, tinha o bastante, não desejava mais. Viver era bom, não gastava suas energias desejando riquezas, não ambicionava tesouros, sentia que o mundo se não era perfeito era porque os homens, ainda, tinha distinções no seu ser, a evolução do mundo não se dava aos trancos, às grandes proporções, o desenvolvimento espiritual da Terra, a evolução se dava à medida que cada ser humano evoluía, melhorava, assim no conjunto tudo evoluía, melhorava.
-Hoje estás em dia de sol, acesa, expandindo luz. Acho que é por isso tudo em volta está em festa.
Gosto desse seu jeito de não ser inteiro... deixando comigo sempre a expectativa de te completar.
-De cada um completar o outro não é Honório Córregas?
-É sim minha amada Carmesita. Desconfio que o tempo é uma invenção da mente, que nada do que vivemos é real, a vida, as coisas, as pessoas, tudo, tudo é uma mera fantasia. Bens, dores, sofrimentos, o que mais nos deixa mais perto de uma possível realidade é o amar, o amor.
O sentido do homem inexato, em evolução lenta, sem saber a definição de onde ir, qual a direção a tomar.
A nossa é a certa?

-O sentido da palavra é uma faca de dois gumes, Honório, dizer exige coragem ouvir precisa sabedoria. A verdade é a maneira de se viver livre... De experimentar a liberdade.
-As pessoas falam demais, tagarelam, palram para não se ouvirem, como medo dos seus silêncios. Silêncio parece ter a ver com a morte para elas, mas, morrem os que falam demais, pois matam o melhor de si. Os que silenciam se aproximam mais da eternidade.
-Carmesita, não seremos livre tomando as pílulas de Pedro Nobre. O que estamos fazendo não é certo, quero parar com isso.

Capitulo 81

Soraia Sofia, A Velha Curandeira não se preocupava com a morte, não gastava tempo confabulando com a velhice, trabalhava e se mantinha ativa, assim vivia tanto. Assim a temos, enquanto preparava uma poção para curar furúnculos de uma criança da vila quando sem saber porque viu a água do caldeirão se espelhar e dela imagens surgirem. A primeira do corpo morto de Olga cobertos de borboletas, depois viu Gontijo mergulhar no pântano e por fim viu Anton dizendo que viria a partir daquele dia, visitar sempre Dominga Molina em sonhos.

Sofia Soraia, A Velha Curandeira lamentou a morte da moça, mas pensou que alguma semente da arvore bailarina tinha se perdido na florada passada. A arvore bailarina dava a cada ano um fruto apenas, duro como coco enquanto não maduro, depois ele se partia sempre no exato dia dos mortos. A questão era que ele começava a se rachar dias antes até se abrir definitivamente e dele saíram em torno de trinta pequenas sementes que lembrava bailarinas muito leves, tão leves que conseguiam ser levados suavemente pelo ar. Era mais das bailarinas, era como dança, movimento, súbito gesto musical, parecia garças dançando bailarinas, de humana graça natural. Sementes filhas do éter pairando, até chegar ao solo. As mãos dos ventos tirando para dançar as pequeninas, um estar pelo céu que não poderiam ao chão chegar. Aonde o beijo da morte viesse pousar era alguém para levar, nas arvores a nascerem alguma alma irá descrever uma parábolas sem fugir à sua forma de ser, nasceria uma nova fábula.

Era esse o canto cantado na vila, se alguma semente bailarina pousasse ao chão era uma morte que viria.

No dia dos mortos todos esperavam atentos ao rompimento do fruto das arvore bailarina, pois apenas uma dela, a mais antiga frutificava, elas levavam cerca de cem anos para dar os frutos e permanecia fértil por outros tantos, assim quando isso se dava as pequeninas sementes se espalhavam no ar, flutuavam sendo perseguidas pelos moradores de Ravena, de fato e verdade não que eles se tivessem como conta o valor negativo da morte, mas era

uma tradição e a reafirmação da validação anual de um fato que se poderia julgar uma lenda quando não era. Assim todos corriam em busca de pegar uma semente e evitar uma morte no ano seguinte, considerando a perda dos amigos ou vizinhos, quando de fatos todos se consideravam entes queridos. Aquela semente que tocasse o chão era a foice da morte apontada a uma alma viva, a predestinação de um habitante ao mundo dos mortos. Nunca falhara o vaticínio, semente no chão morte na cama. As sementes não eram muitas, mas, a estratégia era cada um pegar uma e mais do que por medo gostavam da brincadeira de correr a persegui-las, alguns pegavam as suas no ar, pousadas sobre os galhos, telhados, arbustos, pedras ou outros lugares acima do chão, mas algumas ia mais longe, eram levadas pela brisa e os perseguidores, por vezes, careciam da entrada na floresta. Algumas eram carregadas pelas águas e quando parassem no solo a morte listava mais um. Assim valia barcos a seguir as bailarinas, à cavalos ou a nado nos rios e lagos. As que escapavam deixavam-nas brotarem e crescerem, donde então ao terem troncos suficientemente formados nelas se escrevessem um epitáfio. Assim tinha, o José Carpinteiro, o Petrônio Ferreiro, a Deusa Ariadne, havia até uma bolsa de apostas, onde os nomes mais cotados quando duas sementes tocaram o chão no ano anterior,que seriam os da Velha Sofia Soraia, Honório Córregas e o Menino Vermelho.
Às próximas arvores crescidas seriam acrescidos então os epitáfios de Olga e de Gontijo Dolman.
 As sementes recolhidas serviam com fonte se saúde, usadas em formulas medicinais, como cura de inflações e combate às infecções.

A Velha Sofia Soraia avisou a Honório e a Ramon Dolman, uma equipe de voluntários saiu a buscar o corpo de Olga e de Gontijo. Percorreram quilômetros e ao final do quarto dia encontraram evidencias do local onde ela morreu. Um cordão com pedra de rubi e uma pulseira de ametistas. No chão formatado como um corpo, um jardim salpicado de pequeninos miosótis viceja azul.

Capitulo 82

Parte do pelotão seguia tentando deter Água Ardente, mas o com maliciosamente o levava cada vez mais ao interior do Pântano da Morte, ele se escondia e depois surgia adiante, a uma distância considerável, para fazê-los seguir o caminho que ele desejava. A tática de Água Ardente estava funcionando, a outra parte do pelotão seguia mais À retaguarda tenta achar pistas do grupo sumido.

Os soldados apavorados com a situação e com o longo tempo de buscas, já acreditavam que o cão fosse mais uma das entidades mágicas do local e a tensão começou a tomar conta do mental de cada um.

O soldado Osório era o mais temeroso, conhecia as histórias locais e isso o intimidava sobremaneira. Os seus nervos estavam sendo tensionados como cordas de um garrote, até que ele Maximo da tensão apontou o fuzil para o bichano maldito e atirou.

O cabo Hermes o repreendeu severamente, mas o homem estava fora de si, totalmente descontrolado, correu tentando sair do inferno verde e de suas armadilhas mortais, mas não foi longe, quando se precipitou nas águas verdes cobertas de aguapé, alfaces d'água e lótus foi tragado por algo não visível.

Cada tentou correr para um lado, quando o cabo Hermes gritou tentando dar ordem ao pânico.

-Parem, agrupem é uma ordem, juntos somos mais fortes.

Alguns se detiveram e se juntaram ao cabo, outros dois não tiveram a mesma sorte. Um foi desapareceu aos gritos numa lama gelatinosa e musguenta, e o outro foi agarrado por raízes e puxado ao fundo de um oco da base de uma imensa figueira mata pau.

Os briosos soldados de Angusturas tremiam agarrados ante o desconhecido inimigo, parados sem se atreverem a dar um único passo que poderia ser mortal, olhavam para o cabo Hermes que tão aterrado estava que também não sabia o que dizer ou fazer. O pequeno homem achou por bem ficarem ali onde estavam ao menos seria uma alternativa segura, pois que nada, ainda, os tinha atingido.

Foi aquela cena patética que o tenente Moro encontrou ao chegar com o restante do grupamento.

O cabo Hermes relatou ao seu superior a situação e tendo diante deles soldados treinados e nos estado de nervos que apresentava concluiu tratar-se de uma verdade os fatos.

-Não temos como recuar agora, foi uma armadilha que caímos, subestimamos o cão. Agora estamos presos no meio do pântano e já com pouco tempo antes do escurecer.

Vamos buscar um local seco e onde possamos passar a noite, amanhã veremos o que podemos fazer, se é que há um local seguro nesta maldita floresta.

Assim o que restava do pelotão acampou sob um grupo de grandes arvores.

A notícia da traição de Miriam Dolman não chegou a Ramon Dolman de forma direta.

Tranqueirinha anteviu o que seria mais do que uma simples vingança, pois enquanto ele observava o cigano seguindo sorrateiramente para o quintal de Ramon, ficou na espreita desejando poder surpreendê-lo com a boca na botija, ou com a coisa roxa nas coxas, na caixa peluda da mulher vermelha desqualificada, Miriam. Então ele e a lua cheia esperaram, ele se aproximou da casa e apurou os ouvidos e ouviu frases que para ele não faziam o mínimo sentido, mas que para Miriam Dolman era mais do que apenas o fervor pelo homem era a essência do ato praticado.

Tranqueirinha pequenino como um guaxinim sobre duas patas galgou algumas pedras da parede da casa e puxou o corpo para cima agarrado ao parapeito da janela, por uma fresta ouviu o Anastásio, o Cigano dizer:

-Digo-te, o teu café é algo tão divino que me embevece ao mesmo tempo tão grave, denso, tão pessoal, tão definitivo que admite pensamentos outros.

-Mas eu os driblo, retrucou Miriam Dolman.

-Saboreio-o junto com o teu cheiro que é como mundo contente feito céu estrelado. Feito beija-flor abraçado à flor. Feito gotículas de chuvas nas pétalas de rosas, cristais de orvalho ornando os teus cabelos. . Onde a gente se sente em paz como se descansasse nas nuvens.

Anastácio se achegou e mais perto tomou as mãos de Miriam com frenesis e alongou os braços em direção aos seus seios e ela o esbofeteou.

-Sai, já.

-Mas Miriam e o nosso amor? E as outras vezes em que estivemos juntos? Não foi bom.?

-Que amor... eu apenas aceito as palavras belas, coisas que o meu rude marido não sabe dizer, apenas e tão somente isso.

-Esqueceu tão rapidamente de tudo, em apenas dois dias já não me quer mais como homem?

-Agora vá.

Anastásio ainda apegou pelos ombros não crendo no que acontecia, mas ela foi tão enfática que ele não ponderou mais.

Ela disse soletrando olhando-o decididamente nos olhos e com os punhos cerrados – Saia já ou eu começo a gritar.

Anastásio saiu e Tranqueirinha incrédulo se ajeitou a um canto da parede para não ser visto.

Capitulo 83

Ainda assim Tranqueirinha maldosamente desejando se vingar do
Cigano Anastásio, foi sutilmente espalhando a inverídica história
da traição de Miriam Dolman. Assim a cada pessoa que chegava ao
seu armazém para comprar alguma coisa, ele ia soltando sua
verborragia do mau.
Era um pouco de prego e muito de ardil, era uma ferramenta e
outro tanto de maledicência, era um grampo de cabelo e uma
intriga, logo apesar da maioria das pessoas não darem
importâncias maiores, sabiam que Ramon Dolman era um homem
abrutalhado, rude e evitavam propagarem as insinuações de
Tranqueirinha apara que elas não chegassem aos ouvidos de
Ramon, mas de algum modo isso seria inevitável. Um dia, quando
da volta de Ramon Dolman à casa, ele percebeu um bilhete sobre a
soleira da porta. Abriu e leu a noticia que o abateu como o
machado do carrasco, dando conta da traição de sua esposa e o
nome do amante dela.
O brutamonte mais enfurecido que um imenso javali tomou de
dentro de uma urna um machado, o fio brilhou ao contato com a
luz exterior e Le o girou no ar cortando o pescoço imaginário do
Cigano Anastásio. Ele saiu à rua em busca do goela do inimigo e
pela cabeça de Ramon Dolman passou em poucos segundos todo
um filme de quando conheceu Miriam e ele gritou feito um elefante
atingido no peito, a dor que queimava o seu coração. Ele não
culpava Miriam, não queria descarregar sua dor nela, apenas a
expressava tentando alivia-la. Os sentimentos instalados dentro o
sufocavam e nada que ele fizesse os fazia cessar
-Não há o que faça essa dor passar, Miriam, ainda que eu grite até
os meus pulmões estourarem, não há palavras que confortem, não
há marretas que os desalojem as escavações que os arranquem de
mim.

Ele a amava, amava muito do seu jeito torto, louco, doido, sem fim, mas ele a amava e ele queria que ela o ouvisse gritar, mas, ele não sabia onde ela estava.

-Você não está mais aqui para ouvir tudo isso. Onde você está? Miriam Dolman, onde você está. Eu vou decapitar o Cigano e quero que você veja.

A história chegou aos ouvidos de Borges um dos ajudantes do Cigano Anastásio, e ele preparou a carroça e a levou para a saída de Ravena. Queria ganhar tempo e que Roman Dolman não soubesse que estavam prestes a fugir.

Ramon não encontrou o Cigano e alguém avisou a Miriam que o marido queria matá-la e ela se escondeu no armazém do Tranqueirinha.

Tranqueirinha incontido suava bicas, não estava confortável na situação e saia que o machado poderia sobrar para ele, até anteviu a sua morte, sua cabeça cortada jogada na praça a as crianças chutando-a como bola de pelada.

Miriam se ocultou no escritório do Tranqueirinha e ele fez de tudo para que ela arredasse pé de lá, argumentava que a sua cabeça corria riscos por escondê-la, mas ela amedrontada, mal conseguia se mexer os nervos travavam os seus músculos e então ela perguntou: De onde o seu marido tirou tal ideia de que ela o traia? A pergunta atingiu Tranqueirinha no peito, ele disfarçou, olhou para os lados desviando o olhar e saiu a deixando ficar.

Pelas tantas Miriam cansada agachada atrás da mesa do escritório viu um papel amarrotado caído ao lado da lixeira e o pegou para jogá-lo na lata de lixo, mas por uma ligeira percepção vislumbrou o seu nome escrito a tinta. Ela abriu o papel e Oe esticou e leu. Uma cópia de rascunho do bilhete enviado a Ramon Bustamante, onde Tranqueirinha contava a ele sobre a pseudotraição de sua mulher.

Miriam subiu nas tamancas de indignação, tomando de força pela raiva deu vazão ao seu furor e pegou um cabo de enxada e partiu para o salão principal atrás do desgraçado mínimo ser: Tranqueirinha. E muito deu nele de pau de goiabeira, tanto que ele pediu perdão.

-Eu não aceito perdão, quero que você conserte isso, seja lá de que modo for.

-Está bem, eu consertarei o estrago feito, deixe-me recuperar da surra. Estou todo quebrado.

Essa foi outra coisa estranha, Tranqueirinha jamais fechara a loja um dia sequer, mas ele fechou a loja e saiu mancando, gemendo com hematomas, contusões e escoriações. Foi buscar socorro na Velha Sofia Soraia. A bruxa quis saber porque daquele estado lastimável e ele disse que caiu da escada arrumando prateleiras, ela riu e balançou negativamente a cabeça, mas para dar uma lição no sujeitinho cara de rato, ele pôs mais sal e vinagre na formula do que era de costume, como castigo. Ela não sabia qual o pecado, mas ele saberia o porquê sofria.

Bisbilhotar a vida alheia afeta os três olhos, Tranqueirinha – Disse ela sisuda.

Tranqueirinha não sabia, mas aquilo foi uma praga rogada e ele passou três dias e três noites com as dores da surra e mais as de uma coceira danada nos olhos e no furiculum traseiro.

Ao final do dia esfalfado de gritar e de procurar o Cigano, Ramon Dolman deito-se na praça principal, de costas, braços aberto, exausto, ficou caído. Ninguém tinha coragem de se aproximar dele, mas Carmesita foi, ajoelhou-se ao lado dele e lhe falou: Tudo passa. Tenha calma Ramon Dolman, as feridas cicatrizam, se refaz a carne, o amor renasce dos escombros, a dor cessa sim, eu creio e creio que Miriam Dolman é uma mulher correta e honesta e que o ama sincera e verdadeiramente. No lugar da perda haverá esperança. E é a fé que refaz o um coração. Tudo passa quando a gente se aquieta. Tudo se refaz quando a gente deseja.

Honório Córregas foi até ele e o cobriu com um cobertor, não tinham como carregá-lo e acharam melhor não mexer no vespeiro aquietado, e ele dormiu ali por quatro dias seguidos, mas fatos estranhos logo na manhã seguinte sugiram, o Cigano e Miriam Dolman desapareceram, sem que alguém desse conta deles. Do Cigano presumiam-se que tivesse tomado rumo a Angusturas, mas, Miriam poderia ter ido com ele ou não, mas onde ela andaria? Conclui-se a principio a primeira hipótese, o que aumento ainda mais o drama vivido por Ramon Dolman, mas, Tranqueirinha sabia a verdade e não se dignou a esclarecer os fatos, estava envolvido demais nos acontecimentos e temia as consequências e como a sua honradez era da medida da sua altura, consideremos a escassez.

Tranqueirinha passou dois dias com a loja fechada, deitado de molho, a espera que os medicamentos da Velha Sofia Soraia fizessem efeito. Assim deitado e sofrido ele pode pensar em como desfaria a confusão em que se meteu. Então depois de melhorado, ele começou a espalhar o boato que um homem bem apessoado, alto e forte, jovem vestido com roupa social branca, usando chapéu branco fora por ele visto, algumas vezes rondando a praça e pelas ruas da vila, mais, mormente pelos lados da casa de Ramon Dolman, isso já desde algumas semanas. Parecia que tinha um nariz grande e pele rosada e um sorriso sempre maroto no canto da boca.

O povo logo associou a história ao boto rosa que se transformava em homem para carregar as mulheres infiéis para o fundo do rio. Que o bicho-boto-homem seduzia as mulheres de forma tão irresistível que jamais uma tomada em seus braços pode impedi-lo de ser engravidada, assim em qualquer das populações ribeirinhas onde o bicho-boto-homem aparecesse os maridos de mulheres tomadas de sedução pelo sujeito as perdoavam, pois se não o fizessem saberiam que o boto viria e os seduziram e os engravidariam. Conta-se que em Pedras de Bambina o boto engravidou não um, mais dois homens da cidade.

Assim ao despertar Ramon soube que não fora o Cigano Anastásio, mas o boto rosa que tomara sua esposa em sevicias e sedução, assim Miriam Dolman fora perdoada e Ramon Dolman guardou o seu afiado machado, diziam até que ela já apresentava uma barriguinha proeminente apontada para frente, barrigada típica de mulher tomada pelo boto, mas, a definitiva confirmação veio mesmo quando nasceu Olga Dolman, avermelhada como filha de boto e por isso Tranqueirinha livrou-se de uma encrenca que só tomaria rumos de mortes.

Bom, assim me contaram a história, eu cá não digo nem que sim nem que não, até eu creio nessa história do boto, então apenas me cabe repetir o que ouvir por dizer, temo esse tal de boto rosa. Ramon Dolman tomou Mirian Dolman nos braços e a levou para casa aos beijos.

Ninguém sabe se a história de Tranqueirinha tinha algum fundo de verdade, ou não, mas, dias depois surgiu uma lua rosada no céu e as crianças vieram correndo dizer que havia botos rosa no rio.

A grande lua rosa durou o tempo de uma lua cheia e pelas bandas de onde ela era vista e onde houve a aparição do boto rosa, aconteceu o inusitado, de maneira compulsória, os adultos que tinha vida sexual plena foram tomados do desejo de fornicar sem

parar e em especial em Angusturas. A lua era tão imensa e tão
intensa que a terra exalava o cheiro do desejo, a floresta o odor dos
animais no cio, os homens perderam a razão. O sexo era
potencialidade, poder, eles o sentiram se derramando neles,
naquela semana ele os procurou.
Em Angusturas as sereias entoaram o seu canto de amor e frenesis
com os tridentes, finalmente Mirral Bustamante e Adônis
Esculápio fizeram sexo.
Victoria e Benicio fizeram sexo
O cigano e a mulher de um oficial fizeram sexo
Pascoal Mordaz e sua redatora fizeram sexo
Todos em Angusturas fizeram sexo

Em Ravena quase todos fizeram amor.
Anton e Dominga Molina há esse tempo ainda não podiam se amar
Honório e Carmesita não se amaram porque há esse tempo ainda
não estavam juntos, mas se estivessem certamente que sim.
Pedro Nobre e uma moça da vila fizeram amor
Ramon e Miriam Dolman fizeram sexo
A Velha Soraia Sofia não fez porque mão tinha mais desejos
sexuais.

Minguada a lua Domingas quis saber de Honório Córregas: O amor
pode dar uma nova alma ao sexo?
-Sim Domingas - Você pode amar uma pessoa porque a pessoa
satisfaz o seu desejo sexual. Isso não é amor, apenas barganha.
 Você pode fazer sexo com uma pessoa porque você a ama; então o
sexo segue como uma alma que segue o amor. Então é admirável;
então já não é uma coisa animal, floresce como um jardim e você
não sabe o que é a flor e o que o seu perfume.
Então algo espiritual o tomou, acessou o seu ser, ajustou você ao
outro, então profundamente o amor começará a atuar em você e
substituirá o desejo sexual pelo amor, pouco a pouco o sexo
desaparecerá. O companheirismo torna-se tão preenchedor, o
sentir uma ao outro passar a ser como uma coisa só, então não há
mais necessidade de sexo; o amor é suficiente em si mesmo. Esse
momento sempre chega e você irá se sentir tão perto do divino que
transcenderá o corpo e o material.

Quando dois amantes estão tão profundamente apaixonados que o amor é suficiente e o sexo simplesmente cessa – não que tenha sido abandonado, não que tenha sido reprimido, não. Simplesmente desapareceu da sua consciência sem deixar sequer uma lembrança da sua necessidade; então dois amantes estão em total coesão... Porque o sexo divide; O amor une, o sexo divide. O sexo é a causa básica da divisão. Quando você tem relações sexuais com uma pessoa, uma mulher ou um homem, você pensa que isso os une. Por um momento isso dá a você a quimera de união e depois uma extensa divisão de repente aparece. É por isso que depois de cada ato sexual, uma frustração, uma depressão se instala. A pessoa sente-se tão distante do amado. O sexo divide e quando o amor se aprofunda mais e mais e une cada vez mais, não há necessidade de sexo. As suas energias internas podem encontrar-se sem sexo e vocês viverem em uma grande união. O sexo é transfigurado, torna-se belo; já não é mais sexo, tem algo do maior nele menos material menos humano, mais da divindade.

-Honório e as pessoas que gostam do sexo e não sabem usá-lo positivamente?

-Quando não se tem um bom sexo, uma boa relação sexual, tenta-se compensar essa perda, surge uma grande ânsia para procurar poder, como poder político, religioso, econômico ou financeiro. Então advêm as lutas, violência continuada, nascem as guerras; o ódio, a ira e mil e um tipos de perversões.

Os espíritos mais evoluídos jamais condenam o desejo. Foram por seguir os seus desejos que eles se tornaram evoluídos. Todo desejo é criado por algum desejo passado, o sexo também. A cadeia do desejo é continuada. Ela é a própria vida. Não pense domingas que ter desejos é inútil ou errado: um dia cada um deles será realizado. Os desejos são sementes de nossas existências, frutos nossos, ninguém chega à perfeição por deixou de lado os seus desejos, mas sim por os viveu. A partir de uma única semente de desejo, florestas inteiras se desenvolvem. Acalente cada desejo do seu coração, por mais trivial que ele possa parecer. Um dia esses desejos triviais o conduzirão a Deus.

-Parece tão contraditório isso Honório.

-Só te direi uma coisa Domingas, ninguém chega a Deus levando dentro de si algum desejo, precisa chegar a ele puro, e essa pureza só existirá quando extinguirmos em nós todos os desejos, não renegá-los, ou escondê-los.

Capitulo 84

-Deus aparece nos lugares mais estranhos, produz as coisas mais esquisitas, põe sorriso em rostos triste e diamantes onde havia apenas lágrimas. Ilumina as trevas e faz o brilho de uma estrela parecer um holofote, coloca um arco-íris em meio às tempestades. Acima da verdade estão os deuses, a nossa ciência é uma sutilíssima cópia de alguma certeza, vasculhando migalhas no Universo, de tudo, como pequenas crianças catando conchas nos infinitos das praias, e mais alto estão os deuses, não pertence à ciência conhecê-los, mas a mim, são tão reais que posso senti-los, como as pedras que povoam os rios, como as tuas mãos nas minhas, são tão reais como reais as flores e nós somos deles uma tímida presença num Olimpo de Ravena.

-Acho que a lua sempre a instiga e eu temo por isso Carmesita, já nos bastou uma vez? Não quero perdê-la de novo, não de modo trágico. Ganhamos uma nova chance.

-Há algo em mim que me salva de mim, Honório, acho que é você. Há algo em mim que desaprendeu aquele caminho.

-Carmesita o caminho te ensinou que aquela forma de caminhar foi errada, você aprendeu com ele, com a dor. Você segue o caminho é o mesmo, aquele trecho de estrada ficou para trás. Há uma nova luz em seus olhos, que continua a luzir, mas de forma diferente.

-Mesmo quando eu tropeço nas minhas sombras, Honório?

Honório riu e a beijou.

Desculpar a nós facilita tudo, depois fica tão mais fácil desculpar aos outros.

-Leve-me para correr Honório, quero que me leve para brincar, quero que me leve pela mão para conhecer o que continua vivo e belo além de toda e qualquer possibilidade de medo. Vamos correr além dos nossos tempos de muda.

-Vamos sim Carmesita venha. Você me traz algo de que me dá uma paz intensa e verdadeira. Que não me deixa esquecer que continuo a ter asas, mesmo quando eu não voo.

Capitulo 85

A floresta observava os homens em estado de alerta, o medo não os deixava dormir, cada pio, cada silvo ou grunhido acelerava os corações, alguns tricavam os dentes outros tinham dores de barriga ou rezavam, pediam a ajuda a quem quer que fosse, ou que o dia logo chegasse. A todos parecia que a floresta durante o dia não era agressiva durante, a lua brilhava alta, mas a luz trazia excesso de sombras e ilusões visuais. Assim o tenente Moro decidiu tentar eliminar o medo deles ou ao menos reduzi-lo.

-Tenho notado que, quando todas as luzes estão acesas, as pessoas tendem a falar sobre o que estão fazendo vamos acalentar mais esse fogo, tragam matérias secos, ainda temos 5 horas antes do dia amanhecer, vamos conversar.

Pensava Moro que sentados à luz de velas ou luz do fogo, as pessoas falavam mais objetivamente sobre como elas estão se sentindo, falavam mais, eles argumentam menos, era disso que ele precisava para manter o moral do grupo.

Vamos fazer um jogo somos oito agora, e queremos ser oito até sairmos desse pântano. Fomos atraídos para uma armadilha não sei como, mas o cão foi orientado a nos trazer para o interiro dos alagadiços.

-Ele é o Água Ardente. Eu conheço esse cão.

-Sim é o Água Ardente sim, eu também o reconheci, ele estava numa das celas e fugiu com o grupo do Sargento. Ele é o cão mais esperto que eu já conheci, parece gente pensando.

Aproveitando a fala do Cabo Narciso o tenente Moro o incentivou a continuar.

-Por que o chamam de Água Ardente?

-Ele gosta de tomar umas pingas.

Os demais por um minutos esqueceram dos seus medos e riram.

-Ele bebe por uns tempos e some por longas datas, dizem que depois de saciado ele volta a Ravena, e que ele não envelhece.

-Como assim?

-Dizem que a viagem a Ravena é longa e eu andei fazendo umas contas. Imaginemos que sejam três meses como dizem, então ele levaria seis meses para ir e voltar, e mais alguns de abstinência.

-Cabo, você que dizer que pelo menos um ano entre vir e voltar a Angusturas.
-Sim e tem o tempo que ele passa em Angusturas então dá mais que um ano, eu já ou vi por Angusturas umas dez ou mais vezes, a cada sumiço, mas, isso não é o problema. Qualquer cão vive dez, doze, quatorze anos. Mas eu não o vejo envelhecendo,
-Dizem que Honório Córregas também não envelhece, que a Bruxa Velha Sofia Soraia também não. Dizem que os dois têm mais de duzentos anos.
O meu avô disse que a conheceu velha, dizia que ela tinha mais de cem anos na época, e ela continua viva pelas notícias que temos, o meu avô morreu tem vinte e dois anos.
-Quem é esse tal de Honório Córregas,
-É uma espécie de sábio, vidente e conselheiro, ele foi defenestrado por Mirral Bustamante quando trabalhava para o Presidente Rubio. Como ele não morreu ao ser atirado pela janela do Palácio e precisou fugir para se livrar da perseguição do Coronel Mirral e criou Ravena. Dizem que a floresta é "trabalhada".
-Como assim?
-Ela foi preparada para proteger Ravena, qualquer pessoa que tenha a alma perversa ou que vá com más intenções rumo a Ravena não chega lá.
-Ainda creio que tudo é mera coincidência o medo nos prega peças. Disse o tenente – e você soldado Adamastor quantos anos você tem de exército?
-Tenho quinze anos Senhor, mas nem sempre em Angusturas, eu fui soldado pago, mercenário em outros países, mas, nasci em Angusturas.
-Vejo que você me parece por demais sereno, ou talvez o único.
-Eu não temo a morte Senhor.
-Qual a pior guerra soldado?
-Isto é difícil de responder. Isso depende de qual inimigo e de sua tática. Guerra nem sempre é essa coisa bárbara e ela pode ser feita de várias maneiras. Uma possibilidade deles é a destruição de seu sistema social por influência dos líderes políticos. Porém a pior guerra é contra o medo. Medo não dá nas coisas, dá em gente.
-Interessante, é uma critica a alguém.

-Eu sou um soldado, escolhi ser um soldado, quando eu quiser ser contra algum governo largo o exercito e me oporei a ele.

-Por que a borboleta preta na tatuagem do braço?

-Para mostrar que não temo nada, não temo supertições. As superstições acompanham as borboletas pretas desde a antiguidade. Para os egípcios, quando alguém morria o seu espírito abandonava o corpo em forma de uma borboleta preta. Na Europa, ainda nos dias atuais, muitas pessoas acreditam que a borboleta preta seja a alma de uma criança que morreu sem receber o batismo. Para outros povos nórdicos, as bruxas se transformam em borboletas pretas.

-O que você acha que está acontecendo aqui?

-A realização do medo, a materialização do pavor. O povo de Angusturas é por demais supersticiosos, é da alma do povo, está entranhando na pele, nos cabelos na forme de viver e de ver a vida. Já vivi muitas coisas e vi muitas coisas há energia nesse lugar, mas a forma de pensar dá vida, é a substância que alimenta a floresta e os pântanos, tudo é energia, o medo do pecado, do diabo, do inferno de ter em si alguma malignidade, ou alguma culpa fomentada pela cultura ou pela Igreja é um peso, as vezes por demais pesado.

-Entendo.

-Quem sentir isso será engolido pela floresta, só sobrarão os puros, ou os ingênuos, ou os de alma leve, sem culpas ou sem o peso dos pecados. Isso se não for engolido por uma sucuri.

Moro riu.

-Só existe essa forme de escapar dela? Então os fortes morrerão também?

-Não tenente. Se não pensamos nada, nada nos atinge, somos as únicas criaturas na face da terra capazes de mudar nossa biologia pelo que pensamos e sentimos. Nossas células estão, constantemente, lendo o que pensamos e sugerirmos, intencionalmente ou não a elas, somos nossos pensamentos e somos modificados por eles.

Criamos doenças, e curas, podemos fragilizar ou fortalecer nossos sistemas imunológicos. As células estão constantemente processando as experiências e metabolizando-as de acordo com seus pontos de vista pessoais.

Se você internaliza o que vê dando classificação de bom ou mau, isso provoca uma reação interna que atinge cada uma de nossas células. Precisamos eliminar julgamentos. Você se transforma na interpretação quando a internaliza.

  - O que você era antes de ser soldado?

- Eu estudei medicina, queria salvar vidas.

- Não é uma contradição tirá-las então?

-Por isso eu fui ser mercenário, eu lutava a luta que eu queria. Matava para salvar outras tantas vida, para deixar quem merecia viver.

-Por que voltou?

-Perdi dois irmãos pela malaria, quis ser médico por isso, daí fiz medicina e perdi duas outras irmãs, difteria e coração, o fato de eu ser médico não as salvou. Havia mais, a pobreza, a miséria e a falta de estrutura, um governo sem compromissos com as mudanças. Larguei tudo quando outra irmã morreu. Fui para o exterior, não pensei quando peguei o barco e depois um avião. Não queria construir família, não namorava e não criava laços, só usava as pessoas, todos somos assim, as pessoas e os governos, mas, depois pensei que eu poderia mudar os governos, poderia lutar ao lado dos que queriam um mundo melhor para dar alguma alternativa de vida a quem nada tinha. Derrubava um governo e punha outro e nada mudava para quem estava muito em baixo. Nada muda nunca. A miséria é um meio, é usada, manipulada aos fins interesseiros, é necessário que haja a miséria para poder ser mantido o poder, se tudo fosse dividido não havia os ricos, não haveria as guerras, as vendas de armas de medicamentos a comercialização da morte, da vida da miséria e da saúde.

Voltei porque não me encontrei, quem sabe aqui seja o meu lugar?

-Adamastor, vivemos o desejo constante de que as coisas sejam do jeito que gostaríamos que fossem, mas perdemos o senso da medida em que devemos alimentar expectativas em relação à vida, em combinação com a medida exata com que devemos nos permitir um comportamento marcado pela realidade do que a vida seja.

Devemos entrar no cassino da vida para ganhar, mas sabendo que há perdas na mesma intensidade que se ama a conquista, sabendo que uma é o avesso da outra e que é impossível ser grato por uma sem também o ser pela outra.

Nos cassinos da vida se ganha pouco, os caças níqueis são ajustados para dar poucos ganhos.

Capitulo 86

Mirral Bustamante apaixonou-se perdidamente por si à medida que mais amava Adônis Esculápio. As feições de Adônis cada dia mais passaram a se parecerem com as de Mirral.
Mirral lembrou-se de algo dito por Adônis Esculápio, que amar poderia ser algo muito simples se falarmos de amor, mas que pode ser muito profundo e difícil de desvendar se falamos da natureza humana.

Naquele momento ele queira somente amar, não queria entender nada, não queria compreender o que estava sentindo.
Mirral sente pequenas agulhadas por sob a pele, pequenas dores que formação folículos do abdômen para baixo, não muitos, alguns, que depois de duas semanas se mostravam como espinhas que após se externarem se alargavam, transformando-se em escamas, Mirral se assustou de fato e as arrancava, o que lhe causava dores intensas. Esse processo se manteve até que ele entendeu que deveria se abster de amar Adônis. Era essa a chave, mas como fazer que aquilo virasse uma realidade?
Ele foi falar com Adônis que explicou: Que o primeiro estágio do amor que experimentamos é atração ou repulsão. Se estamos atentos, sabemos que somos atraídos por aqueles nos quais encontramos características que temos, mas também queremos em elas sejam em um volume maior.
Inversamente, somos repelidos por aqueles nos quais vemos características que negamos ou tentamos eliminar em nós mesmos. Sabendo disso, devemos sempre nos perguntar: Quais as características que me atraem? Como posso me tornar assim? Quais as características que me afastam? Reconhecendo essas características em nós, reconhecemos que também temos internamente o bem e o mal. Agora entendemos que ter qualidades negativas não é ser falho, mas completo.
Como resultado dessa honestidade para com nós mesmos, começamos a irradiar uma humanidade simples e nada afetada que nos torna naturais e, portanto, mais atraentes, o tempo todo.

Cabia a Mirral Bustamante descobrir em Adônis quais as qualidades que mais admirava em Adônis e tentar nega-las para evitar a paixão por ele e assim também as escamas.
Mirral passou a usar então óculos escuros e passou a evitar olhar diretamente para Adônis, na maioria das vezes falava com ele de costas.

Capitulo 87

Miguelito Mil acampou com sua família em frente ao palácio presidencial, dele era a maior família de Angusturas, eram ao todo cento e uma pessoas. Eram trinta e oito filhos, maiores, e vinte e dois menores, sendo o mais novo com oito anos, cento e dois netos e quarenta e dois bisnetos. Havia ainda, cincos esposas, doze cunhadas e cinco sogras.
A fome andava fazendo estragos, a polícia alimentícia de Mirral confiscava tudo, desde uma simples cebola às bananas, feijão, lentilhas, gados, rebanhos, leite, manteiga, a gana de Mirral de formar um bolo financeiro era imensa e causava a desgraça, o nível de mortalidade aumentou em cem por cento, mas num pais sem estatística isso não aparecia, não se mostrava evidente, então os atingidos, os que sofriam na carne a dor das perdas começaram a se manifestar.
Quem tem fome tem fome.
Miguelito Mil tinha oitenta e seis anos e filhos gerados das cinco esposas e de algumas cunhadas e diziam até com uma das sogras. Bem isso é a parte que cabe às maledicências, o fato aqui se trata da fome e ela atingia de dor o estômago, o físico e as repercussões se davam no choro. As crianças choravam. Era um coral de choro.
Traduzir-se uma parte na outra parte, é uma questão de vida ou de morte.
Miguelito Mil era o líder do movimento, sentado orgulhosamente ele exigia apenas o que lhe cabia, a sua produção, queria o direito de usar aquilo que criava e plantava, queria o retorno apenas os seus bens confiscados.
Pascoal Mordaz como o seu jornal entrevistou Miguelito Mil.
-Senhor Miguelito Mil, qual a motivação do seu movimento de cobrança ao governo Mirral?

-O governo tomou cem por cento da nossa produção e absurdamente que nos devolver sessenta por cento do que era nosso.

-E vocês têm recebido esses sessenta por cento do que foi confiscado.

-Não. Nos tínhamos, digo nós, todos os habitantes de Angusturas, uns mais outros menos, o que comer, porque plantávamos e criávamos. Agora, a maioria do que é confiscado se perde, nos transportes, nas infraestruturas de armazenamentos, e na devolução, temos recebido produtos estragados, com perda dos valores nutritivos, e o piro, isso só mostra o despreparo do governo para administrar o básico.

-Como assim Miguelito?

-Vê-se a burrice nos números, pois se o governo quer quarenta por cento do que produzimos como impostos, por que não pega apenas o que precisa, e nos deixa como os sessenta por cento?

-Bela explanação Miguelito, vê-se que você é mais preparado do que Mirral para produzir. Poderia ser o nosso presidente.

-Não quero ser presidente, quero apenas matar a fome dos meus. É uma hipocrisia esse pensamento da criação de comunidade universalistas por qualquer regime que seja sempre será uma utopia, sempre haverá os contrapontos, os oponentes, as oposições.

-Você não crê que algum regime possa extinguir a fome?

-Creio que sim, quando são apenas humanistas, mas não nos movimentos políticos, esses já mostraram que as ideologias jamais se adéquam a realidade.

-Vejam senhores, que inusitado, viemos cobrir um protesto pacifico de reivindicação justa e estamos aqui discutindo com o Seu Miguelito Mil filosofia política. -Seu Miguelito diga-me uma coisa, o Senhor está magoado?

-Eu não estou magoado, estou com fome, estou aqui lutando por uma causa.

-O senhor está disposto a morrer por ela?

-Eu poderia morrer por ela, mas quero antes, viver por ela, tenho cem bocas para dar de comer. Eu vivo de forma humilde, mas não sou burro. Os regimes que querem se impor, que vão contra tudo que é democrático, contra a democracia, impor-se e impor a todos o que não é de sua vontade comum é agressão, é violência. Achar que algum regime pode resolver os problemas mundiais, da humanidade é uma descabida arrogância. Sou verdadeiro, o governo de Mirral Bustamante é ilegítimo, o que trago aqui são fatos verdadeiros, acontecido realmente, e eu faço a leitura deles, sentimos que tudo aquilo nos aconteceu agora pertence ao bem e o mal, não há uma hostilidade de nossa parte, nem creio que haja uma de Mirral para conosco, há sim um mal impensado, um mal por falta de preparo. O êxtase que o toma Mirral o consome, mas está agora nos consumindo também, ele não tem remorso porque não se percebe fazendo mal, e a mágoa não nos atinge porque não somos um povo agressivo, mas, tudo tem limites, ainda que o mal seja sem motivação ele causa o mal também.

Mirral Bustamante achou que poderia tirar um proveito político da situação e convidou a família de Miguelito Mil a jantar com ele.

No palácio a mesa posta exibia um variado cardápio de carnes, frutas, pães, grãos e caldos.

Miguelito não recusou devido a fome e devido a oportunidade de expressar suas posições políticas.

-Obrigado por matar a nossa fome hoje, mas, mas a fome não é passageira.

-O que você desejam?

-Queremos nossas vidas.

Mirral pigarreou, estava incomodado com os choros das crianças, com o vozerio das mulheres e o cheiro de xixi e de coco. Levantou-se.

-Darei a você um salvo conduto, nada será mais confiscado à de sua família.

-Eu não vim aqui só por minha família, eu vim por todas.

Já visivelmente irritado Mirral disse: Darei escola grátis aos seus.

-Não queremos só escolhas queremos que o Senhor encha esse país de professores, com salários dignos.

Eu nem peço por mim, mas, todas as crianças têm direitos básicos, alimentação, educação, saúde, lazer, liberdade e ambiente familiar e de sociedade. Devem também ser protegidas da discriminação, exploração, violência e negligência, como está patente na Declaração Universal dos Direitos da Criança.

Mirral decididamente levantou-se e antes de sair disse. - Bem-aventurados os que têm fome e sede, pois serão fartos.

Pascoal Mordaz olhava aquela cena e lamentava tamanho desmando do governo, acariciou a cabeça de uma criança e limpou

com o seu lenço o catarro de outra. Tirou o seu paletó e deu a um dos rapazes e depois procurou nos bolsos todo dinheiro que tinha e doou a Miguelito Mil.
-Eu tenho asas, mas não posso voar enquanto houver alguém ao meu lado de asas mutiladas.

Capitulo 88

O pelotão adormeceu, dois ficaram de vigia, antes o soldado Adamastor tentou convencer aos demais que eles não deveriam ter medo, que parecia ser o medo a fonte que alimentava e instigava a floresta a agir. Não pense nela, mudem a direção de seus pensamentos, ocupem-nos com algo que vocês gostam, com lembranças boas de infância, de família.
O soldado Benitez tentou fazer o que o colega Adamastor tinha orientado. Ficou pensando sobre a bíblia, e passou os olhos mentalmente no livro sagrado, e leu:
Elias e Eliseu confrontaram abertamente monarcas injustos e seus exércitos opressores. Isaías, enquanto anunciava sua esperança escatológica, denunciava as distorções e o cinismo dos religiosos, a incoerência dos políticos, a acumulação de bens e as desigualdades sociais, e repudiava a depravação moral e as ambiguidades éticas. O mesmo aconteceu com Jeremias, Amós e muitos outros. Todos foram perseguidos e maltratados. Alguns perderam a vida.
- A floresta espia o coração da gente, falou ele baixinho com o companheiro de vigilância.
-Por que diz isso?
-Ela parece não crer que eu leio a Bíblia?
-Você lê de coração?
-Não sei, eu leio, mas creio que a floresta não crê. Ela está me julgando, eu sei.
-Eu também sinto isso.
O soldado já não li em pensamentos, começou a recitar primeiro em voz baixa: Mas, de outro lado, Mateus, também apostolo, tinha colaborado com o sistema vigente coletando impostos que sustentavam a dominação. Jesus condenou o uso da violência. Qual é o rei que, indo à guerra a pelejar contra outro rei, não se assenta primeiro a tomar conselho sobre se com dez mil pode sair ao encontro do que vem contra ele com vinte mil.
Depois aumentando o tom da voz: Havia certo homem rico, o qual tinha um mordomo; e este foi acusado perante ele de dissipar os seus bens. Havia numa cidade certo juiz, que nem a Deus temia,

nem respeitava o homem. E também disse a Pilatos que seu poder vinha de Deus.

Depois pediu perdão. Eu matei sim, como você sabe que eu matei o meu irmão?

Gritou ele à floresta – Matei por ciúmes, matei.

O outro soldado se abraçou a ele e gritou perdão. Eu o ajudei.

Os homens despertaram, a tempo de ver um imenso galho se desprender e atingir os dois pecadores em cheio. Devolvendo-os ao reino dos mortos.

Os soldados debandaram e correram a esmo. E a cada minuto um novo grito se ouvia vindo de algum canto da escuridão e ao amanhecer restavam apenas Moro e Adamastor.

Capitulo 89

O filho do capeta espeta primeiro o pai porque ele não tem mãe, assim Mirral, ainda não satisfeito com andanças do seu governo reuniu suas equipes de trabalho, cobrou ajustes, providências e resultados, estava insatisfeito com a queda na arrecadação. As finanças iam de mal a pior, assim não conseguiria manter as bolsas subsídios assistenciais. Precisava urgentemente encontrar o equilíbrio econômico.
O petróleo sonhado foi um punhado de realidade negra, foi um fracasso, as perspectivas de minerais outros brilhos difusos.
O povo estava insatisfeito. Havia fome e a fome trazia doenças e as doenças mortes.
A pior das insatisfações de Mirral, entretanto, era não conseguir impor a religião católica entre o povo. A religião acalmava, baixava os níveis de insatisfações.
Os símbolos, mitos, ritos e doutrinas não católicas criam conflitos, geram a desagregação, ao ressoarem na vida dos praticantes, influenciam as suas práticas nefastas o sociais e interferem na vida da sociedade.
-Vamos suspender o confisco dos alimentos.
-Isso não é uma boa prática Senhor Presidente. Um ato de fraqueza perigoso, uma abertura de riscos, o povo se damos o braço come o abdômen.
Mirral queria pensar sobre o que foi dito, mas a ultima frase por ele dita a Miguelito Mil, ainda, ecoava na sua cabeça, repetida vezes.
Bem-aventurados os que têm fome e sede, pois serão fartos.
-Está certo, nada de afrouxar nas leis, só daremos facilitações quando Angusturas for uma nação cristã. Eu sei que se formos haveremos de crescer, sermos prósperos, quem sabe a maior nação

da Terra, abençoada. Eu tenho uma notícia para vocês. Eu serei nomeado Papa. O Papa. Mirral Bustamante XIII.
Senhor Bispo providencie os preparativos para minha posse.
-Senhor é sério, isso?
-Senhor Bispo alguma vez me viu brincando? Providencie paramentos, orientadores, datas etc. De hoje em diante teremos nossas próprias regras sobre religião, criaremos uma liturgia, construiremos uma catedral e uma bíblia nossa.

Capitulo 90

Domingas Molina picou a salsinha, cebola e alho, jogou no fundo da panela onde o óleo fervia, o aroma ganhou o ambiente, ela deixou dourar, cortou a abobrinha e amassou as sementes de mostarda pôs na panela. Depois juntou feijão roxinho e pimenta. A vida é experimentar sabores, pimenta arde, mas nós a comemos, a boca saliva se for pouca e queima se houver excessos. O que deriva do equilíbrio é aprazível.
Carmesita e Honório Córregas se achegaram a Domingas Molina.
-Cheiro é um imã, mas louvamos a cozinheira, que torna um legume sem graça em algo divino.
-Obrigado Carmesita, cozinhar é o mais privado e arriscado ato de amor, o alimento absorve os nossos sentidos, os de ternura ou de ódio, na panela se verte tempero ou veneno.
-De você Domingas só advém amor. Disse Honório.
-Eu tomei a liberdade de convidar Sofia Soraia para jantar conosco. E porque não Ramon Dolman?
Ando preocupada com a situação dela, com o isolamento em que vive.
-Ela não vive isolada, Domingas, Sofia Soraia tem seus atendimentos, ocupa-se com as mazelas dos outros, é a vida dela a que escolheu, e creio que ela é muito feliz como o que faz, mas você fez bem em convidá-la, mas eu gostaria que Ramon Dolman também viesse.
-Mas contam que Ramon Dolman era um carrasco, que matou muita gente, que é violento e agressivo. Que é mau.
-Era o trabalho dele.
-Um trabalho violento.
-Ele nunca trouxe a violência a nós, sempre foi ordeiro e pacifico.
-Mas teve a confusão da praça e os gritos que ele dá vez ou outra.
-Coisa complexa falar sobre traição e violência, mas quero ter um olhar sobre onde começa a vítima e como a vítima se transforma em agressor, é a difícil tarefa de ver onde nem todos os outros olhos alcançam, tentar entender cada um sob outra visão é uma coisa rara, mas precisa ser feito. Esta é a ideia. Creio firmemente nisto.

-Desculpe Honório.

-Formar julgamentos é fácil, criar leis sem ir ao fundo das questões é fácil, sem ir à origem das coisas é fácil, entender nem sempre é. Saber como alguém se estrutura até chegar ao que é, é tão difícil. Acredito que mudanças possa se fazer se contemplarmos na raiz, na origem os porquês, qualquer outro olhar é reativo e atrasado. O mundo poderia ser outro e não haveriam tantas feridas se agíssemos preventivamente e sem julgamentos.

Lembra quando Miriam Dolman morreu ao nascimento de Olga?

-Sim.

-Lembra-se da dor que se apossou do coração dele. Do grito desesperado e dolorido que ele emitiu como o de um urso ferido?

-Sim.

-Lembra que ele ama o neto Antonio Dolman com tão intenso amor que ele abriu mão de ter o corpo embalsamado de Miriam com ele?

-Sim.

Ramon Dolman é tempero forte, açafrão, cominho e m Mirian Dolman, era erva doce com pimenta.

-E o Pequeno Vermelho?

-Colorau.

Todos riram.

-Por que eles estão demorando tanto? Já deveriam ter chegado, moram tão perto.

Pedro Nobre disse que ia buscá-los.

-Pedro antes de você ir, deixe-me te pedir uma coisa?

-Sim Domingas, diga-me o que é.

-Invente um remédio para curar o Pequeno Vermelho.

-Domingas, a alma às vezes se torna tão grande que escapa ao corpo, vaza pelos poros, pelos olhos, dá até para vê-la. Disse Pedro Nobre comovido.

Capitulo 91

A floresta foi engolindo de um a um, só sobraram Adamastor e Moro. Sentados nos galhos de um imenso carvalho, Miriam, Olga e Gontijo sentados assistiam a tudo, estavam com outros fantasmas, Anton, também, observava.

No ultimo instante de fôlego, Anton jogou um cipó sobre as cabeças de Moro e Adamastor. Os braços dos homens agarraram-se àquela possibilidade de vida. Quase esgotados os dois lutaram e saíram do lodaçal opressor. Deixaram-se cair sobre uma parte seca de relva.

Moro ainda viu o soldado Nicodemus preso num emaranhado de cipós, galhos e seiva melecosa, reunindo as ultimas forças ele retirou o soldado da armadilha mortal.

Os três ficaram caídos ali não se sabe por quanto tempo.

Depois despertaram com o sol alto, viram os pássaros salpicando as arvores, uirapurus, Japiins, azulões e ciganinhas discutiam para saber quem melhor cantava. As doninhas e capivaras preenchiam as bordas das águas e as sianinhas, sempre-vivas e mil florezinhas forram o chão da mata.

-Chegamos ao paraíso? Falou Nicodemus, ainda todo emporcalhado.

-É o contraste da vida, luz e escuridão. Interpôs Adamastor.

-É o inferno disfarçado. Disse moro. – Vamos sair daqui já.

-Para onde vamos?

-Eu lembro quando nos embrenhamos no pântano que viemos do leste.

Ele pegou uma lingueta de metal do fuzil e esfregou por uns minutos nos cabelos, depois pôs sobre a água a lingueta girou e apontou norte sul.

-Vamos o leste é por ali.

-Vamos voltar ao quartel?

-Você Nicodemus volta eu e Adamastor seguimos. Temos uma missão.

-Eu acho que seja um engano Senhor, mas obedeço. Acho que o Senhor não entendeu o recado da natureza.

- Tem anos tão ruins que dois vale um. Falou baixinho Nicodemus.

Nicodemus estava visivelmente pálido, parecia que fora todo o seu sangue sugado e depois de duas fatigantes horas de caminhada ele se deteve.

-Eu não sigo mais, estou com fome.

-O que tanto você resmunga Nicodemus, desde que iniciamos a caminhada você fala baixinho como se não fosse você.

-Eu estou como se fosse dois. Eu e mais alguém em mim. Satanás, como sabemos, é o inimigo de nossas almas, que anda em derredor, como leão que ruge procurando alguém para devorar e eu tenho fome.

Adamastor se afastou um pouco e de longe destravou a arma.

-Vamos comer alguma coisa. Ordenou Moro – Aqui tem muita caça. Vamos matar algum faisão ou um caititu.

-Eu sugeriria não pararmos enquanto não saíssemos do pântano, sinto algo mal ainda.

-Eu estou com fome. Repetiu Nicodemus.

-Não creio que conseguiremos sair hoje deste pântano, mais cedo ou mais tarde teremos que parar, melhor que podemos caçar ainda, a tarde se aproxima e logo não teremos mais luz. Perdemos todos os animais com os suprimentos.

Eles ficaram em silencio e começaram a caçar. Logo acertaram um porco do mato. Preparam o animal morto e a fogueira e o colocaram a assar. A tarde cai em crepúsculos, tonalizando o céu em vermelho e laranja,

Nicodemus falou de novo - Estou com fome.

-Cale-se homem, todos estamos com fome. Não pode esperar mais meia hora?

Adamastor estava tenso e alerta não estava gostando da situação, achava tudo estranho, os sons pararam com a chegada da tarde, a floresta continuava a observa-los, eu viu um ou dois vultos passarem, mas não falou nada com os outros. Olhou para Nicodemus e o achou transformado, os seus olhos não eram os mesmos, pareciam gélidos fixos, a pele tinha um amarelo doente, uma palidez cadavérica.

E ele para serenar a alma fez uma citação.

-Eu nas minhas andanças aprendi com um soldado português um único poema que eu sei recitar, mas, vou adequá-lo à nossa situação de agora.

A vida... e a gente põe-se a pensar em quantas teorias os filósofos arquitetaram na severidade das bibliotecas, em quantos poemas os poetas rimaram na pobreza das águas-furtadas, ou em quantos fechados dogmas os teólogos não entenderam na solidão das celas?

Nisto, ou então na conta do sapateiro, na degradação moral do século, ou na triste pequenez de tudo, a começar por nós. (1)

Estamos aqui desolados e aturdidos, eu que lutei lutas com inimigos visíveis, agora luto para manter a minha vida, contra um inimigo que desconheço.

Mas a vida é uma coisa imensa, que não cabe numa teoria, num poema, num dogma, nem mesmo no desespero inteiro dum homem.

A vida é o que eu estou a ver: uma manhã majestosa e nua e uma noite trevosa e devoradora.

Adamastor falava e observava Nicodemus quando a boca dele começou a salivar e os olhos esbugalharam-se e ele saltou sobre Moro dizendo; Eu estou com fome.

A veia do pescoço do tenente foi dilacerada antes que Adamastor tivesse tempo de disparar o tiro certeiro entre os olhos saltados de Nicodemus.

(1) Miguel Torga

Enquanto o alfaiate experimentava em Mirral Bustamante as suas novas vestes papal, o bispo Malacedo, pensava, cada um constrói a sua realidade, mas querer pegar o tijolo na do próximo já é demais.
O Senhor Bispo está muito quieto, disse Serena Estela Tidal. – Eu não gosto disso.
O bispo tremeu, sentia naquela mulher algo de maligno e a evitava, mas a pergunta fora direta e ele respondeu.
-O céu está azul, mas logo, logo, pode vir tempestade.
-Como assim Senhor Bispo?
O Bispo sem saber por que dissera aquilo, ficou mentalmente tentando elaborar uma resposta.
-Por nada Primeira Dama, apenas um comentário sobre o tempo, sempre que vento sudoeste chega é indicio de tempestades.
-Atrevimento pode parecer iniciativa, mas tem pimenta demais e pode queimar a própria boca.
-Não entendi Senhora.
-Um pensamento que me veio, apenas isso.
-Acalma a alma que a boca acalma.
-O que significa isso Senhor Bispo.
-Nada Madame, eu recitei um salmo, o 151.
-Não são 150, os salmos?
-Sim Senhora, mas esse é um atribuído a um desconhecido.
-Goiabada cascão é boa para curar feridas?
-Eu não sei Senhora, mas por que a pergunta?
-Nada não senhor bispo, um pensamento que me veio de que uma ferida deve aparecer na sua perna esquerda e eu recomendaria comer muita goiabada.
-Não creio Senhora, sou um homem saudável, mas, do olho do furacão não se deve ver nada.
-Como assim Senhor Bispo.
-Veja a Senhora mesma, a tempestade que chega.

De fato ao olhar pelas janelas sul, uma imensa e feia tempestade se encaminhava rumo a Angusturas e não levou nada a mais do que cinco minutos até que ela faz-se anunciar por um vento mais intenso e por uma nuvem negra. A rapidez com que se levanta a tempestade assusta e quem primeiro apareceu com os empregados a fechar as janelas foi o ajudante de ordens de Mirral Bustamante.

A tempestade abate-se principalmente sobre o Palácio Presidencial como na narrativa de Camões sobre a tempestade que toma a armada de Vasco da Gama.

A intensidade crescente da intempérie dela não esperavam os ventos tão indignados, nem que amainassem, todos gritam aterrorizados e descontrolados. O Bispo ora para que não se perca, por completo, o controlo da situação.

Não estavam a sofrer uma simples tempestade, mas antes uma fúria desmedida e invulgar das forças da natureza. Noto, Austro, Bóreas, Áquilo queriam arruinar a máquina do Mundo; A noite negra e feia se alumia, com raios.

Mirral Bustamante dirige-se Adônis Esculápio, parece procurar explicações. Parece não compreender por que motivo a Divina Guarda, que já operou tantos milagres para guardar os seus, o deixa, a ele e aos seus companheiros, desamparados, depois de tantas provas já vencidas com imenso sacrifício. Parece-lhe tanto mais difícil de aceitar este desamparo quanto todo o esforço desta empresa é feito para servir a Deus, dilatando a fé cristã.

A tormenta continua. Ventos relâmpagos e trovões intensificavam a sua guerra, o conflito gera-se entre os ventos libertados por Éolo, por ordem de Netuno e a pedido de Baco, e as ninfas amorosas comandadas por Venus.

Serena Estela Tidal grita: Tire essa roupa de papa Mirral Bustamante.

Assim que ele se despe os ventos se acalmam, e a tempestade cessa.

Capítulo 93

A face de Nicodemus era um cenário de pavor, na boca escorria sangue e pendurado nos dentes, partes da pele e músculos de Moro. Nicodemos pode enfim se livrar da sua fome, e da sua vida de zumbi, um tiro abriu um buraco na sua testa e saiu pelo lado de trás do crânio.

A fome cessou, tudo cessou com o tiro certeiro de Adamastor.

Adamastor, ainda, tentou conter o sangue que jorrava da jugular do tenente Moro, mas foi impossível. Não houve jeito, o sangue correu e ganhou as águas do rio, aplacando a sede dos demônios da noite.

Adamastor se ajoelhou e gritou uma oração que repercutiu por quilômetros dentro da noite.

-Alguns fincaram pé e permanecerão estáticos ante a morte e o medo, a paisagem mudará significativamente e eles morrerão no mesmo lugar.

Eu aprofundarei as minhas raízes, desejo que elas frutifiquem, que deem sementes e espalhem-se, que renasçam no seio da terra viva.

Alguns outros tombaram de uma vez atingidos pelo rito da fome, pelos desavisos da vida, eu não. Ainda que alquebrado, não serei devorado por vocês.

Eu não.

Eu sairei daqui como entrei.

Adamastor se jogou ao solo úmido e frio e chorou... Suas lágrimas rolaram e foram se misturar ao fluxo do rio e a floresta o compreendeu. O deixou em paz.

Ele despertou sujo, rosto e mão enlameados, e na boca um gosto amargo, mas de uma secura que consumia sua boca e garganta, ele deitou junto a um córrego e bebeu sofregamente e se engasgou.

Depois se ajoelhou, pegou uma pá e abriu duas covas rasas, e pôs os corpos de Nicodemus e de Moro.

Orientou-se para o leste e iniciou o seu retorno.

Antes olhou para trás e jurou ver um homem negro junto à cova de Moro, mas quando fez menção de se aproximar ele desapareceu.

Capitulo 94

Anton passou a aparecer nos sonhos de Domingas Molina, ela se comovia sempre, tanto pela presença dele quanto pelo fato de que ele se mostrava mais próximo a ela. Ele explicava que, de certa forma, tinha medo do envolvimento que teve com Olga, era algo que ele fora levado, envolvido e que não fazia bem ao seu ser. Naquela noite em que ela o esperou ele desejou ardentemente não ir. Desejou que algo acontecesse para impedi-lo de prosseguir naquela aventura. Não soube dizer não a Olga e ela no se ímpeto não enxergava nada a não ser o seu desejo e que ele foi fatal a ela, ele a tomou total e integralmente, que ela passou a ser o desejo e deixou de ser Olga. Ele se sentia dominado por ela e um frio de impotência acontecia, ele não se sentia homem para sustentar os anseios dela. Era uma impotência mental, psicológica.
Contou que ela estava agora no mundo dos mortos, que tinha acolhimentos de Miriam e de Gontijo Dolman.
Que ele, embora, não fosse a hora de partir decidiu abreviar a sua jornada para estar ao lado dela. Que em vidas passadas foram amantes, bem em uma vida anterior. Que ele viveu o mesmo drama que ela viveu nesta encarnação. Que foram separados por uma tragédia, que precisava viver perto, mas como familiares para sublimar aquela energia que possuíam. Que de certo modo funcionou para Olga, apenas na parte que ela não via mais Gontijo como o antigo amante, essa lembrança fora apagada das memórias dela, mas que as energias genésicas, vindas do chacra situado na base da espinha dorsal, sobre a região sacra, eram as responsáveis pelo fluxo poderoso do desejo que emanando do âmago da Terra em simbiose com as forças que descidas do Sol, assemelham-se a uma torrente de fogo líquido a subir pela coluna vertebral, resultando como algo parecido com um ciclone, tufões ou redemoinhos de vento. Assim era Olga, ou ainda é. Porém os impulsos aplicados de esquecimento a Gontijo não funcionaram devido a intensidade dos sentimentos dele para com a amante do passado, então ele ainda que sabendo ser ela sua meia irmã, não

conseguia submeter esse conhecimento à sua natureza, a natureza do amor e do desejo físico se impunha com tamanha força que ele praticamente era maniquietado.

Disse que os mortos que se matam ou que se deixam matar sofrem muito mais, que as vivências no mundo dos mortos a eles, são muito mais intensas e opressoras, vivenciando da dor que se pensava libertado, e que o sofrimento de se ver morto e ainda carregando o mesmo fardo que pensavam se livrar causava uma comoção sem fim, piorada, já que a as emoções nos mundo dos mortos era intensificadas em elevados graus.

Na noite em que ele não foi ter com Olga algo infinitamente forte o atirou ao mundo dos mortos. Pensava ele que fora somente o seu medo, mas que não, fora uma liga do seu medo mais o desejo de Domingas Molina se fundindo. Assim ele foi arrancado do mundo dos vivos e passou a ver e viver no outro plano, mas que ele estava vivo, apenas era um visitante, observador. Que as energias aplicadas, suscetíveis aos mortos que não se aplicava a ele, não o atingiam, não tinha peso

Ao meio dos sonhos Domingas Molina vê a chegada de Honório Córregas. Ele se veste de branco, uma longa túnica, e longas barbas.

Abraça Anton com uma energia que se condensa no ar, com brilho azul e rosa, que deixava a mente entender que era um amor filial.

Os três se sentavam e conversavam fraternamente.

Desde o seu surgimento, o homem é movido por duas lógicas, consciente e inconsciente. O homem, era de inicio apenas instintivo e passional, foi sendo recoberto pela consciência e razão, mas essa razão ainda não conseguiu determinar a totalidade de seus atos, a irracionalidade, ainda, domina grande parte do existir humano. Os princípios do prazer, do gozo e o da realidade e mais, a luta entre essas duas e a leis da cultura social, cujo base inaugural teria surgido com a proibição do incesto, trabalham dentro de nós nos. Ainda há as forças naturais, aquelas inerente à alma que se extravasam como se físicas fossem.

O chacra básico é o mais primitivo e singelo de todos em sua manifestação, um dos principais modeladores das formas e dos estímulos da vida orgânica.

O ser que abrir o chacra básico prematuramente dará entrada a um ribeirão de energia tão poderosa que irá lhe alimentar todas as paixões e todos os desmandos, o orgulho poderá explodir e o recalque sensual dominá-lo de modo a realizar os piores caprichos e ações contra si e sobre o próximo. O chacra em desequilíbrio pode levar o homem à loucura, pois sua ação muito forte acirra o desejo sexual, semeando a satisfação aberrativa. Assim era Gontijo. Honório desaparecia do nada e Anton chorava. Disse que sentia falta de sentir um humano, que a convivência com os mortos, de certa forma, o exauria, devido a não compreensão exata do que vivia, de quando sairia dali. Frisou, porém que aquele estágio de "vida" dos mortos era uma exceção, sendo um plano de natureza temporária, expiatória como um local de limpeza de adequação antes de se retornar ao mundo dos vivos, ou de seguir aos locais de maiores e melhores vidas vibracionais.

Não se pode entrar "sujo" no paraíso.

-Como você foi parar ai?

-Já disse que fui jogado, alguma fonte excepcional de vontade ou desejo foi acionada, e eu não sei como sair daqui, creio que só fazendo acontecer ao inverso.

Esse local aqui fica sobre, ou melhor fica integrado, ao pântano da morte da floresta. Ainda, não tenho uma palavra melhor do que integrado. Acho que terei que criar um, não é como um pote onde a água está dentro, não é como a trama de um tecido de dois fios, é algo dimensional, é um no outro como corpo e espírito.

Eu não sofro, a não ser as minhas angustias de não saber como sair, a falta de companhia física, de gente viva, eles, os mortos passam por mim, por dentro de mim e não me veem. Falo com eles e não me ouvem, mas eu sinto a dor de muito deles, as aflições e os desesperos, não é um local bom nem mau. Creio que é um lugar de se gestar, de se conceber, de nos concebermos como algo que deveríamos ser, de retirar de nós o que não é bom em nós, para irmos a outros estágios existenciais. O local não é bom nem mau, somos nós que chegando aqui determinamos pelo que somos o que ele será. A mim não atinge o fogo dos ímpios, dos ardidos, a lama dos sujos, os excrementos dos porcos, a sensualidade dos obscenos, ainda que eu tenha assim definido cada tipo de ser, sinto que o local nos os descrimina ou os classifica, não os julgam.

Eu transito, passo incólume a tudo.

Sabe Domingas daqui pude observar você.

Eu amei todos os tipos de sorrisos que você tem, os que transmitem quietude, suavidade, doçura, ternura, os tímidos, os mais expansivos, os ternos, os eternos, os que marcam sua presença no Universo, nos meus longos dias sem sono e toda paz que eles transmitem ao meu coração. Posso nunca ter dito, mas, passei a observá-la, a conhecê-la assim de perto, e eu amei isso todos os dias. Sua bondade e generosidade, sua disposição para acertar, amei, enquanto a olhava escondido. Amei enquanto desejava estar com alguém e assim os meus sofrimentos serenar. Foram tantos os dias e pareceram tão poucos. Quando eu chegava mais perto de você só pra sentir o seu perfume. A amei, enquanto pensava em você até pegar no sono. A amei, enquanto tentava te mostrar as coisas boas que havia em mim, mas, se conseguir.

Quero que saiba e viva o agora em sua totalidade e não tema nada, porque até a morte é uma ficção. Não há necessidade de segurança e proteção. Viva confiando na existência como os pássaros estão confiam nela. Não se separe da existência por mim, eu encontrei esse caminho, Honório me ajudou. Tornar-me-ei parte da sua existência. Eu e ela vamos cuidar de você. Aliás, já estou cuidando de você.

O segredo da atração é amar é estar aberto ao gesto de amor. Expressar seu amor em cada ação. O amor não é um mero sentimento, mas a verdade suprema no coração do Universo.

Eu estarei aqui sempre em seus sonhos, nem demais e nem de menos. Nem tão longe e nem tão perto. Na medida em que eu puder, mas amar-te sem medida e ficar na tua vida. De maneira mais discreta que eu souber. Sem tirar-te a liberdade, sem jamais te sufocar. Sem forçar tua vontade. Sem falar, quando for hora de calar. E sem calar, quando for hora de falar. Nem ausente, nem presente por demais. Simplesmente, calmamente, ser-te paz. É bonito esse amor, mas confesso é tão difícil aprender; e por isso eu te suplico paciência. Vou encher este teu rosto de lembranças.

Dá-me tempo, de acertar nossas distâncias.(2)

-Anton, a tua presença dorme em meus sonhos, mesmo acordada.

(2)Fernando Pessoa

Quando essa energia básica, genésica, descontrolada sobe pela medula e irriga o centro frontal de um homem inferior alimenta-o de orgulho a personalidade terrena. Quando, em vez da fronte, atinge o coração sem o devido controle espiritual emotivo, termina por avivar-lhe os maus sentimentos, dando-lhe força e estímulo para a dureza de sentimentos.

Assim era Mirral Bustamante.

-Mirral eu não estou gostando desse seu afastamento. A cada dia você menos conversa comigo, pouco me ouve, A cada dia você mais é você apenas.

-Calma Adônis, eu estou num momento de extrema conversação comigo.

Preciso me ouvir, ouvir a minha voz interior.

-Parece que você nunca entende nada. Nós dois somos um, eu sou o seu contraponto, eu mostro outras visões das mesmas coisas para que você possa avaliar e fazer um julgamento mais justo, mais preciso. Se me torno agressivo na sua defesa é porque se você morre eu morro.

Você viu o resultado de ontem da tempestade. Qual avaliação você fez sobre ela?

-Uma tormenta natural, condições adversas atmosféricas.

-Mirral eu não poderia ajudá-lo se não se ajuda.

-Eu estou progredindo, eu faço progressos todos os dias, você não vê? Não gosta da minha roupa papal?

-É disso que eu falo Mirral, você não viu que a manifestação violenta de força da natureza tinha a ver como a condição que você insiste de ser Papa? Você está se desviando a cada dia da sua finalidade, da finalidade a qual foi alçado.

-Não percebi, mas você se baseia em que para afirmar isso. Disse ele ajeitando a casula vermelha -Você não gosta de vermelho?

-Eu não estou de acordo com as suas atitudes. As condições de vida recebidas que não utilizadas de forma superior no desenvolvimento do intelecto, das causas sociais, que são perdidas de forma banal, em práticas inferiores, ativam os maus sentimentos, repercutem em tudo, ou voltam contra quem às usa.

Você anda desatento, vaidoso em excesso, não presta a atenção às coisas que eu falo. As minhas coisas já não são de importância, veja o caso da vaca da administradora do cemitério. O que você fez com ela? Nada. Eu não me esqueci, quero que você me prove que somos um casal.

-Está certo vou conversar com o meu eu interior. Quanto à administradora vou dar um jeito. Disse ele espargindo perfume.

Mirral gostava de perfumes, depois que a família de Miguelito Mil saiu, ele Mirral, mandou espalhar perfume pelo ambiente. A cômoda tinha das mais diversas marcas dos melhores perfumes franceses, Dolce-Gabbana, Cacharel, Christian-Dior, Paco-Rabanne, uma infinidade, melhor dizia-se qual ele não tinha.

O ajudante de ordens bateu à porta do quarto – Senhor Presidente tenho más notícias.

-Diga.

-O pelotão que partiu há três meses em busca dos fugitivos, voltou com apenas um homem.

-O tenente Moro?

-Não, infelizmente ele morreu. Voltou apenas Adamastor.

-O médico?

-Sim.

-Chame-o.

-Sim Senhor.

Mirral ajeitou a túnica militar e lançou um ultimo olhar à sua aparência. Gostou, puxou um fio de barba que insistia em se manter fora do alinhamento.

-Odeio rebeldes.

Desceu ao salão presidencial e aguardou o soldado Adamastor.

O soldado se apresentou e Mirral perguntou – Por que só voltou você?

-É uma pergunta ou uma critica, Senhor?

-Os dois.

-Se soubesse o que enfrentamos, possivelmente o Senhor me parabenizaria.

-Conte-me então.

-Eu sou soldado há muito tempo, fui mercenário combati em frentes das mais diversas e estive perto da morte muitas vezes, mas nunca a olhei nos olhos como no Pântano da Morte. Nem o tão preparado tenente Moro conseguiu sair de lá.

-E como você conseguiu?

-A floresta não quis me engolir. De algum modo ela me deixou ir.

-Acho que você está traumatizado e cansado. Depois falamos mais. E verei o que fazer, mas não abro mão das cabeças dos cinco. Isso é uma promessa.

Adamastor saiu.

-Adônis, o que você acha desta versão fantasiosa do soldado Adamastor quanto ao Pântano da morte? Acho que eles está escondendo algo, que possivelmente fugiu deixando os outros por lá.

-Há a verdade em cada palavra dita.

-Temos dois loucos agora?

-Não me ofenda Mirral? Há mais coisas no Universo do que possa saber a sua vã cabeça. A floresta tem vida, as notícias chegam pelo vento, dando conta da magia, dos seres elementais, pelas águas do rio quando chegam ao mar. E digo mais, não serão cinco cabeças, mas quatro, a filha, Mirtes, do Presidente Rubio, morreu.

Adamastor não esta mentindo ele escapou da floresta exatamente por que não mente. A floresta soube da alma dele, de quem ele é. Da sua honestidade e hombridade, de suas buscas pela verdade. No reino dos mortos os mortos são vivos.

Você deveria convidá-lo a ser um dos médicos de Angusturas.

Capitulo 96

-Filha de sucuri com cipó deve comer gente e cuspir sementes, gritou Virgilio, desta floresta sai de tudo até gente.
Virgilio era chamado em Ravena, o Vigia, porque a casa dele era na posição mais alta do terreno. Assim normalmente era ele o primeiro a ver se alguém chegava a Vila, o que não era comum, mas ele avistou quatro pessoas no ponto mais distante e visível da entrada que se adentrava na floresta.
-Vem gente, vem gente. Vem um cachorro também. É o Água Ardente.
-Todos acorreram à pracinha central de Ravena para ver quem chegava, Honório tomou a dianteira e ficou de frente com os quatro chegados. Água Ardente saltou de um voo só ao colo dele. Foi festa. Honório Coregas falou - Bem vindos. Quem são você? Disse Honório Córregas, mas os quatro apenas se deixaram cair sem forças para responder à indagação de Honório.
-Ajudem-me a levá-los à Velha Sofia Soraia.
-Quem são eles ou são parentes ou são serpentes – Gritou Virgilio.
Eles estão sem forças, com fome, fracos, dei uma beberagem para descansarem, para terem um sono sereno. Depois amanha pela manhã terão uma boa sopa de batatas e brotos de feijão. Logo se recuperarão. Se eles atravessaram a floresta foi porque ela permitiu ou usaram feitiços, mas, eles não têm caras de feiticeiros. Disse A Velha Sofia Soraia.
Essa moça usa roupas finas deve ser uma estrangeira e o rapaz botas militares e roupas camufladas, deve ser um militar fujão, os outros dois, diria eu, que um é artista, poeta, escritor, ou pintor, vi lápis, papeis e tintas na mochila dele. O outro é um camponês, ou melhor uma camponesa.
-Mandem chamar Pierre Gergene. Pediu Honório Córregas.
Pierre Gergene chegou e reconheceu de pronto o jovem artista Diego Kalos e o sargento Sebastian Ornelas. Devem ter sofrido muito, possivelmente perseguição de Mirral Bustamante. Sabastian é um bom soldado, e bom homem. Não resistiria muito mesmo a

conviver com Mirral Bustamante, mas o que será que teria acontecido com eles. Essa moça parece estrangeira e o outro parece alguém conhecido. Disse Gergene se aproximando.
Parece um rapaz, mas o rosto é liso e não tem o pomo-de-adão, tem mãos finas e braços não musculosos, nessa idade se fosse camponês já teriam musculação definida.
-É uma moça falou Sofia Soraia, não sei por que está disfarçada, mas é uma moça.
Pedro Nobre ajoelhou-se perto dela e pareceu ver um filme do passado sendo rodado ante os seus olhos.
-O que se passa Pedro?
-Eu a conheço. Eu a conheço, eu a conheço sim. É de Angusturas de uma vila próxima à capital, é irmã do sargento Sebastian Ornelas.
É a moça dos meus sonhos.

Capitulo 97

Pascoal Mordaz se reuniu com os lideres das comunidades local, a maioria homens respeitados pelos seus passados e história construída na defesa de suas culturas, pela labuta e doação aos seus convivas.
Queria ouvi-lo e saber sobre as mudanças advindas desde a tomada do poder por Mirral Bustamante. Procurou ouvir sem interferir, queria ser o máximo possível isento para valorizar a reportagem que preparava.
Angenor Saraiva foi o primeiro a falar, ele de todos era o mais velho e o mais sensato, o que sempre buscava consenso, agir mais com sabedoria do que com violência, dizia ele que a violência era um atributo dos fracos.
Falou pausadamente, sem pressa.
-A pressa não é só inimiga da perfeição, é também inimiga do diálogo, do pensamento mais elaborado, sobretudo, filosófico e científico, mas temos vivido com o mínimo necessário para subsistir, ainda assim, por que ocultamos bens e gêneros alimentícios da policia de Mirral. São filhos nossos, filhos dos nossos amigos obrigados a atuarem como vilões, como ladrões oficiais, que toma de quem não tem para dar aos poderosos. Que estando no poder, não lembram que somos nós os que mantemos um país funcionando, que somos nós os mais atingidos. Esquecem da nossa história, dos nossos antepassados, da memória cultural que somos.
Ângela Simões levantou-se e falou também.
-Não há no meu coração ódio, nem dos Angusturenses, mas há uma oposição silenciosa a cada ato impensado de Mirral sendo formada. Os nossos olhos dizem o que as nossas bocas têm evitado. Há magoas por termos sido apunhalados pelas costas. Em Angusturas os filhos andam ao lado do pai, mas Mirral foi um filho de Angusturas que andou pelas costas e nos feriu profundamente. Há mágoas sim, meu filho sente uma dor que ninguém sabe traduzir, mas as nossas intuições de pais e mães sabem, uma mãe sabe quando um filho chora não de dor, mas de fome.

À sombra do medo nada viceja, desejamos viver sem temores, com liberdade de sermos o que somos, pois agora não somos quase nada.

Depois de muitas horas de debates, os lideres concluíram que deveriam listar as reivindicações a serem entregues a Mirral Bustamante e fazer um dia de desobediência civil. Um dia inteiro, vinte e quatro horas sem pagar qualquer tributo, imposto e sem ceder os seus bens, ainda bateriam tambores por vinte e quatro horas dali a três dias.

Pascoal Mordaz escreveu um editorial para sair na manhã seguinte, cuja manchete era: Em fim o povo começa a tomar o rumo do seu destino.

Senhores.

A caravela vai partir. As velas estão carregadas de sonhos, aladas da esperança. O ideal está no leme e o desconhecido se desata à frente. No cais alvoroçado, nossos opositores, conjuram que é hora de fiar e não de se aventurar, mas no episódio, nossa carta de marear não é de Camões e sim de Fernando Pessoa ao recordar o brado: Navegar é preciso, viver não é preciso.

Posto hoje no alto da gávea, espero em Deus que em breve possa gritar ao povo de Angusturas: Alvíssaras, meu capitão. Terra à vista. Sem sombra, medo e pesadelo, à vista a terra limpa e abençoada da liberdade.

Vamos ao tamboraço.

Capitulo 98

Mirral cobrava ao bispo mais atitudes e ligeireza nos atos formais de torná-lo Papa, mesmo a contragostos de Adônis ele tinha decidido levar a diante a sua decisão.
Porém o velho e astuto bispo Malacedo, ciente dos constrangimentos e desconfortos que aquela postura pudesse levar, temendo ter que ser chamado a se explicar junto à Igreja, arquitetou uma maneira de dissuadi-lo.
-Caro Presidente Mirral, vejo na sua aura de luz um poder muito grande, um halo divinal que o cerca, que se expande sobre essa grande e glorificada nação de Angusturas. Posso dizer de todas as minhas experiências espirituais vividas, que jamais tive diante de tão monumental santidade. Digo Santidade por não encontrar palavra maior. Santidade no sentido de ser santo, algo maior que ser um Papa.
Mirral Bustamante se inquietou no trono - Será que bem entendo sobre o que fala o Senhor Bispo?
-Caro Presidente, o Senhor é mais, é maior, destila luz suficiente para ser algo de maior grandeza, de maior significado. Essa postulação ao papado não é coisa para sua extirpe. Um Papa tem apenas o reino de Pedro, mas um santo teria o reino de todas as alma terrenas.
-Explique-se melhor caro Bispo.
-Eu tive uma visão santificada, uma indicação dos céus, que me deram a cabo do poder a mim destinado de classificá-lo como um santo.
São Mirral Bustamante. Disse o bispo traçando como a mão no ar a frase.
São Mirral Bustamante.
-Soa magnificamente bem, São Mirral, eu posso ser santificado?

-Eu tenho a capacidade de determinar isso e posteriormente
ratificar junto ao Santo Papa em Roma. Serás um santo local, o
primeiro santo de Angusturas.
Poderemos construir uma catedral, teremos um dia Santo em
homenagem a São Mirral com missa campal e precisões.
Construiremos uma fonte dos milagres e objetos de lembranças,
terços, imagens, hinários. Shows e festas religiosas.
Gostei. Assine a declaração que eu determinarei os atos legais e
instituirei a data do meu aniversário como o dia do Santo Mirral
Bustamante.

Capitulo 99

Na primeira hora do dia primeiro de agosto, os tambores iniciaram sua canção de protesto, rufaram rompendo a aurora e repercutiram por toda Angusturas, a eles se juntaram as panelas, latas apitos e assovios, dando a dimensão exata do quanto era unida Angusturas. O trovejar ribombava pelas vilas e pelos campos e despertou Mirral do seu sono.
-Ainda é noite, pelo que toca esse povo? Ainda nem me anunciei Santo, Valfrido venha cá já. O ajudantes de ordem do Presidente Mirral se apresentou.
O que se passa Valfrido, que ação conjunta é essa? É alguma data festiva?
-Eu não sei presidente, de fato ainda não sei, há uma comissão de cidadãos Angusturas querendo entregar um manifesto a sua pessoa.
-Eles que esperem, peça ao coronel Pessoa que venha cá.
O coronel se apresentou e Mirral perguntou.
-O que se passa em Angusturas?
-É uma manifestação pacifica de agravo ao seu governo.
-E como você, chefe da Segurança Nacional e Agência Angustina de Inteligência, não sabia desse saimento popular?
-Perdoe-me Presidente tentaremos extinguir essa sublevação.
-Desde quando o povo tem essa capacidade de arregimentação? Isso é algo muito perigoso.
-Haja Coronel Pessoa ou a sua pessoa não terá mais cargo militar, quem sabe cabeça.
Mirral não atendeu a comissão popular o Coronel Pessoa recebeu as reivindicações e a arquivou.
Os tambores ao meio dia pareciam que ganharam forças redobradas, Mirral Bustamante pelas duas da tarde já não suportava o rufar incessante, caminhava em círculos pelo salão

central do prédio, talvez não pelo barulho, mas pelo que ele representava de desacato, de desagrado a ele.

-O que querem esses infelizes se eu mandei construir trezentas novas casas distribuídas pelas vilas, aumentei o exercito para dar novas oportunidades de empregos, se distribuo vales diversão a cada primeiro domingo de cada mês, para que comprem sorvetes em casquinhas. Construí um cinema ao ar livre, militarizei a vida social, dando disciplina e formação militar aos seus filhos primogênitos, construir um fabrica de charutos, claro não tão bons quantos os cubanos, criei a cooperativa para melhor distribuir equitativamente a produção agrícola.

Mirral tapava os ouvidos tentando não ouvir o ribombar, mas ele parecia que batia dentro dele, e ele teve a sensação que não suportaria tamanho castigo.

-Eu sei o que fazer amanha mandarei construir cercas eletrificadas, cortarei a comunicação entre as aldeias, não haverá mais como se comunicarem, confiscarei cada tambor. Quem manda em Angusturas sou eu, o General, o Presidente, o Santo Mirral Bustamante.

Tenho mandados os padres aos confins de Angusturas para diminuir a divisão entre cidade e campo, ser possível levantar o nível de cultura no campo, vencer, mesmo nos cantos mais remotos de Angusturas, a ignorância, o atraso, a pobreza e a barbárie da doença.

Eu estou aqui representando tantas gerações de lutadores que vieram antes de mim, para reafirmar os meus compromissos mais profundos e essenciais, para reiterar a todo cidadão e cidadã do meu País o significado de cada palavra dita no meu discurso de posse. Eu quero imprimir mudanças, com um caráter de intensidade prática, para dizer que chegou a hora de transformar Angusturas numa nação com a qual a gente sempre sonhou: uma nação soberana, digna, consciente da própria importância no cenário internacional e, ao mesmo tempo, capaz de abrigar, acolher e tratar com justiça todos os seus filhos. Vamos mudar, sim. Eu sei que posso mudar Angusturas, mudar com coragem e cuidado, humildade e ousadia. Mudar tendo consciência de que a mudança é um processo gradativo e continuado, não um simples ato de vontade, não um arroubo voluntarista.

Eu tento o dialogo e vocês me respondem com bateção de tambores, que linguajar é esse?

É assim que respondem à minha querência por vocês? Com quatro pedras nas mãos? Eu sou a mudança, sistemática sem atropelos ou precipitações, para que o resultado seja consistente e duradouro.

É difícil tentando conversas assim, convencer os outros e a nós mesmo de que somos o que não somos. Isso esgota as minhas energias. Pessoas bem resolvidas não fingem ser outras pessoas. Se aceitam como são e, através dessa aceitação, aceitam as outras pessoas. Elas também não mais se julgam nem julgam as demais pessoas, mas assim, coimo desejam, na agressividade, na trocação, o mundo será tão perturbadoramente confuso que será um verdadeiro martírio viver nele, será o próprio inferno em vida.

Porém a cada agressão verbal parecia que os tambores respondiam com mais incisão, mais penetrantes e tonitruantes.

Ao final da tarde com os nervos em frangalhos Mirral gritou por Adônis que veio ao seu socorro.

-Vamos querido Mirral para o lago, venha eu posso sanar esse problema. Adônis Esculápio o beijou na boca.

O apelo da sereia é transmitido através da saliva. Ela primeiro encanta seu caminho quebrando as defesas da vítima, lendo sua mente e fingindo ser a "pessoa perfeita", quando em seguida o infecta pela transferência de fluidos. A ocitocina, o fluido do amor, se espalha pelo sangue da vítima e o dota de tamanha euforia como uma droga, estancando a dor provocando sensações de euforia.

Os dois mergulharam nus no lago e nadaram ao fundo, Adônis com a boca colada à de Mirral Bustamante para fornecer o necessário oxigênio.

Capitulo 100

-Pascoal Mordaz, eu consegui saber qual a maneira única de matar uma sereia.
-Onde você conseguiu, Benicio Boa Morte?
-A minha amada Victoria me deu as informações, é necessário apunhalá-la.
-Só isso?
-Não, mas com um punhal de bronze mergulhado no sangue de alguém que tenha sido infectado pela saliva dela.

No dia seguinte a bateção de tambores Mirral Bustamante dormiu por vinte e quatro horas, quando despertou se alegrou ao ver o rosto de Adônis Esculápio perto do dele. Sorriu, tinha ar de menino sonolento. Espreguiçou feito gato alongando os membros. Parecia que o paraíso era ali, na sua cama. Agradeceu a Adônis o livramento das angustias passadas com os tambores, mas desejou corresponder à ajuda.
-Peça-me alguma coisa Adônis. O que você desejar.
-Eu quero que você puna a administradora do cemitério.
-Só isso meu amor?
-Sim só isso.
-É para já.
Mirral Bustamante chamou Valfrido e pediu a presença dos irmãos Castro, dois jagunços de marca maior, serviceiros de trabalhos sujos.

-Eu tenho um serviço para vocês, algo que seja rápido e limpo, sem deixar vestígios ou evidencias.
Luar o irmão mais velho, retirou a faca da bainha e palitou os dentes.
-Nisso somos especialistas. Dê os nomes que faremos.
-Quero o coração aqui numa bandeja de prata como prova da execução.
-Quem é o felizardo a ganhar a passagem para o mundo dos mortos?
Fiel o irmão mais novo perguntou o nome.
-Vida Cervantes.

Capitulo 101

Pedro Nobre passou a noite toda velando o sono de Zezinha, as saudades iam se desenrolando sonolentas, debulhadas uma a uma, sendo tocadas pelas lembranças que vinham. A emoção indizível ganha o coração tocado pela ternura, a inexplicável presença de Ana Lorena Ornelas transfigurava o rosto de Pedro Nobre, um sorriso carinhoso e acolhedor não lhe sai dos lábios. Viver naquele momento era como sonho, e ele vez ou outra tomava um chá feito por Soraia Sofia para se interar da realidade.
Sua alma era grata pela vida, viver era saboroso, deleitosamente bom.
As perguntas eram tantas, mas as respostas não interessavam, ele tinha medo das respostas, preferia apenas sentir a presença amada.
 A pele excitada deixavam os pelos gritando, uma corrente elétrica emitida da excitação ganhava as pontas dos dedos, os dedos de Pedro Nobre brilharam na penumbra do quarto. Ele olhou para as mãos, um brilho saiu delas e pairou pelo cômodo ganhando asas planando sobre todos.
-Somos o que somos. Disse a Velha Bruxa, Sofia Soraia.
-Mas somos mais do que vemos Soraia.
-Eu sei Pedro Nobre, existe um ser mágico dentro de todos nós. Que tudo vê e tudo sabe, acima e além do bem e do mal, da luz ou das trevas, que é maior que nossas consciências de prazer ou dor e tudo se originam num mundo invisível, dimensional ao nosso.
Quem sou eu, Soraia? Por que eu recebi esse bem?
-Pedro essa é a única pergunta que vale a pena ser feita e a única que jamais será respondida. Eu não posso responder a ela, mas você é um homem alinhado com a natureza divina. Hoje, aqui você está desempenhando um papel, mas é o seu destino desempenhar uma infinidade de papéis, mas esses papéis não são você. Somos a impregnação das várias vivencias do espírito, essa é a representação formal, corporal do que somos hoje, do que fomos construindo até hoje.

A natureza reflete o seu estado de alma, um corpo, uma mente, adormecidos, mas o espírito divino, esse jamais adormece. Somos a imortalidade, e isso está aqui agora se manifestando, as perguntas vieram e você abriu mão delas, desejou apenas sentir, você sentiu sua essência e a deixou se manifestar.

Aqui e agora é apenas um evento localizado, o mais é maior, não há morte só há vida, interrupções de uma forma de ser para ser outra em continuidade. À luz da consciência, tudo está vivo! Não existem inícios ou fins. Apenas elaborações mentais.

Você ao seu modo e ela ao dela construíram esse momento, desejaram, viram e o realizaram.

Hoje, tenho inveja de ti, Pedro Nobre.

-E você Soraia Sofia, quem você é?

Soraia deu um largo sorriso – Eu vivo a espera de minhas mudanças, para viver mais plenamente é preciso morrer para o passado. As moléculas do corpo físico se dissolvem e se extinguem, mas a consciência sobrevive à morte da matéria na qual ela viaja.

O que estamos sentindo agora existe em toda a parte. As correntes de conhecimento são eternas e circulam eternamente, conhecimento de momentos reveladores como o que você está vivenciando.

-Sofia Soraia, todos dizem que não lembram como você veio parar aqui, que não teria força, devido a sua idade, de ter enfrentado a viagem para Ravena. Nenhum deles lembra quando ou como você veio. O meu pai diz que você não estava aqui quando ele chegou. Que mistério é esse?

-Eu era uma mulher bonita, uma moça como outras tantas antes de me tornar uma bruxa, tinha um grande amor. Uma história de conto de fadas, mas precisei viver assim a perda para saber como lidar com o ego. Quando o ego é posto de lado, temos acesso à totalidade da memória. Quando as portas da percepção são depuradas, você começa a enxergar o mundo invisível. Você se tornará uma fonte, depois um fio fluídico, depois uma corrente de vida onde você pode se purificar e se transformar. O campo da consciência se organiza ao redor das nossas intenções. O conhecimento e a intenção são forças. O que você pretende muda o campo ao seu favor. As intenções comprimidas em palavras envolvem o poder divino. Não viemos para responder perguntas, mas para vivê-las.

Eu tinha um amor, alguém porque quem eu daria a vida, quando
ele se foi eu perdi a minha sombra, meu parceiro de entender a
vida. Alguém que nos mostra que ainda somos incompletos. Está
viva é, hoje, a sabedoria, portanto, sempre imprevisível.
-Quem era ele? Eram casados?
-Não éramos, estávamos de casamento marcado, e ele sumiu, eu
não sei porque e para onde foi. Dizia uma tia minha, que ele virou
sapo. E eu pensava que era uma metáfora, mas ela dizia que era a
verdade, que literalmente era verdade.
 Não devemos lamentar as perdas, por trás das perdas há as lições,
à medida em que você conhece o amor, você se torna o amor. Não é
visto ou sentido quando pronunciamos a palavra amor, é algo da
magia, de sutil energia, amor é mais do que uma emoção. Ele é
uma força da natureza e, portanto, tem que conter a verdade, e
você hoje sentiu a sua essência. Eu pratico o desapego, não penso
mais, não desejo, não espero, não há nada mais para mim.
-Dizem que o desapego é a resposta para o ter, Sofia?
Sofia Soraia riu.
-Sim. O amor mais puro situa-se onde é menos acreditado: no
desapego.

Capitulo 102

Os irmãos Castro era tipos esquisitos, um moreno e um branco, Luar tinha quase dois metros de altura e era esquálido, rosto longo e queixo proeminente barba bem feira, rosto escanhoado ao contrario de Fiel, barba mal feita desgrenhada, e baixo e roliço feito um barril, quem os visse sem conhecê-los jamais diriam ser irmãos. Estavam em um bar de Angusturas a fazer hora. Bebiam e ouviram os questionamentos do povo e as reclamações contra Mirral Bustamante, ouviram com ouvidos de moco, afinal, não podiam cuspir no prato que comiam, nem desagradar quem pagava os seus salários. Preferiam ficar isentos, afinal de dentro do olho do furacão não se pode ver nada.

Tinham nas costas mais cem mortes somadas, sempre sorteavam para ver quem daria o tiro fatal, Luar o mais alto tinha doze na frente, as mortes onde os dois atiravam juntos não contavam. Jogaram a moeda sobre o balcão.

- Cara, ganhei, agora serão treze na sua frente disse Luar.

-Eu não gosto do treze, isso dá azar, má sorte.

Faziam as horas passar, esperavam a madrugada, o Luar pegou o seu relógio com corrente fruto de uma coleta feita a um morto encomendado em Las Violetas, relógio bom de fundo de prata trabalhada a mão, com a figura de um casal fornicando, mas, relógio bom é o que faz o mínimo exigido dele, marcar perfeitamente as horas, e esse era assim. Cada vez que contava uma hora o homenzinho dava uma penetração na mulher, era uma espécie de cuco, mas em fornicações. Quando o relógio marcou meia noite o homenzinho penetrou a mulher de pernas abertas doze vezes e Luar riu, cutucou o irmão Fiel. –Vamos?

-Vão querer outra bebida? Perguntou o barman.

-Temos um trabalho a fazer, mas, levaremos uma garrafa de rum Parvo Pirata e deixamos uma rodada paga a todos, em nome de Mirral Bustamante.

Todos se entreolharam sem entender.

-Você deram sorte eu só tenho essa garrafa Parvo Pirata, está bem envelhecida, faz tempos que está aqui na prateleira.

Eles saíram. Seguiram ao cemitério e pularam o muro.
Fidel derrapou e caiu numa cova, levantou-se irritado e Luar pediu silêncio. Chegaram a casa da administradora e entraram e atiraram no corpo sobre a cama. Depois carregaram o corpo para fora.
Sentaram e beberam toda a garrafa de rum Parvo Pirata.
Jogaram a garrafa no fundo da cova.
-Onde melhor se pode esconder um cadáver? Perguntou Fiel.
-No cemitério.
-Perfeito irmão. Vamos colocá-la numa das covas abertas essa aqui perto da casa será boa, assim Vida não precisará caminhar muito quando precisar ir ao banheiro. Os dois riram. Colocaram o corpo na cova e cobriram com terra, depois Fiel resolver fazer uma graça.
-Não fica bem uma cova sem flores.
Pegou a flor de Lorca e cravou na terra sobre a cova de Vida Cervantes sentar-se sobre ela e beberam, jogaram a garrafa para o lado e foram embora.

Capítulo 103

Zezinha foi a primeira a abrir os olhos como quem está nascendo, vagarosamente, tentando evitar a luminosidade, logo que se acostumou à penumbra ela ficou estática olhando aquele rosto que a olhava. Era alguém de sua lembrança, mas a fraqueza física, certamente a fazia duvidar de sua mente. Talvez estivesse dormindo imposta ainda nos sonhos.
Avançou a mão em busca do contato com a face amistosa, de onde uma vaga lembrança trazia uma percepção boa. De alguém querido, de alguém amado, mas ela não se deu conta da certeza, duvidou. Acariciou o rosto de Pedro Nobre, e ele falou.
-Minha Zezinha.
-Meu Pedro.
-Estamos no mundo dos mortos?
-Não, estamos em Ravena, um mundo dos vivos.
-Como você veio para cá?
-É uma longa história e você precisa se alimentar, se fortalecer, teremos agora a eternidade para conversar.
Os outros foram acordando logo após. A sopa feita por Sofia Soraia estava fumegante exalando cheiro de abrir o apetite, mas os apetites de todos estavam já exacerbados, Sofia orgulhosa pôs tigelas de argila queimada, decoradas por ela mesma.
Pedro acolhia com carinho o seu amor. O Pequeno Vermelho também o seu quinhão.
 Aos poucos foram chegando os curiosos e logo chegaram Honório e Carmesita.
O sargento Sebastian Ornelas explicou a razão de estarem ali e Honório lhes deu as boas vindas. Estava de fato, era uma alma generosa e não se preocupava com nada que não fosse fazer o bem, mas Pierre Gergene não deixou de lado a suas preocupações.
Zezinha explicou que ela e Pedro não acharam uma solução imediata para livrá-la do casamento indesejado. Pensaram varias maneiras inconclusas, decidiram então que ela se entregaria a ele como mulher e depois fugiriam para Ravena.

Ela se fez mulher nos braços de Pedro Nobre e engravidou, a fuga foi planejada mais não pode ser efetivamente realizada. O pai de Zezinha e de Sebastian descobriu as malas prontas e a obrigou a confessar sobre a causa delas. Ela não negou, contou de todas as razões. Disse que estava grávida. Que era mulher de Pedro Nobre. A confissão somente antecipou toda a programação do casamento. Ana Lorena Ornelas casou-se com Romero Barradas dois meses antes do previsto. Evitavam assim qualquer tentativa de fuga e o constrangimento da barriga da menina embuchada.

Romero era um homem rude, severo e disciplinador, exigente quanto ao seu mando, donde suas ordens jamais foram contestadas, ou ao menos ninguém vivo que pudesse dar testemunho em contrário. Assim temos um quadro bastante desfavorável à vida futura de Zezinha Ornelas.

Foram oito anos difíceis, mais difíceis do que se possam as vãs imaginações conceberem.

Tentativas de fugas foram ao menos cinquenta contadas, um terço inteiro de lamentações e Aves Marias e pais-nossos de contação de intentos.

Também foram muitos os castigos, que variavam da falta de comida e água, às alguns tabefes e palmatórias. Os chicotes ele evitava dar nela para não marcar o corpo que ele usava quando decidia que queria. De fato e de verdade, ele nunca a teve, apenas tomava à força o seu corpo, não sua alma ou os seus sentimentos. Havia ainda os cortes de cabelos curtos, para deixa-la parecida com a antiga esposa de Romero, Sinhazinha Divina Barradas, a que nunca contestou um pedido sequer ao marido, a Santinha Senhora abençoada e bem lembrada por todos. Como lazer Zezinha tinha apenas as costuras de fuxicos. As quais não se sabe por que, quando ela estava na ocupação de coses os pedacinhos redondos de panos Romero não a incomodava. Assim costurou-se uma colcha de cento e doze metros nos oito anos de vida em comum. Diziam as línguas fuxiqueiras que ele se lembrava de Dona Divina ao ver a moça nova a costurar. Zezinha por muitas vezes foi acorrentada e circulava pela casa com os grilhões aos pés.

Era um alívio quando Romero viajava, Dona Benedita soltava-lhes os pés, mas com o acordo dela não fugir, Zezinha compreendia o pedido e o cumpria sabendo que se fugisse a bondosa senhora ficaria em apuros, mas nestes tempos ela podia caminhar solta entre os brejos alagadiços onde o sol se refletia e a água era fresca para os pés. Corria pela caatinga, entre jatobás, mandacarus e xiquexiques. Podia espantar as rolinhas, e fustigar os calangos, gostava de vê-los correr desengonçados e os imitava acorrer rebolando jogando as nádegas de cá para lá.

Dona Benedita a olhava de longe e a compreendia, sabia que ela era só uma criança tentando ser feliz. À tarde as duas sentavam na varanda para esperar o crepúsculo, quando o sol banhava tudo de vermelho sangue e ia mudando de cor, do carmim, ao vinho, depois ao violeta até tingir tudo de escuridão, mas era bom com ela vinham as estrelas, e com elas se pedia a sonhar então e com elas vinham o café com bolo de milho ou de macaxeira.

Quando chovia o que era raro, o corpo de Zezinha não sossegava, não havia mais o que esperar, aos primeiros pingos grossos que o chão logo não absorvia saltava a poeira ao ar e ela também, ao cheiro da terra molhada e das lembranças antigas que vinham, se atirava ela ao terreiro e era como se a chuva dançasse e ela corria tentando driblar os pingos, e rodopiava e corria, era tamanha a alegria, era como se ela dançasse também. Era tamanha a liberdade que sentia, a jovialidade pela natureza de ser, solta e sua, liberta naqueles momentos de tudo e de todos, quando podia apenas ser ela, que a alma dela vibrava e ela ria e ela chorava, chovendo também.

A lembrança do seu bebe morto logo ao chegar, ela apagou, mas jamais se esqueceu de Pedro Nobre. Um nó só na garganta, um nó que nunca se desfazia, era uma lágrima que vinha quando despertava ou quando Romero a tomava e outra quando dormia.

Ela o sentia no sabor de água, no comer, às vezes deixava as lembranças ficarem até doer, machucar pra não saírem jamais de si. Por vezes preferia se deixar morrer a apagá-lo do sentir, era o seu sabor de ser, foi com ele que se sentiu mulher, de florir, de saber mulher, de amanhecer. De ser fogo e céu num só ardor. De fluir e fulgir num só fulgor. Assim eram ela e Pedro. A esperança que jamais morre.

Ela apesar das inúmeras vezes levadas à cama de Romero jamais dele engravidou, no seu íntimo ela ria-se dele pela incapacidade dele gerar um herdeiro.

 Depois ele a queria transforma na sua Divina Santinha e o gênio indomável de Zezinha não de dava a vencer, podia ser ferro, fogo, chicote, fome e sede, que ela saia mais fortalecida e a sua raiva incontida era o alimento ideal às suas renovações de força.

Do Benedita, mãe de Romero logo percebeu isso, e depois de inúmeros conselhos ao filho pareceu que ele cedeu em alguns pontos.

Égua selvagem come no curral, mas com os olhos no horizonte – Dizia ela.

O chicote no lombo dela é só um sinal para mais os coices. Apura-te homem de Deus, uma era Santinha, mas a outra não. Que se a continuar essa rixa, a nada levará, só terão perdedores.

Romero acatou os pedidos de Dona Benedita, mas desejou que Zezinha fosse para a cozinha aprender a cozinhar, mas foram só mais desgraceiras. De bom grado Dona Benedita a pôs perto de si na cozinha e lhe ensinou cada segredo que sabia. Os modos de servir e os temperos que combinavam a cada prato. Ensinou dos doces e dos pães, dos bolos de massa puba, aos de farinha de mandioca, os mungunzás, de tudo o muito foi ensinado, das tapioca, às moquecas de maxixes, das buchadas de bode, baião de dois, às paçocas de macaxeiras com carne de sol, fritadas de ovos de emas, os ensopadinhos de preás com bredos, queijo Coalho, os cuscuz de milho, até os sarrabulhos, prato típico da culinária portuguesa que se caracterizava por ser um guisado com os miúdos do porco e cabrito com sangue, foi ensinado, via-se o bom trato dela com os ingredientes, mas a vontade de ser rebelde era maior, a moça Zezinha era tinhosa, tinha pacto com o chifrudo em ser pirracenta, se não salgava a comida exagerava na pimenta. Tirava o alho e punha mostarda, ou punha farinha onde era o ideal era o açúcar.

Assim logo desistiram da desdita na cozinha, mas Romero a queria parida e dizem que por pirraça a menina se lavava com água e vinagre logo após ser usada, também era fã dos chás de buchinha, famosos por ser abortivos. Diziam, ainda, as más línguas que tudo era apenas boba prevenção porque o Senhorzinho Romero tinha as glândulas frias, as gônadas inférteis, incapaz de concepção.

Ao certo a vida fora difícil, de apoio somente, um tanto de Dona Benedita e muito do irmão Sebastian que nas visitas prometia ajudá-la, e ele o fez quando viu a oportunidade de fugir de Angusturas.

Pedro Nobre contou que soube das más notícias pelo amigo Tinhorão, quando então ele se encheu de brio e foi ao sitio dos pais de Zezinha. Foi escorraçado logo antes mesmo de pedir a mão da menina. Do mais, das vezes que ele fora ao sitio ela já não mais estava por lá, já havia tomado rumo distantes sem que ele soubesse. Ainda assim sem saber ao certo o que se passava Pedro Nobre tentou. Foi mais vezes ao sitio do que as contas que têm um terço. Até que por fim depois de uma surra foi atirado ao mangue. Acordou sujo da lama e coberto com algumas dezenas de caranguejos que o beliscavam de todos os lados. Depois soube então que Sua Zezinha tinha ido para local ignorado.

Não havíamos marcado hora, não havíamos marcado local para o encontro, eram infinitas as possibilidades, deixei o coração me guiar, nas infinitas possibilidades de caminho, nós escolhemos o mesmo. Aconteceu o encontro de novo.

A cerca do amor existem tantas verdades, mas ele driblar todas elas e surge sempre renovado.

Capitulo 104

Mirral Bustamante decide trocar as vestes papais pela túnica da humildade, e seguiu com alguns membros do exercito em peregrinação foi até Los Anjos, e apeou. Parou na estrada a uns dez quilômetros da cidade, à entrada de um sitio pobre.
Estava aborrecido com a indiferença de muita gente. Anunciou que provavelmente seria ouvido com mais respeito pelos pássaros. Ele viu uma multidão de pássaros reunidos: pombos, corvos e gralhas. Foi em direção à elas, deixando seus companheiros na estrada. Quando estava bem perto das aves, saudou-as: - Que o Senhor vos dê a paz.
Surpreendeu-se porque os pássaros não voaram. Mexeram-se e viraram seus pescoços e ficaram ali, esperando.
Cheio de alegria, Mirral lhes pediu que ouvissem. E discursou: - Meus irmãos pássaros, vocês devem louvar seu Criador. E amá-lo sempre.
Ele lhes dá penas para vestir, asas para voar e tudo de que necessitam. Deus lhes dá um lar na pureza do ar. E, embora vocês não plantem, nem realizem colheitas, ele mesmo os protege e cuida.
Os pássaros abriram as asas e os bicos e continuaram olhando para ele. Francisco passou por entre eles, indo e vindo, tocando suas cabeças e corpos com sua túnica. Ao finalizar a fala, os abençoou e deu permissão para que voassem a outro lugar.
Um corvo então grasnou – Mirral mentiroso, Mirral mentiroso.
Mirral tomado de indignação bradou o cajado a esmo e os pássaros voaram para longe, mas o corvo atrevido, destemido repetiu. Mirral mentiroso, Mirral mentiroso.
Alguns dirão que isso é lenda. Mas é de conhecimento geral que certas pessoas possuem um vínculo singular com animais. Sem qualquer treinamento especial, parecem saber os gestos ou tons de voz que são tranquilizadores ou não. E os animais sentem a antipatia, a falta de sutilezas, as indelicadeza, a má vontade e reagem a isso de maneira grotesca.

O que ressalta do fato é que com sua atitude irritadiça, Mirral Bustamante, punha sempre tudo a perder e sua impaciência evidente não gerava delongas em suas ações, mas, Mirral Bustamante a exemplo de Francisco queria ensinava que todas as criaturas na Terra mereciam respeito. Lecionar o amor pela natureza e que podemos estabelecer laços com todos os seres viventes. É notório que a natureza se encadeia por elos que ainda não podemos compreender totalmente.
Lembremos: a luz do bem deve fulgir em todos os planos.
Assim Mirral respirou e retomou a caminhada subiu no veiculo presidencial e seguiu mais dois quilômetros.
Logo adiante ele ordenou que parasse o carro e desceu na casinha a beira da estrada, havia pessoas na porta e Mirral abriu caminho dizendo – Deixem passar o santo, deixem passar o Santo Mirral Bustamante.
Entrou, todos estavam contritos, alguns choravam e outros oravam. Havia uma criancinha de dois anos sobre a mesa com algumas velas acesas ao em torno. Mirral passou pelas pessoas e ficou parado diante da criança e ordenou - Filho, teus pecados estão perdoados, desperta do mundo dos mortos, levanta-te e caminha.
Nada aconteceu.
Ele ordenou mais uma vez. Filho, teus pecados estão perdoados, desperta do mundo dos mortos, levanta-te e caminha.
E nada.
Mirral irritado pegou a criança ao colo e sacudiu impaciente – Filho, teus pecados estão perdoados, desperta do mundo dos mortos.
A criança dada como morta reagiu aos sacolejos e vomitou sobre Mirral Bustamante, o Santo Presidente ou o Presidente Santo e chorou.
Estarrecidos os presentes deram alvíçaras e cantaram canções de louvores ao milagre acontecido.
O fato repercutiu pelas casas próximas e logo uma multidão veio ter à humilde casa, os pais do bebe beijaram as mãos e os pés do santo homem. A notícia correu o país, os tambores anunciaram a boa nova.
Aos opositores o fato foi de desagrado, pois o povo de qualquer modo, mesmo diante do descontentamento tinha suas crenças e

supertições, e o nome evocado de Santo ganhava agrados. Os padres e bispos glorificaram em suas homilias o feito.
 Mirral Bustamante se reerguia não como líder político, mas como líder espiritual.
A falácia do bebe lhe deu números impressionantes de popularidade.
Enfim em Angusturas tinha um dia de gloria dentre tantas desgraças. O povo entendeu no fato que tudo dali em diante mudaria, que voltariam os dias de sossegos e de farturas.
Diante da satisfação do povo o melhor é se calar e assim fizeram os opositores, mas o tempo senhor de todas as respostas correu, cavalgando no seu cavalo de vento e não se passaram mais que setenta e duas horas para o primeiro fato de dura realidade chegasse aos jornais e aos ouvidos do povo.
Pela manhã quando os dois coveiros bateram à porta da casa de Vida Cervantes e ela não atendeu, estranharam o fato. Ela dormia pouco e sempre antes do alvorecer já se mostrava disposta à lida diária. A coruja dela não estava no poleiro, estava num galho do velho pé de tamarindos e não respondeu aos chamados dos dois, amiga que era estava assustada com algo.
Depois logo viram a cova que estava aberta no dia anterior, fechada, fato inusitado, porque apenas os dois eram quem faziam os enterros. A flor de Lorca de Vida Cervantes plantada sobre a tumba dava indícios que era Vida que estava morta.
Os dois foram a Benicio Boa Morte querer saber se algum enterro de urgência fora feito. Fato negado por ele, mais uma vez a notícia se espalhou que nem rastilho de pólvora. Já diziam na cidade que Vida Cervantes fizera o seu autoenterro.
Diante da tumba, uma multidão já se formava, a polícia de Angusturas revistou o local e decidiu levar os dois coveiros para depoimentos.
Pascoal Mordaz se indignou, e como na cidade não havia advogados ele se apresentou como representante legal dos dois.
O inquérito foi aberto e o delegado Florêncio mandou prender os dois homens como suspeitos.

Capitulo 105

Pierre Gergene conversou com o sargento Sabastian Ornelas e se deu conta da difícil situação que Angusturas vivia e tomou-se de preocupações ao saber que Mirral Bustamante tinha a intenção de prendê-los e que não se intimidou de mandar um pelotão a busca deles tão dentro da floresta de Ravena. Aquilo era preocupante. Embora não houvesse formalmente uma indicação dele como responsável pela segurança de Ravena, Gergene se sentia responsável, ao menos, por pensar sobre ela.
-Agora tenho você aqui ao meu lado, podemos pensar sobre alguma forma de proteger nos limites de algum ataque vindo de Mirral.
-Por que você crê que Mirral se preocuparia conosco?
-Ainda sou um soldado, ainda penso como um. Vivo prevenido, gosto de Ravena, fiz família aqui, tenho mulher e filho. Precisam de proteção, aqui todo e pensado pelo bem, pela falta de maldade, pela isenção de malicias, mas isso me incomoda. Aqui somos felizes e podemos subsistir sem grandes preocupações, mas estamos em território de Angusturas, quer queiramos ou não. Não pagamos impostos, não nos submetemos às leis de Mirral, aqui há riquezas que ele não imagina. Quando souber vira feito lobo sobre a presa.
-Pelo que eu vejo somos poucos, ainda que tivéssemos defesas ela não seriam suficientes para um enfretamento com os exércitos de Mirral.
-Mas pior é morrer sem lutar. Honório Córregas é um homem pacífico, um idealista. Ele crê que a floresta e o Pântano da Morte e os fantasmas possam nos proteger.
-Eu creio que de alguma forma foi isso que nos salvou, Gergene.
-Eu estou preparando alguns projetos de defesas, e vou apresentá-los a Honório logo.
-Quem é aquele menino vermelho? Perguntou Diego Kalos.
-É Antonio Dolman, filho de Olga e neto de um gigante chamado Ramon Dolman, que era pastor e se apaixonou por Mirian Dolman que morreu quando o menino nasceu. O pai perdeu parte da memória passada não sabe que era um religioso antes de se casar. Depois o menino tem uma doença rara, uma síndrome, ele se

incendeia, entra em combustão, precisa ficar sob constante vigilância. Ele, também, tem outras duas síndromes, ele não sente dores, assim corre o risco de morrer de um sangramento, de um derrame, o algum acidente.
-Como alguém nasce com três síndromes? Qual é a terceira?
-O corpo dele se recupera rapidamente, num tempo muito maior do que qualquer outro ser humano.
-Mas, isso não é um bem, uma compensação?
-Parece que sim, mas nunca se sabe, imagine se ele sofrer uma contusão no coração, algo que atinja o seu peito, haverá tempo suficiente para que ele não morra?
Ou digamos no cérebro, haveria recuperação dos arquivos de memórias? Dizem que a perda de memória do avô pode ter sido algo dessa natureza.
-Ele não tem mãe?
-Não, a mãe também perdeu a memória, enlouqueceu saiu em desatino pela vila depois pela floresta, morreu faz algumas semanas. O pai era o meio irmão dela, um ser meio homem meio lobo, não falava e fugiu ao ser descoberto como pai.
-Que triste sina desse menino.
-Há as compensações, a atitude mais cruel que pode ser feita a uma criancinha é a indiferença. Ignorar a necessidade de amor de uma criança dela deixa entender a seu coração que suas necessidades não são essenciais. Ao crescer, essa criança achará muito difícil expressar o verdadeiro amor. Em vez de um cálido fluxo de sentimentos, ela vai sentir uma emoção muito mais fria e moderada. A indiferença possui um longo legado, mas aqui não, os pais desde o inicio foram omissos devido as circunstâncias, mas de amor ele teve tantos, o de Soraia Sofia, de Domingas Molina, de Carmesita, de Honório e de Pedro. Todos se revezam aos cuidados com ele. Ele se sente amado e pleno, não se percebe diferente. Ramon Dolman é o extremo de amor, os dois se amam de uma maneira comovente. Ainda assim sabemos que Pedro tenta desenvolver alguma forma de medicamento que possa se não curá-lo amenizar os sintomas e consequências da doença. Tememos por ele assim todos nós nos sentimos responsáveis por ele e dele cuidamos todos.

Vem Honório, podemos conversar com ele, ele sempre nos deixa a consciência que nada sabemos, parece alguém que já viveu mil vezes e nós a primeira.

-Bem vindo todos, já iniciamos a construção de uma casa para você, a principio você Diego e Sabastian ficaram com Gergene e a moça Valery com Domingas e Ana Lorena com Pedro na casa anexa à minha. A questão do acolhimento do teto, parece-me sanada, a nossa Vila cresce, mas parece-me que Gergene já andou dando a você dois algumas orientações sobre a nossa forma de vida.

-Falávamos sobre as compensações de amor que Antonio Dolman recebe de todos nós. Vejo que há aqui uma forma de lugar de sonhos, a sensibilidade é tão exacerbada em vocês que me parece certa forma de inocência. Disse Diego Kalos.

No que logo Honório respondeu: - Vejo que é genuína a sua sinceridade, mas a comunhão que nós desenvolvemos aqui é genuína é uma espécie sim de inocência preciosa, mas não tem de existir à custa de sermos frágeis e vulneráveis. Da mesma maneira, parece-nos que o lugar atrai pessoas que não precisam traçar limites pessoais muito firmes e definidos à custa da sensibilidade e da compaixão. À medida que cresce a nossa consciência espiritual acerca da nossa verdadeira natureza, tornamo-nos mais compassivos e gentis porque reconhecemos e estabelecemos uma ligação com a pureza e a bondade dos outros a partir da nossa essência.

-Desculpe-me eu não quis ser indelicado.

-E não foi. Sempre somos receptivos a todas as influências positivas e que exprimem a vida. É assim que conseguimos manter-nos receptivo ao mesmo tempo em que sabemos preservar os nossos limites pessoais.

Você é um artista e logo perceberá o funcionamento de Ravena, não faça julgamentos apenas observe e sinta, sempre é mais fácil assim. A sua consciência operará como um filtro que deixa entrar o que é útil para a sua evolução e impedirá a entrada daquilo que não é.

Vocês poderão se quiser colaborar nos cultivos dos alimentos, ajudar na manutenção da praça das ruas e das casas dos vizinhos e coletar madeira, fazer trabalhos artesanais e de marcenaria, se desejarem, aqui não comemos carnes, não matamos animais. É uma forma mais elevada de demonstrarmos nosso amor à natureza, o amor transforma, assim também, a nossa natureza. Gera ternura e afeto. Substitui a raiva pela compaixão.

Bom, ali vem o meu filho Pedro Nobre, está radiante, o amor muda nossas essências mesmo.

-Bom dia a todos, hoje é um dia especial para Ravena.

-E para você também Pedro Nobre. Disse Gergene.

-Sim, muito especial, talvez o dia mais feliz de minha vida.

-Acho até que hoje seria o dia de pintamos Ravena.

-Eu adoraria ajudar. Disse Diego.

-Eu sei você é um artista, mas não temos tintas suficientes.

-Eu tenho só os tubos que trouxe comigo.

-Deixe-me vê-los, acho que posso dar um jeito nisso. Eu descobrir uma maneira de reproduzir pigmentos, multiplicá-los a partir de um pouco de material idêntico, basta ter a matéria prima e as cores se replicam por indução química. Uma forma de eletrólise por geração de energia do dínamo.

Posso usar um pouco de prata da mina, carvão mineral, ou um tanto disso outro daquilo.

Assim Pedro Nobre fez, usou pigmentos de prata e um pouco de cada tinta de Diego, do laranja, amarelo, verde, azul, carmim, vermelho e criou tons para cada um. Cada casa da vila ganhou uma cor e um novo viço. Todos se empenharam e ajudar a colorir a Vila e a vida.

Domingas Molina e Valery ficaram amigas de imediato, a afinidade entre ambas parecia que era de tempos passados, coisas de espiritualidade. Como se fosse de sempre.

Uma alma irmã confia profundamente na outra, entregando-se de corpo e alma a uma amizade de potência incalculável, porém, com uma pureza imaculável e bela.

Percebemos uma súbita sensação de familiaridade, de conhecer aquela pessoa em níveis mais profundos do que a mente consciente poderia alcançar, sabemos intuitivamente o que dizer, como ela vai reagir. Um sentimento de segurança e uma confiança muito maior do que se poderia atingir em anos de convivência. Nem todos estão prontos para ver imediatamente. Há um ritmo nisso tudo, e a paciência pode ser necessária àquele que percebe primeiro.

Um olhar, um sonho, uma lembrança, uma sensação podem fazer com que despertemos para a presença do espírito companheiro que atravessa os séculos para nos beijar mais uma vez e lembrar-nos de que estamos juntos sempre, até o fim dos tempos.

Logo as mulheres descobriram que Valery punha cartas, que era uma astróloga, e se acercaram dela, como se as opções de vida fossem muitas na pequena localidade, ainda assim o fato provocou certa comoção entre as mulheres e as moças, a alma feminina sempre disposta a se expandir a partir do comum, e ir além de si. É o se dar ao envolvimento total: mente, corpo, alma, tudo junto. Vibrar o ser completo, dos pés à cabeça.

Valery ria e dizia a uma delas: Agora você já não está no controle; a existência tomou posse de você e você não sabe quem é. É como uma viagem, é como o sono, é como sonhar vendo tudo, é catucar a morte para ver se ela sabe morder.

Capitulo 106

Reunido na porta da delegacia o povo gritava palavras de ordem e exigia providências.
O sumiço de Vida Cervantes foi um duro golpe na comunidade de Angusturas, era ela talvez uma das figuras mais estimadas entre todos. A morte não confirmada carecia de um corpo e ao saber da contenta judicial que envolvia o delegado e Pascoal Mordaz, Mirral proibiu a exumação, era fogo em pólvora mexer na cova fechada e assim ele mandou encarcerar os coveiros e silenciar o caso, mas nada seria tão simples assim, o povo fora tomado de indignação devido à estima a Vida e aos dois aprisionados. Daquela vez não engoliriam em seco a morte da amiga estimada e os descabimentos de Mirral.
Tomados de furor naquela mesma noite comandados por Pascoal Mordaz e Benicio Boa Morte foram ao cemitério e abriram a cova da Flor de Lorca. Viram Vida morta com um tiro na testa e acharam a garrafa de Parvo Pirata na cova.
-Vamos ao bar vamos saber quem bebe Parvo Pirata.
Todos saíram com o corpo de Vida Cervantes carregado em direção ao Bar de Cosme Vidal.
-Cosme, quem comprou uma garrafa de Parvo Pirata aqui com você? Perguntou Pascoal Mordaz.
-Só eu vendo Parvo Pirata e vendi ontem uma garrafa aos irmãos Castro, os dois jagunços de Mirral Bustamante.
 O povo foi a delegacia de novo e exigiu a soltura dos dois inocentes, tinha o corpo de Vida Cervantes e a garrafa de Parvo Pirata como prova que não foram eles os culpados.
O forte esquema de segurança armada impedia a aproximação do povo, que com archotes e tochas a cada momento mais se exaltava.

O delegado mandou um emissário a Mirral Bustamante.

O homem relatou o que se passava e deu a entender a gravidade da situação. Adônis sugeriu as medidas senatorias de imediato. Mirral então ordenou que caçassem os dois irmãos, que lhes cortassem as línguas.

Quando o povo comandado por Pascoal Mordaz resolveu ir para o Palácio Presidencial, os dois irmãos já estavam devidamente presos e foram atirados à praça para justiça popular. O sangue dos dois foi naquele momento suficiente para aplacar a sede popular por vingança.

Depois de esquartejados os dois corpos pelo povo, os cães comeram as partes espalhadas pelas ruas da cidade. O povo depois fez o enterro decente de Vida Cervantes e os dois coveiros foram soltos.

Mirral mais que rapidamente encomendou o busto de Vida Cervantes em bronze e em cinco dias ele já estava no centro da praça com os dizeres.

"A morte cansada da morte, resolveu cuidar dos jardins da Vida, e se apaixonou pela Flor de Lorca". Abaixo do busto a Flor de Lorca de Vida foi plantada.

Pascoal Mordaz no dia seguinte escreveu no seu jornal "Você escapou dessa, mas o seu dia está chegando".

Capitulo 107

Domingas Molina emprestou roupas suas a Valery e jurou que logo faria alguns vestidos para ela, estava apenas dependendo de linhas encomendadas a Tranqueirinha.

-Posso tocar o seu rosto? Pediu Domingas a Valery.

-Sim, pode.

-Domingas com as mãos contornou as linhas suaves da face da moça, a testa, o nariz fino, as maçãs do rosto, a boca, o queixo, por fim os cabelos.

-Eles são loiros.

-Sim, mas nem sempre foram.

-Por que os mudou de cor. Se o negro combina mais com o formato do seu rosto.

-Como você sabe?

-Eu vejo, eu sou cega dos olhos, mas minha alma vê. Eu já vi você em sonhos. Os meus sonhos são sempre reais, eu a esperava. Já sabia que você vinha. Não sei quem você é, mas eu já sabia que vinha.

Hoje estou melancólica e suspirosa, choveu saudades dentro de mim, muito, as águas invadiram os meus porão de lembranças, vazam, quase me sufocam, muitos detalhes são levados na enxurrada, a caminho do rio, deixo que se vão, não posso detê-los, só foge o que não cabe.

Temos o que temos, porque somos o que somos.

-Sabe Domingas, já gosto tanto de você que creio que a espiritualidade me concedeu algo em compensação ao que eu busco. Nada é à toa, se um amor não pode ser vivido na sua plenitude os bons espíritos lamentam por nós e por isso nos dá outras existências.

-Quem é a outra moça, a que dizia: Quero uma mar para amar?

-Era a minha irmã.

-Como você sabe disso? Perguntou visivelmente emocionada Valery.

-Eu a vi pronunciando essa frase, era uma menina criança. Depois eu a vi chorando arrastada, era agarrada e levada a algum lugar que não era o dela.
-É a minha irmã. O que mais você vê Domingas?
-Nada mais, apenas isso.
-Domingas, sei agora porque eu vim parar aqui. Você irá me dizer onde encontrar a minha irmã. Eu sei Domingas, eu tenho essa certeza. Talvez seja essa uma das causas de sua melancolia, talvez uma decorrência de seus poderes visionários.
-Sim eu vejo muitas dores e muitos sofrimentos – individuais e os coletivos – no passado, no presente e no futuro.
Muitas visões de pessoas que eu nem sei quem são, misérias e ansiedades e gente a implorar por bênçãos e milagres. Dia após dia, eu as ouço, ouço suas dores e os seus infortúnios. E eu os amo com sinceridade, partilho de seus sofrimentos e os assumo como meus próprios.
Temos dons semelhantes Valery, as pessoas nos procuram, quantas chegam tristes e saem felizes... E ficamos com as nossas nos ardendo na alma.
-Você busca um amor e eu uma irmã.
-E não são amores?
Valery riu – Sim, são. Quando as pessoas procuram o meu conselho, o amor e os relacionamentos são os principais motivos. A paixão talvez seja a experiência mais profunda que qualquer um de nós poderá viver - mas também a mais enigmática.
-Porque será o amor tão doloroso e nos proporciona tamanho êxtase? Teria a vida algum encanto sem o amor? Perguntou Domingas Molina.
-Eu acredito que o amor é o mistério invisível que nos envolve. O amor não é só um mero impulso, por isso ele deve ser verdade em si. Uma absoluta verdade.
Em nossas vidas, nos confrontamos com todas as espécies de imprevistos, mas no que diz respeito ao amor, a nossa própria vida parece estar em jogo. Os nossos relacionamentos amorosos e os laços de família são as forças mais poderosas que influenciam a nossa vida. Estas ligações profundas entre seres humanos podem, por vezes, ser tão esmagadoras que nos deixam profundamente perturbados. Eu confesso que estou perturbada, o meu amor pela

minha irmã era assim absoluto, pleno, intenso. Eu hei de encontrá-
la.
-Honório Córregas diz que o amor nos proporciona a maior das
alegrias, a experiência do amor sempre é considerada a porta para
um nível superior de realidade.
Numa visão espiritualista o amor é mais do que o afeto profundo
que sentimos pelos nossos companheiros, amigos e filhos. O amor
é a nossa essência primordial.
Aqui em Ravena tudo ganha uma dimensão maior, foi aqui que
Honório encontrou o seu amor e Pedro Nobre também. Por isso eu
creio que você logo terá notícias de sua irmã.

Capitulo 108

Mirral acordou cansado, com sede, olhou o relógio e ainda não eram sete horas, sentiu a cabeça zonza e os braços pesados. Os olhos insistiam e se manterem fechados, ser Presidente era um peso, e ser santo em nada melhorou a sua vida.
Nunca se sentia assim, como se tivesse um corpo extra, montado nas suas costas. Foi ao banheiro se olhou no espelho e não se reconheceu, estava com pelos brancos, alguns já, e nem se dera conta disso, a vida somente o golpeava independente do esforço que fizesse, o povo era ingrato e não reconhecia o seus esforço para mudar um país entregue a sua própria sorte, sem futuro e sem brilhos.
O dinheiro das arrecadações caia dia a dia, as finanças nacionais estavam em decadência, a moeda nova estava desvalorizada e sem poder de recuperação, não havia fontes de riquezas, de mineração, indústrias, serviços. O dinheiro destinado aos hospitais, escolas e moradias ia minguando feito água em sorvedouro. Tudo que arrecadava ia uma parte para a manutenção do poder, do status. Achava-se apreensivo, não confiava mais em ninguém, achava que estava sendo roubado pelos seus pares. Já não confiava em si, nem em Adônis Esculápio.
-Senhor.
-Diga Valfrido, há um homem cigano desejando falar com o Senhor diz que é muito importante. Que tem algumas propostas que erguerão Angusturas,
-Você está de brincadeira Valfrido? O que pode ser importante Às sete hora da manhã?
 -Não estou brincando não, Senhor. Ele já veio aqui por algumas vezes, mas eu o dispensei. Agora ele pediu para entregar isso ao Senhor.
-Que é isso, uma planta e esse saquinho com pó? Bom você já me tirou da cama e eu sou curioso, se não for algo importante chuto-lhe a bunda ou o ponho uma semana na cadeia.

O cigano Anastásio entrou e se curvou diante de Mirral Bustamante.

-Obrigado por me receber e sou um homem de negócios vou direto ao assunto.

A planta que trouxe é hoje a responsável pelos maiores negócios comercial em todo o mundo, é algo, ainda, de pouco conhecimento e por isso eu a ofereço ao Senhor junto com um pacote de serviços, orientação técnica e um aporte de mudas. Que com a venda dela ao exterior logo Angusturas será uma potência comercial e o seu povo terá emprego e bons salários.

Aquele pó branco é chamado de yuca é resultante da manipulação das folhas da yuca.

-Qual a magia dessa folha?

-Só coisas boas, fisicamente falando, o consumo da yuca gera uma condição física excepcional, elimina o cansaço, dá vigor sexual. Como consequência desse estado geral de excitação do organismo, o usuário ganha poder mental, maior nível de inteligência, euforia, onipotência, discernimento intelectual. Os movimentos e o estado de alerta da pessoa que fez uso da yuca aumentam, os pensamentos ficam acelerados e a pessoa fica mais comunicativa. Sentindo indefinito de prazer, enquanto estiver sob o efeito da substância, não sente fome ou sono.

Um quilo desta substância no mercado europeu ou americano custa cem mil dólares de Angusturas.

Mirral arregalou os olhos e perguntou mais sobre o poder.

O cigano explicou: Porque ao experimentar uma grama você renascerá outro, a se ver outro homem se assumirá com capacidade de mudar tudo, de renovar a vida e o destino até de uma nação. Nascerão asas nas suas omoplatas e você poderá voar, expandir, ver o mundo das alturas, alargar horizontes, ultrapassar tudo que for preciso, vencer qualquer demanda, solucionar todos os problemas, saber escolher e decidir. Esse será seu destino, seu instrumento de decidir, sua vida.

-Deixe experimentar isso.

-Não Mirral, não faça isso. Disse Serena Estela Tidal. Não experimente essa droga, será sua destruição.

Mirral ficou parado entre Serena e Anastásio, indeciso.

Mas a tentação e a visão do poder era imensa, ele baixou a cabeça e sorveu o pó branco. Sentiu o impacto como se tivesse levado um soco no peito, um empuxo energético. Sacudiu a cabeça e os olhos arregalaram, por um segundo não sabia quem era, onde estava. Uma tela branca surgiu ante os seus olhos e ele ouviu conversas estranhas, línguas estranhas, gente estranha, nas suas visões alucinógenas. Anjos conduzindo sacos de pó branco, e atirando-s sobre a Terra, sobre Angusturas, o povo feliz, rindo, se divertindo, bebendo, comendo e fazendo amor. Tudo era alegria e felicidade. Ele num pedestal acima de todos governava. Tinha asas, podia voar e determinar os destinos, a vida e a morte. Tinha poder, força, inteligência e armamentos poderosos. Podia tudo. Era Deus.

Capitulo 109

-A natureza não se esforça para se mostrar não se investem tentando ser, apenas é, é da natureza delas. Nós não podemos continuar a enganar a natureza Carmesita. Eu hoje vou parar de tomar a formula de Pedro, veja as minhas mãos, não têm mais rugas, estão jovens, isso é uma aberração, não sei por que eu aceitei usar uma droga destas. Onde isso vai me levar?

Já tivemos uma segunda chance.

-Eu parti antes sofremos tanto, não quero sentir tudo de novo.

-Eu sei por isso a espiritualidade nos deu uma segunda chance, se compadeceu de nós. Vamos viver apenas, sem tentar mexer nos nossos destinos.

Eu sei Honório. Pensar a gente pensa, não quer dizer que queiramos que aconteça, eu ainda sou individualista, ainda tenho desejos egoísticos. Você está certo.

-Não se vive só essa vida Carmesita.

-Mas eu não sei se estaremos juntos em outras vidas, Honório. Isso me apavora, me corta a alma, o meu coração se parte.

-Viver não é seguro aqui também Carmesita, em breve Mirral Bustamante virá, se não for ele será o progresso. Ravena não será eterna. Nós não somos eternos. Viver não é fácil. E não pode ser monótono. Mesmo fazendo escolhas aparentemente definitivas, ainda assim somos eternos, sempre estaremos juntos. Sabe por quê?

-Não.

-Porque nos amamos, porque é o amor que reúne os que se amam. É ele que atrai as almas afins. Na sua sintonia viajamos, podemos excursionar por dentro de nós mesmos e descobrir lugares desabitados onde nunca colocamos os pés, nem mesmo em imaginação.

Carmesita o abraçou tão forte como nunca, as tuas palavras me confortam, mas a minha mente não é permeável.

Estamos cá os dois, juntos, por duas vezes, isso não a convence?

Teremos que recalcular nossos relógios de viver, rever nossas escolhas e ajustar as nossas eternidades, se não puder ser "para

sempre" que seja até logo. Nossas eternidades com certeza sempre serão maiores que as nossas teimosias e nossos receios de mudar.
Honório comunicou a Pedro Nobre a sua decisão, explicou, mas Pedro não entendeu.
Ele pegou as capsulas e as jogou no lixo de Soraia Sofia.

Capitulo 110

Domingas Molina sentia uma afeição muito grande por Valery, a cada momento as duas se descobriam com sintonias e gosto muito semelhantes. Ela procurava mostrar a vila à amiga e Valery explicava a vida sob sua ótica, dos números, dos horóscopos, dos mapas astrais, das cartas. Domingas presenteou Valery com um conjunto de doze pedras polidas, cristais, ametistas, um rubi e uma esmeralda. Valery se encantou e foi tomada de indizível emoção, eram doze pedras e maravilhosos matizes, um presente de tanto valor que ela não sabia se aceitava.
-Aceite, é um mimo, o que damos aos amigos precisa ser de valor, algo que contenha a nossa energia, algo que nos represente e que seja de utilidade para o outro.
-São doze, um número místico, mágico. Perfeito. Aceito então com toda gratidão, vou usa-las com retidão e responsabilidade.
Temos muitas outras pedras na floresta, mas em Ravena somos felizes porque ninguém é dono de nada, nada pertence a ninguém e tudo é de todos. O sentido de posse gera o medo da perda, e o desejo de poder, o mundo é desgraçado devido ao desejo de posse, de poder, onde esse sentimento não vinga a vida flui feliz. Estamos todos conectados, somos um, enviamos amor uns aos outros é como enviar amor para si mesmo, magoar o outro é magoar a si mesmo. Aqui somos assim.
A qualquer momento eu te conto mais, pergunta-me qualquer coisa que quiseres saber. Às vezes, eu digo tolices, coisas descabidas, Sem razão de ser, sou assim, um mistério indecifrável, mas,   sou   simplesmente   eu,
Sabes que os meus olhos não veem, mas se olhares neles eles te dirão qualquer coisa que queiras saber, saberás sem que eu precise, necessariamente, te responder.
As duas riram.

-Sabe Valery, aqui em Ravena tem uma arvores, chamada da Verdade, é frondosa, com folhas de verdes escuro, musgo, nos galhos mais antigos e de verde luminosamente claro nos ramos mais jovens, ela nos encanta pelo porte e pela energia que imanta. Seus galhos ganham uma área imensa, fica a algumas horas daqui. Se deitamos encostados no seu tronco, e aquilo que perguntarmos a ela Serpa nos dito, entramos em transe e a visão nos dá as respostas.
-Eu quero ir a essa arvore perguntas sobre a minha irmã.
-Tem uma questão a esclarecer.
-Diga-me.
-A Arvore da verdade não nos poupa, mostra a verdade e jamais poderemos voltar a ela e perguntar uma segunda coisa.
-Por que você nunca foi a ela saber sobre o seu passado?
-A pergunta tem que ser direta sem multiplicidades de assuntos, que permita uma só resposta. Não sei explicar. Acho que eu não estava pronta para alguma pergunta, ou talvez não quisesse saber de nada.
-Não há nada que você deseje saber?
-Sim, sobre Anton, mas o que devo perguntar, se só tenho uma pergunta, Qual fazer?
-Pergunte como fazê-lo voltar.
-Entendi.
-Quando podemos ir.
-Precisamos nos preparar, marcar uma data com o guia e não podemos voltar no mesmo dia. É ir num dia e voltar no outro.
-Estou ansiosa, tremula até, agora sei por que eu vim parar em Ravena. Sobre o seu passado Domingas você nada tem a perguntar?
-Não, o meu passado foi apagado, não consigo lembrar-me de nada, só sei que vim parar aqui por acaso, vim com Sofia Soraia, viemos em cinco pessoas, porque não tinha onde ficar e não tinha ninguém com quem ficar de onde viemos, ela, sabe apenas que me recolheu nas ruas, apenas isso e cuidou de mim.
-Vamos visitar Pedro e Zezinha, eles estão felizes, eu gosto de ver as pessoas felizes. Pedro está preparando uma formula para o Antonio Dolman.
-Vamos então.

Chegando ao laboratório de Pedro, todos se abraçaram, falam coisas dos seus dias.

E Zezinha falou: Ainda estou em êxtase, ainda está difícil acreditar que estou aqui com Pedro, que consegui largar o meu destino infeliz.

-E a formula para o Antonio Dolman.

-Acho que está pronta, mas não sei se devo dá-la logo a ele, não tenho testes, parâmetros de avaliação. Eu temo que algo possa dar errado e piorar a situação do menino. O que vocês sugerem.

-Eu tenho uma sugestão.

-Qual?

-Logos eu e Valery iremos à Arvore da Verdade. Por que você não vai conosco e faz a pergunta.

-É pode ser, mas nunca mais eu poderia perguntar mais nada. Bom, mas vale a pena, é por uma causa justa e nobre. Vamos quando?

-Vou falar com Luiz da Guia. E ver quando poderemos ir.

-Será que alguém mais desejará ir?

Capítulo 111

-Mirral para a construção de laços afetivos entre duas pessoas, não necessariamente implica em perder a sua noção de Eu nem diluir-se no outro.

-Você não é mais o mesmo Adônis, anda me contestando em tudo, resmungando e me colocando questões que me embaraçam, Adônis.

-Para criar efetivamente laços com outra pessoa, ambos têm de manter a sua integridade e individualidade, você Mirral acha que devemos ser carne e unha, uma única imagem refletida, mas você são dois, dois que teimam em se manterem distantes , sem se falarem. Um que não quer pensar, apenas viver, apenas exercer a sua vida sem responsabilidades, fruto do prazer que mascara, que oculta a sua outra face, a mais real, a mais verdadeira, mas que traz um sofrimento intenso, sem saber como lidar com ele se mantém o evasivo, um fugitivo de si, oculto em si.

Quando estabelecemos laços saudáveis com o outro, estamos simplesmente a ser aquilo que somos enquanto partilhamos um objetivo ou atividade comuns.

-Chega. Gritou Mirral Bustamante, você me cansa com tanta filosofia, já ando cansado de você. Por que não me deixa?

-Eu ainda não posso ir. Você sabe. Ainda precisa de mim, e no seu inconsciente me manter atado ao seu ser.

-Eu quero matá-lo.

-Você não pode me matar Mirral, eu sou o pouco que resta de lucidez em você. A única coisa que ainda pode salvá-lo de sim mesmo.

Mirral gritou, se jogou no chão e chorou.

-Fuja, é só isso que você tem feito de fato – Fugir – Agora foge de mim. Certamente, desde que você consumiu-se na política, seu problema é apenas escapar da sociedade, dos problemas que você criou para si, mas voltar totalmente à vida, amar e ser simples, você não admite, mas é a saída que lhe resta, e você não se dá conta, não se percebe, não tem amor por si. Sem amor, faça o que quiser, você nunca conhecerá a ação total que sozinha pode salvá-lo.

Por que? Porque você está preocupado com poder, com a sua aparência, como o que os outros pensam, com respeitabilidade, com vir a ser algo, em passar para o outro lado. Em nome de outro, está preocupado com você mesmo; está preso em sua própria ostra. Você pensa que é o centro de Angusturas, do mundo que você é Deus. Nunca se detém para olhar um cedro, uma flor, o rio correndo; em você de verdade só há o medo, o pavor de se ver como é, e se por acaso olhar, seus olhos estão exalando isso, e não amor.

Está tão louco em relação ao desejo, quer realizar-se por meio do desejo, não percebe a devastação que vem provocando – o desejo de segurança pessoal, de realização pessoal, sucesso, poder, prestígio. Não se sente que é totalmente responsáveis por tudo o que fizemos. Se compreendesse os seus desejos, a sua natureza, então saberia o que você é, o que nós somos?

Às vezes, Mirral, a única saída para o tigre é comer si mesmo.

Os ratos têm fome, gula, eles apenas comem, migalhas ou o mundo inteiro, um cisco ou um homem, eles apenas comem, não têm tradição, cultura, ética ou moral, apenas fome, apenas comem.

Ao final da tarde Mirral despertou cansado e mandou chamar o Cigano Anastásio.

-Eu aceito a sua proposta de criar um entreposto em Angusturas de produção da Yuca.

Vamos construir doze laboratórios distribuídos nas vilas. Pagaremos um por cento aos empregados do valor final por quilo produzido e mais cem gramas do pó por cada dez quilos entregues.

-Está ótimo, cinquenta por cento para mim e cinquenta para você da sobre a produção liquida.

-Não, todos os custos são meus, mão de obra, implementação dos laboratórios, transportes e divisão como os oficiais. Serão vinte e cinco por cento para você e setenta e cinco para mim.
-Não, sem a distribuição você não é nada, trinta e setenta.
-Fechado.
-Eu ensinarei como se faz aos empregados e controlarei a produção.
-Ok.

Capitulo 112

Em Ravena Carmesita se perguntava se ter voltado à vida e ao convívio com Honório teria sido bom. Temia perdê-lo de novo, sabia o tamanho da dor que sentiria se isso viesse a acontecer, sabia assim então o quanto Honório Córregas havia sofrido a ausência dela.

-Por que andas a vagar pela escuridão Carmesita?

Carmesita pega de surpresa se assustou, mas se recompôs de imediato, envergonhada de ser abancada, como se Domingas Molina soubesse o que ela andava pensando.

-Não é nada não Domingas, apenas pensamentos soltos.

-Amanhã iremos à Arvore da Verdade, quer ir também conosco?

Carmesita julgou que o convite fora formulado devido ao que ela pensava e por algum tempo não deu resposta. Depois disse que sim que queria ir.

-Vamos amanhã ao amanhecer. É ruim ter amor por alguém, não é Carmesita? Mas nós sem ele não somos nada, ficamos incompletos que nem borboletas sem asas, bem-te-vi sem bico, ficamos picando papel de carta em branco, dá um marasmo de vida mal vivida, depois o assomo de Deus é o amor, é o sopro que vem dele. A ideia de criar o homem não daria certo sem esse acabamento final – Danado de amor, não é Carmesita?

-Você lê as mentes Domingas. Sempre que se começa a ter amor a alguém, o amor nos prega uma peça, era para ser morno e ele esquenta tanto que queima.

-Eu eu não sei mulher? Ando com o coração queimado. O coração só não, mas as pernas, as nádegas, os peitos. É calor que pega e não larga por nada, às vezes preciso de banho frio, daquele da cachoeira do Regaço, afê, dor mais danada de doer, boa como ela só, mas eu não leio as mentes, isso seria invasão, tirar dos outros a privacidade, mas as suas choramingas de amor andam tão evidentes que escorrer de você por ai.

-O nosso peito não se aquieta, vira e mexe vem desassossegar a gente e cresce fica maior do que nós. A gente deixa por semente e o danado se emaranha em raiz que entra pelo peito e se assenta no coração. Quem aguenta esse desconforto.

-Eu aguento sim, Carmesita. Sempre quero mais de tudo isso.

-Domingas, a gente perde a noção de nós, não tem mais remanso, águas calmas, quero um amor sossegado, preciso pacificar a minha alma, tanto quebranto, tanta dominação da minha mente confusa.

-Filho de cego teme o escuro?

-Não sei Domingas, ando nas trevas de mim mesma, de minhas agonias.

-Pare de fica gorjeando a noite que nem viuvinha, esquece que a noite é feita para orar, olhar as estrelas ou furunfar, mas se nada disso é possível, vai tirar um bom sono. Boa noite Carmesita.

Pierre Gergene não queria questionar abertamente Honório, pensava que o seu próprio perfil guerreiro o impingia a natureza inquieta, por vezes ele entendia Honório, mas não quando a Vila corria perigo, quando sua família e seu estilo de vida corriam riscos. Precisava agir, ainda assim sofria com a ideia de se opor a Honório Córregas, mas sempre parecia que Honório na sua passividade, esperava que o destino cumprisse seus desígnios. Que ele nada faria para mudar isso.

-Vovó Sofia, será que eu sou amado?

-Que pergunta é essa Antonio Dolman?

-Todos me chamam de Menino Vermelho, eu sou estranho e diferente, não sinto dor, nunca chorei. Todos cuidam de mim, mas não será só preocupação?

-Você é amado, Honório, Pedro, Domingas Molina o seu avô todos o ama de verdade.

-Não sei explicar vovó, preciso sentir isso.

-Eu o amo muito Antonio Dolman, muito, como toda a força do meu ser.

-Eu não sei como sentir isso Vovó Sofia. Preciso aprender.

Capitulo 113

A plantação da Yuca veio ganhar fôlego com a bolsa Yuca, uma quantia destinada aos plantadores para quintuplicasse cada muda. O esforço de dar demanda surtiu rápido efeito porque a planta afeita ao sol crescia rapidamente e em poucas semanas já dispunha de folhagem suficiente para ser recolhida e transformada na pasta.

A adesão foi grande porque as necessidades do povo não deixavam escolhas, os xamãs relutaram e se indispuseram como o povo, mas votos vencidos, a fome e as necessidades de sobrevivência viam em rota de colisão com a cultura local. A mais o dinheiro viera antes e a obrigação de entregar a pasta pronta depois.

A produção de Yuca ganhou dimensão nacional, e a primeira remessa estava ensacada e pronta, com os recursos da venda eles investiriam mais no aumento da produção e na busca de ouros mercados.

O cigano exultava parecia enfim que encontrara a galinha dos ovos de ouro, a sua vez chegara.

As remassas foram escondidas das mais diversas maneiras, previa ele que dez a vinte por cento do produto fosse perdido por desvios ou apreensões.

Assim ele usou muitos dos jovens Angusturenses como mulas, aviões e formiguinhas para distribuição.

De fato a estatística malévola de Anastásio bateu com as previsões dos cem mulas vintes foram presos nos aeroportos e fronteiras mais diversas.

O dinheiro veio ao borbotões e Mirral vibrou.

O jornal de Pascoal Mordaz não se calou à mais nova forma de contaminação da pureza de Angusturas.

-Mirral Bustamante abriu as portas do inferno e o Diabo não perdeu tempo, fez do sagrado solo de Angusturas o seu mais novo território, o povo fragilizado se rendeu ao chamamento do falso canto da bonança. A ideia estúpida que a solução do nosso país passa pela produção e o consumo de drogas nos leva à beira do fim.

O fim social, o fim como família, o fim de Angusturas como uma nação. Perde-se primeiro, a identidade individual, como indivíduo e depois perde-se o todo.

Estarrecidamente vemos-nos sem horizontes, passamos da fome às mazelas do uso da Yuca, a droga que é o maior e mais lastimável de todos os flagelos que temos noticia, que nos afeta agora tão diretamente, e alterando o curso da nossa história, que vem impondo ao homem lamentável atraso no seu progresso moral, além daqueles que são vitimados diariamente por superdosagens. Que provoca mortes horripilantes sem contar também na destruição de muitas famílias, causando verdadeiros horrores na sociedade, como a miséria, os conflitos de todas as ordens. Angusturas sangra, se droga, se prostitui.

São inúmeros crimes bárbaros,

Mirral deu uma solução à fome, deu-nos a Yuca.

Os ratos se alastram por Angusturas, rato dá a designação comum para diversos pequenos mamíferos pertencentes à ordem dos roedores, assim como um nome genérico dado a diversos mamíferos roedores pertencentes às várias famílias, as espécies mais conhecidas de rato são o Mus musculus, um típico rato doméstico. Caracterizando-se por possuir focinho pontudo, orelhas pequenas e arredondadas, e uma longa cauda nua ou quase sem pelos. Esses, assim como outras espécies comuns de rato como roedores existentes em todo o mundo, também podem habitar ambientes humanos. Porém, muitos deles são de outro gênero. Os ratos corruptores, os ratos corruptos, os que comem do bom e do melhor e pouco se importando de quem esteja roubando, tirando da boca os alimentos de outrem. Essas duas espécies de ratazanas empestearam Angusturas.

Os ratos de esgotos dominaram as casas e os campos, comiam o que encontravam pela frente, as sementes, os grãos, o pão, fuçavam tudo e todos quando não tinham o que comer, comiam as mãos os pés, os rostos das crianças, mordiam as pessoas, os jardins, as frutas. Espalharam-se pelas arvores, pelos telhados paredes, moveis, salas, quartos, cozinhas banheiros, surgiam dentro dos fogões, nas camas, dentro das privadas, mordiam as nádegas, comiam os membros.

A caça aos roedores se alastrou também, matava-se de todas as formas, com veneno, com tiros, pauladas e armadilhas, os carros passavam e esmagavam às dúzias. As queimadas tomaram os campos e o povo descobriu que podia comer os ratos assados, ensopados ou cozido junto com sal, pimenta e gengibre.

Havia alguns do tamanho de pequenos cachorros e bem ferozes, mas descobriu-se que eram gostosos uma opção sem custos à fome que assolava o país.

O único problema era o cheiro de pelos queimados, já que alguns assavam os animais inteiros para não desperdiçar pele ou carne. O cheiro era terrível e havia um gosto meio amargo na pele do lado de fora, mas o resto era delicioso.

Havia ainda, os outros ratos, os ratos humanos, os que comiam as chances das pessoas sobreviverem, os que nas suas ganâncias, só deixavam aos outros a chance de comer o rato de esgoto. Os ratos de duas pernas vestidas de roupas boas, de boas comidas e empregados atentos a matar os ratos de quatro patas que se atravesse a invadir o espaço que não lhes cabia. Aqueles se alastravam na política, na divisão dos bens gerados pelo povo. Eram os militares, os religiosos os servis que cercavam Mirral Bustamante, mas como os ratos de quatro patas não tinha a noção ou sentido de autoridades, eles tomaram também o Palácio e as casas dos ricos.

Estavam por todas as partes, os dois, assaltavam as despesas, os bolsos e abatiam o moral e a dignidade do povo.

Capitulo 114

Quando a notícia da ida à Arvore da Verdade se espalhou, quase todos desejaram ir também. A esposa de Pierre Gergene foi um das que se dispôs a ir, assim Pierre também foi, Pedro Nobre e Zezinha e Sofia.
A floresta estava bem disposta e agradável, o sol entre os galhos deva uma sensação de mistura de dois mundos e tornava agradável a caminhada. Luiz Da Guia ia à frente sem dando tom de moderação à caminhada devido Às diferenças de idades entre os componentes da jornada.
Por volta do meio dia já haviam alcançado o local, a majestade da arvore impressionava, era um poder por si só. A altivez e a sabedoria exalavam dela, como uma serena rainha sabedora de seu poder.
Honório Córregas informou a todos que havia um rito a ser seguido, uma celebração de união, de harmonizar as energias, criar sintonia e forma uma egrégora.
Todos silenciaram e meditaram sobre suas vidas e sobre as suas necessidades de estarem ali.
Honório mais uma vez falou: Olhar nossa jornada parece ser difícil, muitos de nós nem sabemos ao certo como veio ter a Ravena, foi uma longa jornada, e as longas caminhadas nos faz perder a noção da distância que percorremos, mas é um simples exercício de lembramos quando começamos e onde estamos agora, nos lembraremos o quanto nos custou chegar até o ponto final, e hoje temos a impressão de que tudo começou ontem. Não somos os mesmos, mas sabemos mais uns dos outros. Somos irmão, E é por esse motivo que dizer adeus se torna não é adequado, ainda não agora. Digamos então que nada se perderá. Pelo menos dentro da gente.

A emoção tomou a todos, o que seria que Honório quis dizer, era uma despedida ou uma tomada de consciência de um momento de risco que Ravena vivia.

O coração de Carmesita se apertou e as lágrimas vieram ao rosto de Valery, mas ninguém teve coragem de interromper aquele momento. , a não ser a Sofia Soraia.

-Não há nada que seja sobra de nós, até os erros se incorporam e nos dá peso, passam a ser parte de nossa história, de nossa grandeza de ser. Nesse refestelado almoço, nessa canja de galinha onde nada se perde, vai da crista ao sobrecu.

Todos riram e o Honório perguntou quem queria ser o primeiro a ir até o tronco da Arvore da Verdade.

Carmesita respondeu e se dirigiu à arvore.

-Arvore da Verdade me diga por que eu temo tanto perder o meu amor, Honório Córregas.

Arvores respondeu com uma voz grave, mas suave: A morte é a vida e a vida é a morte e é uma única coisa e é a imortalidade do amor. No amor não existe tu nem eu. A sabedoria só surge quando a consciência do eu que é a criadora, a causa do sofrimento é dissolvida. O masculino e o feminino se completam, não há um Deus homem ou um Deus mulher, você e Honório Córregas são um, indissolúvel, o medo no seu caso é perda de tempo, vocês partirão juntos, num mesmo momento.

Carmesita veio correndo abraçar a Honório Córregas – Desculpe-me amor.

Depois Pedro Nobre formulou à a Arvore a sua pergunta, sobre como dar a medicação a Antonio Dolman e ela respondeu.

-Nobre é o seu nome, nobre sua alma, fugiu Às garras do egoísmo, abriu caminho para um caminhar mais evoluído.

Dê quantidades mínimas e vá aumentando ao longo do tempo, uma gota a cada dia, até que a cura se faça.

Pedro Nobre se curvou num gesto de agradecimento, tinha entendido a mensagem, começaria com uma gota e a cada dia aumentaria uma a mais.

A esposa de Pierre Gergene o estimula a fazer uma pergunta à Arvore.

Ele titubeia teme ter que confrontar Honório Córregas diante dos demais, mas ela o empurra e ele tenta ser diplomático, e pergunta sobre os riscos de Ravena diante dos eminentes fatos vindos de Angusturas.

-Pierre Gergene no que a vida se parece com a guerra?

-No que se pode se viver ou morrer por uma ou por outra.

-Sim – E o que melhor lhe parece. Morrer lutando pela vida, ou viver pela Guerra.

-Eu prefiro viver após lutar pela vida.

-E viver pacificamente?

-Não sei se há essa opção.

-Na verdade essa opção não lhe passou pela cabeça. A violência tem suas versões também, pode-se ser violento atacando o em defesa própria.

Quando condenamos alguém ou nos justificamos, não podemos nos ver com clareza; não observamos então o que somos. Temos, cada um de nós, uma imagem do que pensamos ser ou deveríamos ser, e essa imagem, esse retrato, nos impede inteiramente de vermos a nós mesmos como realmente somos. Você deseja defender o que tem, a família e a forma de viver o que é, é mais, o apego ao que possuí é a ligação do prazer e do medo.

Você se orgulha do que você é?

-Sim eu me orgulho.

-A paz só será possível quando se tiver a percepção da união e não da divisão, da individuação.

É o orgulho que não me permite olhar para si mesmo, e é o orgulho que inventa a sistema de ideias e que nos diz - Eu deveria ser.

 O orgulho diz: eu não sou isto, é tenho que ser de outra forma, ser aquilo.

Isto não é bom, não combina com o que a sociedade pensa, é feio, isto é estúpido, isto não é inteligente, isto não é razoável." Então ponho uma máscara do que eu deveria ser, e a partir daí há conflito, um tipo de atividade hipócrita se desenrolando dentro de si, um eu criado, um eu que não é você.

Será possível olhar para si mesmo sem a imagem do orgulho?

Pierre Gergene se calou. Não respondeu e a voz da arvore seguiu.

No que você se diferencia de Mirral Bustamante? NO que você se julga melhor do que ele?

Naquilo que você não faz, mas que usa métodos semelhantes para fazer algo ao seu jeito.

Você se acha capaz de conduzir os destinos de Ravena?

-Creio que tenho essa capacidade. Respondeu Pierre Gergene.

-Não você não tem essa capacidade. Se fosse comandar os destinos de Ravena logo se oporia a Angusturas, e logo havia de tornar Ravena uma nova Angusturas.

Mas têm-se imagens tão extraordinárias de si mesmo, não é verdade?

Sou um homem honesto, sou um grande soldado, sou um grande pai, um bom marido.

Por quê? É orgulho? Ou investimos nessas imagens valores diferentes do real estado do próprio ser?

É um ser agressivo e se orgulha disso Pierre Gergene. Ninguém é uma ilha, valoroso por si só, todos são parte de um todo. Deixe que Honório Córregas decida os destinos de Ravena. Ravena foi construída pelos sentimentos dele, pelo olhar e pela querência dele.

Ele sabe o que é o melhor para Ravena.

Gergene veio e abraçou Honório Córregas.

Depois Valery se apresentou.

E perguntou sobre a sua irmã desaparecida.

Pode-se ir longe, se começar do mais perto. Em geral começa-se pelo mais distante, e ficamos perdidos em algum sonho vago do pensamento imaginativo. Isso vale para ela e para você, chegue-se mais perto então de mim. Abrace-me e me sinta o que eu te digo. Venha você também Domingas Molina. Se partirmos de muito perto, do mais perto, que é o nós, então o mundo inteiro se mostrará e se revelará à nossas vistas. Temos de começar pelo que é real, pelo que está a acontecer agora. Valery e Domingas emocionadas se abraçaram à arvore. E uma leve sonolência as tomou.

Elas se viram numa bela casa, Valery e sua irmã Justine correndo no gramado quando a mãe as chamou – Filhas vamos entrar, uma tempestade se aproxima.

Depois as duas viram um homem numa sala de julgamento e a mãe irredutível em seu perdão a ele. Elas sentem a dor que ele sente de maneira tão devastadora como se fosse em si o golpe da corda ao pescoço quando ele se enforca na cela e tira a própria vida, logo após ser condenado e preso.

Elas sentem a inocência dele e como ele foi envolvido numa trama falsamente montada para destruí-lo e mais, não só a ele, mas, a toda família delas.

Ela vê a mulher que preparou a cilada e cada detalhe da organização como se estivesse no local. Fria e calculista, por ciúmes e razões pessoais por se sentir preterida por ele.

Valery sofre e se abraça mais fortemente à arvore e sente que ela a acolhe. Depois ela vê sua irmã Justine, mais nova e mais inocente ser levada da porta do colégio pela mesma mulher autora da trama.

A angústia toma das duas, ao ver Justine ser torturada, depois espancada e cega dos dois olhos por um liquido colocado pela mulher.

Depois ela ordena que um homem a leve para longe e a mate. Que traga o seu coração como prova. Ele se apieda da menina e não obedece à vilã, leva a jovem para Curupita e a pela madrugada a deixa próximo à casa de Sofia Soraia. Quando alguém a recolhe e a leva a presença da velha curandeira, que cuida dos seus olhos feridos e a acolhe.

O homem mata um servo e apresenta o coração do animal à mulher como sendo o de Justine.

O impacto da revelação se dá de forma tão avassaladora que as duas jovens desmaiam. Lado a lado as irmãs, Valery e Domingas Molina ou Justine tombam desfalecidas.

Todos se acomodaram sobre a proteção da Arvore da Verdade. Sob ela nada temiam. Carmesita Como Honório Córregas, Gergene com sua esposa, Pedro Nobre com Zezinha, Valery e sua irmã Domingas Molina, Sofia Soraia e o seu sapo azul de olhos de gente.

Capitulo 115

Há tanto sangue que tinge a alma dos pobres, quanto os rios tintos de vinho que correm pelo mundo. São tantos os oceanos que deliram com suas espumas vermelhas, ditando o ritmo das ondas. Há tanto sangue que vaza pelos dedos e escorrem pelo chão, há os dias terríveis, as almas vazias, a lua que nos espia. O fogo, os infernos vermelhos, a cor da malícia, as chamas que nos consomem, há tantas mortes, olhares que nos expiam, olhos cheios de fome.

As flores suando odores pestilentos, os cadáveres caminhando, e eu testemunho máculas que me chamam nos meus sonhos, mas a realidade habita aqui e agora.

As desgraças de Angusturas levam Mirral a se sentir cercado, sonhava sonhos medonhos, cadáveres que o perseguia, outros que vagavam sonâmbulos, zumbis sem almas, narizes carcomidos, as línguas secas brotando das bocas cheias de escaras.

Soldados armados com armas letais cuspiam fogo dos olhos, com dedos longos e esquálidos segurando notas de dinheiros. Notas saltavam dos ocos ouvidos e das narinas viscosas. Do corpo dele saiam milhares de vampiros, sedentos, famintos e atacavam o povo, as bocas cheias de sangue e gritavam: Mirral é o nosso chefe e o povo gritava: Mirral é o vampiro do povo...

O povo era gentios estúpidos, que dele só precisavam dar um pouco, umas migalhas de pão, circo, o engodo, a distração, por que então não se satisfaziam?

Retirara deles todo poder, as armas de riscos ao seu governo, o poder dos xamãs, poder de defesa natural. Diminuíra o risco de que a massa ficasse armada e se rebelasse de maneira mais contundente aos desvarios que vez ou outra acomete este ou aquele ser. Por que ainda assim se sublevavam?

O mundo era nevoento, envolto em pó e risos enlouquecidos, gargalhares de escárnios e musica eletrificada que lançavam faíscas azuladas que queimavam os insetos gigantescos. Nada era nada e tudo era tudo, e Mirral era tantos e Mirral era o nada.

Mirral tinha o poder na mão, o exercito, o juiz e o promotor, o médico. O enfermeiro, os religiosos, os militares todos estavam sob seu comando, mas os sentiam soltos, fuxicando, preparando traições.

Mirral tinha medo de dormir, de ser assassinado, de ser deposto.

Precisava de mais riquezas, mais bens, de algum milagre que afastasse das trevas, de alguma forma mágica de mudar tudo, já se sentia perdendo o controle de tudo e de si. Pedia o contato com sua ideologia, a de si.

Já não queria estar perto de ninguém, nem de si, nem de Adônis.

Não o queria mais por perto.

Não o queria nunca mais.

Capitulo 116

Os ratos apesar de ter virado cardápio culinário, ainda era muitos e se multiplicavam mais rápidos do que se dava conta de extermina-los, parecia o milagre da multiplicação. Já diziam as más línguas que Mirral Bustamante tinha o poder de Jesus, de multiplicar inversamente não o bem, do pão, mas o mal, dos ratos. Aos milhares eles já não davam paz a mais ninguém. Não haviam mais celebrações e as datas festivas eram dominadas pelos roedores, as doenças transmitidas pelos pequenos demônios se alastraram.

O problema já passaram da data, dizia Mirral Bustamante, mas os ratos não conheciam calendários e se mantinha firmes na suas inoportunas jornada por terras de Angusturas, dão ao fato Mirral instituiu um prêmio a quem extirpasse todos, haveria de ser todos para merecer o prêmio. Um centavo de dólar de Angusturas, o mirraldólar por cada cabeça de rato.

Até que uma noite de estranha lua cheia, numa sexta-feira depois de três dias dada à míngua não era normal que a lua chegasse crescida a tal ponto no quarto dia. Era uma lua extraordinária.

Dois amantes ditosos refestelavam-se na cama, como duas sombras, refletidas de uma só lua, quando entre eles, então, uma ratazana se intrometeu.

Benicio Boa Morte deu-lhe uma morte piedosa, na lâmina de uma espada ninja, poder-se-ia dizer que a danada quase merecia um caixão dado o seu tamanho desproporcional.

Em noite de lua cheia dizia as boas línguas que se um cão geme ao invés de latir, que nada faz sentido, que havia em algum lugar uma magia a acontecer.

Um menino com olhos de fogo passou com uma fieira de gordas ratazanas churrascadas, cinco gatos pretos estavam acuados num telhado cercados de ratazanas. Não apareceram estrelas na noite daquele noite e por três dias seguindo não houve dia, não houve madrugada, alvorecer, foram três dias seguidos de noites continuas, e um cheiro tenaz de esgotos que tomava de uma única vez Angusturas.

Pascoal Mordaz não pode emitir o seu pasquim, os ratos comeram todas as folhas de papel, beberam as tintas e urinaram palavras de ordem pelas paredes, notícias cheias de malicias e sem-vergonhices escancaradas. Diziam as más línguas que elas estavam cada vez mais donos de si, cheios de dominação e intimidações.

Os ratos já eram íntimos, comiam as hóstias enquanto assistiam as cansativas e enfadonhas homilias, espalhados pelos púlpitos e os altares, partilhavam as camas das prostitutas, cafetizavam a vida dos bordeis. .

Poder-se-ia dizer que Angusturas era a terra dos ratos.

Os ratos roíam as madeiras de confecções dos caixões, desenterravam os mortos de Vida Cervantes e comemoravam bebendo as bebidas de Cosme do Bar, mas havia ratos que roíam concreto, e alguns prédios deram a desabar.

Mas havia algo diferente naquela noite. Havia magia.

Victoria levantou-se e foi ao baú e pegou uma flauta, uma flauta linda, de madeira negra e sutis desenhos em ouro. Chamou Benicio e disse que ele tapasse os ouvidos e antes fosse avisar a todos que fizesse o mesmo, que a recomendação se espalhasse. Assim Benicio, com ajuda e Pascoal Mordaz o fez naquela noite de lua estranha de três dias de noites seguidas sem dias no meio.

Victoria tocou algumas notas douradas, a música como seduções, procurando cortar o ato de ser, apenas deixando a ligação do sentir. O peito acentuado de ar que a vida lhe tirara, os pulmões mortos distendidos a desvendar dos reinos escondidos sob o manto da noite escura e enluarada a magia de dominar, uma vibração vinda não da vida, mas da morte, notas de convulsões e comoções entremeadas de chamamento. Os ratos a sentiam e respondiam ao comando a seguiam. Sabiam da morte, mas a seguiam, era uma procissão desordenada, aos montes, ao trombotões, cada um querendo estar o mais próximo possível da emissora do som mágico, da sua líder.

A doce melodia, roxa e escarlate, chorosa e sanguinária, tinha o tom certo, a toada suave de tons tépidos, veneno musical, brometo e arsênio, mortal ladainha sintonizada na morte. Os ouvidos tapados a algodão escapavam da trilha que levava à extermínio. E os ratos a seguiam.

Capitulo 117

De volta a Ravena Pedro Nobre iniciou a administração das dosagens do medicamento que poderia curar Antonio Dolman. As duas primeiras semanas nada produziram de novo, os cuidados foram mantidos. A cada dia Pedro aumentava uma gota até que as manteve em quinze.
A observação era constante, algum sinal que pudesse deduzir um progresso.
Sofia Soraia já não precisava dedicações exclusivas ao Menino Vermelho, ganhará tempo de sobra, já que em Ravena eram poucos a serem cuidados além dele. Abstraia-se a cuidar das suas poções e de seu livro de receita que os tinha guardados com muitos cuidados. Era esquálida e devido à boa altura ganhara as costas curvadas dado ao peso dos anos, as veias altas sem terem onde se esconderem se mostrava nas mãos e nos braços. Poder-se-ia ver a sangue correr, o peito era tão desprovido de músculos que se via o coração a bater. Um coração que cuidava que se preocupava em acolher.
O outono chegara de mansinho a claridade dos dias era boa os seus olhos. Saiu a recolher o lixo e encontrou o vidro de rejuvenescer que Honório Córregas tomava, já a vira nas mãos dele algumas vezes, ainda não se dera conta do porque que e ele abriu mão de se rejuvenescer.
Não queria fazer julgamentos, mas sempre se acaba por fazê-lo. Naquilo que todos buscavam ele deixava de lado. Vá se entender a alma humana. Pensou ela. Do mais tinha ela as suas mazelas, quem sabe se as pílulas não fossem boas para reduzir as dores das juntas enferrujadas, assim ela tomou uma das capsula.
Depois de passar a vassoura na cozinha ela catou o feijão olho de vaca, assim chamado devido ao tamanho e ao arredondamento dos grãos. Pôs a panela com água a ferver e viu o sapo azul com olho de

gente no canto do fogão, possivelmente a se aproveitar do calor morno desprendido. Deu vontade de conversar com ele e ela falou.

-Sapo querido, não sei de onde você veio, mas está ai e ficará por ai, eu não me importo com a sua presença, tens olhos bonitos nesse tom de azul esverdeado, um home cairiam bem numa pele clara. Inda me vem desejos de sim, quem disse que eles haviam morrido em mi, apenas me julgou pela carapaça externa. O fogo não se apagou, creio mesmo que só venha a se extinguir com a minha extinção.

O sapo coaxou em aprovação.

Ela riu.

-Não morreram as derradeiras manhãs.

-Como assim? Você fala mentalmente sapo? Perguntou ela.

-Falo com que me sintonizo. Há dias que a saudade é amarela.

-Como assim é amarela?

-É uma cor que não fede e nem cheira. Quando a saudade não dói e não aperta.

-A troco de que você vem falar desse assunto sem pé nem cabeça.

-Acho que dentro de você há uma saudade assim que fica só parada sem se mexer.

-E você vem mexer com ela por quê?

-Faz algum tempo que eu a observo, tem um espanto parado nos seu olhos, um brilho que quer se acender.

-Alguns dias em minha casa e já se sente intimo para conversar conversas de homem e mulher?

-Temos que ser agradecidos por tudo, quando agradecemos acontece a real magia. O seu homem partiu numa derradeira manhã, as saudades dos beijos na boca, de tirar a roupa, de duvidar de si, de se olhar no espelho e ver seus seios pontudo intumescerem de arrepios só de lembrar que ele chegaria.

-Está meio atrevido para um sapo zoiúdo.

-Bem que gostas das lembranças, do corpo perfeito, das ancas carnudas, do ventre liso, dos salpicos de sardas no colo branco. Eras bonita.

-Como sabes de minhas qualidades passadas?

-Um espelho me disse. Disse o sapo zoiudo sorrindo.

Da janela ela observou O menino Vermelho subir no pé de pitangas, tentando alcançar as ramas mais distantes e pensou. O menino toma remédios para se tornar normal, norma que dizer que pode se ferir e sentir dores. A normalidade por vezes é cruel.

-Antonio desça dessa arvore. Ela é muito frágil para um menino do seu tamanho.

Do mais os frutos não valem um tombo, são miúdos e de pouco sumo, apenas bons para fazer refrescos.

Antonio descia quando caiu.

Capitulo 118

Victoria ficou no centro da praça principal acompanhada dos milhares de ratos que não paravam de chegar, a praça tomada era uma vastidão medonha de animais imundos. O mundo surreal de roedores se amontoando, como escombros vivos de uma cidade devastada e Victoria impassível tocava.

Uma menina índia chegou e postou-se diante de Victoria e ficou ali perante a multidão de roedores que apavorava a todas, mas não a ela.

-Victoria não podia para de tocar, mas fez um sinal com a cabeça que ela falasse.

-Eu quero o meu ratinho branco, ele é meu, é um rato bom, não é um rato mau.

Victoria olhou em volta, abaixou-se e pegou pelo rabo o ratinho branco, com uma das mãos ela apontou para sua casa e a menina entendeu.

Na casa de Victoria Benicio pôs algodões nos ouvidos do ratinho branco e ele logo saiu do transe que o possuía.

Das janelas o povo acompanhava o mundo banhado do oceano de ratos, a lua cheia irrigando um cenário espectral. Os guinchos estridentes não se harmonizavam com a melodia, eram as trevas e era Victoria, a Dama de Preto, a possível ultima esperança de criar das trevas aurora.

Aos olhos de Benicio Boa Morte a emoção que se dava ao ver por trás da janela a sua doce amada em seu êxtase solitário, sem nervos como em prece tão só.

O que Victoria irá fazer após reunir todos os ratos? Muitos se perguntavam isso. Quando ele iniciou a sua longa jornada em direção ao pântano da morte.

E Pascoal Mordaz da sua janela filosofou sobre a vida - Viver pode ser uma questão de tempo ou de qualidade, o intelecto se satisfaz com teorias e explicações, a inteligência não; e para a compreensão do processo total da existência, é necessária uma integração da mente e do coração no agir. A inteligência não está separada do amor.

A paixão é uma coisa assustadora, porque quando se tem paixão não sabemos até onde esta nos vai levar. É o que eu tenho visto entre Benicio e Victoria.

Pensando agora que chegamos a compreender-nos melhor, se é possível a um ser humano que vive sua vida normal de cada dia, neste mundo brutal, violento, cruel - um mundo que se está tornando cada vez mais eficiente e, por conseguinte, cada vez mais cruel - se é possível a esse ente humano promover uma revolução não só em suas relações sociais, mas também em toda a esfera do seu pensar, sentir, agir e reagir. Numa mundo cheio de Mirrals e Ratos, será que é ruim ser um zumbi?

Capitulo 119

Com largo espanto o povo de Ravena viu a Arvore Bailarina florir antes do tempo ainda era janeiro ela só floria uma vez a cada ano e abria os seus frutos no dia de finados, o tempo estava antecipado, era a primeira vez que aquilo acontecia e aquela única flor trazia maus agouros.
As crianças cantaram na praça brincando de roda.

"Há um esqueleto magrelo morrendo de fome,
A vida é banal, a morte não tem nome,
O medo é imortal o medo é que nos come".

O céu hoje é de pipas, as rabiolas floridas de cores vivas, flor em o céu.
Honório Córregas gostou da visão, mas percebeu que os seus olhos perderam um pouco da nitidez do ver as cores, ele esfregou os braços e a pele estava seca, soltou até um pouco de pó devido a aspereza, estava de novo no processo normal da natureza de envelhecer, liberto doas formulas de Pedro Nobre.
Carmesita de braços em forma de cruz veio sorridente, a face de Gioconda de dentes alvos e sobrancelhas de Frida, era a expressão de uma nova mulher.
-Há em tuas faces um brilho moço, mas os teus olhos carregam tristezas disfarçadas, diz-me porque Honório Córregas.
-A noite passada choveu torrencialmente e agora o céu está límpido deixando exibir todo o seu azul; é um dia novo, fresco. Encontremo-nos com este dia novo como se fosse nosso único dia. Iniciemos juntos a jornada de um dia a cada dia. Deixando para trás todas as lembranças de ontem, é o futuro que se aproxima de mim, no seu ritmo exato, mas não vamos programá-lo, não mais, hoje qualquer espantado medo foge diante de teu corpo de luz

Carmesita. Sou devotado a ti. Os meus velhos olhos atônitos te buscam, os meus desejos por ti me atiçam a fome. Riu ele – O que temos para comer.

-Diabruras, sobremesas de travessuras.

-Belo prato em que os meus recatos não conseguem evitar.

Honório Córregas a tomou nos braços, e a levou para o quarto, fito de emoção que nunca morria diante da mulher que mais amava na vida, e ele sabia que nada a levaria dele, nem mesmo a morte.

O menino vermelhou caiu da pitangueira e Sofia Soraia deu um grito, por certo ele havia se ferido e o inusitado fenômeno do choro na vida de Antonio Dolman encheu os ouvidos de todos.

O Menino Vermelho chorou. O Menino Vermelho sentia dor, era um renascimento. O chamado ecoou pela Vila, o Menino Vermelho chorou e todos vieram festejar o machucado doído no joelho de Antonio Dolman, e tantos o abraçaram e tantos o felicitaram que ele se sentiu amado.

Sebastian Ornelas e Valery voltaram da arvore da vida juntos, tiveram tempo de conversar de se conhecerem mais, e perceberam que tinham muito em comum. Valery estava feliz por ter descoberto a irmã perdida, aquilo trouxera um novo viço à sua vida, mas não sabia o que fazer diante da nova realidade.

-A separação minha e da minha irmã foi brutal e livrar-se de todo domínio da dor é a primeira coisa a fazer, preciso extinguir para todas as coisas sofridas de ontem - para que a mente possa se sentir fresca, preciso abrir novas janelas e ver outros mundos agora, como um ser juvenil, inocente, cheia de vigor e de paixão.

Só nesse estado é que poderei aprender e observar. Para tanto, precisarei grande capacidade de percebimento, de real percebimento do que se está passando no meu interior agora, Sebastian.

-Eu sei Valery, sou um soldado, mas a minha alma não é endurecida, avalie com calma a pressa de buscar a sua irmã acabou, aproveite esse momento com ela, mate a saudade. Vocês precisam disso. Merecem.

-Você tem um bom olhar. Disse ela sorrindo para ele.

-A verdade é uma terra sem caminho definido.

-Não ouso dimensionar minha alma, Sabastian, eu a quero apenas livre, mas sem conceitos definidos. O espaço que todos meus pensamentos e reflexões ocupam, já é espaço demais.

Eu vim buscar uma irmã e encontrei tantos amigos e gente querida.

-Eu me sinto muito próximo de você.

Eu sei, mas não ouso entendimento, até porque, meu julgamento é livre e arejado demais para caber dentro do que não me cabe. Faço negociações diárias entre minha razão e a minha emoção, mas o sentimento, com jeitinho, se encaixa em quase todas as decisões com ajuda dos meus instrumentos de trabalho. Em que dia você nasceu?

-Doze de fevereiro.

-Vou fazer o seu mapa natal. Vou curiosamente espionar a sua vida. Vou contar as estrelas que habitam a sua existência.

Capitulo 121

Victoria iniciou a sua longa jornada de livrar Angusturas dos ratos, seguiu para o Pântano da Morte. O seu corpo em vestido de brocados negros e um suave véu de tule sobro o rosto, não caminhava parecia pairar alguns centímetros sobre o solo. Da sua flauta mágica como as notas de uma canção que revelava a essência de sua alma saia a linda melodia.
Benicio Boa Morte foi o único que não usou algodão nos ouvidos, mesmo tendo sido orientado por Victoria, ele não os pôs.
-Meu caro Pascoal Mordaz eu o convido a tomar uma bebida, creio que as garrafas de cervejas tenham se mantido invioláveis aos ratos, a praga das fezes e das urinas tenha terminado. Victoria minha deusa deu fim a maior praga de Angusturas depois da de Mirral Bustamante.
Como ela extinguirá os roedores, Benicio?
-Ela sabe o que faz e é o que nos basta. Creio que o Pântano da Morte dará cabo de todos eles.
-Quando ela voltar daqui a seis meses então vocês serão pessoas ricas, deverão cobrar o prêmio. Não sei como Mirral os pagará tendo um governo misserento deste. Creio que com o dinheiro das drogas que ele esteja com reforço de caixa.
Não me importo com isso, o que vier a receber doarei aos pobres, cada centavo, mas ela não levará meses fora, creio que ao final dessa lua estranha que ela esteja de volta, ela parecia levitar. É a minha amada esposa na sua leveza.
-É amigo Benicio livramo-nos de uma praga, livramo-nos dos ratos, agora precisamos urgentemente nos livrar da outra.
-Ando cansado desse nojo de gente chamado Mirral Bustamante. A mim, deveria estar feliz, os cadáveres se multiplicam, seja devido as doenças, as mortes pelo vício ou os atentados da malta criminosa que as drogas trouxe, mas isso tudo apenas me entristece. Há uma legião de zumbis que caminham a esmo pelas ruas e pelos campos. Gente que era simples, humilde, de coração puro. Estou cansado amigo, a política tem me nauseado.

-Não podemos ainda nos dar a esse deite de largar de lado a política, a política é a sublime arte de bem administrar conflitos de interesses.

-Deveria ser, mas aqui já nem há política para administrarmos, há sim uma ditadura, não sei se se pode chamar isso de "fazer política".

-Meu caro Benicio até aqui entre tantas mazelas hei de te dizer – Que são as polaridades da vida que no permitem conhecer a verdade.

-Mas se não precisássemos de brigas, agressões de qualquer tipo de violência para manter pontos de vista, não temos mais uma nação, com um forte conjunto de interesses comuns, temos agora, apenas um aglomerado de pessoas. O povo já anda dividido, as drogas dividiu o país ao meio, onde a fome campeia as drogas trouxeram algum alivio, algum recurso. Alguns já não combatem a Mirral ocupam-se de sobreviver. Interesses pessoais, grupos em permanente conflito de egoísmo é a violência social atuando, devastando nosso orgulho de ser Angusturenses.

-Precisamos voltar a ser um povo, ou seremos destruídos por uma guerra de interesses e violência social, ratos, drogas, mortes, perda da dignidade. Precisamos criar de novo grupos antagônicos para voltarmos a ser um: Governo e Povo.

-Hoje somos uma dualidade psicótica, os interesses do governo e outros os do povo como se fossem, ou pudessem ser coisas separadas.

-Apenas nos dois não podemos levar essa empreitada longe, precisamos de novas adesões. Precisamos de engajamentos de pessoas que tenham o poder de persuasão. Para fortalecer o conceito de Nação, para que possamos de novo todo mundo entender que não pode existir antagonismo entre os interesses do governo e os do povo.

-Mas quem?

-Tudo é povo. Os que governam fazem parte do povo. O Governo está subordinado ao povo, falta o povo ter essa noção e decidir que não quer mais essa divisão, que não quer mais esse governo que nos trouxe esse esmigalhamento.

-Estamos mesmo esmigalhados, farinha quando soprada ninguém cata mais.

-É boa parte por medo, não é meu amigo?

-É medo também, mas a maior é parte por falta de organização, quando as coisas não vão bem, a culpa não é só do governo, é do povo, que não se organiza nem define seus interesses coletivos.
-Medo, falta de quem o organize e preguiça são nossos problemas.
-Entre o inferno e o paraíso, cá estamos nós, parados que nem gado sem saber qual o caminho.

Capítulo 122

Pedro Nobre andou amargurado por muitos dias, sabia que Honório havia negado a si a oportunidade de ganhar juventude, assim via-se claramente voltarem os sinais senis, a pele perdera a flexibilidade e o brilho e apergaminhava-se, as manchas avermelhadas características da idade reapareceram, era visível o seu retorno a sua jornada normal do tempo. Por isso ele relutava em fazer a fórmula do envelhecimento pedida por Carmesita. Era a perda de dois entes queridos de uma só tacada. Porém ela estava irredutível na sua opção de seguir Honório.
Não tenho mais os olhos de antes, a minha pele também manchou. Há rugas onde havia viço. Eu não estou desapontada com isso, não Pedro, pelo contrario, aceito com maturidade a beleza nova, tenho em mim pelos pesos dos anos, a leveza dos bons momentos e os fardos necessários dos ruins.
-Eu sei mãe, mas custa-me a fazer ago que não seja para criar, isso que você me pede é para destruir.
Carmesita riu com bondade – Destruir?
Nessa minha escolha só há construção. Maturidade é abnegação.
É atender as necessidades alheias. A amargura e a doçura vêm do exterior, as dificuldades da vivência, dos nossos próprios esforços.
Na maior parte das vezes faço as coisas que a minha própria natureza me impele a fazer. Embaraçoso seria ganhar desrespeito por isso.
Peço que você faça isso, mas quero que haja a compreensão do por que.
Eu e Mirral somos uma maça cortada ao meio, partes perfeitamente encaixável.
Não me deixe sem ele Pedro.

A Arvore Bailarina soltou suas sementes dançantes antes dos meados de setembro. Aos olhos de Honório Córregas haveria antecipações naquele ano, a morte chegaria ante, viria mais apressadamente na sua carruagem reluzente de fogo e de pó, os escolhidos não chegariam ao dia dos mortos do ano seguinte e Honório teve certeza de ouvi-la chamando o seu nome.

As sementes dançaram por ar sem que as pessoas soubessem dançou pela noite, apenas três delas, silentes e delicadas mensageiras antecipadas da morte. A morte chegou cedo, mais breve que toda a vida, no arremedo de coisa perdida, dado apenas o tempo das despedidas.

Dançaram e rodopiaram, sob a lua estranha, duas pousaram sobre o chão do quintal de Honório Córregas a outra eu não sei dizer.

Honório Córregas durante todo o dia arrumou a fogueira preparou galho a galho, tronco a tronco, num ritual mudo, como um rito de preparação para o tempo que viria. Armou a fogueira para queimar naquela noite e convocou todos a participarem tinha um comunicado a fazer.

Pedro naquela manhã entregou a Carmesita a formula em capsulas e também naquela mesma manhã ela tomou a primeira delas.

O Menino Vermelho achou que goiabada cascão era boa para feridas e Soraia Sofia não querendo contradizê-lo preparou uma bela poção do doce, e caprichou nas cascas. Ele observou que ele ganhara rapidamente altura em poucas semanas, e que a sua cabeça já quase batia no candeeiro do teto, quando antes mesmo com as mãos mal conseguia alcançá-lo. Seria a fórmula de Pedro Nobre a causa ou coisas da própria natureza estranha do menino?

Seria bom que comentasse isso com Pedro, mas de mais estranho era a convocação sem causa definida de Honório Córregas. Sentia que não eram tempo de boas novidades, coisas estranhas vinham se amontoando nos últimos tempos, sentimentos e sentidos extraordinários a tomavam de assalto. Com a maturidade conseguia discernir o que era o medo natural inerente ao ser humano da más intuições. O astral não era bom.

Depois o menino Vermelho a cutucou e perguntou se pereba era a tristeza na pele.

Valery preparou o mapa estral de Sebastian Ornelas, sentia um latejamento na parte central de sua testa, sabia que notícias não alvissareiras aconteciam quando daquele sinal.
Ela e Sebastian saíram a caminhar pela floresta até o riacho próximo de águas clara e pedras de cristais. O sol brilhava morno, entrecortado de feixe luminosos pelas ramagens das arvores.
-O dia de hoje assim iluminado não combina com o clima que está acontecendo na Vila.
-Eu também percebi, há algo de pesado nos semblantes. A Arvore bailarina cedeu sementes mais cedo dizem eles que isso é contagem antecipada de morte.
-Eu soube Sebastian, lamento as perdas pela ausência, não pela essência da morte.
-Quando eu morrer quero que me ponham numa balsa forte, não quero ser enterrado, quero ser carregado pelas águas, me sentir numa viagem entre a floresta, pelo rio cristalino, olhando a paisagem.
 -Não falemos de morte, falemos de vida. Eu trouxe o seu mapa astral, quero ler para você.
Eles se sentaram numa ravina banhada de sol e Valery leu para Sebastian o que dizia o mapa astral.
-Os nascidos no dia e no seu horário são indivíduos corajosos e determinados fortes o suficiente para suportarem os reveses e as decepções da vida e mais tarde fazerem uso de sua experiência amadurecida.

A luta não é algo estranho para os nascidos em 12 de março, que parecem desenvolver-se ao superar obstáculos de todos os tipos. São de certa forma capazes de desenvolver quaisquer habilidades naturais que tenham até o limite. Não raro, têm uma ideia ou conceito preciso do tipo de pessoa que desejam ser.

Sebastian Ornelas riu, e falou - Você entrou em mim sorrateiramente. Você me olhou por dentro, bem que você disse que o faria. Acho que você é meio bruxa, senhorita Valery.

-Tem mais Senhor Sebastian Ornelas. No entanto, é importante que os nascidos em 12 de março mantenham-se centrados em seus objetivos, pois tendem a ser polivalentes e, como tais, prontos para dispersar sua energia.

-Valery, eu sai de Angusturas para livrar você de Mirral e de Serena Estala Tidal, mas a minha luta não terminou, preciso voltar a Angusturas tenho um compromisso de vida com o meu povo. Não vou deixá-los neste momento tão crítico.

-Eu já temia por isso Sebastian. A maioria dos nascidos em 12 de março têm coragem para aventuras arriscadas e até entra em situações que a maioria das pessoas evita a todo o custo. Talvez acreditem que as maiores recompensas são concedidas aos que têm confiança para arriscarem tudo.

-É assim como diz o seu mapa astral eu nasci para ser assim não vou me esquivar a cumprir isso, mas não sou amante do perigo e dos riscos.

Valery riu e continuou - No entanto, não há também como negar que o perigo os atrai, assim como a controvérsia. Gostam secretamente de serem o alvo da conversa, embora possam negá-lo. Em geral, acreditam no que está além do aqui e agora — em outros mundos, outros planos de existência, outras realidades. No entanto, a imagem que apresentam é muito prática e realista. Sabem como combinar o físico e o metafísico, mostrando o primeiro, mas sendo inteligente o suficiente para finalmente colocá-lo a serviço do último. Em algum lugar no fundo da memória, sabem que tudo da vida é transitório.

-Valery.

-Sim Sebastian Ornelas.

-Acho que há mais coisas entre o céu e a terra do que os seus astros possam enumerar.

-E o que seriam?

-Acho que eles não lhe disseram que o meu coração pisciano anda atraído pelo seu.

-Ai é que o Senhor Sebastian com sua mania pisciana de achar que sabem tudo se engana. Eles já me disseram sim.

Valery e Sebastian Ornelas se beijaram sob o olhar temeroso dos astros.

Capítulo 123

O jornal de Mordaz publicou na estampa degeneração da moeda Angusturense, a moeda que não valia de nada porque de nada tinha para comprar, com a desastrosa política de estocagem da cooperativa e a disseminação da plantação da Yuca, os bens de subsistência plantados pelo povo foram reduzidos. Os que plantavam viam suas plantações serem não mais confiscadas pelo governo, mas roubada pelo próprio vizinho, era povo contra povo.
O povo tentava comprar mercadorias nos países fronteiriços, mas devido a forma agressiva como Mirral Bustamante tratava os países vizinhos, na sua desastrada política diplomática, ainda que não fizessem se, a moeda não tinha valor comercial que se pudesse fazer uso fora de Angusturas.
Anastásio fazia uso da situação comercial para negociar os seus produtos trazidos de fora em trocas pelas drogas, as quase vendia sempre dentro da sua visão de negociante: Venda uma pelo preço de duas, mas nem tudo era azul para ele. Vários das suas formiguinhas, seus mulas foram presos, porque as autoridades dos outros países passaram a pegar todos os procedentes de Angusturas, e das três ultimas três grandes remessas duas já tinha sido apreendidas no exterior. Os ratos destruíram todo estoque de produtos acabados da Yuca e sem dinheiro o negocio da Yuca não tinha como prosperar. Precisavam sim de mais dinheiro.

Victoria levou os ratos diretos à armadilha, ela levitava o que deu velocidade ao trajeto, os ratos fizeram das tripas coração para acompanha-la muitos morreram esgotados pelo caminho, os maiores e mais fortes chegaram aos pântanos de onde foram sendo tragados pelas formas-fantasma e pelos predadores, pelos repteis, ofídios, aves de rapina e morcegos, alguns se afogaram no lodo, sugados nas areias movediças. Ao final do terceiro dia da lua cheia estranha nenhum sequer dos ratos que tomaram Angusturas sobreviveu para vê-la se avermelhar no céu e sumir.

Ao voltar a Angusturas o povo a recebeu com festas e aplausos. Alguma felicidade o povo merecia ter e Pascoal Mordaz exaltou o feito e chamou Victoria de heroína e fez paralelos do seu desempenho com os de Mirral Bustamante e calculou em cem mil dólares americanos o prêmio que Victoria deveria receber do governo, mas não foi isso o que ocorreu. Mirral se recusou a pagar o que não tinha provas de quantidade, quantas cabeças de ratos foram? Não houve um trabalho conjunto dela alinhada ao governo. Por que Victoria não se apresentou a ela com o plano de trabalho? Fora apenas um ato de vaidade exercido por ela, isolado, independente., e que ainda havia ficado um rato na cidade, o da menina índia

O povo veio à frente do Palácio Presidencial exigiu a recompensa merecidamente conquistada por Victoria.

Mirral pôs a Policia Militar para desfazer a aglomeração, mas o povo revidou, partindo de uma ideia de Benicio Boa morte decidiram pintar tudo de preto.

Assim se fez, todos os prédios, casas, postes, calçadas, cercas foram pintados de preto. Angusturas enlutou-se em apoio a Victoria.

Capítulo 124

O Menino Vermelho livre das suas mazelas pode comparecer e se deslumbrou sentindo o calor do fogo, mas, ainda precisava ser treinado a não se machucar.

"Tudo morre e nasce em outro lugar, quem me trouxe para a vida veio me buscar". Assim a noite chega após o dia, ainda que o tempo feche. Não ouso deixa de amanhecer quando me sinto cheio de noites, filho do instante, andando cheio de caminhos, ainda, a serem trilhados, para dar vazão ao meu ser, à minha alma e vivenciar novos cansaços. Na verdade não pretendo descansar ou apertar demais o passo.

Assim Honório Córregas iniciou a sua fala diante da grande fogueira.

-Eu não sei quanto tempo eu tenho, mas quero olhar a noite, olhar as estrelas e conversar com elas, me despedir das arvores, das pedras, da floresta dar adeus a Ravena, nada me preocupa, mas queria poder deixar Ravena vivendo como é hoje, sem líder, mas sendo unida.

Quando vier a primavera, mesmo que eu esteja morto, as flores florirão, ainda serão vermelhas, amarelas, azuis, as arvores sementes, a natureza sabe que isso é arte da necessidade da vida de continuar. Sem as mortes não haveria continuidade. A vida precisa de minha morte. Não há maturidade em quem não aceita a morte natural.

O meu fim é evidente é atar as duas pontas a do nascimento e a da morte, não sei se conseguir que esse fio fosse bom e forte o bastante para restaurar o que vim fazer aqui, se não consegui recompor não valeu eu ter vindo, mas me esforcei muito, em tudo. Sei que irei faltar a alguns – Disse olhando para Carmesita – Porém um homem consola-se mais ou menos daquilo que perde. Não haverá lacunas, estarei totalmente preenchido em cada célula dessa certeza e do meu amor.

Você poderão me sentir diariamente ao olhar o céu, com todas suas chuvas, tempestades, milagres e amanheceres, quando as sementes da Arvore Bailarina planarem, quando Pedro fizer uma nova formula, quando Domingas sorrir. Todas minhas tarefas e deveres foram cumpridos, mas devo ainda cumprir uma.

Eu sinto uma alegria enorme, tudo está no lugar certo da forma certa, hoje temo fogo, temos Antonio Dolman recuperado conosco. Temos pessoas queridas bem vindas, Diego Kalos, Sebastian Ornelas e Valery, uns chegam outros vão. Acho que deveríamos comemorar.
Vamos dançar em torno da fogueira. Venha Carmesita, dê-me a sua mão.

Capitulo 125

As finanças governamentais de Angusturas andavam de novo mal e pior ainda andava o humor de Mirral Bustamante. O povo desrespeitosamente pintara tudo de preto inclusive toda a praça de preto, só não chegando até o Palácio porque a Guarda agiu com presteza. Como podia ser tão ingrato com quem dedicou a vida em prol de fazer o melhor pelo seu país?
-A ingratidão é pior que a fome, come sem ter fome. Gritou Mirral da janela do quarto.
Hei de vê-los todos ainda pedindo perdão a mim. Ingratos, ratabulhos, a maturidade chega no nosso coração no dia em que descobrimos que nós temos problemas na vida, mas que ter problemas na vida não significa que a partir de então nós precisaremos ser infelizes por causa disso.Ter problema na vida não é ter vida infeliz.
Seus ingratos,
A menina índia do rato branco ficou na praça olhando Mirral, o vestidinho roto, rosto sujo, alguém que nada tinha cuidado de outro que menos tinha ainda. Mirral se apiedou, uma pontada de piedade ascendeu em sua alma, mas ele lutou contra. Precisava ser duro e viver da razão, tinha um pais nas mãos para cuidar, ainda que o povo fosse ingrato.
A menininha continuava a olha-lo e ele se irritou e bateu a janela.
Mirral circulou pelo centro da sala, buscando orientação, seu norte devia estar a este e o seu dia não disse a que veio, não sabia razoavelmente o que deveria fazer.
Apesar de não querer falar com Adônis, com ele já se acostumara ao menos a brigar.
Olhou pela janela e o viu numa das piscinas, nu. Ficou a observá-lo e de acordo com as mudanças de tons do sol pode perceber que não era apenas Adônis que ele via. Era como se dois corpos estivesse

interpenetrados, de acordo com o ângulo que se olhava se via um pouco de Adônis e um pouco de Serena Estela Tidal.

Aquela Visão chocou Mirral, era por isso então que ninguém se espantava deles estarem casados? Adônis se mostrava um para ele e outra para eles.

Quanta traição.

A arrogância no porte, a exacerbada postura de sabedoria, a paciência embotada, tudo pachorrices teatralizada. Encenação. Estava cercado de traidores, de mambembe, traças, vermes e tridentes sereias.

Valfrido bateu à porta e entrou – Senhor, O cigano Anastásio está à sua espera.

-Mande-o entrar.

-Bom dia Senhor Presidente.

-Eu preciso fuzilar alguém Anastásio, no mínimo meia dúzia. Preciso dar a lição. Os primeiros da lista serão Adônis, Victoria, Mordaz e Benicio Boa Mortes, um oficial qualquer traidor ou não e alguém do povo. Preciso dar exemplos.

-Eu diria que com as notícias que eu trago que será dispensável essa medida, são más e boas notícias, começarei pelas más que justificarão as boas.

Anastácio suspirou e deu um intervalo de silêncio, refugou três vezes e deu a primeira má notícia.

-Os nossos estoques de produtos acabados de Yuca foram traçados pelos ratos. As remessas ao estrangeiro foram confiscadas na sua maioria, criamos um grave problema diplomático com três vizinhos. Estamos praticamente na bancarrota.

-E espero que a próxima notícia nos tire desta grave situação, pois se não a sétima cabeça será a sua.

Anastácio engoliu em seco, revirou os olhos e pigarreou.

-Lembrei-me de algo que pode nos livrar desta desconfortável situação.

-Diga logo então.

-Ravena. Ravena tem um estoque considerável de pedras preciosas in matura. Minas virgens, fendas de minerais intocadas, rios com cristais e certamente com pedras preciosas.

-Porque não me dissestes disso antes?
-A dificuldade de acesso, depois tínhamos em mãos uma mina com o Yuca, não fossem os ratos. Deixe-me lhe mostrar uma coisa. Veja essa esmeralda que eu achei num rio de Ravena.
-Que linda pedra. Eu nunca tinha visto nada semelhante, uma transparência natural e um verde magnífico. Quantos quilates tem isso?
-Essa uns cento e vinte quilates, mas é uma das pequenas. Nãotrouxe mais porque eles nos vigiam temem que a essa descoberta seja espalhada e destrua Ravena. A mulher de um dos moradores que me contou. |Fui uma noite às escondidas e localizei essa.
-Tudo o que houver em Ravena pertence a Angusturas.
-Certamente.
-Inclusive essa pedra na sua mão.
-Caríssimo Presidente creio que essa informação me valha não só essa pedra, mas outras.
-Quem sabe mais disso?
-Somente eu. Ninguém nem mesmo os meus ajudantes sabem.
-Nem ninguém mais poderá saber. Vamos mandar dois pelotões para Ravena.
-Não é uma boa ideia.
-Por que.
-Você precisa de algo substancial que lhe devolva a confiança popular. Algo que reerga as finanças do país. É preciso que seja você a ir, porque o que está lá é algo de tamanho valor que não se pode confiar a mais ninguém. Algo que elevará Mirral Bustamante à condição de um Deus.
-Um Deus. Eu já me senti assim antes e nada aconteceu.
-Antes era a suposição da Yuca, agora é a realidade de Ravena.
-Mas dizem que não se pode chegar lá?
-Só os espertos chegam.
-Quero deduzir que você seja um deles.
-Sim eu tenho a magia certa para dominar a floresta e sei como se chega lá, mas somente se pode chegar no verão.
 -O verão começa essa semana.
-Então teremos uma semana de preparos.
-Antes quero sim fuzilar alguém.

Valfrido chamou um soldado de confiança e mandou avisar a
Pascoal Mordaz sobre o plano de Mirral de mandar fuzilar, ele,
Victoria e Benicio. Eles precisavam fugir.

Capitulo 126

Assim ao saber o que o esperava Pascoal Mordaz fez o seu maior manifesto.

Os párias não têm nomes, são anônimos, respondem por surpresa de se sentirem chamados, são junções perdidas de almas escolhidas do nada, aos imprevistos juntados em famílias, seus amores em descalabros, pífias réstias de luz dos grandes encontros, poemas sujos sem rimas, boca amargosa que pronunciam palavras que não sabem os sentidos. Suas existências peripécias descabidas, amargas desventuras de ser, resistem às investidas da morte por sorte têm o azar de viver, suas paisagens são as margens pedidas entre o limo e lodo, as sombras das desditas que lhes caibam ao acaso a fugir constante das rapinas da morte.
Habitam o que lhes sobram, as pontes, as margens, os desvãos, os cortes, os pântanos e as palafitas, os morros e as favelas, donde lhes espiam as penas comovidas das hipocrisias burguesas, olhos carpidos destilando poder, se compadecem por ouvir dizer, mas não querem saber.
A filosofia já atribuía aos pobres à teima da vida, os que expiam o que não tem, mas dos desdéns há outra ordem, onde o cinismo é confesso por não se saberem parias também, filhos da miséria das almas nobres, os de luxo, da luxuria, que se apodrecem nos palácios a moral, a desmilinguirem o caráter em altos bordões, padrões de qualidade insofismáveis, que viajam por cima como se deus fossem em naves de alta estirpe, que se refestelam ao contarem os seus bens, no conforto dos suntuosos aposentos. Das bocas bem tratadas com seus surtos de risos na cara da ética, na devassidão da corrupção, que dão apagões de vinhos nobres e uvas castas nas já debilitadas visão de enxergar os próximos, os malditos desvalidos que lhes cruzam e impedem o caminho, como se lixo

humano fossem. Os que solapam a justiça na balança de pesos adulterados e olhos seletivos, ouvidos espertos.

Os que roubam a sorte, que esfrangalham as esperanças, que anulam o direito, que roubam as possibilidades dos demais de chegarem às camadas superiores pisando-lhes os dedos à beira do precipício social.

Os que despojam que roubam o alimento dos desnutridos, a educação dos broncos, que fomenta a miséria para dela se valer, o vampiro que suga o sangue e a saúde, o esforço do trabalho, que despreza o sagrado suor do rosto.

Os que iludem com promessas falsas, os que vendem o câncer em belas embalagens e faustos presentes ceifando as vidas burilando a saúde com brincos de ouro.

Os piores párias, da impiedade, que abusam nos nascimentos e nas mortes, das crianças, da juventude, dos idosos. Os que constroem as garras para mais facilmente destroçarem os ossos, esmagarem os crânios, destruírem os músculos, as veias, os pulmões e os fígados, os que vilipendiam os corações, os que comem os corpos e subvertem as almas, os que proclamam o paraíso, mas que alimentam de fogo os infernos.

Esse é um exército de párias.

Manifesta legião que perambula no abandono, nos desprezo, no enxovalho, que nem em si se apiedam por lhes faltarem o dom de saber-se gente.

Degradados cuja única culpa foi de nascer, de não terem a sorte de serem por Deus sorteados num prêmio melhor. Imiscuem-se no contraste das vielas negras, dos palácios dourados. Na sordidez das sombras do descaso, onde até a vergonha se envergonha de ser. Onde o fétido do ser não é só nas línguas negras, nas valas da falta se saneamento, é na podridão, na imundície moral onde habita o mais vil dos seres. Que enxovalha a razão da existência, cuja consciência nula é incapaz de fitar-se no espelho, pois só enxerga a vaidade, a autorreferência, o próprio brilho vil.

Mergulhado no falso cenário de poder e mentira, asfixiando os sentimentos nobres, escondido nas drogas, sem a mínima expressão de humanidade.

Que atua como o Deus da Podridão gerando as misérias sociais e morais em que se o compromete cada dia mais, aprofundando as feridas vivas que por gerações haverá de purgar.

Conclamo aos cidadãos de Angusturas se unirem numa corrente corretiva, para retornarmos as trilhas da luz de onde fomos arrancados distraídos que estávamos e sem perceber éramos subtraídos.

Os párias despertos dos seus sonos sonambúlicos hão de se sublevarem, às vezes, ainda que as asas cortadas temos pés, garras, ainda que impossibilitados de voarmos, vigiadas pela água do pavor, pelo demônios do sofrimento, pelas harpias do palácio, com os seus olhos mórbidos, daremos ascensão aos nossos sonhos, aos que ainda temos, pois os corpos maltratados, ainda sonham sim, pois o céu de Angusturas é azul profundo e nele cabe todos os nossos sonhos.

Depois ele, Victoria e Benicio Boa Morte fugiram enveredando-se pelas matas de Angusturas com alguns amigos mateiros.
Cogitou-se que eles fossem para Ravena, mas Pascoal Mordaz recusou-se precisava ficar e organizar a sublevação. Tinhas ao seu lado os xamãs, e alguns soldados e oficias do exercito. Não era o bastante, mas era muito para quem pensava em iniciar uma retomada de Angusturas.

Capitulo 127

A dança em volta da fogueira tomou a noite e pela madrugada, Honório e Carmesita saíram sem serem percebidos.

-Quando você se foi eu dormi muitas noites de janela aberta, esperava a lua. Ela me fazia companhia, enquanto eu esperava a sua volta.

-E você sabia que eu voltaria?

-Sempre soube, sua partida foi um ato fortuito, impensável, não fazia sentido, mas eu adorava dormir com a janela aberta. As noites de lua eram as que a traziam de volta. Houve muitas noites de chuvas. Dizia pausadamente Honório Córregas no escuro, mas falava como se soubesse cada expressão do rosto de Carmesita.

-Eu abria a janela e colocava minha cabeça no travesseiro e fechava os olhos e sentia o vento no meu rosto e ouvia as árvores balançando os galhos, eu a via entre as estrelas, assim como agora a vejo no escuro.

-Se as pessoas sentassem e olhassem as estrelas todas as noites, eu aposto que eles viveriam muito diferente. Quando você olhar para o infinito, você percebe que há coisas mais importantes do que simplesmente estarmos aqui.

- Qual a razão da saudade Honório?

-A saudade é a memória hipnotizada, no nosso caso era a solidão pedindo ajuda, gestos nunca esquecidos, horas íntimas desejando serem resgatadas. Era a sua permanência, a sua permanente ausência tentando ser preenchida.

Honório acarinhou o rosto de Carmesita e sentiu súbitas rugas na face, antes, sempre límpida dela, estranhou, mas não falou nada.

Sebastian Ornelas disse a Valery, que ele Diego e Pierre tinham decidido voltarem a Angusturas. Sentiam terem uma missão a cumprirem lá. Cada um na sua forma iriam resgatar as origens de Angusturas.

Valery se sentiu dividida não sabia se devia ir ou se ficava com a sua irmã, mas Sebastian a fez ver que seria o melhor ela ficar. Tinham vindo de uma recente jornada de quase três meses e voltar seria desgastante até mesmo para ele que era um soldado, ainda pesava o fato de ela ser uma estrangeira, o que chamava muito a atenção, e que a deixava fragilizada no convívio num ambiente de conflitos e ainda tinha a sua irmã, elas acabaram de se reencontrarem não era justo que perdessem já o prazer da convivência.

No dia seguinte os três partiram bênçãos à floresta e partiram em direção a Angusturas. Em sentido contrário Mirral Bustamante e o cigano Anastásio se preparavam para a jornada em direção a Ravena.

Tão logo a fórmula de Pedro Nobre fez efeito sobre o Menino Vermelho o seu avô Ramon Dolman passou a retornar regularmente à sua antiga profissão de carrasco. Não era por necessidades financeiras, em Ravena ela tinha o que precisava, mas havia nele desde a morte de Mirian Dolman uma imperativa vontade de descarregar em alguém as suas frustrações. Diziam as más línguas que mesmo tendo perdoado Miriam Dolman, ou apenas fingido que ela era uma mulher impoluta que ele jamais perdoará o cigano Anastásio e que cada vez que ele aplicava a lâmina de seu machado sobre um pescoço condenado em Antuérpia que de fato ele se via cortando a cabeça de do cigano.

Capitulo 128

Mirral Bustamante mandou um grupamento de soldados prender Benicio, Pascoal e Victoria. Ordenou, ainda que prendessem o tenente Adamastor como traidor, o pai da menina do rato e Adônis Esculápio. Que ficassem presos e que tão logo retornasse de Ravena que daria cabo deles.

As ordens foram cumpridas em parte, Adamastor foi preso e pai da menina do rato, os demais já havia fugido e Valfrido avisara a Adônis da sua eminente prisão.

Depois Mirral ordenou que fossem queimados os prédios do jornal de Mordaz e a funerária de Benicio, mas o fogo propositado perdeu o controle e se alastrou pelas casas vizinhas e destruiu grande pare das casas próximas a praça principal.

Adônis Esculápio se escondeu entre os nenúfares e de lá pode assistir a toda movimentação extraordinária no Palácio.

Ele ouve Mirral aos gritos determinando ordens e vê quando Anastásio desce às piscinas se senta em um dos bancos do jardim. Ele está alegre, Adônis diria até que exultante e viu que ele dava saltos em compassos de dança, percebeu os estranhos pés do cigano. Nadou mais para perto para tirar a cisma, e pode confirmar estarrecido quando ele levantou uma das pernas da calça, Anastásio tinha patas de bode.

Pascoal Mordaz e Benicio Boa Morte se reuniram com os principais chefes de comunidades, não havia mais o que adiar, a decisão de tomarem o país de volta era inadiável. Juntar os cacos era primordial, reunificar a cultural, o bom humor e a alegria passada. Restabelecer a vida, porque o que tinha não era vida.

Eles naquele momento não sabiam, ainda, que Mirral planejava a tomada de Ravena.

Decidiram planejarem formas de guerrilhas de capturarem o maior numero possível de armas militares. Explodir o que restava dos laboratórios de Yuca. Atacar, tomar a cooperativa e distribui todos os produtos estocados. Levantar o amor próprio e a identidade de nação pela panfletagem, palanques rápidos e ações pessoais junto as comunidade. Convencer os militares amigos a desviarem armas, suprimentos e a aplicarem ações de sabotagens. Bloqueariam acesos e provocariam incêndios nos postos militares, postos militares e provocariam incêndios. Precisavam de recursos de todas as ordens, havia muito o que fazer, isso possivelmente levaria de quatro a seis meses antes do ataque final ao Palácio.

Capitulo 129

Em Ravena enquanto Carmesita claramente envelhece Soraia Sofia remoçava, e o menino vermelho começa a demonstrar poderes antes não conhecidos. Com a mudança na saúde de Antonio Dolman surgiu uma evidente mania do menino os seus olhos ligeiros perscrutavam tudo e tudo desejava por em ordem, a compulsão não tinha limites, e tinha tentáculos desde as coisas da natureza às as casas onde ele tinha aceso. Pedro Nobre cada vez mais preocupado, tinha certeza que devia ter se enganado em algum componente da formula, e passava o dia os dias a revisá-la. Talvez fosse o erro não no componente, mas na dosagem e assim somente poderia corrigir o problema com as experimentações, mas sabia que aquilo levaria tempo eram dezoito os compostos, enquanto isso melhor era se acostumar com as arrumações de Antonio Dolman, afinal não era nada tão grave assim.
Antonio passou toda uma tarde a arrumar as pedras de um riacho amarrou as amoras para ficarem mais harmonicamente adequadas aos galhos, mas antes podou a arvore em forma de cone. Na casa de Sofia Soraia ele punha tudo em ordem já que era a casa com mais componentes espalhados ao léu, lá ele se sentia feito pinto no lixo, à vontade para exercer sua compulsividade. Ela não gostava porque sabia na sua bagunça onde localizar cada item, mas se mantinha controlada e deixava que ele desse vazão ao seu problema. Depois ela punha de volta as coisas nos seus anteriores locais e no dia seguinte ele vinha de volta com a suas arrumações. De fato ela gostava mesmo da presença dele perto e mantinha a brincadeira de um dia eu e um dia você.
Pedro aumentava um pouco o cloreto de magnésio e a compulsividade chegava aos píncaros, tanta que Antonio chegava a arrumar as pestanas de Domingas ou os cachos de Valery, quando Pedro diminuía então ela voltava a compulsividade normal. Depois mexia reduzindo o acido lático e Antonio parou de sentir dor, era muito arriscado retirar algum componente da formula e Pedro deu-se por vencido e até gostava que Antonio arrumasse as suas coisas largadas.

Porém na noite da fogueira aconteceu algo surpreendente. Antonio incomodado com um lasca de madeira em chamas que saltou da fogueira ficou sem poder pegá-la devido à quentura que vinha das labaredas, então em sua intima necessidade de por a lasca de volta no centro da fogueira ele fixou tanto o olhar que a madeira incandescente se moveu apenas pela força mental exercida pelo Menino Vermelho, depois ela saiu do chão em um voo controlado, suavemente ganhando altura e por fim lançada ao braseiro. Todos pararam surpreendidos com o fato e logo depois puderam comprovar a veracidade em outros eventos. Antonio Dolman descobriu um poder em si e passou a usa-lo, experimentando-o de inicio e logo funcionalmente, empregando-o na arrumação dos livros de Pedro Nobre, nas coisas de Sofia Soraia. Não o esforço maior para coisas maiores e logo se viam as cadeiras, caveira, esqueletos pairando numa dança macabro divertida.
Até então Antonio Dolman usava os poderes de maneira inocente, dentro da sua irresponsabilidade juvenil, mas que trouxe a ele uma grande noção do tamanho do poder que lhe fora atribuído. A dor foi o preço e o choque abateu-se sobre Ravena, na sua primeira grande desgraça.

Capitulo 130

Victoria decidiu visitar os seus amigos penitentes do outro mundo, no Pântano da Morte, uma visita de cortesia e de pedido de ajuda. Ravena e a floresta corriam perigos.
Reuniram-se no limbo as almas penadas e alegram-se com a presença de Victoria.
-Você veio para ficar minha prima?
-Não Miriam Dolman, mas logo alguém virá visitá-la, uma pessoa muito querida, mas isso são notícias da radio pirata fantasma, não sei qual o grau de credibilidade.
Eu sinto falta de vocês, mas amo o meu marido Benicio, aqui me sinto integral, tenho os sentidos na totalidade, os movimentos parece que me integra ala e alma, e não apenas corpo sem alma.
Adoro esse lugar, de boas lembranças foi aqui numa desencarnação passada que eu conheci Benicio Boa Morte, na época ele não era Boa Morte era um carcereiro carcomido pela culpa dos corpos insepultos que ele jogava dos despenhadeiros da prisão, para os urubus.
Essa imensidão de águas azuis lembra uma grande solidão adormecida, essa terra desolada, amplas vastidões, essa nevoa das dispersas emanações de limpezas cármicas, dos desacreditados, dispersas formas viajantes que aqui encontra o que pensam ser dor quando é oportunidade de mudança, onde podem se encontrar com suas intimas conexões, onde se veem ante os compromissos perdidos.
O que aqui parece ubiquidade é ação concretista, que dilata a saudades nas que acelera as mudanças, arranca as roupas podres das vivencias passadas, dá sangue novo onde proliferam as contaminações, onde o silêncio ressoa distante nos horizontes das noites incisivas e frias, o vento traz a viva esperança de recomeços. Vivo inerte, absorta, mas aqui me posto diante das retas de certezas, de surtos de recapitulações e da exata dimensão da vida. A permanência aqui enche meu coração de constante vida. Há

princípios eternos e formas que estão por trás desse momento passageiro.

Dá-me um braço prima Miriam Dolman, temos muito a conversar, preciso de um exercito de mortos para lutar pela vida.

Onde estão os demais? Olga, Gontijo?

-Olga ainda descansa da extenuante jornada passada, Gontijo zela pelo sono dela, mas temos alguns soldados que chegaram de breve tempo.

-Eu sei do pelotão de Mirral Bustamante.

-Sim o Pântano da Morte os sugou. Eram almas míseras, parvas sintonizadas pelos sentimentos com o empuxo para cima. Vieram, mas alguns culpam Mirral pelo acontecido.

-Podemos usá-los no combate a que venho pedir-te ajuda? Contra Mirral Bustamante e o Cigano?

-Certamente, com um pouco de convencimentos.

-Eles já se deslocam a caminho de Ravena. Precisamos detê-lo, Ravena é o facho de luz que ilumina o mundo, precisa existir.

-O mundo precisa se alinhar com Ravena, pela energia que emana, pelo pensamento positivado, precisa que tenha desenvolvido uma compreensão profunda dos princípios metafísicos e esotéricos, tendendo a minar sua estabilidade emocional, desenvolverem objetivos espirituais apropriados, realçando sua vida diária e promovendo a estabilidade necessária para fazerem ponderações metafísicas. Equilíbrio, respeito a natureza, amor.

-Fique tranquila prima Victoria estaremos atentos, prepararemos boas surpresas para os dois.

Capitulo 131

O quarto estava escuro quando Antonio Dolman acordou, ele não sabia da presença do avô que voltara durante a madrugava e adormecia na sua cama. O brilho do fio do machado rutilou na parede como um sinal visual ao menino e ele reagiu ao estimulo e mentalmente elevou o machado com o seu poder de telecinésia. Brincou com ele passeando pelo quarto, até que o sapo zoiudo de Sofia Soraia saltou sobre o colo de Antonio Dolman cortando o seu canal de energia. O machado despencou num golpe único sobre o pescoço de Roman Dolman decepando-lhe a cabeça.

A cabeça rolou ensanguentada para o lado e caiu da cama até próxima à cama de Antonio Dolman que pela fresta de luz pode ver os olhos esbugalhados do avô, ante a surpresa da morte.

O grito ecoou pela preguiçosa recém-acordada Ravena. Um grito tão forte e poderoso que se assemelhava aos gritos emitidos por Roman Dolman.

Primeiro a chegar à cena foi Pedro Nobre e sem querer ainda tropeçou na cabeça perdida.

A primeira morte antecipada da semente bailarina acontecera.

Capitulo 132

As sementes da paz brotarão no húmus da guerra e as vozes vorazes se calarão ante as cantigas sensatas.

Os carnais e os esqueletos se darão as mãos e tocarão em uníssonas percussões astrais elevando aos céus o nome dos mortos.

Que os céus acolham o que deles pertencem e a terra o que dela fizer parte.

A Deus a alma eterna e ao homem o demais.

Essa foi a oração que Honório Córregas fez em nome da família Dolman perante o últimos dos membros vivos, Antonio, que era consolado por todos. Depois da cerimônia fúnebre O Menino Vermelho caiu num sono profundo, não se sabe se para apagar a dor profunda ou se a fugir de si onde a lembrança do avô amado era uma fonte de torturas.

E ele dormiu não se sabe por quê.

Naquela fatídica manhã não fossem as dores da morte de Roman Dolman e as cabeças femininas cobertas pelos véus negros que caiam até o chão, os moradores teriam se assombrado com outros dois fatos.

Sofia Soraia chegou ante o espelho e deixou cair as vestes rotas e como se uma luz emanasse de sua figura nua e tudo se iluminou, o silêncio do quarto assistia tácito a transformação, mas não sozinho, o sapo zoiudo, recente e todavia antigo admirador, paralisado, olhos extasiados, boca aberta, a língua choca, calado sem querer perturbar o momento especial de ver a divina figura de Soraia Sofia.

O que via era uma deusa ainda madura, mas já se enamorando da frescura em linhas calmas das ancas brancas, das brisas sossegadas dos seios pontudos, tão senhora e tão menina, derivada das espirais do tempo em retrogrado girar.

E ele amante desejou ser gente e desfrutar da embriaguez vertiginosa que o tomava e acelerava o seu pequenino coração de sapo, da fluídica beleza nascida de um sopro indizível ficou pasmo.

No outro quarto Carmesita se despiu e sorriu do envelhecimento que a tomava

-Esse agora é o meu estado - Eu sonho o que preciso, caminho que acelere o tempo só para mim, num trabalhar invisível, como se o mundo obedecesse ao meu mando de laborar na criação de desfazer. Eu, sondo e meço o infinito como a mão de Deus. Apiedo-me do que eu faço, se é pelo desejo de amar; Sou corpo e espírito, esse corpo difuso que ressuscitará no outro lado da vida essa minha humana condição de ser nada e de ser tudo: Vivo e me sepulto dentro e fora do próprio amor.

Naquela noite Carmesita intuiu que seria a última de suas vidas, como Honório Córregas e Carmesita. Ela pegou o vidro de capsulas do envelhecimento e as tomou, queria tomar todas de uma vez, mas algumas delas caíram.

Capitulo 133

A característica da maturidade esta em justamente a gente aprender a lidar com a vida, que não precisa ser perfeita e a vida nada era perfeita, mas era o que se podia ter, pensava Pascoal Mordaz, quando a alguém lhe deu a notícia que Mirral Bustamante partira em missão à Ravena.

-A vida é perfeita gritou ele a todos os pulmões.

É a hora certa, exata para nos sublevarmos, explodam os laboratórios de drogas e incendeiem os postos militares. Somos centenas eles dezenas e tudo podemos, se não precisar matar não matem, mas... Somos nós, hoje a justiça, faremos valer o respeito às regras democráticas. Proclamo em todas as instâncias que não mais é possível aceitar o vale tudo de Mirral Bustamante. Se não precisar não matem, mas... Hoje os meios justificam os fins.

Cairão por terra os sofismas forjados com a finalidade de entorpecer a consciência dos Angusturenses e infundir-lhes a ânsia de falsas expectativas.

A obsessão de Mirral Bustamante pelo poder de nada nos valeu, será deposto, desvirtuou a verdade danificou a fé dos concidadãos e traiu a confiança até mesmo de seus próprios aliados.

Não obstante, nós, jamais perdemos a vontade de nos indignar contra a ilegalidade. Nunca emudecemos diante das rabugices arrogantes de quem tentou escravizar as nossas consciências.

Somos quem somos e sempre seremos um povo ordeiro, amigo do bem, que em tempo algum deixou de acalantar o sentimento de respeito à Justiça, mas não somos gados, lutaremos pelo mínimo de dignidade e respeito.

Lutaremos com civilidade, mas se precisar matar...

Hoje desempenharemos nosso papel, o papel que nos cabe sempre afeiçoados ao comando da legalidade.

Hoje usaremos nossas vozes, nossas mãos, braços e consciência na sublevação, de exortação ao dissídio desagregador de Mirral Bustamante e da corja, seu séquito embusteiro.

Hoje é o fim de uma era das trevas, e a retomada da luz.

Capitulo 134

O homem para saber o que é o silêncio não deve só silenciar, o homem que quer saber o que é o amar não precisa só amar, deste mesmo modo, quando colocamos nossas mentes, nossos corações, nossos nervos, nossos olhos, todo o nosso ser a descobrir o caminho da vida, a ver o que realmente é viver já descobriremos como morrer.

Hoje o meu corpo se unirá à natureza de Ravena e eu ainda que morrendo me farei eterno.

-Nós seremos eternos, Honório Córregas, sempre caminhamos juntos e hoje nada será diferente. Disse Carmesita indo sentar-se ao lado dele.

Ele tomou a mão dela e sorriu.

Toda a Ravena se reuniu numa campina próxima a Vila, sentaram-se em um circulo em volta de Honório Córregas e Carmesita, para se despedirem de seus mentores.

-Não podemos chegar à verdade por regras definidas, por prescrições anotadas por algum credo ou religião, jamais essas serão as formulas de conhecermos a verdade absoluta e incondicional. Pedro, Zezinha, Soraia Sofia, Domingas Molina, Valery cuidem para que não haja uma construção de nada desse tipo. Nunca vivemos sob essa égide e Ravena se basta, a verdade, sendo ilimitada, incondicionada, inacessível por qualquer caminho que seja, não pode ser organizada; nem deve nenhuma organização ser formada para liderar ou coagir as pessoas para seguir um caminho em particular.

Uma crença é uma questão puramente individual, mas se respeitarem a opinião e o direito de cada um pensar como queira já teremos um bom caminho.

A liderança virá naturalmente.

Foi uma oportunidade única viver ao lado de todos vocês, cuidem de Ravena, do Menino Vermelho.

Vejam os nossos dedos, os meus e os de Carmesita, nossas unhas já se desfazem, seremos pó daqui a instantes, deixem que a brisa nos levem, nos deposite sobre as arvores, as flores e as águas de Ravena. Deixem-nos viver aqui. Não chorem nem interfiram.

Estamos felizes, garanto. Somos felizes. Quem pode partir junto com o seu amor?

A você Carmesita, nasci quando pude olhar para ti. Enquanto estava a olhar pra ti. Pousa a tua mão na minha e olha o meu sorriso, e sorria dos meus pensamentos, porque eu só quero pensar agora em ti. Olhe-me.

-Meus olhos te procuram, mas os olhos não sabem nada sobre o tempo.

-Olho-me sim amor meu, maior amor, sei que é de mim que o teu sorriso é feito, hoje nada levamos a não ser amor, é o que eu posso te dar, o meu amor.

Os ventos vieram e lentamente foram desfazendo o formato de seres que constituíam Honório Córregas e Carmesita.

Água Ardente ganiu por três noites seguidas, no quarto dia ele comeu as capsulas caídas do vidro da fórmula do envelhecimento. Correu para a campina onde Carmesita e Honório Córregas morreram e deitou-se. Esperou o vento vir e levá-lo também como pó.

Capitulo 135

Mirral Bustamante estava insuportável, já havia se arrependido de ter seguido o conselho do Cigano Anastásio, aquela jornada desgastante não era coisa para ele, apesar dos aparatos de conforto que levara pouco lhe valia diante do calor insuportável do mau cheiro execrável dos pântanos, dos mosquitos vampiros, da comida de campanha. Irritadiço descarregava suas frustrações sobre os soldados e os animais. Já se havia ido dois meses e eles já estavam na zona de risco do Pântano da Morte quando o Anastásio decidiu que era o momento de usar seus conhecimentos para dominar os fantasmas e o poder do lugar, mas a aguara de vigilância avançada chegou trazendo três prisioneiros.
-Quem são os prisioneiros?
-São três conhecidos nossos. Pierre Gergene, Sabastian Ornelas e Diego Kalos. Dois soldados e um rebelde revolucionário.
-Farto-me com essas notícias, são enfadonhas e cansativas, estou cheio de ações inúteis e ordinárias.
Vou vê-los.
Mirral foi até os três.
-Então o que temos. Dois desertores e um rebelde. Corja. Aos três não dou um vintém, nem mesmo uma bala de fuzil vocês valem.
Mirral coçou o queixo pensando o que faria com os três.
-Não quero prisioneiros, amarrem uma pedra ao pescoço de cada um e atirem-nos ao pântano.

Adônis Esculápio após perceber a natureza demoníaca do Cigano Anastásio, decidiu seguir ao seu modo a comitiva de Mirral. Seguiu pelas águas, saindo das piscinas naturais ganhou os córregos, ribeiros e rios maiores. Estava naquele momento bem próximo ao grupo de Mirral, quando decidiu evocar os espíritos do lugar. Apresentou-se como o seu canto.

Sentados sobre um pedra Olga e Gontijo admiravam-na, mas sem se atreverem a se comunicarem com ela.

-O que é ela Gontijo?

-Uma sereia.

-O que ela faz aqui longe do mar?

-Não sei, mas existem muitas formas de sereias cada tipo habita águas diferentes, nos rios, nos lagos, nos mares.

-Ela tem uma doce e melodiosa voz.

-É onde têm o seu poder. Com seu canto podem enfeitiçar e fazer enlouquecer os homens, os pássaros, os peixes, o vento e a água. Como os outros elementais da natureza, se comunicam com todos os seres vivos e são capazes de controlar as forças naturais em seu benefício, dentro de certos limites.

-Por que ela não nos afeta?

-Deve ser a nossa condição ou o tipo de canto que ela está cantando, talvez não seja para seduzir, deve estar querendo se comunicar. Hoje é lua cheia, elas alcançam seu grau máximo nas noites de lua cheia, quando sobem à superfície e com seus cantos chamam as nevoas, refugiando-se nelas para esperarem os barcos que passam próximos de seus refúgios. Outras vezes, seus cantos são destinados aos ouvidos dos marinheiros que caem enfeitiçados e acabam loucos ou mortos.

-Não são fábulas um pouco exageradas, Gontijo?

-Dizem que o desejo das sereias é afogar jovens marinheiros ou levá-los para seus belos palácios no fundo do mar. Lá, vigiam zelosamente os homens e frequentemente à eles propõem casamento. Se aceitam seus clamores, os marinheiros são tratados amavelmente e podem viver entre grandes comodidades e luxo, porém se resistirem, passam o resto de sua existência presos, atados com cadeados de ouro.

-Não creio que as sereias sejam cruéis. Veja ela é tão bela, tem um olhar sereno.

-Pode parecer para todos, que as sereias sejam cruéis, Olga. Os seres humanos fazem parte de um mundo imperfeito, assim pensam que todos são imperfeitos.

-Os seres humanos estão perdendo a sintonia com os mundos invisíveis e a relação harmônica com a Mãe Terra disse Miriam Dolman se aproximando.
-Depreciam todas as outras formas de vidas como os espíritos da natureza.
As sereias não são malvadas, simplesmente se deixam levar por seus sentimentos e instintos e o que a nós possa parecer uma forma selvagem de vida, para elas é um ato de amor.
-Mãe eu quero ser uma sereia, vou pedir a essa moça que me ajude a ser uma.
-Está bem Olga, você será uma bela sereia, mas vamos convidá-la a vir aqui, nos façamos visíveis a ela.

Antes que Anastásio pudesse empregar suas manobras mágicas, aconteceu a prisão dos três, e isso acabou desorientando-o.
Ele deixou de lado os seus afazeres e foi acompanhar o desenrolar dos fatos.
Os três foram então atirados ao pântano.

Capítulo 136

-Vamos definir uma Constituição, um hino e uma bandeira.
-Não agora – Disse Pascoal – Nós não vencemos nada ainda. Uma revolução
não se burocratiza, nossa bandeira será um trapo nossa Constituição nossos sonhos e nosso hino será a canção do ruído dos nossos passos. Essa será a Revolução dos Esbirros.
Revolução é isso, descobrimento, recomeçando o mundo a partir dos sonhos, o desejo de caminha na pureza da praia, um poema a partir de uma página em branco.
Emergir para a verdade, um novo tempo a nos ventar no corpo, a catarse
purgando o que nós é estranho, à nossa essência, o corrompe emergindo   da   verdade.
Somos os filhos da noite, do silêncio, transfigurados do medo, o tempo nos mostrando a natureza dos sonhos, do dia seguinte iluminado e novo.
As tochas brilhavam na noite, quando a ordem partiu, tomem de volta Angusturas.
E a revolução de fez, o povo pisou firme e decidido. O bramido do paquiderme acordado, o peso dos passos rachando o chão abrindo caminho para a liberdade.

Miriam Dolman perguntou a sereia quem era ela e o que desejava naquele lugar longe da casa.

-Sou Serena Estela Tidal – Sereia dos mares do sul. Desejo falar com vocês sobre o risco que corre Ravena. Há um perigo real e iminente a caminho de cá.

-O Exercito de Mirral Bustamante?

-Sim, como você sabe? Presidente de Angusturas está a caminho, tão próximo que posso ouvir os suspirares deles pelo esforço de caminharem. Veem para dilapidarem Ravena, roubar suas riquezas e destruir a sua razão de ser.

-Já fomos avisados por Victoria, mulher de Benicio Boa Morte, minha prima direta.

-Victoria de Angusturas?

-Sim, ela, mas você não veio aqui simplesmente tentando nos ajudar.

Serena Estala baixou os olhos e disse - Não. Eu amo Mirral Bustamante e quero livra-lo de um mal maior.

-Qual?

-Há um demônio com ele, travestido de cigano, chama-se Anastásio.

-Sim, eu o conheço bem, mas não sabia que ele é um demônio. Como você sabe?

-Eu vi as patas dele. Patas de bode preto. Demônio do Vale dos Prazeres

ele é Mohara, senhor do vale dos prazeres, de todas as drogas, orgias e outras porcarias que dão prazer momentâneo são criados neste vale, justamente por este derrotado pelo sangue de Jesus. Diz-se também, que ele é o grande responsável por ceifar espíritos humanos em orgias, para carregar para o Inferno. Um príncipe do mal. Ele sempre caminha ao final da tropa, não gosta de botas e precisa de vez enquanto retirá-las e por onde ele pisa ficam as pegadas das patas no terreno.

-Entendo, eu sei dele, agora como Mohara, sei que o poder dele é grande e agora entendo que é por isso que ele intervém na força do Pântano da Morte e o neutraliza. Precisamos no unir numa só força, se não teremos poder contra ele. Nós, eu, Olga, Gontijo, Roman Dolman e todos os demais que estão aqui. Posso chamar Honório Córregas e Carmesita de outro plano mais elevado, sei que ajudariam é por Ravena. Podemos pedir ajuda dos de Ravena também, Sofia Soraia, Domingas Molina e os demais.

Vamos não temos tempo a perder, você Serena Estela espere aqui.
Vigie.

A maioria do militares se rendeu, os lideres rebelados apresentavam-se aos comandantes e diziam quais as reivindicações que tinham, e solicitavam que eles se entregarem sem luta, afinal todos eram Angusturenses e queriam um país melhor. Os responsáveis pelos postos militares eram no máximo tenentes, mais afeitos às coisas da terra do que os tipos de vida que levavam os de altos escalões.
Depois os de patentes maiores os generais, coronéis e alguns poucos de níveis menores, viviam próximos a Mirral ou o seguiram na investida a Ravena.
Alguns até resolveram se juntar às forças rebeladas, com armas e pessoal, mas outros não. Tinham mais espírito de fidelidade a Mirral e às suas condições de militares os determinavam a reagir. Reagiram, atiraram e muitos morreram dos dois lados, os postos foram queimados e saqueados, muitos soldados presos.
As chamas ganharam a noite e os gritos de exultação e de dores ganhavam as distâncias. Os rebelados ganharam as defesas dos pontos cardeais, deixaram a cidade de Angusturas para o final, era mais bem preparada e defendida. O general Américo Gaudendêncio a guardava e já tinha recebido notícias da eclosão da revolta popular, e certamente ampliara a sua proteção.
-Escuta, escuta esses sons, é preciso morrer todos os dias para renascer, falou Benicio Boa Morte.
Gritava o povo. Viva Victoria, viva Mordaz, viva Benicio.
E naquela noite o fogo ardeu até o amanhecer.

Capitulo 137

Sofia Soraia se banhou na banheira de pedra com água quente, queria experimentar o corpo novo, senti-lo, tocá-lo, estava seduzida pela visão da excepcionalidade condição de ser jovem, mesmo sendo uma bruxa, vivente das coisas impossíveis, das mágicas, das estranhezas da vida, ainda assim olhava-se surpreendida, mas temerosa da perda de tal acontecimento. Banhar-se era poder estar em contato com outra realidade de ser, mudava não somente o corpo, mas a alma. O interior também se renovava, vicejava em força e energias revigoradas, sentia-se divinamente mulher, não mais uma bruxa, mas possivelmente uma deusa.

Também o sapo zoiudo experimentava parte daquela energia emanada, o poder e a força espargida causava uma eletrificação no ar, e a sua pele enrugada tremia tomada de tão intenso sentir.

E ele saiu do seu torpor mágico e falou com Soraia Sofia.

-Vela a noite e o coração da Deusa pulsa maior forte e esse despudor que me toma insinua-me que sou de carne, ainda, em parte, que devo viajar pelo que eu não sei. Lutar para entender o que se passa e o que sou.

-Está ai pobre sapo, faz dias que não sei de ti.

-Deus me pede calma, o mundo não feito em um dia, precisava eu, serenar essa angústia e dar trégua a essa agonia. Disse ele se aproximando – Sou depositário de tudo o que nesse tempo em mim se confundia com desvelo.

-Pequeno príncipe do ócio, acho que se perdeu por ai, em ofício da vadiagem, em algum que fosse o de receber alguma carícia de alguma pererera vadia, só depois regressando das umidade das pedras dos Pântanos da Sombra, e agora aqui estás a noite inteira com esses olhos desmedidos.

-Ofende-me assim como os pressupostos que não me cabem, a mim apenas há um perdido olhar, distante e em vão sonhando, dada à minha condição de batráquio.

-Eu então me penitencio, venha às minhas mãos.

Dito isso o sapo saltou para uma pedra da banheira. - Tu que sabes mais de mim do que tudo.
-Como assim querido sapo?
-É na paz da manhã que chega que a magia se dá.
-Hoje o que me falta sapo é um príncipe. Bem que poderias ser um. Estás poético, mas enigmático, mas, hoje a felicidade que me toma é tamanha que eu posso dar-te um presente. Um beijo.
Sofia Soraia toma o sapo zoiudo nas mãos e o beija.
-Beijo a tua boca e divido contigo a minha alma.
E o sapo inchou, estrebuchou, em agonia tamanha que Sofia pensou que ele estava a padecer de algum mal. As formas físicas, as pernas tísicas, mal desenhadas, se esticaram e alongadas formas masculina, o corpo torácico ganho abdome, o tórax espadaúdo. Os débeis bracinhos de sapo, frágeis, delicados ganharam contornos musculosos, estendidos braços de bíceps bem aperfeiçoados, o pescoço alongou, a cabeça ganhou formato humano, cabelos negros, os olhos zoiudos de definiram em um olhar magnético e sedutor. O homem formado.
O deus de Sofia.

Capítulo 138

Ao entardecer nos Pântanos da Morte Mirral se acerca dos prisioneiros e pergunta ao soldado responsável.

-Por que os prisioneiros ainda estão vivos? Por que não foram atirados ao pântano?

-Gergene diz que tem uma proposta para o Senhor. Quer lhe falar a sós.

Mande-o a mim então.

-Diga logo Gergene o que pretende, não tenho muito tempo e paciência com traidores.

-Eu conheço bem Ravena. Sei como chegar e como dominá-la. Eu proponho levá-los lá. Eu tenho mulher e minha esposa está grávida, eu não posso morrer. Por favor, Mirral se apiede de mim.

-Você me acha com cara de santo? Eu sou Deus. Não quero a sua proposta eu tenho o Cigano Anastásio como guia. Para que eu precisaria de você.

Eu conheço as defesas de Ravena.

-Você as preparou?

-Sim – Disse mentindo Gergene.

-Anastásio esteve lá e não viu nenhuma defesa. Depois se foram preparadas por você, duvido que possa deter o meu exercito. O que uma vila pode fazer contra trezentos homens armados?

Cansado da conversa Mirral ordenou - Levem esse homem atirem os três aos pântanos.

Assim os três prisioneiros foram atirados às água dos alagadiços.

Diego Kalos foi o primeiro a cair e afundou, Na sua agonia pareceu ver uma mulher linda e nadando em torno dele, nas águas enlameadas havia luz. Era um ser mágico pensou ele – Ou Deus, ou eu estou percebendo o paraíso.

Serena Estela Tidal cortou as cordas dos pulsos de Diego Kalos e a do pescoço e o libertou, beijou-o na boca e deu-lhe oxigênio suficiente para conduzi-lo para longe dali.

Alguns minutos depois os soldados atiraram Sabastian Ornelas.

A sereia ouviu o baque do corpo sendo lançado às águas e mal teve tempo de colocar de Diego sobre a terra. Nadou em direção a

Sebastian e o retirou também, um próximo ao outro. Já quanto a Pierre Gergene, ela teve dificuldade de localizá-lo e quando chegou a ele já era tarde demais.

Soraia Sofia adormeceu nos braços do amante príncipe e sonhou, mas não só ela, todos os habitantes de Ravena naquela noite sonharam.

Os fantasmas falaram com eles num sonho conferência, queriam avisar que o exército de Mirral Bustamante estava a caminho de Ravena. Que todos precisavam preparar as defesas. Era fundamental que todos usassem os seus poderes e suas qualidades naquele momento tão difícil.

Domingas perguntou quais qualidades.

-As mentais disse Miriam Dolman. Todos vocês em Ravena as tem potencializadas, ao amanhecer reúnam-se e mentalizem uma redoma de luz como defesa, mas se precisarem atacar criem esferas mentais de chamas.

Nos do Pântano seremos o anteparo, mas pode ser que alguns passem pelas defesas iniciais.

Antes de findar o dia haverá confrontos. Não temam a morte, mas Ravena precisa ser defendida.

Capitulo 139

Os dias passados com Anastásio cansaram a paciência de Mirral, os dois andavam a pouco de se agredirem fisicamente.

Mirral odiava os suores, maus cheiros e uma vida sem qualidade higiênica, tinha asseios exagerados e Mirral ao contrario era fedido e porco, parco de cuidados, com tudo em si, desde os cabelos aos pés, fedia feito bode no verão.

Mirral o evitava e só falava com ele guardando distância, depois, porque também o culpava da desdita viagem, do cansaço, da falta de conforto, da lida diária com os soldados. Lidar com os soldados era lidar com o povo, gente sofrível, inculta e sem pendores de intelecto. As sofrências diárias, as longas travessias pela natureza, as intempéries, momentos silenciosos por tempos sem palavras, deixam a mente expostas aos ataques de consciências, Mirral não gostava de ter esses surtos de interações consigo, o convívio com a pobreza e o populesco, pareciam estar mexendo com sua a vida, a mediocridade dos comandados, a superficialidade dos contatos, a brutalidade, a violência dos fenômenos da natureza, a avidez de saber das riquezas de Ravena, a ambição de Anastásio, as diárias agonias e infinitos sofreres nos olhos dos homens, isso tudo misturado trazia elementos novos a compreender o que habita em nós, eram formadores capazes de intimidar e intimar a ver que havia mais em cada ser e em nós mesmos.

As lembranças do soldado morto com um tiro nas costas e de Gergene clamando piedade vinham-na na mente.

Mirral parecia estar mais calado e mais introspectivo, todos percebiam isso, já não era o mesmo do início da jornada.

Porém à noite surgem novos bichos, quanto mais os homens se aproximavam do Pântano da Morte, mas a inquietação e apreensão eram evidentes no comportamento de cada um.

Os sentidos quando tomados pela escuridão da noite é de natureza obscura; nele é impossível distinguir razão e o que é instinto, o que é do mundo e o que é da terra, o que medo ou realidade.

Os tormentos dos pântanos começavam a fazer efeito nos soldados, o que se pode fazer quando se escuta o próprio coração inseguro?

Ao encostar a face no sono e ele não vir. Ouvir estalos, passos, pios, sons estranhos e toque a encostar a sua face e se perguntar o que acontece e a noite a te consumir?

Sentir a sombra imensa a lhe envolver, sem saber traduzir que o que te toma não tem nome, nem contornos é como se toda a madrugada fosse um ser, a se erguer e a sua mente hesitante tentando fugir de você.

Um soldado pergunta ao outro - Está sentindo o que eu sinto?

-Se é medo, sim, se é pavor sim. Se é maior do que eu sim.

-Que mão é essa que me sufoca. Preciso gritar.

-Não, Mirral nos mata antes.

-É insuportável, preciso levantar.

O soldado tomado pelo pânico levanta e corre.

Outros mais depois.

Mirral é acordado e se intera da confusão. Correria e gritos tomam o acampamento. Mirral e os comandos gritam ordem em vão em meio a balburdia e confusão.

Mirral pegou a arma e atirou para o alto.

-O primeiro que abandonar sua posição morre. Um soldado tomado de medo não o ouviu e correu, Mirral atirou e acertou as costas do infeliz que tombou morto.

Fez-se silêncio mortal e Anastásio diz a Mirral que o medo e o pavor não cessarão enquanto ele não neutralizasse o pântano.

Mirral não quis saber. Deitou a cabeça numa pedra, olhou o céu estrelado e desejou uma fritada de ovos de patos com cogumelos e lagostins, sentiu a bocar salivar e viu a imagem, sua mãe ao fogão. Sorveu o sabor da frustração de não tê-la, tanto naquela hora, quanto o tanto dela que não teve pela partida logo cedo de sua vida. Ele lambeu lágrimas as conheciam mais do ninguém, sabiam descrevê-la e imantar os seus sons, suas cantiga, sons de risos, do farfalhar do vestido de chita, das poucas vezes de aborrecimentos. Lembrou-se quando foram a única vez conhecer o mar. As fúrias do choque entre as pedras, a suavidade quando ela beijava a praia, assim como sua mãe fazia ao beijá-lo na testa.

Chorou tristezas, tantas, mágoas e frustrações, chorou o mar, as coisas que não tinha. Ele chorou presságios, aflições que arranhavam sua alma, augúrios que não se afastam, porque não nos escutam, vibram como querem e nos tomam ao seu bel-prazer.

Enigmas como gostos de sangue sobre os quais ele se debruçava cheio de aflições.

Por que no princípio tudo tem um ritmo distinto, depois vai ganhando um grudeza, espessuras, substituindo a lírica flauta pelo ritmado surdo do tambor?

Um mar de dores denso de extensões impróprias, do coração ou do cosmos, que ninguém saber ao certo onde começa e onde termina, que precisamos apagar a luz para não ver, mas o escuro tem outras dores maiores, bisonhas, monstrengas, vestidas de limbo, damas amaldiçoadas que proferem palavras ambíguas nos deixando como crianças a tentarem expressar as dores maiores do que si. As primeiras sílabas surgem, trêmulas, inseguras, tentando perceber no escuro quem são e a aurora nunca chega, nunca, cuja única luz é frágil, tênue, difícil de amanhecer.

Se alguma coisa brilha prenhe de dolorido parir é a saudade, nunca súbita, mas escondida, grudada como a chocha no rochedo sempre ali imbatível na luta de ser retirada. Você e ela, uma no outro, como se uma a outra chamasse, como se partilhassem o mesmo leito, amoldados num encontro conjugal, em troca de uma breve poção de ter o que se perdeu. Uma confidência, um desejo maior que o repele, uma aversão ou um clamor que o toca, uma face crispada de ódio ou de amor, regressando sempre, noite após noite a te sangrar.

Capitulo 140

Ao amanhecer a Velha Bruxa sentiu uma nesga de sol a lhe catucar o olho, um peso entre as coxas, uma leve impressão de dois sonhos, do belo homem com quem fez amor como jamais imaginou, nascido do sapo zoiudo. Beijos nunca imaginados, e palavras de amor pela primeira vez dita a alguém de forma tão encantadoramente pronunciadas. Que sem uma única hesitação disse-lhe tantas ternuras de tão intensas carícias.
Foi uma noite de poesia, uma música, sem nome ainda, a definir sua nova existência. Ela sentiu um braço sobre as costas nuas e desejou ardentemente que ainda fosse ele que se esqueceu adormecido na cama dela. Olhou para o lado e recebeu o sorriso divinal de quem agradecia o amor recebido. Sentiu-se em transcendência. Tocou a pele dele para saber se era real. A figura, a respirar, a movimentar-se, a afirmar a sua existência e ambos se entrelaçaram de novo e fizeram amor, mais uma vez.
Foi uma manhã de poesias, e o poeta com ela, a se fundirem, em comum transparência de sentidos. E ele ouviu a voz do homem, como canto claro e profundo existindo como o poema para a mais infinita das existências.
Só então ela se deu conta do segundo sonho, o do ataque a Ravena. De um salto pulou da cama como há anos não fazia. Nua vasculhou os livros, achou o que precisava e chamou o homem sem nome de Sapo Querido.
Domingas Molina acordou mais cedo do que sempre e foi falar com Sofia Soraia, em se tratando de feitiçarias era ela a mulher certa, a que poderia traçar uma forma em magia de defesas para Ravena, mas deteve-se com a mão fechada ao altura da porta. Sentiu a fragrância inebriante do amor, sentiu em forma de cheiro, a luz e o calor como se os dois se unissem, e que em vão ela, Domingas Molina, tentasse definir sem conseguir, como se a natureza dos seus odores tentasse fazer poema, de se fazer com transcendência, de ultrapassar a si, de tentar contar algo indo além, ascendendo, como se quisesse deixar uma grife em perfume e o seu fogo penetrasse e tomasse os corações dos homens.

Fosse como fosse Domingas Molina sabia que não deveria interromper o que acontecia ali e foi ver a esposa de Gergene que estava grávida, que agora morava na casa de Roman Dolman e cuidava do sono do Menino Vermelho.

Pedro Nobre e Valery conversavam no café e souberam que tiveram os mesmos sonhos, chamaram Zezinha perguntando e ela também sonhara a mesma coisa. Fora um sonho coletivo? Saíram e foram saber dos demais moradores, todos que foram perguntados confirmaram sobre o sonho. Aos poucos os moradores foram se juntando na praça e conversavam sobre o que havia à noite acontecido.

Logo foram procurar Domingas Molina e Sofia Soraia. Era uma causa urgente, a maioria se sentia insegura sem saber o que conceber para se proteger de Mirral Bustamante, mas todos confiavam que Domingas Molina e Sofia Soraia saberiam o que fazer.

Capitulo 141

O Cigano Anastásio afastou-se do grupo e ganhou a floresta, procurava um local especifico e tempos depois o encontrou, um agrupamento de pedras. Do nada ele bateu as mãos e fez fogo e acendeu três tochas e as pôs nos vértice de um triângulo, subiu sobre as pedras e abriu os braços entoando uma canção maligna, entabulou palavras evocativas à entidades sobrenaturais, antigas unidades espirituais de baixa energia, povo das almas do Inferno, demônios inferiores que nunca andam sozinhos, que estavam sempre em grupo numeroso, gente prendada na concepção do mal, perdidas nos baixios do mundo.

Depois pediu forças maiores ao Senhor dos Infernos, o amante do mal.

-Satã conceda-me sua graça, eu lhe peço o poder de imaginar e executar em minha mente o que eu desejo fazer a fim que eu consiga sua ajuda, ó Poderoso Satanás o único e verdadeiro Deus que vive e reina para todo o sempre. Rogo-te que me inspire na anulação dos poderes do Pântano da Morte, em teu nome Satã, o soberano da terra, o rei do mundo, eu comandarei em teu nome as forcas das trevas para conferir o seu poder infernal sobre mim e expandir o teu reino.

Abra a meu favor o totalmente os portões do Inferno e que vários venham diante do abismo para me saudar como seu irmão e amigo, conceda-me a indulgência de que falo. Eu aceitei o seu nome como parte de mim. Por todos os deuses do Inferno, eu solicito que o meu desejo venha a se realizar.

Os pântanos efervesceram, as borbulhas espocam do sei do lodo e o cheio de enxofre se espalhou e ele clamou - Ouve os meus brados, Senhor da Aflição e dá-me mais violência, mais dureza e mais inflexibilidade, que o meu coração não seja sentimental, que minha vontade não amoleça, que os meus atos não se tornem incapazes, que eu seja a vitoria.

Um clarão se fez e os soldados de Mirral Bustamante acordaram em gritos e desesperos mais uma vez.

Capitulo 142

Durante o dia em Ravena todos se reuniram na praça e discutiram métodos e conhecimentos que pudessem ajudar na defesa da Vila.
Sofia Soraia acompanhada do Sapo Querido sugeriu a defesa energética, um campo de energias vibracionais emanadas pela vontade de cada indivíduo se unindo em uma única abobada fechada.
Valery reproduziu várias orações angelicais e Pedro preparou bolas de acido pimenta para cegar os olhos, pigmentos espargidos de coceiras e gás de vômitos.
A luta seria naquela noite, disso todos sabiam e decidiram se colocarem em vigília até a manhã seguinte.
Domingas lembrou que um portal 11:11 se abriria naquela noite dando passagem a seres angelicais.
-O que é isso? Perguntou Pedro Nobre - Como isso poderá nos socorrer?
Hoje é dia 11 de novembro e às 11 horas e onze minutos da noite um portal dimensional se abrirá, muitas pessoas ao redor do mundo têm as suas vidas regidas por essa aposição. Essas pessoas de diferentes idades, sexo e nacionalidade parecem ser perseguidas pela expressão 11:11. Várias vezes ao dia elas se deparam com essa combinação, seja ao olhar aleatoriamente para o relógio, na placa dos carros ou no preço de algum produto, elas acabam se deparando com o 11:11, esses que observam a manifestação do 11:11 a sua volta estão mais conectadas aos seus anjos da guarda, e o 11:11 seria o sinal de que tais anjos estão por perto, ou tentando fazer contato. É Consciência Coletiva atuando, reunindo as pessoas, segundo essas ideias.As pessoas que observam a ocorrência do 11:11 em suas vidas, estão prontas para agir de acordo a Consciência Coletiva, como se todas as pessoas do mundo fossem um elemento de um organismo maior, e cada uma dessas pessoas tenham que agir pensando no grande grupo. São onze grandes portais sobre a terra, Ravena é um deles. Honório Córregas me falou muito sobre isso. Por esse portais entram elementais, seres ultradimensionais, seres imperceptíveis a olho nu devido sua rapidez de locomoção, ou alguns sendo apenas luz, tipos de pura energia sem matérias

carnais. São raras as pessoas que desenvolvem a capacidade de perceber a manifestação vibratória de origem ultradimensional. São seres que estão num plano intermediário, entre a terceira e nona dimensão, considerados pequenos sóis, pois tem um grande campo vibracional e energético. São energias pensantes, inteligentes, sentem, agem e interagem conosco. São cem por cento energias, o que os diferencia dos outros seres energéticos é o nível de vibração. São seres de altas vibrações, de uma luz intensa e não é físico como muitos esperam ou pensam. Ele vibra além da matéria, a domina e pode também projetar uma imagem holográfica, uma energia ou uma bola de luz. Apresentam-se na terceira dimensão com uma forma circular porque ela é a forma mais perfeita energeticamente para a terceira dimensão.

Precisamos nos harmonizarmos com eles, pedir ajuda. Teremos ainda os espirituais dos Pântanos. Miriam, Olga, Ramon e Gontijo Dolman. Peçamos ajuda Honório Córregas e Carmesita,

-Bom, eu prefiro as minhas bolas de acido pimenta e as bombas de pedaços de cristais. Falou Pedro Nobre.

Capitulo 142

Em Angusturas de cima do cume mais alto, Victoria, Benicio e Pascoal, admiravam as chamas queimando em vários pontos da cidade.
-Parece sonho. Disse Benício. Poder admirar o povo unido. Quem diria que isso seria possível?
-Arde o fogo antigo, mas que de súbito ressurgiu em chamas e prantos queimando umas realidades para construir outras, como se limpassem tudo para plantar esperanças.
Dos olhos dos dois correram lágrimas e Benicio e Pascoal se abraçaram.
-Ainda bem não houve muitas mortes, menos na retomada dos que as provocadas por Mirral. Disse Benicio.
-A verdadeira revolução não é revolução que mata, essa apenas violenta. A verdadeira revolução é a que se dá pela valorização do cultivo da integração e da inteligência dos seres humanos, os quais, pela influência de suas vidas, promoverão gradualmente radicais transformações na sociedade.

Eram vinte e três horas e Victória sentiu as energias vibrarem mais fortes vindas de lugares bem distantes, mas precisamente do Pântano da Morte.

Anastásio chegou a tempo de acalmar as tropas de Mirral Bustamante e informou que estavam às portas de Ravena. Sugeriu Mirral atacasse à noite porque os efeitos de seus malefícios tinham poder durante as trevas.
-Sinta os pântanos estão serenados, silenciosos, adormecidos, está neutralizado sob o nosso poder. Nada pode contra nós. Precisamos dessa vantagem.
-Não posso atacar a noite é contra os meus princípios, a mais o que uma vila desarmada pode contra nós?
-Não é a vila é o Pântano. Falou Anastásio.
-Eu também não vi nada de perigoso neste pântano. Disse Mirral.
-É loucura Mirral ficarmos aqui. Não foi por isso que viemos?
-Sim. Pegue então cinquenta homens e leve com você sob o seu comando. Eu vou dormir aqui.

Em Ravena pouco antes das vinte e três horas, Diego Kalos e Sabastian Ornelas chegaram, foram festejados e contaram o que aconteceu. Disseram não saberem o fim de Gergene. Depois todas as pessoas se deram as mãos e mentalizaram os seres de luz descendo pelo portal.
As crianças estavam ansiosas e elétricas, protegidas na parte mais central do círculo, quando então delas falou: Não veio nenhum anjo ainda.
-Tenhamos fé, acreditem – Pediu Valery – Eu sinto o circulo energético formado. Veja os vagalumes do lado de fora, ele batem nas paredes de energia e não conseguem penetrar.
-É verdade gritou Zezinha.
-Eu não vejo os anjos de luz ainda. Disse a mesma menina.
-Eu vi um vagalume gigante disse outra. Ali. Vejam.
De fato uma bola de fulgor azulada dava voos tão rápidos que deixava fachos de luz como rastros de cometas.

-São os seres ultradimensionais. Eles chegaram, Vieram nos salvar. Salvar Ravena.

Logos outros focos de luz surgiram, amarelos, rosados, esverdeados, dourados, prateados, depois os facho se reuniram numa bola grande maior e rumaram por entre a escuridão da floresta para O Pântano da Morte.

No Pântano da Morte a grande bola de luz despertou os espíritos adormecidos pelo feitiço de Anastásio, retirando-os do sono energético e anulou o feitiço sobre as águas. .

Miram Dolman acordou como se de um longo sono e convocou os espíritos do Pântano e dos limbos astrais a lutarem uma luta intensa e sem tréguas, ali e naquela hora. Uma luta pelo direito à existência, pelas liberdades, pela manutenção de Ravena.

Uma legião de espíritos afeitos à Mirian se interpôs a outra legião de demônios evocados por Anastásio que seguiam para Ravena e o choque se deu.

Nos limites dos Pântanos todos se engalfinharam, espectros dos limiares do mundo, das profundezas dos infernos adentrados pelas portas da noite se chocaram com os espíritos em busca da luz. Pelos buracos do chão, pelo lodo fétido brotavam enigmáticas figuras, molhadas de lama lodo e matérias deletérias. Avançando noite adentro, em urros e gritos estridentes receberam combate da grande bola de luz de raios flamejantes lançados em brilho de prata atingindo aos montes os demônios.

As tropas de Mirral estarrecidas se dispersaram, cada um tentando salvar a própria pele,

Malditos, apartem-se de mim para o fogo eterno. Ouvi-se vindo do céu.

A imagem mais viva do inferno se apresentava em cores vivas, em uivos carnais, olhos e gargantas em forma de fogo, e tons de todos os vícios, óperas de ódios, vorazes vozes roucas, feras em delírios. Membros latejantes espargindo pus, vermes pululantes, bombas que explodiam fezes e feridas, ferrões e garras que penetravam carnes pútridas e dentes que rasgavam tecidos sanguinolentos entre gosmas escarradas, podridão e estertores.

Olhos e órgãos saltavam pendidos de corpos rasgados caídos na lama, os covardes, os incrédulos, os depravados, os assassinos, os que cometem imoralidades sexuais, os que praticam feitiçaria, os idólatras e todos os mentirosos - o lugar deles será no lago de fogo que arde com enxofre. Esta é a segunda morte. Gritou um ser barbudo e irado.

Pervertida faces, depravadas e escarneciam dos anjos, nos peitos imorais vicejavam a indignidade e os vícios sagravam sangue negro pegajosos. Os descarnes das drogas nos narizes corroídos nas bocas sedentas e maledicentes, praguejavam palavrões, reverberavam a mesquinhez das almas. Penados maltrapilhos de bocas infectas cuspiam salivas contaminantes. Do tubo de luz do céu desciam alados anjos em revoadas solfejando cornetas evocativas da glória de servir ao Senhor.

Alguns demônios insidiosos venceram as fileiras da luz e avançaram para Ravena e se juntaram a Anastásio e sua tropa de cinquenta, mas depararam com Ramon Dolman com o seu macho em riste, com Gontijo com uma crava, Olga armada de arco e flechas, ladeados por uma falange de espíritos e bolas multicores. Os soldados atiraram, mas as balas eram inócuas. Inocentes artefatos diante da realidade existente.

Ao virem as bolas de luz serem lançadas e se chocarem como os seus corpos se estatelavam ao chão, de dentro da cúpula de energia o povo de Ravena se defendia mentalmente, mas Tranqueirinha dispunha de uma metralhadora ponto cinquenta e delirantemente atirava na direção dos soldados, abrindo um clarão de pavor tamanha dimensão do estrago dos projeteis. Pedro Nobre lançava com atiradeira bolas de pimenta que cegava e acido que cocavam. No meio do conflito entre raios e trovões o Menino Vermelho despertou e olhou pela janela e viu soldados e demônios tentando invadirem Ravena. Ele esfregou os olhos e sentou-se no batente e mentalizou a sua força de mover as coisas e o que se viu foram soldados e demônios arremessados à distância

Os demônios raivosos atiravam-se sobre Ravena e se chocavam contra a proteção invisível. Grunhiam impropérios e eram rechaçados pelos seres ultradimensionais com suas tochas de luz. Ravena resistia, uma tempestade eclodiu, raios e trovões cortando a noite feito navalhas flamejantes e ribombares ensurdecedores caiam. Os flashes de luzes triscavam o ar e atingiam os demônios em cheio, deixam por segundos as matérias trevosas se consumindo em chamas e fumaça para finalmente virarem pó e cinzas e se misturarem a lodo. Outros caiam a solo e corriam feitos serpentes eletrificadas os atingido nas pernas e os fazendo queimarem feito tochas. Um som cavernoso e rouqueja, e na amplidão do espaço reverbera, e outro e mais outro, em infindáveis estrondos capazes de soltar os músculos dos ossos. Corisca, troveja, estoura, atroa; e dentro em pouco e os raios eletrizam o ar e parecem que vão destruir a vida. A conflagração se alastra por cada canto, por todos os cantos, enquanto a noite pesa sobre homens, e os soldados aturdidos caiam feito moscas atingidas por inseticida. Tapavam os olhos e os ouvidos assombrados com o desconhecido cenário da batalha épica e sobrenatural, eram eles a parte mais franca na batalha de titãs. Tremiam e se urinavam, gritavam o nome de Deus e de qualquer santo que se lembrassem, das mães, das esposas, dos filhos. Escondiam-se onde podiam, por entre os troncos, por sob as raízes e no meio das águas, pensavam que a Terra havia se transmutado no inferno e que eles foram tragados para o meio das aflições demoníacas.

O cenário de batalha se deu por toda a noite e ao surgirem os primeiros raios da aurora a chuva cessou, o arco-íris tomou o céu e manifestou sua alegria pela batalha vencida, os últimos demônios, os retardatários, os sobreviventes se atiraram aos buracos e fenda no chão, fugidos, vencidos.

No limiar do horizonte se deu o nascimento da luz, o clarão momentâneo que brilha, num céu sem nuvens, a rasgar o seio do dia, a festejar as novidades da vida.

Tal qual a moça virgem a manha se abre e a chuva transparece, e quando cessa se vê o sol a luzir, menino a rir-se que cora e põe o rosto de fora e rir-se novamente, assim também o povo de Ravena festejou, riu, chorou e riu de novo.

Capitulo 143

O povo de Angusturas cercou o Palácio Presidencial e o comandante general sabia que a defesa era impossível, apenas adiaria a derrota final às custa de centenas de vidas, propôs então armistício geral e irrestrito para os soldados. O povo aceitou e os termos foram assinados ali na varanda do Palácio.
E a festa popular correu o dia e a noite e todos aclamaram Benicio, Victoria e Pascoal à presidência num triunvirato.

Capitulo 144

Ao amanhecer restavam poucos soldados com vida e Anastácio extremamente ferido se arrastou para baixo da Arvore da Verdade.
Uma ferida na cabeça, um olho arrancado e uma asa perdida. O peito com um grande corte sangrava incontido.
E ele falou em sussurros: - Parece que eu perco a vida.
E a Arvore da Vida respondeu - Essa é a sua voz antiga, não a de densos sumos amargos, a que exigia que lambessem os seus pés, a que abandonou fetos ao largo do caminho.
-Eu era um ignorante de mim, agora sinto-me.
-Pressinto débeis tons de verdade.
-É a dor e a proximidade da morte a exacerbarem a humildade, mas Satanás está a beber o meu sangue, pouco me resta e o meu humor de menino passado, enquanto meus olhos tentam antever o caminho que me espera, tento algum milagre.
Tempos depois Mirral Bustamante todo flagelado chega cambaleante à proteção da Arvore.
-Eis tu então, o que me trouxe a desgraça e a humilhação.
-Mas não quero mundo nem sonho Mirral, peço apenas o perdão, quero o som da voz divina.
-Não terás esse prazer cão imundo.
Mirral sôfrego e extenuado deitou-se cansado e fechou os olhos sem força para revidar afrontas. Respirou buscando ar a vida aos pulmões. Não lembrava de tamanha derrota, nem tamanha mortificação, estava entregue ao destino da floresta, sem comidas, sem exercito. Queria chorar por gana, pela raiva da cega ganância.
Era tarde demais para arrependimentos, mas chorou.
E perguntou:
-Mãe por quê?
A Arvore da Verdade respondeu.
-Perdeste tu de ti. Chora o menino perdido, largado, abandonado, o que és agora? Meramente um menino em busca da mãe.

Choro o meu pai, a minha mãe, o menino que nunca esqueceu o mar beijando a praia, manso, ele jamais me falou de amor, de me amar.

Meu pai nunca me falou de amor, mas se amava a tudo, eu sei que ele amava a mim também, mas ele nunca me falou, nunca ele nunca me disse.

-Assim esse menino assustado não saiu de ti, Mirral. Continua todo inteiro.

-Saiu sim, saiu sim, saiu aos pedaços, pela dor de ser alguém mais forte. Alguém que pudesse enfrentar a vida sem ser só apanhando dela.

Onde foi a minha mãe?

Ao perguntar, Mirral viu a imagem dela varrendo o quintal e ele brincando, jogando bolas de gude num canto esquecido o jardim. E ele depois vê um carroção cheio de bugigangas parar no portão e sua mãe se aproximar do homem com intimidades, como se já o conhecesse de muito. Ela pulou no pescoço dele e o beijou na boca, depois disse: - Essa noite partiremos.

-Partimos sim, virei buscá-la para uma vida cheia de glamour na Espanha. Europa. Tenho trabalho para você. Trabalho de qualidade, para uma princesa.

Mirral reconhece aquela voz, mas, mas não consegue ver o homem e então se aproxima e vê Anastásio, o Cigano.

Mirral tomado de ódio se lança sobre Anastásio e o sufoca, depois cai para o lado em prantos.

Lembrou-se do pai, o seu nome era Mical, mas poderia ser medo. Um homem sem coragem, com medo de tudo, de viver, de ofender alguém, de amar, de segurar a mulher que amava, a sua mãe.

Eu sou o que sou porque me pai era um covarde, e eu era também um covarde, mas reagir. Eu não queria ser como ele, reagir para não ser como ele, para não viver como ele, para não sofrer como ele.

Meu pai, eu te odeio, Mical Bustamante eu te odeio.

Capitulo 145

Shakespeare não estava sendo metafórico quando Próspero disse: "Nós somos feitos da mesma matéria dos sonhos".

A poesia talvez seja a estrada possível, inequívoca e espantosa forma de descrevermos o mundo, não de decifrarmos a realidade, não conseguiria conta-la de forma exata nas suas indecifráveis sutilezas, mas de torná-la mais suave, de dar a quem ler a doçura da geografia, por onde insistem em caminhar os poetas...

Que de hoje em diante, que só o bom e o belo façam parte da sua vida. O belo é o que é indispensável para você. Quando você descobre isso o peso da sua vida acaba, acaba o vazio interior, você encontra o caminho de casa. Surge o deslumbramento e ele se instala para sempre no seu coração.

Bem, mas a história ainda não acabou.

Mirral Bustamante chorou rios de lágrimas e a mistura de seu composição chegou aos lábios de Serena Estela Tidal, que ao senti-la soube como encontrar Mirral e foi ter até ele.

Em Ravena as coisas seguiram o seu curso sob os olhares de Honório Córregas e Carmesita, mas sem interferências diretas. Eles mandavam recados ou conselhos pelas cartas do tarô de Valery. Ela se casou com Sabastian Ornelas numa campina flórida no dia escolhido com ajuda dos mapas astrais dos dois.

Sofia Soraia ou Soraia Sofia se casou com o Sapo Querido, e construíram um castelo pequeno ideal para os dois com uma banheira maior de água corrente termal, sobre um terreno de cristais. Não quiseram ter filhos temiam pela possibilidade de saírem sapinhos.

O Menino Vermelho cresceu rápido e acabou se casando com a viúve de Pierre Gergene e foi um bom pai, ele odiava apenas quando ele brincava de jogar mentalmente o filho para o ar.

Domingas Molina certo dia amanheceu com a certeza que encontraria Anton, logo após rememorar um sonho que tivera, correu para o riacho de cristal deitou-se sobre um manto de alecrins e açucenas e o mentalizou. Viu um portal dourado de onde ela o via num mundo paralelo. Eram 11:11 da manhã ele desejou que ele retornasse de onde ela o havia mandando quando desejou que ele e Olga não se encontrassem.

De olhos fechados ela o esperou. Sentiu um cheiro de sândalos e de saudade e o sentiu tocá-la com um beijo nos lábios.

Depois entre beijos, juras de não mais se perderem, Domingas Molina falou para Anton, lembra que amanhã é o dia do teu aniversário?

E ele respondeu: - Para todos os efeitos eu estou nascendo agora.

Ravena ainda existe e emana energias positivas para o mundo e continua como um dos portais de entradas de seres angelicais na Terra.

Ela pode ser ou estar no quintal da sua casa, na sua varanda, no seu quarto ou em você. Quando você for sincero consigo e se conhecer como é, sem embustes, hipocrisias, compreenderá Ravena. Para tanto, tendes de ser sumamente honesto perante a você, em todo seu ser.

Quando Sentir e agir segundo a sua natureza espiritual e não segundo a sua natureza mental, agindo de acordo com seus princípios, sem ser desonesto consigo sem tentar agredir, mantendo-se inteiramente tranquilo, sem pensar, sem temer e ao mesmo tempo estar extraordinariamente, apaixonadamente, vivo. Sentirá Ravena.

Capitulo 146

Victoria, Benicio e Pascoal foram eleitos presidente e Angusturas
levou algum período para voltar à sua paz natural, crescia sem
pressas respeitando o seu tempo. Angusturas era o único país do
mundo a ter uma presidenta morta, mas cada evento existe para
expor outra camada da alma.
Mirral foi resgatado por Adônis Esculápio ou Serena Estela Tidal,
livre de suas implicações psicológicas em função da perda da mãe,
Mirral pode enfim viver com a sereia de acordo com a sua vontade
de escolha de momento, sendo ela um dia Adônis ou Serena.
Ele descobriu que sua mãe foi enganada por Anastásio e levada à
Espanha para ser prostituta num cabaré chamado Reino
Encantado, dançava vestida de princesa, mas que ao final da vida
foi resgatada pelo seu pai Mical e foram viver de plantar oliveiras
numa pequena cidade do interior. Ambos tinham morrido felizes e
prósperos e que deixaram uma pequena fortuna para ele.
  Mirral e a Sereia decidiram morar em Miami ou em alguma ilha
do Caribe, onde tinha sol quase o ano todo, mas já que estavam na
Espanha decidiram ir a Roma. Ver o Papa.
Mirral trocou de nome, passou a ser chamar Narciso Bustamante,
trocou identidade e passaportes.
Eu sei que dizem as más línguas que Deus, o Diabo e Papa seguem
em discussões calorosas sobre como deveria terminar esse livro, eu
de cá apenas observo, mas a Arvore da Verdade diz o seguinte. Não
creiam em nada do que foi dito aqui.

Fim

www.ingramcontent.com/pod-product-compliance
Lightning Source LLC
Chambersburg PA
CBHW071726150726
47998CB00005B/1526